suhrkamp taschenbuch 3595

Als der 15-jährige Alex aus Kalifornien mit seiner unternehmungslustigen Großmutter, der Reiseschriftstellerin Kate Cold, in die Urwälder Amazoniens aufbricht, schwant ihm noch nicht, welche Abenteuer ihn dort erwarten. Ein mysteriöses Wesen wurde in dem undurchdringlichen Dschungel gesichtet, und jeder Teilnehmer der Expedition hat ein eigenes Interesse daran, ihm auf die Spur zu kommen. Alex und Nadia, die Tochter des brasilianischen Führers, werden von einem bislang unentdeckten Indianerstamm entführt. Sie tauchen ein in eine Welt, die fast niemandem zuvor zugänglich gewesen ist, und entdecken Kräfte in sich, von denen sie kaum geahnt hatten. Das Geheimnis um die wilden Götter können die beiden lüften, da wären nur noch die heimtückischen Pläne innerhalb der Expeditionsteilnehmer aufzudecken ...

»Ein phantastischer Roman!«, urteilte der Focus, »eine anspruchsvolle Fahrt ins Märchenland«, schrieb die *Süddeutsche Zeitung*.

Weitere Abenteuer erleben Alex und Nadia in den beiden folgenden Bänden der Abenteuertrilogie, *Im Reich des Goldenen Drachen* (2003, st 3689) und *Im Bann der Masken* (2004, st 3768).

Isabel Allende, geboren 1942, arbeitete lange Zeit als Journalistin in Chile. Nach Pinochets Militärputsch ging sie ins Exil. Heute lebt sie mit ihrer Familie in Kalifornien. Ihr Werk erscheint auf Deutsch im Suhrkamp Verlag, zuletzt der Roman *Zorro* (2005).

Isabel Allende
Die Stadt der wilden Götter

Roman

Aus dem Spanischen von
Svenja Becker

Suhrkamp

Die Originalausgabe erschien 2002 unter dem Titel
La Ciudad de las Bestias bei Plaza & Janés, Barcelona.
© Isabel Allende, 2002

Umschlagfoto: Sandro Sodano/Special Photographers Library

suhrkamp taschenbuch 3595
Erste Auflage 2004
© der deutschen Ausgabe
Suhrkamp Verlag Frankfurt am Main 2002
Suhrkamp Taschenbuch Verlag
Alle Rechte vorbehalten, insbesondere das
der Übersetzung, des öffentlichen Vortrags sowie
der Übertragung durch Rundfunk und Fernsehen,
auch einzelner Teile.
Kein Teil des Werkes darf in irgendeiner Form
(durch Fotografie, Mikrofilm oder andere Verfahren)
ohne schriftliche Genehmigung des Verlages reproduziert
oder unter Verwendung elektronischer Systeme verarbeitet,
vervielfältigt oder verbreitet werden.
Druck: Ebner & Spiegel, Ulm
Printed in Germany
Umschlag: Göllner, Michels, Zegarzewski
ISBN 3-518-45595-8

8 9 10 11 12 13 – 11 10 09 08 07 06

Die Stadt der wilden Götter

*Für Alejandro, Andrea und Nicole,
die mich um diese Geschichte gebeten haben.*

ERSTES KAPITEL

Der schlimme Traum

Alexander Cold schreckte im Morgengrauen aus einem Albtraum auf. Ein riesiger schwarzer Geier hatte darin eine der Fensterscheiben zertrümmert, war ins Haus eingedrungen und hatte seine Mutter mitgenommen. Im Traum hatte Alex ohnmächtig mit ansehen müssen, wie der gigantische Vogel Lisa Cold mit seinen gelben Fängen an den Kleidern packte, durch das geborstene Fenster wieder hinausflog und sich in dem mit dicken Wolken verhangenen Himmel verlor. Geweckt hatte ihn der Sturm, der Wind, der an den Bäumen zerrte, der Regen auf dem Dach, das Blitzen und Donnern. Ihm war zumute wie in einer Nussschale im Ozean; er tastete nach dem Schalter der Nachttischlampe und presste sich gegen den Koloss von Hund, der neben ihm schlief. Er stellte sich den Pazifik vor, nur wenige Straßen von seinem Zuhause entfernt: Bestimmt bäumte der sich gerade brüllend auf und spie seine wütende Brandung gegen die Klippen. Er lauschte auf das Unwetter, dachte an den schwarzen Vogel und an seine Mutter und wartete darauf, dass die Trommelschläge in seiner Brust zur Ruhe kamen. Die beklemmenden Traumbilder hielten ihn noch immer gefangen.

Alex sah auf die Uhr: halb sieben, Zeit zum Aufstehen. Draußen hatte es kaum zu dämmern begonnen. Aber dieser Tag war eigentlich schon jetzt nicht mehr zu retten, einer von denen, die man besser im Bett verbringt, weil sowieso alles schief geht. Seit seine Mutter krank war, gab es viele solcher Tage; manchmal war die Atmosphäre im Haus so drückend wie auf dem Grund des Meeres. Alles, was dann noch helfen konnte, war abzuhauen und mit Poncho den Strand entlangzurennen, bis einem die Puste ausging. Aber es regnete und regnete seit einer Woche, eine richtige Sintflut, und außerdem war Poncho von einem Reh gebissen worden und wollte sich nicht bewegen. Alex war überzeugt, den dümmsten Hund seit Menschengedenken zu haben, den einzigen vierzig Kilo schweren Labrador, der sich je von einem Reh hatte beißen lassen. Mit seinen vier Jahren war Poncho von etlichen Waschbären angegriffen worden, von der Nachbarskatze und nun von einem Reh, ganz zu schweigen von den Stinktieren, die ihn einsprühten, so dass man ihn hinterher mit Tomatenketchup abschrubben musste, damit der Gestank nachließ. Der Hund war zum Trottel geboren. Er kapierte nicht, dass Scheiben durchsichtig sind, und rannte gegen jede Glastür; selbst auf die grundlegendsten Befehle hörte er nicht. Noch dazu hatte er überhaupt kein Benehmen, legte Besuchern zur Begrüßung die Pfoten auf die Schultern und bellte ihnen ins Gesicht. Ohne Poncho zu stören, schlüpfte Alex aus dem Bett und zog sich schlotternd an; die Heizung schaltete sich um sechs Uhr ein, aber in seinem Zimmer, dem letzten auf dem Flur, war die Wärme noch nicht angekommen.

Als es Zeit zum Frühstücken war, hatte Alex schlechte Laune und fühlte sich wirklich unfähig, die Mühe zu würdigen, die sich sein Vater mit den Pfannkuchen gegeben hatte. John Cold war alles andere als ein Meisterkoch: Er konnte bloß Pfannkuchen machen, und die wurden bei ihm eine Art mexikanische Gummi-Tortillas. Um ihn nicht zu kränken, stopften seine Kinder sie sich in den Mund, aber sobald er nicht hinsah, spuckten sie die Dinger in den Müll. Vergeblich hatten sie versucht, Poncho dazu abzurichten, dass er sie aß: Der Hund war ein Trottel, aber kein Volltrottel.

»Wann wird Mama wieder gesund?«, fragte Nicole, während sie versuchte, den widerspenstigen Pfannkuchen mit der Gabel aufzuspießen.

»Halt den Mund, dummes Huhn!«, fuhr Alex sie an, denn er hatte es satt, dass seine kleine Schwester ihnen seit Wochen mit dieser Frage in den Ohren lag.

»Mama wird sterben«, bemerkte Andrea.

»Du lügst! Sie wird nicht sterben!«, schrie Nicole.

»Was soll dieser Kindergarten, ihr habt ja keine Ahnung, wovon ihr redet!«, sagte Alex zornig.

»Kommt, Kinder, beruhigt euch. Mama wird wieder gesund …«, unterbrach sie John Cold, aber überzeugend klang das nicht.

Alex war wütend auf seinen Vater, auf seine Schwestern, auf Poncho, auf das Leben überhaupt und sogar auf seine Mutter, weil die einfach krank geworden war. Entschlossen, auf das Frühstück zu verzichten, stürzte er aus der Küche, aber im Flur stolperte er über den Hund und fiel der Länge nach hin.

»Mach doch Platz, du Schwachkopf!«, brüllte er Poncho an, aber der leckte ihm nur freudig schmatzend über das Gesicht und besabberte seine Brille.

Doch, heute war definitiv der Wurm drin. Wenig später stellte sein Vater fest, dass der Kleinbus einen Platten hatte, und Alex musste helfen, in aller Eile den Reifen zu wechseln, aber sie verloren dennoch kostbare Minuten, und er kam zu spät zur Schule. Wegen der überstürzten Abfahrt hatte er seine Mathehausaufgaben vergessen, was die Beziehung zu seinem Mathelehrer nicht gerade verbesserte. Aber Alex hielt ihn ohnehin für einen jämmerlichen Wicht, dem es nur darum ging, ihm das Leben zur Hölle zu machen. Und dann hatte er auch noch seine Flöte zu Hause liegen lassen, und am Nachmittag probte das Schulorchester; er war der Solist und musste hin.

»Manchmal ist man ein Floh; und dann wieder das Flohpulver; ich bin schon lange nicht mehr das Flohpulver gewesen.« Er ließ den Kopf hängen.

Wegen der Flöte musste Alex also während der Mittagspause noch einmal nach Hause. Der Sturm war vorüber, aber die See war noch immer aufgewühlt, und die Wellen spritzten über die Klippen bis auf die Uferstraße, so dass er die Abkürzung über den Strand nicht nehmen konnte. Auf der langen Strecke nach Hause musste er rennen, weil er so wenig Zeit hatte.

In den letzten Wochen, seit seine Mutter krank war, kam eine Frau zum Putzen, aber an diesem Tag hatte sie wegen des Sturms abgesagt. Alex hätte auch sonst gut auf sie verzichten können, man merkte ja doch, dass nichts mehr so war wie früher. Schon von außen sahen Haus und Grundstück ein bisschen heruntergekommen aus, fast als wären auch sie traurig.

Alex spürte, dass seine Familie mehr und mehr auseinander brach. Seine Schwester Andrea, die schon immer ein bisschen anders gewesen war als andere Mädchen, lief nur noch verkleidet herum und verlor sich für Stunden in ihrer Fantasiewelt, wo Hexen in den Spiegeln lauerten und Außerirdische in der Suppe schwammen. Alex fand, dass sie für so etwas schon zu alt war, eigentlich hätte sie sich mit ihren zwölf Jahren für Jungs interessieren und sich reihenweise Ohrlöcher stechen lassen sollen. Dagegen klaubte sich Nicole, die Jüngste der Familie, nach und nach einen Zoo zusammen und versuchte so, die Aufmerksamkeit zu ersetzen, die ihre Mutter ihr nicht mehr geben konnte. Sie fütterte jede Menge Waschbären und Stinktiere durch, die um das Haus herumstrichen; sechs verwaiste Kätzchen hatte sie adoptiert und in der Garage versteckt; sie hatte einem hässlichen, flügellahmen Vogel das Leben gerettet und hielt eine Schlange von einem Meter Länge in einer Kiste. Hätte ihre Mutter die Schlange gefunden, sie wäre vor Schreck tot umgefallen, aber das war nicht sehr wahrscheinlich, denn wenn Lisa Cold nicht im Krankenhaus war, musste sie zu Hause im Bett liegen.

Einmal abgesehen von den Pfannkuchen seines Vaters und den Sandwichs mit Thunfisch und Mayonnaise, die Andreas Spezialität waren, kochte von der Familie schon seit Monaten niemand mehr. Im Kühlschrank gab es bloß Orangensaft, Milch und Eiscreme; abends bestellten sie Pizza oder etwas vom Chinesen. Am Anfang war das beinahe wie ein Fest gewesen, weil jeder essen konnte, wann und was er wollte, vor allem Süßigkeiten, aber mittlerweile wünschten sich alle das gesunde, regelmäßige Essen von früher zurück. Zu Hause ohne seine Mutter war gar nicht richtig zu Hause. Sie fehlte ihm so! Dass man sie so leicht hatte zum Lachen bringen können, dass sie zärtlich gewesen war und manchmal auch streng, nicht so nachsichtig wie sein Vater und viel gewiefter: Völlig unmöglich, ihr etwas vorzumachen, ihrem sechsten Sinn entging einfach nichts. Jetzt hörte man sie keine italienischen Lieder mehr singen, es gab überhaupt keine Musik mehr und keine Blumen, und auch dieser vertraute Geruch nach frisch gebackenen Plätzchen und Ölfarbe war verschwunden. Früher hatte seine Mutter es so eingerichtet, dass sie morgens ein paar Stunden in ihrem Atelier arbeiten konnte, das Haus war trotzdem in Schuss gewesen, und nachmittags hatte sie ihre Kinder mit Gebäck erwartet; nun stand sie seit Wochen nur noch selten für kurze Zeit auf und schlich verstört durch die Zimmer, als würde sie ihre Umgebung nicht wiedererkennen, sie war abgemagert, und um ihre Augen lagen tiefe Schatten. Ihre Leinwände, auf denen sie die Farben früher nur so hatte explodieren lassen, ruhten vergessen auf den Staffeleien, und die Ölfarben vertrockneten in den Tuben. Und wie klein sie geworden war, fast wie ein stummes Gespenst.

Jetzt hatte Alex niemanden mehr, der ihm den Rücken kraulte oder ihn aufmunterte, wenn er morgens wach wurde und sich wie ein Floh fühlte. Sein Vater war für Streicheleinheiten nicht zu haben. Sie gingen zusammen Bergsteigen, aber sie redeten wenig miteinander; außerdem hatte sich John Cold verändert, wie alle in der Familie. Seine frühere Gelassenheit war dahin, er wurde oft zornig, nicht nur auf seine Kinder, sondern auch auf seine Frau. Manchmal schrie er Lisa an und warf ihr vor, dass sie zu wenig aß oder ihre Medikamente nicht nahm, aber dann tat es ihm gleich darauf leid, und er entschuldigte sich beklommen für seinen Ausbruch. Bei diesen Szenen war Alex ganz elend zumute: Er konnte es nicht ertragen, seine Mutter so schwach zu sehen und seinen Vater mit Tränen in den Augen.

Als er an diesem Mittag zu Hause ankam, fragte er sich, warum der Kleinbus in der Einfahrt stand, denn um diese Uhrzeit arbeitete sein Vater eigentlich im Krankenhaus. Durch die Küchentür, die nie abgeschlossen war, trat Alex ins Haus und wollte bloß rasch etwas essen, sich die Flöte schnappen und zur Schule zurückhetzen. Er schaute sich um und erblickte nur die fossilen Reste der Pizza vom Vorabend. Egal, solange er im Takt blieb, würde sein Magenknurren während der Orchesterprobe nicht weiter auffallen, dachte er, ging zum Kühlschrank und wollte ein Glas Milch trinken. Da hörte er das Wimmern. Nicoles Kätzchen fielen ihm ein, aber die waren in der Garage, und das Geräusch kam eindeutig aus dem Schlafzimmer seiner Eltern. Er wollte eigentlich gar nicht herumspionieren, näherte sich eher wie unter einem Zwang der angelehnten Schlafzimmertür und stieß sie sachte auf. Wie angewurzelt blieb er stehen.

Auf einem Hocker mitten im Zimmer saß seine Mutter, barfuß und im Nachthemd, hatte das Gesicht in den Händen vergraben und weinte. Hinter ihr stand sein Vater und umklammerte ein altes Rasiermesser, das dem Großvater gehört hatte. Lange schwarze Haarsträhnen bedeckten den Boden und die schmal gewordenen Schultern seiner Mutter, und im bleichen Tageslicht, das durchs Fenster fiel, schimmerte ihr rasierter Schädel wie Marmor.

Für einige Sekunden war Alex wie gelähmt vor Entsetzen, konnte nicht begreifen, was sich vor seinen Augen abspielte, verstand überhaupt nicht, was das Haar auf dem Boden bedeutete, der rasierte Kopf oder dieses Messer in der Hand seines Vaters, das nur Millimeter neben dem gebeugten Nacken seiner Mutter aufblitzte. Als er wieder zu sich kam, brach ein fürchterlicher Schrei aus ihm heraus, und eine Welle des Irrsinns durchbrandete ihn. Er stürzte sich auf seinen Vater und stieß ihn nieder. Das Messer flog in hohem Bogen durch die Luft, streifte seine Stirn und bohrte sich in den Fußboden. Blind schlug er um sich, ohne darauf zu achten, wohin seine Hiebe trafen, während seine Mutter beschwörend auf ihn einredete: »Ist ja gut, mein Junge, beruhige dich, es ist alles in Ordnung.« Sie versuchte, ihn so gut sie konnte von seinem Vater wegzuziehen, der zum Schutz die Arme vors Gesicht geschlagen hatte.

Endlich drang die Stimme seiner Mutter in sein Bewusstsein, seine Wut verpuffte, und plötzlich war er nur noch verzweifelt. Was hatte er bloß getan! Die Arme von sich gestreckt, wich er zurück; dann rannte er über den Flur und verbarrikadierte sich in seinem Zimmer. Er zerrte den Schreibtisch von innen gegen die Tür und hielt sich die Ohren zu, um seine Eltern nicht zu hören, die nach ihm riefen. Lange stand er mit geschlossenen Augen gegen die Wand gelehnt und kämpfte mit dem Gefühlswirrwarr in seinem Innern. Dann sah er sich um und begann, sein ganzes Zimmer systematisch in Trümmer zu legen. Er nahm die Poster von den Wänden und riss sie in kleine Fetzen; mit seinem Baseballschläger zermalmte er die Bilderrahmen auf der Kommode, die Videokassetten, seine Sammlung von Oldtimermodellen und Flugzeugen aus dem Ersten Weltkrieg; er riss die Seiten aus seinen Büchern; er nahm sein Schweizer Messer und schlitzte die Matratze und die Kopfkissen auf; er zerschnitt seine Jeans, seine

T-Shirts und die Bettdecken mit der Schere, und endlich zog er den Stecker aus der Nachttischlampe, stellte sie auf den Boden und trat so oft darauf, bis sie in Scherben lag. Er ließ sich Zeit für die Zerstörung, ging planvoll vor, ohne allzu viel Lärm zu machen, wie jemand, der eine wichtige Aufgabe gewissenhaft erledigt, und hörte erst auf, als er nichts mehr fand, was er noch hätte kaputtmachen können. Der Fußboden war mit Bettfedern und mit der Füllung aus der Matratze übersät, mit Glasscherben, Papierschnipseln, Stofffetzen und Spielzeugteilen. Völlig ausgepumpt rollte er sich inmitten des Tohuwabohus wie eine Raupe zusammen, presste den Kopf gegen die Knie und weinte, bis er einschlief.

∼

Stunden später wurde Alexander Cold von den Stimmen seiner Schwestern geweckt und brauchte einige Zeit, bis ihm wieder einfiel, was geschehen war. Er wollte die Lampe anknipsen, aber sie war hinüber. Er tastete auf die Tür zu, stolperte und schimpfte laut: Er hatte in eine Glasscherbe gegriffen. Er stieß an den Schreibtisch, richtig, den hatte er vor die Tür geschoben, und jetzt musste er ihn mit seinem ganzen Gewicht zur Seite stemmen, um sie aufzubekommen. Die Lampe im Flur beleuchtete das Schlachtfeld, in das sich sein Zimmer verwandelt hatte, und die verdutzten Gesichter seiner beiden Schwestern im Türrahmen.

»Räumst du dein Zimmer um, Alex?« Das kam von Andrea, und Nicole musste sich beide Hände auf den Mund pressen, sonst hätte sie laut losgeprustet.

Alex knallte ihnen die Tür vor der Nase zu, setzte sich zum Nachdenken auf den Boden und drückte die rechte Hand auf den Schnitt an seinem linken Handballen. Am besten würde er einfach hier hocken bleiben, bis er verblutet war, jedenfalls könnte er sich so davor drücken, seinen Eltern noch einmal zu begegnen, aber wirklich verlockend war das auch nicht: Vielleicht sollte er die Wunde auswaschen, ehe sie sich entzündete. Außerdem tat es langsam ziemlich weh, es musste ein tiefer Schnitt sein, was, wenn er Wundstarrkrampf bekam … Mit unsicheren Schritten verließ er das Zimmer, tastend, weil er kaum etwas sehen konnte; seine Brille hatte er in dem Durcheinander verloren, und seine Augen waren vom Weinen verquollen. Er ging in die Küche, wo der Rest der Familie zusammensaß, sogar seine Mutter, die sich ein Baumwolltuch um den Kopf gebunden hatte, mit dem sie aussah wie eine Flüchtlingsfrau.

»Es tut mir leid …«, stammelte Alex, den Blick auf den Fußboden geheftet.

Seine Mutter unterdrückte einen Schrei, als sie sein blutverschmiertes T-Shirt sah, aber auf einen Wink seines Vaters hin nahm sie Andrea und Nicole beim Arm und führte sie wortlos hinaus. Sein Vater kam zu ihm, um seine verletzte Hand zu verarzten.

»Ich weiß nicht, was in mich gefahren ist, Papa …«, sagte Alex leise und traute sich noch immer nicht aufzublicken.

»Ich habe auch Angst, mein Junge.«

»Wird Mama sterben?« Alex schluckte.

»Ich weiß es nicht, Alexander. Komm, halt die Hand unter kaltes Wasser.«

Sein Vater wusch ihm das Blut ab, untersuchte den Schnitt und entschied, eine örtliche Betäubung zu spritzen, damit er die Splitter, die noch in der Wunde steckten, entfernen und den Schnitt mit ein paar Stichen nähen konnte. Alex, dem sonst immer schlecht wurde, wenn er Blut sah, ertrug die Behandlung diesmal, ohne mit der Wimper zu zucken, und war bloß froh, dass er einen Arzt in der Familie hatte. Sein Vater desinfizierte die Wunde mit Salbe und verband sie.

»Die Haare wären Mama sowieso ausgefallen, oder?«, fragte Alex.

»Ja, wegen der Chemotherapie. Besser, man schneidet sie alle auf einmal ab, als mit ansehen zu müssen, wie sie büschelweise ausgehen. Das ist das wenigste, mein Junge, sie wachsen nach. Setz dich, wir müssen miteinander reden.«

»Papa ... Ich gehe jobben, ich ersetze alles, was ich kaputtgemacht habe.«

»Schon gut, ich nehme an, du musstest mal Luft ablassen. Reden wir nicht mehr darüber, es gibt wichtigere Dinge, die ich mit dir besprechen möchte. Ich muss Lisa für eine lange und schwierige Behandlung in ein Krankenhaus nach Texas bringen. Das ist der einzige Ort, wo sie diese Therapie machen können.«

»Und dadurch wird sie wieder gesund?« Alex hatte einen Kloß im Hals.

»Das hoffe ich, Alexander. Ich bleibe natürlich bei ihr. Wir müssen dieses Haus für eine Weile verlassen.«

»Und was wird aus uns?«

»Andrea und Nicole ziehen zu Oma Carla. Du gehst zu meiner Mutter.«

»Zu Kate? Ich will nicht zu ihr, Papa! Warum kann ich nicht mit zu Oma Carla? Die kann wenigstens kochen ...«

»Drei Kinder sind zu viel für meine Schwiegermutter.«

»Ich bin fünfzehn, Papa, langsam bin ich ja wohl alt genug, dass du mich vorher nach meiner Meinung fragst. Du kannst mich doch nicht einfach zu Kate schicken wie ein Päckchen, Briefmarke drauf und weg damit. Das machst du dauernd so, du entscheidest, und ich darf ja und amen dazu sagen. Ich bin doch kein Kind mehr!« Alex redete sich in Fahrt.

»Manchmal benimmst du dich aber wie eins«, sagte John Cold und deutete auf die verbundene Hand.

»Das war ein Unfall, das kann jedem mal passieren. Ich

mache keine Dummheiten bei Oma Carla, versprochen.«

»Ich weiß ja, eigentlich willst du keine Dummheiten machen, aber manchmal verlierst du eben den Kopf.«

»Ich ersetze doch alles! Hörst du mir überhaupt zu?!« Alex trat gegen das Tischbein.

»Das meine ich eben, du hast dich nicht im Griff. Trotzdem, Alexander, das hier hat nichts damit zu tun, dass du dein Zimmer demoliert hast. Es war schon vorher mit meiner Schwiegermutter und mit meiner Mutter abgesprochen. Ihr drei müsst zu den Großmüttern, da führt kein Weg daran vorbei. Du fliegst in ein paar Tagen nach New York.«

»Allein?«

»Allein. Ich fürchte, von nun an wirst du vieles allein machen müssen. Nimm deinen Pass mit, ich glaube, meine Mutter will eine Abenteuerreise mit dir unternehmen.«

»Wohin?«

»Zum Amazonas.«

»Zum Amazonas!« Alex konnte es nicht fassen. »Über den Amazonas habe ich mal einen Dokumentarfilm gesehen, dort wimmelt es nur so von Moskitos, Kaimanen und Banditen. Und jede Menge Krankheiten gibt es da, sogar Lepra!«

»Meine Mutter weiß ja wohl, was sie tut, sie würde dein Leben doch nicht in Gefahr bringen, Alexander.«

»Von wegen! Kate ist imstande und schubst mich in einen Fluss, der völlig mit Piranhas verseucht ist, Papa. Wer so eine Oma hat wie ich, der braucht keine Feinde.« Seine Stimme überschlug sich.

»Tut mir leid, aber du gehst trotzdem zu ihr, mein Junge.«

»Und die Schule? Wir müssen grade einen Haufen Klassenarbeiten schreiben. Außerdem kann ich nicht von heute auf morgen das Orchester sausen lassen ...«

»Man muss flexibel sein, Alexander. Unsere Familie

macht eine Krise durch. Weißt du, mit welchen Schriftzeichen die Chinesen ihr Wort für *Krise* schreiben? Mit den Zeichen für Gefahr und Möglichkeit. Vielleicht eröffnet dir die Gefahr, die in Lisas Krankheit liegt, eine außergewöhnliche Möglichkeit. Geh deine Sachen packen.«

»Was soll ich da groß packen? Ist ja kaum noch was übrig …«, sagte Alex, noch immer sauer auf seinen Vater.

»Dann hast du nicht so viel zu schleppen. Jetzt geh und gib deiner Mutter einen Kuss, sie ist ziemlich mitgenommen von dem, was passiert ist. Für Lisa ist es viel schwerer als für jeden von uns, Alexander. Wir müssen stark sein, so wie sie es ist.« Er klang traurig.

Bis vor wenigen Monaten war Alex glücklich gewesen. Jedenfalls hatte es ihn nie sonderlich gereizt, seinen gewohnten Alltag umzukrempeln; er glaubte, solange er keine Dummheiten machte, würde alles gut für ihn laufen. So übertrieben waren seine Zukunftspläne auch nicht: Er wollte ein berühmter Musiker werden wie sein Großvater Joseph Cold; irgendwie musste er Cecilia Burns dazu bringen, dass sie ihn heiratete, dann würden sie zwei Kinder haben und in der Nähe der Berge wohnen. So weit war alles in Ordnung, in der Schule klappte es ganz gut, er war Schwimmer in der Schulmannschaft, wenn auch nicht der beste, er hatte Freunde und hielt sich aus ernsthaften Schwierigkeiten heraus. Er fand sich ziemlich normal, jedenfalls wenn er sich mit diesen von Natur aus monströsen Gestalten verglich, die anderswo herumliefen, wie diese Jungs, die mit Maschinenpistolen in eine Schule in Colorado eingedrungen waren und ihre Mitschüler massakriert hatten. So weit musste man gar nicht gehen, auch an seiner Schule gab es einige widerliche Typen. Nein, er war keiner von der Sorte. Eigentlich wünschte er sich nur, wieder so zu leben wie noch vor ein paar Monaten, als seine Mutter gesund gewesen war. Er wollte nicht mit Kate Cold zum Amazonas. Diese Großmutter war ihm nicht geheuer.

Zwei Tage später verabschiedete sich Alex von dem Ort, an dem er die fünfzehn Jahre seines Lebens verbracht hatte. Ihn begleitete das Bild seiner Mutter, die mit einer blauen Wollmütze auf dem kahl rasierten Kopf in der Tür stand, ihm zum Abschied winkte und zulächelte, während Tränen über ihre Wangen liefen. Sie sah winzig aus, verletzlich und schön, trotz allem. Während er ins Flugzeug stieg, dachte er an sie. Was, wenn sie starb? Nein! Ich darf mir das nicht vorstellen, meine Mama wird wieder gesund, versuchte er sich auf der ganzen Reise einzureden.

ZWEITES KAPITEL

Eine Großmutter zum Fürchten

*A*uf dem Flughafen von New York fand sich Alexander Cold inmitten einer gehetzten Menschenmenge wieder, die, Koffer und Reisetaschen hinter sich herziehend, an ihm vorbeidrängelte und -schob. Sie sahen alle aus wie ferngesteuert, jeder Zweite presste sich ein Handy ans Ohr und redete irgendwie geistesgestört vor sich hin. Er war allein mit seinem Rucksack auf dem Rücken und einem zerknitterten Geldschein in der Hand. Er besaß noch drei weitere, die zusammengefaltet in seinen Stiefeln steckten. Sein Vater hatte ihm geraten, vorsichtig zu sein, denn in dieser Riesenstadt liefen die Dinge anders als in ihrem kleinen Ort an der kalifornischen Küste, wo nie irgendetwas passierte. Er und seine Schwestern hatten immer mit ihren Freunden auf der Straße gespielt, kannten jeden und gingen bei den Nachbarn ein und aus wie bei sich zu Hause.

Alex war sechs Stunden unterwegs gewesen vom einen Ende des Kontinents zum andern, eingezwängt neben einem schwitzenden Fettwanst, dessen Speckpolster über den Sitz quollen, so dass für ihn nur noch ein halber Platz übrig blieb. Andauernd hatte sich der Mann ächzend nach vorne gebeugt, die Hand in der Provianttüte versenkt und dann irgendwelche klebrigen Donuts in sich hineingestopft, weshalb Alex weder schlafen noch in Ruhe den Film sehen konnte. Hundemüde hatte er die Stunden gezählt, bis sie endlich gelandet waren und er sich die Beine vertreten konnte. Erleichtert verließ er das Flugzeug, und als er nach langem Gedränge und Geschiebe schließlich den Ausgang erreicht hatte, verrenkte er sich den Hals nach seiner Großmutter, konnte sie aber nirgends entdecken.

Eine Stunde später war Kate Cold noch immer nicht aufgetaucht, und Alex wurde es langsam mulmig. Er hatte sie zweimal über Lautsprecher ausrufen lassen, ohne Erfolg, und jetzt würde er zum Telefonieren seinen Geldschein gegen Münzen wechseln müssen. Zum Glück hatte er ein gutes Gedächtnis: Die Nummer fiel ihm sofort ein, genau wie die Adresse, die er sich gemerkt hatte, obwohl er nie dort gewesen war, nur durch die Karten, die er ihr zu Weihnachten und zum Geburtstag geschrieben hatte. Das Telefon seiner Großmutter läutete ins Leere, während er all seine telepathischen Kräfte mobilisierte, damit sie endlich den Hörer abnahm. Was sollte er jetzt bloß machen? Vielleicht ein Ferngespräch mit seinem Vater führen und den fragen? Aber damit wäre er womöglich sein ganzes Kleingeld los. Außerdem wollte er sich nicht anstellen wie ein Weichei. Was könnte sein Vater denn aus der Entfernung schon tun? Nein, seine Großmutter verspätete sich eben ein bisschen, kein Grund, gleich den Kopf zu verlieren; vielleicht steckte sie im Stau, oder sie suchte ihn überall im Flughafen, und sie waren aneinander vorbeigelaufen, ohne sich zu sehen.

Eine weitere halbe Stunde verging, und inzwischen war er so wütend auf Kate Cold, dass er sie bestimmt angeraunzt hätte, wenn sie sich nur hätte blicken lassen.

Er dachte an die üblen Scherze, die sie sich jahrelang auf seine Kosten erlaubt hatte, etwa als sie ihm zum Geburtstag eine Schachtel Schokopralinen schickte, die mit höllenscharfer Soße gefüllt waren. Keine normale Großmutter machte sich die Mühe, mit einer Spritze die Füllung aus jeder einzelnen Praline zu ziehen, sie durch Tabasco zu ersetzen, die Dinger wieder fein säuberlich mit Silberpapier zu umwickeln und in die Schachtel zu packen, bloß um ihren Enkeln eins auszuwischen. Er dachte auch an die schauerlichen Geschichten, mit denen sie ihn und seine Schwestern in Angst und Schrecken versetzte, wenn sie zu Besuch war, und daran, dass sie darauf bestand, das Licht auszumachen, bevor sie mit dem Erzählen begann. Mittlerweile waren ihre Schilderungen nicht mehr so wirkungsvoll, aber als kleiner Junge hatte er sich fast zu Tode geängstigt. Nicole und Andrea wurden in ihren Albträumen noch immer von den Vampiren und den aus ihren Gräbern entflohenen Zombies verfolgt, die ihre garstige Großmutter im Finstern heraufbeschwor. Dennoch, es ließ sich nicht abstreiten, dass sie süchtig nach diesen haarsträubenden Geschichten waren. Stundenlang konnten sie auch den tatsächlichen oder erfundenen Gefahren lauschen, denen Kate Cold auf ihren Reisen rund um die Welt ins Auge geblickt hatte. Am liebsten hörten sie die Geschichte von der acht Meter langen Pythonschlange, die in Malaysia den großmütterlichen Fotoapparat verschluckt hatte. »Zu schade, dass sie nicht dich verschluckt hat, Oma«, war Alex rausgerutscht, als er das zum ersten Mal hörte, aber Kate war nicht eingeschnappt gewesen. Diese Frau hatte ihm auch das Schwimmen beigebracht und dafür keine fünf Minuten gebraucht, weil sie ihn ins Becken schubste, als er vier Jahre alt war. Aus purer Verzweiflung hielt er sich tatsächlich bis zur anderen Seite strampelnd über Wasser, aber er hätte ertrinken können. Nicht von ungefähr wurde Lisa Cold immer ganz unruhig, wenn ihre Schwiegermutter zu Besuch kam: Sie musste ihre Vorsichtsmaßnahmen verdoppeln, wollte sie Leib und Leben ihrer Kinder nicht gefährden.

Nach diesen anderthalb Stunden am Flughafen hatte Alex die Nase gestrichen voll. Das könnte Kate Cold so passen, dass er sich hier ins Hemd machte, diese Genugtuung würde er ihr nicht gönnen; er musste handeln wie ein Mann. Er zog die Jacke an, schob sich den Rucksack auf den Schultern zurecht und ging dem Hinweisschild nach auf den Vorplatz, wo die Busse ins Zentrum Manhattan abfuhren. Als er aus dem überheizten, vom Stimmengewirr erfüllten und hell erleuchteten Innern des Gebäudes in die Kälte, Stille und Dunkelheit der Nacht draußen trat, kam er sich vor, als würde er gegen eine Wand laufen. Er hatte keine Ahnung gehabt, dass der Winter in New York so ungemütlich war. Es roch nach Benzin, auf dem Asphalt pappte der Schneematsch, und eisige Windböen stachen ihn ins Gesicht wie Nadeln. Jetzt fehlten ihm Handschuhe und Mütze, die er in Kalifornien nie brauchte, sie lagen mit seiner übrigen Skiausrüstung in einer Truhe in der Garage, wo er sie wegen des beklommenen Abschieds von seiner Familie vergessen hatte. Er spürte, wie die Wunde an seiner Hand, die ihn bisher nicht weiter gestört hatte, zu pochen begann. Er musste den Verband sofort wechseln, wenn er bei seiner Großmutter ankam. Er hatte keinen Schimmer, wie weit es bis zu ihrer Wohnung war und was ein Taxi dorthin kosten würde. Er brauchte einen Stadtplan, aber wo sollte er den herkriegen? Die Ohren eiskalt, die Hände in den Taschen vergraben, ging er auf die Bushaltestelle zu.

»Hi, bist du allein unterwegs?«, sprach ihn ein Mädchen an.

Sie hatte eine Stofftasche über der Schulter, einen Samthut bis zu den Augenbrauen ins Gesicht gezogen, blau lackierte Fingernägel und einen silbernen Ring in der Nase. Alex starrte sie verwundert an, trotz ihrer verschlissenen Hose und der Militärstiefel und obwohl sie eher schmutzig und ausgehungert aussah, war sie fast so hübsch wie seine heimliche Liebe Cecilia Burns. Gegen die Kälte trug sie nichts als eine kurze neonfarbene Kunstlederjacke, die ihr kaum bis über die Taille reichte. Handschuhe fand sie wohl unnötig. Alex stammelte eine ausweichende Antwort. Sein Vater hatte ihm geraten, nicht mit Fremden zu sprechen, aber dieses Mädchen konnte keine Gefahr darstellen, sie war höchstens ein paar Jahre älter als er und fast so dünn und klein wie seine Mutter. Tatsächlich fühlte sich Alex neben ihr stark.

»Wo fährst du hin?«, beharrte die Unbekannte und steckte sich eine Zigarette an.

»Zu meiner Großmutter, sie wohnt in der Vierzehnten Straße, Ecke Zweite Avenue. Hast du eine Ahnung, wie ich da hinkomme?«

»Na klar, ich fahre auch in die Richtung. Wir können den Bus nehmen. Ich heiße Morgana.«

»Den Namen habe ich ja noch nie gehört.«

»Ich habe ihn mir selber ausgesucht. Meine bescheuerte Mutter hatte mir einen gegeben, der genauso stinkgewöhnlich war wie sie. Und du, wie heißt du?« Sie blies den Rauch durch die Nase.

»Alexander Cold. Die meisten nennen mich Alex«, antwortete er, musste aber ziemlich schlucken, weil sie so von ihrer Familie sprach.

Sie warteten ungefähr zehn Minuten, stapften im Schnee herum, um die Füße warm zu bekommen, und Morgana nutzte die Zeit dazu, ihm eine knappe Zusammenfassung ihres Lebens zu liefern: Sie ging seit Jahren nicht mehr zur Schule – die taugte ja doch bloß für Deppen – und war von zu Hause abgehauen, weil sie ihren Stiefvater nicht ertragen konnte, der ein widerliches Schwein war.

»Irgendwann spiele ich in einer Band, so viel ist sicher«, sagte sie. »Ich brauche bloß noch eine E-Gitarre. Was ist denn das da an deinem Rucksack? Ist da ein Instrument drin?«

»Eine Flöte.«

»Elektrisch?«

»Nein, Batteriebetrieb.« Alex verdrehte die Augen.

~

Als seine Ohren eben zu Eiswürfeln gefroren waren, kam der Bus, und die beiden stiegen ein. Alex bezahlte seine Fahrkarte und nahm das Wechselgeld in Empfang, während Morgana nacheinander ihre sämtlichen Jackentaschen durchwühlte.

»Mein Geldbeutel! Mein Geldbeutel ist weg! Irgendwer hat mich beklaut …«, stammelte sie.

»Tut mir leid, Kleine. Dann musst du aussteigen«, sagte der Fahrer.

»Ich kann doch nichts dafür, wenn ich beklaut werde!« Jetzt wurde sie so laut, dass Alex schon fürchtete, die anderen Fahrgäste könnten es mitkriegen.

»Ich auch nicht. Geh zur Polizei.« Der Fahrer verzog keine Miene.

Morgana öffnete ihre große Stofftasche und kippte den gesamten Inhalt vor dem Fahrer auf den Boden: Klamotten, Wimperntusche, eine Packung Chips, einen Haufen Döschen und Tüten in verschiedenen Größen und ein Paar hochhackige Schuhe, die jemand anderem gehören mussten, denn Morgana konnte man sich beim besten Willen nicht darin vorstellen. Sie untersuchte jedes einzelne Kleidungsstück, als hätte sie alle Zeit der Welt, drehte jedes Blüschen auf links, schraubte sämtliche Döschen auf und sah in jede Tüte, wedelte vor aller Augen mit ihren Unterhosen herum. Alex wurde das immer peinlicher, und er schaute weg. Hoffentlich dachte keiner, dass er mit der irgendetwas zu tun hatte.

»Ich habe nicht die ganze Nacht Zeit, Kleine. Du musst aussteigen«, sagte der Fahrer, und diesmal klang es bedrohlich.

Morgana scherte sich nicht um ihn. Mittlerweile hatte sie die Neonjacke ausgezogen und untersuchte das Futter, während die anderen Fahrgäste im Bus schon murrten, wann es denn jetzt endlich losginge.

»Leih mir was!« Sie zupfte Alex am Ärmel.

Er spürte, wie seine Ohren mit einem Schlag auftauten, und konnte sich denken, dass sie rot anliefen, denn das passierte ihm in entscheidenden Momenten immer. Diese

Ohren waren eine Strafe: Jedes Mal verrieten sie ihn, vor allem wenn er Cecilia Burns begegnete, in die er schon seit dem Kindergarten verliebt war. Nur war das ziemlich aussichtslos. Was sollte sie auch ausgerechnet an ihm finden? Sicher, er war ein ganz passabler Schwimmer, aber sie hatte die freie Auswahl unter den besten Sportlern der Schule. An ihm war nichts Besonderes, richtig gut war er bloß beim Klettern und Flötespielen, aber kein Mädchen, das noch alle Tassen im Schrank hatte, interessierte sich für Berge oder Querflöten. Er war wohl dazu verdammt, sie bis ans Ende seiner Tage aus der Ferne anzuhimmeln, außer es passierte ein Wunder.

»Leih mir Geld für die Fahrkarte«, sagte Morgana noch einmal.

Normalerweise kümmerte es Alex nicht, wenn ihm sein Geld durch die Finger rann, aber das war ein ungünstiger Zeitpunkt zum Großzügigsein. Andererseits, überlegte er, durfte ein Mann eine Frau in einer solchen Situation nicht im Stich lassen. Sein Kleingeld reichte gerade noch, und er konnte ihr helfen, ohne die Reserve in seinen Stiefeln anzubrechen. Er bezahlte die zweite Fahrkarte. Morgana warf ihm neckisch eine Kusshand zu, streckte dem Fahrer, der sie erbost ansah, die Zunge heraus, klaubte eilig ihre Sachen zusammen und folgte Alex in die letzte Reihe des Busses, wo sie sich nebeneinander setzten.

»Ohne dich wäre ich verratzt gewesen. Sobald ich kann, kriegst du die Kohle wieder.«

Alex antwortete nicht. Irgendwo hatte er einmal gelesen: Leih dein Geld jemandem, den du nicht wiedersiehst, und es ist sinnvoll ausgegeben. Morgana faszinierte ihn, und gleichzeitig war sie ihm unheimlich, sie hatte nicht die geringste Ähnlichkeit mit den Mädchen an seiner Schule, noch nicht einmal mit denen, die sich wirklich was trauten. Um sie nicht dauernd mit offenem Mund anzuglotzen wie ein Schwachsinniger, starrte er während der langen

Fahrt fast die ganze Zeit schweigend auf das nachtschwarze Fenster, in dem sich Morgana spiegelte und auch sein eigenes schmales Gesicht mit der runden Brille und dem Haar, das so schwarz war wie das seiner Mutter. Wann würde er sich endlich rasieren können? Ein paar seiner Freunde hatten schon richtigen Bartwuchs; an seinem eigenem Kinn zeigte sich nicht einmal Flaum, und gewachsen war er auch schon ewig nicht mehr, er war noch immer einer der Kleinsten in seiner Klasse. Sogar Cecilia Burns war größer als er. Sein einziger Trumpf war, dass er im Gegensatz zu einigen anderen an seiner Schule gute Haut hatte, weil sein Vater ihn behandelte, sobald sich der winzigste Pickel zeigte. Seine Mutter versuchte, ihm seine Sorgen auszureden, manche seien eben Spätzünder, und alle Männer der Familie Cold seien groß; aber in Bio hatte er aufgepasst und wusste, mit der Vererbung war das so eine Sache, und deshalb konnte er ebenso gut nach der Familie seiner Mutter schlagen. Lisa Cold war selbst für eine Frau klein; wer sie von hinten sah, konnte sie für eine Vierzehnjährige halten, vor allem, seit sie krank und nur noch Haut und Knochen war. Als er an sie dachte, spürte er, wie ihm eng um die Brust wurde und ihm die Luft wegblieb, als hielte eine riesige Hand seine Kehle umklammert.

Morgana hatte ihre Jacke nicht wieder angezogen. Darunter war ein schwarzes Spitzenblüschen zum Vorschein gekommen, das ihren Bauch frei ließ, und ein Lederhalsband mit stachligen Nieten wie für einen bissigen Hund. »Ne Tüte käme jetzt echt gut«, sagte sie. Alex deutete auf das Schild, nach dem im Bus nicht geraucht werden durfte. Sie sah sich um. Keiner achtete auf die beiden; vor ihnen waren etliche Sitzreihen frei, und ein Stück weiter saßen welche, die lasen oder dösten. Nachdem sie sicher war, dass keiner hinsah, griff sie in ihren Ausschnitt und zog einen speckigen Lederbeutel heraus. Sie stieß Alex kurz mit dem Ellbogen an und wedelte damit vor seiner Nase herum.

»Gras«, zischte sie.

Alex schüttelte den Kopf. Er hielt sich selbst keineswegs für einen Gesundheitsfanatiker, wie fast alle seine Kumpels hatte auch er hin und wieder Marihuana geraucht und Alkohol getrunken, bloß verstand er nicht, was daran verlockend sein sollte, außer dass es verboten war. Er verlor nicht gern die Kontrolle. Deshalb machte ihm das Bergsteigen Spaß, weil es da auf Körperbeherrschung und Konzentration ankam. Von den Touren mit seinem Vater kam er erschöpft, mit schmerzenden Gliedern und hungrig zurück, aber auch überglücklich, energiegeladen und stolz darüber, dass er seine Ängste und die Hindernisse am Berg überwunden hatte. Er sprühte nur so, fühlte sich mächtig, fast unbesiegbar. Sein Vater sagte dann zwar keinen Ton, denn er sollte sich nichts darauf einbilden, klopfte ihm aber kameradschaftlich auf die Schulter, als Anerkennung für seine Großtat. John Cold überschüttete einen nie mit Lob, man musste sich ganz schön anstrengen, um überhaupt einmal eins zu bekommen, aber Alex machte das eigentlich nichts aus, ihm genügte das Schulterklopfen von Mann zu Mann.

Sein Vater war ziemlich in Ordnung, und deshalb gab sich Alex auch alle Mühe, kein Angeber zu sein, aber im Stillen war er doch stolz auf drei Eigenschaften, die ihn seiner Meinung nach auszeichneten: der Mut, auf Berge zu klettern, seine Begabung zum Flötespielen und die Fähigkeit, klar zu denken. Viel schwieriger war es, seine Schwächen einzugestehen, aber er musste zugeben, dass es mindestens zwei gab, auf die ihn seine Mutter schon öfter hingewiesen hatte und die er eigentlich loswerden wollte: seine Schwarzmalerei – fast immer fand er ein Haar in der Suppe – und seine Unausgeglichenheit – er bekam Tobsuchtsanfälle aus heiterem Himmel. Beides war neu, denn noch vor ein paar Monaten war er zuversichtlich und immer gut gelaunt gewesen. Seine Mutter meinte zwar, das sei eine Frage des Alters und würde sich auswachsen, allerdings war er sich da nicht so sicher. Aber jedenfalls reizte ihn Morganas Angebot nicht. Die Male, wenn er gekifft oder etwas getrunken hatte, war er sich überhaupt nicht vorgekommen wie auf einem Flug ins Paradies, was einige seiner Freunde behaupteten, sondern hatte bloß gespürt, wie sich sein Kopf vernebelte und seine Beine wie Watte wurden. Richtig high wurde er davon, an einem Seil an einer Felswand zu hängen, unter sich den Abgrund, und genau zu wissen, wohin er als Nächstes den Fuß setzen musste. Nein, mit Gras und solchem Zeug hatte er nichts am Hut. Mit Zigaretten auch nicht, denn zum Bergsteigen und Flötespielen brauchte er eine gesunde Lunge. Er musste grinsen, als er daran dachte, wie seine Großmutter Kate ihm die Verlockung zu rauchen gründlich vermiest hatte. Damals war er elf gewesen, und obwohl ihm sein Vater die bekannte Predigt über Lungenkrebs und andere Folgen des Rauchens gehalten hatte, paffte er heimlich mit seinen Freunden hinter der Turnhalle. Kate Cold verbrachte Weihnachten bei ihnen, und wie ein Spürhund hatte sie binnen kurzem den Geruch wahrgenommen, da half auch kein Kaugummi oder Kölnischwasser.

»So jung und schon rauchen, Alexander?«, fragte sie vergnügt. Er wollte es abstreiten, aber sie ließ ihm keine Zeit. »Komm mit, wir machen eine Spritztour«, sagte sie.

Er stieg ins Auto, schnallte sich sorgfältig an und raunte zwischen zusammengebissenen Zähnen ein Stoßgebet, denn seine Großmutter am Steuer war gemeingefährlich. Sie behauptete einfach, das sei in New York so üblich, und raste, als wäre jemand hinter ihr her. Mit jaulendem Motor und quietschenden Reifen fuhr sie mit ihm bis zum Supermarkt, wo sie vier dicke Zigarren aus schwarzem Tabak kaufte, dann parkte sie in einer ruhigen Straße, in der sie keine aufdringlichen Blicke zu befürchten hatte, und steckte für jeden eine an. Fenster und Türen waren geschlossen, und sie rauchten, was das Zeug hielt, bis sie vor lauter Qualm nicht mehr nach draußen sehen konnten. Alex spürte, wie sich alles in seinem Kopf drehte und sein Magen sich hob und senkte. Bald konnte er nicht mehr, riss die Wagentür auf und ließ sich wie ein Sack auf die Straße plumpsen, ihm war speiübel. Seine Großmutter wartete grinsend, bis er seinen Magen restlos entleert hatte, und machte keinerlei Anstalten, ihm die Stirn zu stützen oder ihn zu trösten, wie seine Mutter das getan hätte, und dann zündete sie noch eine Zigarre an und reichte sie ihm.

»Auf geht's, Alexander, zeig mir, dass du ein richtiger Mann bist, und rauch noch eine.« Offensichtlich amüsierte sie sich köstlich.

Die beiden folgenden Tage musste er das Bett hüten, eidechsengrün im Gesicht und überzeugt, die Übelkeit und das Kopfweh würden ihn umbringen. Sein Vater glaubte, er habe sich einen Virus eingefangen, und seine Mutter hatte zwar sofort ihre Schwiegermutter im Verdacht, wagte aber nicht, sie offen zu bezichtigen, dass sie ihren Enkel vergiftet hatte. Egal, was einige seiner Freunde am Rauchen fanden, Alex drehte sich seither bei dem bloßen Gedanken an eine Zigarette der Magen um.

»Das ist bestes Gras«, beharrte Morgana und hielt ihm den geöffneten Beutel unter die Nase. »Ich habe auch noch das da, falls dir das lieber ist.« Auf ihrer Handfläche lagen zwei weiße Pillen.

Alex starrte wieder auf das Busfenster, wortlos. Er wusste aus Erfahrung, dass es besser war, den Mund zu halten oder das Thema zu wechseln. Was immer er sagte, würde bescheuert klingen, und das Mädchen würde ihn für ein Weichei oder für den künftigen Papst halten. Morgana zuckte die Achseln und barg ihre Schätze in der Hoffnung auf eine günstigere Gelegenheit. Sie kamen beim Busbahnhof mitten in Manhattan an und mussten aussteigen.

Um diese Uhrzeit waren die meisten Büros und Geschäfte zwar bereits geschlossen, der Verkehr hatte aber noch nicht nachgelassen, und viele Leute waren unterwegs in Bars, Cafés, Restaurants oder ins Theater. Alex konnte die Gesichter der Passanten nicht erkennen, die als gebeugte, in Mäntel gehüllte Gestalten an ihm vorbeieilten. Etwas lag wie große Bündel am Boden neben Gittern im Bürgersteig, aus denen Dampfschwaden waberten. Er begriff, dass es Penner waren, die sich zum Schlafen auf den Heizungsschächten der Gebäude zusammenrollten, denn nur dort fanden sie in der Winternacht ein bisschen Wärme.

Durch die harten Neonlichter und die Scheinwerfer der Autos bekamen die nassen, schmutzigen Straßen etwas Unwirkliches. An den Straßenecken türmten sich schwarze Säcke, manche waren zerrissen, und der Müll quoll heraus. Eine Bettlerin in einem zerlumpten Mantel stocherte mit einem Stock darin herum und betete eine endlose Litanei in einer erfundenen Sprache herunter. Alex musste einen Satz zur Seite machen, um nicht auf eine Ratte zu treten, die mit zerbissenem, blutigem Schwanz mitten auf dem Gehsteig hockte und sich nicht rührte, als sie vorbeigingen. Autohupen, Polizeisirenen und von Zeit zu Zeit die jaulenden Hörner eines Krankenwagens zerschnitten die Luft. Ein junger, grobschlächtiger Hüne schrie ihnen zu, der Weltuntergang stehe bevor, und drückte ihnen im Vorbeigehen einen verknitterten Zettel in die Hand, auf dem eine halbnackte Blondine mit dicken Lippen für Massagen warb. Ein Skater mit Kopfhörer rempelte Alex an, drängte ihn gegen eine Hauswand und brüllte ihm ins Gesicht: »Mach doch die Augen auf, du Idiot!«

Alex spürte, dass die Wunde an seiner Hand erneut zu pochen begann. Er fühlte sich in einen Science-Fiction-Albtraum versetzt, in eine furchteinflößende Megastadt aus Stahlbetonschluchten, verspiegelten Hochhausfassaden, verpesteter Luft und Einsamkeit. Wie gerne wäre er wieder in diesem Ort am Meer gewesen, wo er sein Leben verbracht hatte! Dieses verschlafene Nest, das ihn so oft angeödet hatte, jetzt kam es ihm vor wie das Paradies. Morgana unterbrach seine düsteren Gedanken.

»Ich habe ein Mordsloch im Bauch … Können wir nicht irgendwo was essen?«

»Es ist schon so spät, ich muss zu meiner Großmutter!«

»Nur die Ruhe, Mann, ich bringe dich schon zu deiner Oma. Wir sind ganz in der Nähe, aber was zu beißen wäre doch nicht verkehrt.«

Ehe er sich sträuben konnte, hatte sie ihn am Arm in ein lärmendes Lokal gezogen, wo es nach Bier, abgestandenem Kaffee und Frittiertem roch. Hinter einer langen Resopaltheke wuselten ein paar Asiaten herum und servierten Gerichte, die im Fett schwammen. Morgana schwang sich auf einen Barhocker vor dem Tresen und studierte das Essensangebot, das mit Kreide auf eine Wandtafel geschrieben war. Alex begriff, dass er würde bezahlen müssen, und machte sich auf den Weg zur Toilette, um die versteckten Scheine aus seinen Stiefeln zu befreien.

Die Klowände waren mit dreckigen Sprüchen und säuischen Kritzeleien vollgeschmiert, am Boden lag zerknülltes Papier, und aus den rostigen Leitungen tropfte Wasser und bildete überall Pfützen. Er ging in eine Kabine, verriegelte die Tür, stellte den Rucksack auf den Boden und musste sich, so sehr es ihn auch ekelte, auf die Kloschüssel setzen, um die Stiefel auszuziehen, und das war mit der verbundenen Hand in dem engen Raum leichter gesagt als getan. Was erzählte sein Vater immer für Schauergeschichten über Krankheiten, die man sich in öffentlichen Toiletten zuziehen kann? Geschenkt, jetzt musste er erst einmal seine paar Kröten zusammenhalten. Mit einem Achselzucken zählte er nach; er würde selbst nichts essen und hoffte, dass Morgana irgendwas Billiges bestellen würde, sie sah ja nicht gerade aus wie ein Vielfraß. Solange er Kate Colds rettende Wohnung nicht erreicht hatte, waren diese drei auf Briefmarkenformat gefalteten Scheine alles, was er auf der Welt besaß; mit ihnen würde er nicht enden wie diese Penner, die er eben gesehen hatte, er brauchte nicht auf der Straße zu erfrieren oder zu verhungern. Falls er nicht zu der Adresse seiner Großmutter fand, konnte er immer noch zurückfahren, die Nacht irgendwo im Flughafen verbringen und am nächsten Tag wieder nach Hause fliegen, dafür hatte ja er ein Rückflugticket. Er zog die Stiefel wieder an, steckte das Geld in eine Seitentasche seines Rucksacks und verließ die Kabine. Außer ihm war niemand hier. Vor dem Waschbecken stellte er den Rucksack auf den Boden, rückte den Verband an seiner linken Hand zurecht, wusch sich die rechte umständlich mit Seife, spritzte sich einen Schwall Wasser ins Gesicht, um die Müdigkeit zu verscheuchen, und trocknete sich schließlich mit einem Papiertuch ab. Dann bückte er sich nach seinem Rucksack: Er war weg.

Alex stürzte aus dem Klo, sein Herz raste. Ihn zu beklauen hatte keine Minute gedauert, der Dieb konnte noch nicht weit sein, wenn er sich beeilte, würde er ihn schnappen, ehe er sich draußen im Gewühl verlor. Im Lokal war alles unverändert, dieselben schwitzenden Angestellten hinter der Theke, dieselben gleichgültigen Kunden, dasselbe fetttriefende Essen, derselbe Lärm von klappernden Tellern und Schnulzenmusik in voller Lautstärke. Keiner nahm Notiz von seiner Aufregung, niemand sah sich nach ihm um, als er hektisch hervorstieß, er sei beklaut worden. Der einzige Unterschied bestand darin, dass Morgana nicht mehr auf dem Barhocker saß, wo er sie verlassen hatte. Weit und breit keine Spur von ihr.

Alex musste nicht lange rätseln, wer ihm da unauffällig gefolgt war, wer hinter der Toilettentür auf eine günstige Gelegenheit gelauert hatte, wer den Rucksack im Handumdrehen hatte mitgehen lassen. Er schlug sich an die Stirn.

Was war er bloß für ein Rindvieh! Morgana hatte ihn verarscht wie einen Anfänger und ihm alles abgenommen, außer den Kleidern, die er am Leib trug. Er war sein Geld los, sein Rückflugticket und sogar seine teure Flöte. Nur seinen Pass hatte er noch, weil der zufällig in seiner Jackentasche steckte. Er musste sich fürchterlich zusammennehmen, um nicht auf der Stelle loszuflennen.

DRITTES KAPITEL

Der Urwald-Yeti

Wer Fragen stellt, kommt durch die Welt, war einer von Kate Colds Wahlsprüchen. Für ihre Arbeit reiste sie in die entlegensten Winkel der Erde, wo sie diesen Spruch sicher häufig genug hatte anwenden können. Alex war eher schüchtern, es kostete ihn Überwindung, fremde Leute anzusprechen, aber jetzt blieb ihm nichts anderes übrig. Kaum hatte er sich so weit beruhigt, dass er wieder einen Ton herausbrachte, trat er auf einen Mann zu, der einen Hamburger hinunterschlang, und fragte, wie er zur Vierzehnten Straße, Ecke Zweite Avenue kommen könne. Der Typ zuckte die Achseln und antwortete nicht. Alex fühlte sich mies behandelt und wurde rot. Er zögerte kurz und wandte sich dann an einen der Angestellten hinter der Theke. Der Mann fuchtelte mit dem Messer in eine ungefähre Richtung und brüllte über den Radau des Restaurants hinweg etwas in einem unergründlichen Kauderwelsch, von dem Alex kein Wort begriff. Eigentlich, dachte er, war es doch bloß eine Frage der Logik: Wenn er herausfand, in welcher Himmelsrichtung die Zweite Avenue lag, brauchte er nur noch die Querstraßen abzuzählen, ganz einfach; ganz so einfach erschien es ihm dann allerdings doch nicht, nachdem er festgestellt hatte, dass er sich in der Zweiundvierzigsten Straße, Ecke Achte Avenue befand und sich ausmalen konnte, wie lange er durch diese Eiseskälte würde laufen müssen. Er war dankbar für das Bergtraining: Immerhin konnte er sechs Stunden hindurch wie eine Eidechse Felswände hinaufkriechen, was sollten ihm da die paar Straßenzüge auf ebener Erde ausmachen? Er zog den Reißverschluss seiner Jacke hoch, duckte den Kopf zwischen die Schultern, vergrub die Hände in den Taschen und stapfte los.

Es war nach Mitternacht und hatte zu schneien begonnen, als er in der Straße seiner Großmutter ankam. Die Gegend wirkte verwahrlost, alles war dreckig und hässlich, weit und breit sah man keinen Baum, und seit geraumer Zeit war er keiner Menschenseele mehr begegnet. Man musste ja auch reichlich verzweifelt sein, um sich mitten in der Nacht zu Fuß in den gefährlichen Straßen von Manhattan herumzutreiben. Bloß gut, dass sich kein Gangster bei diesem Wetter vor die Tür traute, sonst wäre er seine Klamotten und seinen Pass jetzt auch noch los. Das Gebäude war ein grauer Wohnblock hinter einem Sicherheitszaun zwischen vielen anderen völlig gleich aussehenden Blocks. Er drückte auf die Klingel, und sofort fragte die heisere und bärbeißige Stimme von Kate Cold, wer es wage, sie um diese nachtschlafende Zeit zu stören. Alex erriet, dass sie auf ihn gewartet hatte, obwohl sie das natürlich nie zugeben würde. Er war bis auf die Knochen durchgefroren und hatte es noch nie im Leben so nötig gehabt, dass ihn jemand in die Arme nahm, aber als sich die Fahrstuhltür endlich im elften Stock öffnete und er vor seiner Großmutter stand, war er fest entschlossen, keine Schwäche zu zeigen.

»Hallo, Oma.« Er versuchte, sein Zähneklappern zu übertönen.

»Ich hab dir doch gesagt, du sollst mich nicht Oma nennen!«, raunzte sie ihn an.

»Hallo, Kate.«

»Du kommst ganz schön spät, Alexander.«

»Hatten wir nicht ausgemacht, dass du mich am Flughafen abholst?« Er schluckte die Tränen hinunter.

»Überhaupt nichts hatten wir ausgemacht. Wenn du es nicht schaffst, vom Flughafen bis zu mir nach Hause zu kommen, wie willst du mich dann in den Urwald begleiten? Zieh die Jacke und die Stiefel aus«, sagte sie ohne Übergang, »ich mache dir eine heiße Schokolade und lasse dir ein Bad einlaufen, aber nimm bitte zur Kenntnis, dass ich das nur tue, damit du keine Lungenentzündung bekommst. Du musst gesund sein für die Reise. Erwarte bloß nicht, dass ich dich fortan bemuttere, kapiert?«

»Ich habe nie erwartet, dass du mich bemutterst.«

»Was ist mit deiner Hand passiert?« Sie sah auf den völlig durchnässten Verband.

»Eine lange Geschichte.«

Kate Colds kleine Wohnung war schummrig, vollgestopft und chaotisch. Zwei der Fenster – mit schmutzstarrenden Scheiben – gingen auf einen Lichthof und das dritte auf eine Ziegelmauer mit Feuerleiter. Koffer, Rucksäcke, Taschen und Kisten lagen achtlos in den Ecken herum, und auf den Tischen türmten sich Bücher, Zeitungen und Zeitschriften. Alex entdeckte einige Totenschädel, Bogen und Pfeile aus schwarzem Holz, bemalte Tongefäße mit Deckel, versteinerte Käfer und tausenderlei andere Dinge. Eine lange Schlangenhaut nahm die ganze Breite einer Wand ein. Sie musste der berühmten Pythonschlange gehört haben, die in Malaysia den Fotoapparat geschluckt hatte.

Bis jetzt hatte Alex seine Großmutter nie in ihrem Zuhause gesehen, und er musste zugeben, dass er sie so, inmitten ihrer Sachen, viel interessanter fand. Kate Cold war vierundsechzig Jahre alt, hager und sehnig, ihre Haut vom Wetter gegerbt; ihre blauen Augen, die so viel von der Welt gesehen hatten, blickten schneidend wie Messer. Das graue Haar stutzte sie sich selbst mit der Schere, ohne in den Spiegel zu schauen, es stand nach allen Seiten ab, als hätte sie sich ihr Lebtag nicht gekämmt. Sie war stolz auf ihre Zähne, die groß waren und so stark, dass sie damit Nüsse knacken und Bierflaschen öffnen konnte; außerdem gab sie gern damit an, dass sie sich nie einen Knochen gebrochen hatte, niemals zum Arzt ging und von Malariaanfällen bis zu Skorpionstichen nichts sie hatte umbringen können. Sie trank Wodka ohne alles und rauchte schwarzen Tabak aus einer Seemannspfeife. Winters wie sommers trug sie die gleiche Pumphose und eine ärmellose Weste mit unzähligen Taschen, in denen sie alles für den Katastrophenfall Notwendige griffbereit hatte. Zuweilen, wenn es sich beim besten Willen nicht vermeiden ließ, dass sie sich elegant kleidete, vertauschte sie die Weste mit einer Halskette aus Bärenzähnen, dem Geschenk eines Apachenhäuptlings.

Alex wusste, seine Mutter hatte einen echten Horror vor ihr, aber er und seine Schwestern freuten sich trotz allem, wenn Kate zu Besuch kam. Immer wieder staunten sie Bauklötze, wenn ihnen diese schrullige Großmutter, Hauptfigur unglaublicher Abenteuer, von den fremdartigsten Weltgegenden berichtete. Sie schnitten ihre Reisereportagen aus den verschiedenen Zeitschriften und Tageszeitungen aus und sammelten die Postkarten und Fotos, die sie ihnen von überallher schickte. Auch wenn es ihnen manchmal peinlich war, sie ihren Freunden vorzustellen, waren sie im Grunde stolz darauf, dass jemand aus ihrer Familie fast so etwas wie eine Berühmtheit war.

Gewärmt durch das heiße Bad, eingehüllt in einen Bademantel und mit Wollsocken an den Füßen, stopfte Alex eine halbe Stunde später Fleischbällchen mit Kartoffelpüree in sich hinein, eine der wenigen Sachen, die er gerne aß, und das Einzige, was Kate kochen konnte. »Die Reste von gestern«, sagte sie, aber Alex konnte sich denken, dass sie das Essen extra für ihn gemacht hatte. Eigentlich wollte er ihr nichts von Morgana erzählen, weil er nicht dastehen wollte wie ein Rindvieh, aber er musste ihr beichten, dass ihm all seine Sachen gestohlen worden waren.

»Schätze, jetzt sagst du, ich soll niemandem trauen«, nuschelte Alex und wurde rot.

»Ganz im Gegenteil, ich wollte sagen, dass du lernen

sollst, dir selbst zu vertrauen. Du siehst doch, Alexander, trotz allem konntest du ohne Schwierigkeiten zu mir kommen.«

»Ohne Schwierigkeiten?« Er starrte sie verständnislos an. »Ich bin unterwegs fast erfroren. Man hätte meine Leiche erst zur Schneeschmelze im nächsten Frühjahr gefunden.«

»Jede weite Reise beginnt mit einem Stolpern. Und dein Pass?«

»Den habe ich gerettet, er war in meiner Jackentasche.«

»Kleb ihn dir mit Tesafilm an die Brust, wenn du den verlierst, bist du geliefert.«

»Am meisten tut es mir um die Flöte leid«, sagte Alex leise.

»Dann muss ich dir wohl die Flöte deines Großvaters geben. Eigentlich wollte ich sie ja behalten, bis sich bei dir so etwas wie Talent feststellen lässt, aber ich denke, sie ist in deinen Händen besser aufgehoben, als wenn sie hier herumfliegt.«

Sie suchte auf den Regalen, mit denen die Wände ihrer Wohnung bis an die Decke vollgestellt waren, und überreichte ihm ein verstaubtes Etui aus schwarzem Leder.

»Da, Alexander. Dein Großvater hat sie vierzig Jahre gespielt, pass gut darauf auf.«

Die Kritiker hatten seinen Großvater Joseph Cold nach dessen Tod den bedeutendsten Flötisten des Jahrhunderts genannt. »Das hätten sie mal besser gesagt, solange der arme Joseph noch am Leben war«, war Kates Kommentar gewesen, als sie das in der Zeitung las. Die beiden waren damals schon seit dreißig Jahren geschieden, aber in seinem Testament vermachte Joseph Cold seiner Ex-Frau die Hälfte seines Besitzes, darunter seine beste Flöte, die nun sein Enkel in Händen hielt. Ehrfürchtig öffnete Alex den abgegriffenen Lederkasten und strich über die Flöte: Sie war ein Schmuckstück. Er nahm sie behutsam heraus, steckte sie zusammen und setzte sie an die Lippen. Als er hineinblies, wunderte er sich selbst darüber, wie schön sich das anhörte. Diese hier klang ganz anders als die Flöte, die Morgana ihm gestohlen hatte.

~

Kate Cold gab ihrem Enkel Zeit, das Instrument unter die Lupe zu nehmen und sich, wie sie das im Grunde erwartete, überschwänglich bei ihr zu bedanken, dann drückte sie ihm eine vergilbte Schwarte mit losen Buchdeckeln in die Hand: *Gesundheitsratgeber für den tollkühnen Reisenden.* Alex schlug wahllos eine Seite auf und las die Symptome einer tödlichen Krankheit vor, die man bekommen kann, wenn man das Gehirn seiner Vorfahren verspeist.

»So was Ekeliges esse ich sowieso nicht«, sagte er.

»Man kann nie wissen, was in Fleischbällchen drin ist.« Seine Großmutter lächelte milde.

Alex fuhr der Schreck in die Glieder, und er beäugte misstrauisch die Reste auf seinem Teller. Bei Kate Cold war äußerste Vorsicht geboten. Vorfahren wie sie waren auch ungegessen schon lebensgefährlich.

»Morgen musst du dich gegen ein halbes Dutzend Tropenkrankheiten impfen lassen. Zeig mal deine Hand her! Wenn sie entzündet ist, kannst du nicht mitfahren.«

Sie untersuchte ihn ziemlich ruppig, kam zu dem Schluss, dass ihr Sohn John gute Arbeit geleistet hatte, goss – für alle Fälle – eine halbe Flasche Desinfektionsmittel über die Wunde und kündigte an, ihm am nächsten Tag eigenhändig die Fäden zu ziehen. Das sei ein Kinderspiel, sagte sie, das könne jeder. Alex zuckte zusammen. Seine Großmutter bekam so etwas Wildentschlossenes, wenn sie sich ihre Brille aufsetzte, die sie auf einem Markt in Guatemala gebraucht gekauft hatte und die, so zerkratzt, wie die Gläser waren, schon einiges mitgemacht haben musste.

Während Kate den Verband erneuerte, erklärte sie ihm, die Zeitschrift *International Geographic* habe Geld für eine Expedition ins Herz des Amazonasgebiets zur Verfügung gestellt, in den Urwald zwischen Venezuela und Brasilien, um nach einem riesenhaften, möglicherweise menschenähnlichen Wesen zu suchen, das dort verschiedentlich aufgetaucht war. Man hatte gigantische Fußabdrücke gefunden. Wer in seiner Nähe gewesen war, berichtete, das Tier – oder primitive Menschenwesen – sei größer als ein Bär, habe sehr lange Arme und einen schwarzen Pelz. Es war so etwas wie der Yeti im Himalaja, nur eben mitten im Urwald.

»Könnte ein Affe sein …«, befand Alex.

»Ah, Herr Oberschlau, glaubst du, auf diese Idee ist noch niemand gekommen?«

»Aber es gibt keinen Beweis, dass dieses Wesen wirklich existiert …«, wagte Alex einzuwenden.

»Die Geburtsurkunde dieser so genannten Bestie haben wir nicht, Alexander. Ach ja! Da ist noch etwas Wichtiges: Es heißt, dass sie einen durchdringenden Geruch verströmt, von dem Tiere und Menschen in ihrer Nähe ohnmächtig oder gelähmt werden.«

»Wenn die Leute davon ohnmächtig werden, dann kann doch niemand etwas gesehen haben.«

»Genau, aber aufgrund der Spuren weiß man, dass die Bestie auf zwei Beinen geht. Und keine Schuhe anhat, falls das deine nächste Frage wäre.«

»Nein, Kate, meine nächste Frage wäre, ob sie einen Hut trägt!« Das war doch nicht zu fassen.

»Nicht, dass ich wüsste.«

»Ist sie gefährlich?«

»Nein, Alexander. Sie ist allerliebst. Sie stiehlt nicht, verschleppt keine kleinen Kinder und macht das Eigentum anderer nicht kaputt. Sie tötet nur. Dabei macht sie keinen Dreck und keinen Lärm, sie bricht ihren Opfern lediglich alle Knochen und holt ihnen fein säuberlich die Eingeweide heraus, wie ein Fachmann.«

»Wie viele Leute hat diese Bestie, oder was das sein soll, denn umgebracht?« Langsam wurde es Alex doch mulmig.

»Nicht viele in Anbetracht der Überbevölkerung der Erde.«

»Wie viele, Kate!«

»Einige Goldsucher, ein paar Soldaten, den ein oder anderen Händler ... Kurzum, die genaue Zahl kennt man nicht.«

»Hat sie Indianer umgebracht? Wie viele?«

»Das weiß man nun wirklich nicht. Die Indianer können nur bis zwei zählen. Außerdem stellen sie sich den Tod ein bisschen anders vor als wir. Wenn sie glauben, dass ihnen jemand die Seele geraubt hat oder in ihren Fußstapfen gelaufen ist oder Macht über ihre Träume besitzt, ist das zum Beispiel schlimmer als tot sein. Dagegen kann jemand, der gestorben ist, als Geist weiterleben.«

»Hört sich verzwickt an.«

»Wer hat behauptet, das Leben sei einfach?«

Kate Cold erklärte ihm, die Expedition werde von einem berühmten Anthropologen geleitet, von Professor Ludovic Leblanc. Auf seine Nachfrage sagte sie, ein Anthropologe würde sich normalerweise für die Entwicklung des Menschen interessieren und deshalb zum Beispiel das Leben von Naturvölkern erforschen, dieser hier habe aber auch jahrelang im Grenzgebiet zwischen China und Tibet vergeblich nach dem so genannten Yeti, dem Schneemenschen, gesucht. Außerdem hatte er eine Weile bei einem bestimmten Stamm von Amazonasindianern gelebt, von denen er behauptete, sie seien die wildesten der ganzen Erde: Bei der geringsten Unachtsamkeit würden sie ihre Gefangenen aufessen. Diese Information war nicht eben beruhigend, gab Kate zu. Als Führer würde ein Brasilianer sie begleiten, er hieß César Santos, kannte die Gegend von

Kindesbeinen an und hatte gute Verbindungen zu den Indianern. Der Mann besaß eine etwas klapprige, aber noch flugtüchtige Propellermaschine, mit der sie bis ins Gebiet der Eingeborenen gelangen konnten.

»In der Schule haben wir zum Thema Umweltschutz einmal eine Stunde den Amazonas durchgenommen«, erzählte Alex, dem schon die Augen zufielen.

»Eine Schulstunde reicht, mehr brauchst du nicht zu wissen«, befand Kate. »Ich nehme an, du bist müde. Du kannst auf dem Sofa schlafen, und morgen in der Frühe beginnst du mit der Arbeit für mich.«

»Was soll ich tun?«

»Was ich von dir verlange. Zunächst verlange ich, dass du schläfst.«

»Gute Nacht, Kate …«, murmelte Alex und rollte sich zwischen den Sofakissen zusammen.

»Pah!«, blaffte seine Großmutter. Sie wartete, bis er eingeschlafen war, und hüllte ihn dann in warme Decken.

VIERTES KAPITEL

Eine Welt aus Wasser

Kate und Alexander Cold überflogen in einer Linienmaschine den Norden Brasiliens. Seit Stunden erstreckte sich unter ihnen der Wald, so weit das Auge reichte ein sattes Grün, durch das sich die Flüsse wanden wie schillernde Schlangen. Der beeindruckendste hatte die Farbe von Milchkaffee.

Der Amazonas ist der breiteste und wasserreichste Strom der Erde, er führt fünfmal soviel Wasser wie jeder andere Fluss. Einzig die Astronauten auf ihrer Reise zum Mond waren weit genug von diesem ausgedehnten Flusssystem entfernt, um es in seiner ganzen Größe zu sehen, las Alex in dem Reiseführer, den ihm seine Großmutter in Rio de Janeiro gekauft hatte. Dass dieses riesige Waldgebiet, das letzte Naturparadies des Planeten, durch die Habgier von Unternehmern und Abenteurern zerstört wurde, wie er es in der Schule gelernt hatte, wurde in dem Buch nicht erwähnt. Über eine neu gebaute Straße, die wie eine offene Wunde inmitten des Urwalds klaffte, konnten massenhaft Siedler in die Region vordringen und Holz und Erze in rauen Mengen daraus fortgeschafft werden.

Kate hatte ihrem Enkel erklärt, sie würden in das Gebiet zwischen dem Río Negro und dem oberen Orinoko reisen, in einen fast unerforschten Winkel Amazoniens, in dem die meisten Indianerstämme zu Hause waren. Man nahm an, dass die Bestie ursprünglich von dort kam.

»In dem Buch steht, dass diese Indianer wie in der Steinzeit leben. Sie haben noch nicht einmal das Rad erfunden«, bemerkte Alex.

»Sie brauchen es nicht. In diesem Gelände ist es zu

nichts nütze, sie müssen nichts Schweres transportieren und haben es nicht eilig, irgendwohin zu kommen«, brummte Kate, die es nicht leiden konnte, wenn man sie beim Schreiben störte. Ein Gutteil der Reise hatte sie damit verbracht, sich in einer winzigen, verschlungenen Handschrift, die aussah wie die Spuren von Fliegenfüßchen, in ihren Heften Notizen zu machen.

»Sie kennen die Schrift nicht«, redete Alex weiter.

»Bestimmt haben sie ein gutes Gedächtnis.«

»Man findet keine Kunstwerke bei ihnen, sie bemalen sich bloß den Körper und schmücken sich mit Federn.«

»Sie haben es nicht nötig, dass die Nachwelt an sie denkt oder sie sich von anderen abheben. Die meisten unserer so genannten ›Künstler‹ sollten sich ein Beispiel an ihnen nehmen«, erwiderte seine Großmutter.

Sie waren unterwegs nach Manaus, der größten Stadt im Amazonasgebiet, die Ende des neunzehnten Jahrhunderts eine Blüte erlebt hatte, als mit dem Siegeszug des Automobils Kautschuk zu einem gefragten Rohstoff wurde.

»Du wirst den geheimnisvollsten Urwald der Erde kennen lernen, Alexander. Dort gibt es Orte, an denen die Geister am helllichten Tag spuken«, erzählte Kate.

»Klar, so wie dieser Urwald-Yeti, hinter dem wir her sind.« Alex grinste.

»Sie nennen ihn die Bestie. Vielleicht gibt es nicht nur eine, sondern mehrere, eine ganze Familie oder einen Stamm von Bestien.«

»Für dein Alter bist du ziemlich leichtgläubig, Kate.«

»Mit den Jahren lernt man eine gewisse Demut, Alexander. Je älter ich werde, desto unwissender fühle ich mich. Nur die Jungen haben für alles eine Erklärung parat. In deinem Alter kann man getrost überheblich sein, weil es halb so wild ist, wenn man sich blamiert«, sagte seine Großmutter und wandte sich wieder ihren Notizen zu.

Die Tropenhitze umfing sie wie ein heißes, nasses Handtuch, als sie in Manaus aus dem Flugzeug stiegen. Hier trafen sie auf die anderen Teilnehmer an der Expedition des International Geographic. Außer Kate Cold und ihrem Enkel Alexander fuhren Timothy Bruce, ein junger englischer Fotograf mit einem langen Pferdegesicht und nikotingelben Zähnen, dessen dicklicher, schnauzbärtiger Assistent Joel González aus Mexiko und der berühmte Anthropologe Ludovic Leblanc mit. Alex hatte sich Leblanc als einen stattlichen Gelehrten mit weißem Bart vorgestellt, aber er entpuppte sich als ein etwa fünfzig Jahre altes Kerlchen, war klein, dürr und fahrig, hatte ständig einen verächtlichen Zug um den Mund und etwas aus den Höhlen quellende Mäuseaugen. Er war in Kinomanier als Großwildjäger verkleidet, trug seine Waffen am Gürtel, schwere Stiefel an den Füßen und einen mit bunten Federn verzierten Tropenhelm auf dem Kopf. Kate raunte, jetzt fehle ihm nur noch ein toter Tiger, um den Fuß darauf abzustellen. Als junger Mann hatte Leblanc eine kurze Zeit im Amazonasgebiet zugebracht und danach eine umfangreiche Abhandlung über die Indianer geschrieben, die in Wissenschaftskreisen Aufsehen erregte. Der brasilianische Führer, César Santos, der sie eigentlich in Manaus hatte abholen sollen, war nicht gekommen, weil sein Flugzeug defekt war; er würde sie in Santa María de la Lluvia erwarten, wohin die Gruppe mit dem Schiff fahren musste.

Alex stellte fest, dass Manaus, an der Mündung des Río Negro in den Amazonas gelegen, eine moderne Großstadt war, es gab Hochhäuser, und der Verkehr war erdrückend, aber seine Großmutter klärte ihn darüber auf, dass sich die Natur hier nicht bändigen ließ und in Zeiten der Überschwemmung Kaimane und Schlangen in den Hinterhöfen und Fahrstuhlschächten auftauchten. Manaus war auch eine Stadt der Schmuggler, in der das Gesetz auf wackligen Füßen stand und leicht umgestoßen werden konnte: Drogen, Diamanten, Gold, wertvolle Hölzer, Waffen. Noch keine zwei Wochen war es her, da entdeckte man einen mit Fisch beladenen Kutter ... und jeder einzelne Fisch hatte den Bauch voller Kokain.

Alex, der erst ein einziges Mal im Ausland gewesen war, in Italien, wo die Vorfahren seiner Mutter gelebt hatten, staunte, dass es hier so prunkvolle Villen und teure Autos gab und gleichzeitig so viele zerlumpte Menschen und Kinder, die den Reichen die Schuhe auf Hochglanz polierten. Er musste daran denken, was er in der Schule über südamerikanische Großstädte gehört hatte, die aus allen Nähten platzten. Auf der Suche nach einer lebenswerten Zukunft strömten landlose Bauern und Arbeiter, die keine Beschäftigung finden konnten, in Scharen in die Stadt, aber viele endeten in elenden Hütten, ohne Geld und ohne Hoffnung. An diesem Abend jedoch wurde ein Fest gefeiert, und alle waren ausgelassen wie beim Karneval: Musikkapellen zogen durch die Straßen, es wurde getanzt und getrunken, viele Leute waren verkleidet. Die Expeditionsteilnehmer hatten sich in einem modernen Hotel eingemietet, konnten aber wegen der lärmenden Musik, der Kracher und Feuerwerksraketen kein Auge zutun. Deshalb war Professor Leblanc am nächsten Morgen hundsmiserabel gelaunt und verlangte, dass man sich schleunigst einschiffte, denn er wolle keine Minute länger als unbedingt nötig in dieser rücksichtslosen Stadt, wie er sie nannte, verweilen.

Um nach Santa María de la Lluvia, einer Ortschaft inmitten des Indianergebiets, zu gelangen, fuhr die Gruppe des International Geographic den Río Negro hinauf, den schwarzen Fluss, der seinen Namen von der Farbe der Sedimente hatte, die seine Strömung mit sich riss. Ihr Boot war ziemlich groß, wurde von einem altersschwachen Motor angetrieben, der lärmte und qualmte, und besaß ein aus Plastikplanen zusammengestückeltes Dach zum Schutz gegen die Sonne und den Regen, der mehrmals täglich wie eine warme Dusche fiel. An Deck drängten sich die Menschen zwischen Gepäckstücken, Säcken, Bananenbüscheln und etlichen Haustieren, die zum Teil in Käfigen verstaut waren oder einfach mit zusammengebundenen Füßen transportiert wurden. Es gab einige Tische, lange Sitzbänke und eine Reihe Hängematten, die übereinander zwischen den Pfosten hingen, die das Dach trugen.

Die Schiffsbesatzung und die meisten Passagiere waren Caboclos, Abkömmlinge von Weißen, Indianern und Schwarzen, die sich hier seit Jahrhunderten gemischt hatten. Auch einige Soldaten fuhren mit, außerdem zwei junge Nordamerikaner – Missionare der Mormonen – und eine venezolanische Ärztin, Omayra Torres, die im Indianergebiet Impfungen durchführen wollte. Sie war eine schöne, etwa fünfunddreißigjährige Mulattin mit schwarzem Haar, bernsteinfarbener Haut und katzenhaft grünen Mandelaugen. Sie bewegte sich anmutig wie zum Rhythmus einer verborgenen Musik. Die Männer blickten ihr nach, aber sie schien nicht zu merken, welchen Eindruck ihre Schönheit machte.

»Wir müssen auf alles gefasst sein«, sagte Leblanc und deutete auf seine Waffen. Zwar sprach er sie nicht direkt an, aber es war augenfällig, dass er sich nur an Dr. Omayra Torres wandte. »Die Bestie zu finden ist das wenigste. Das Schlimmste sind die Indianer. Sie sind brutale Krieger, grausam und hinterhältig. Wie ich in meinem Buch erläutere, töten sie, um ihren Mut unter Beweis zu stellen, und je mehr Morde sie begehen, desto höher steigen sie in der Hierarchie ihres Stammes.«

»Könnten Sie uns das etwas genauer erklären, Herr Professor?«, fragte Kate Cold, ohne den Spott in ihrer Stimme zu verhehlen.

»Das ist ganz einfach, Frau ... Wie, sagten Sie, war doch gleich Ihr Name?«

»Kate Cold«, ließ sie ihn zum dritten oder vierten Mal wissen; offensichtlich konnte sich Professor Leblanc Frauennamen nur schwer merken.

»Noch mal: Es ist ganz einfach. Es handelt sich um den Kampf auf Leben und Tod, der etwas Natürliches ist. In primitiven Gesellschaften haben die gewalttätigsten Männer das Sagen. Ich nehme an, Sie haben den Begriff *Alpha-Männchen* schon einmal gehört. Bei den Wölfen beispielsweise dominiert das aggressivste Männchen alle anderen und bekommt die besten Weibchen. Unter Menschen ist es genauso: Die gewalttätigsten Männer befehlen, sie haben die meisten Frauen und geben ihre Erbanlagen an die größte Zahl von Kindern weiter. Die anderen müssen mit dem zufrieden sein, was übrig bleibt, verstehen Sie? Es geht um das Überleben des Stärkeren«, erklärte Leblanc.

»Wollen Sie damit sagen, dass Grausamkeit natürlich ist?«

»Genau. Mitleid ist eine moderne Erfindung. Unsere Kultur beschützt die Schwachen, die Armen, die Kranken. Vom Standpunkt der Genetik aus gesehen, ist das ein schrecklicher Fehler. Daher steuert die Menschheit auf ihren Untergang zu.«

»Was würden Sie denn mit den Schwachen der Gesellschaft tun, Herr Professor?«, fragte Kate Cold.

»Was die Natur auch tut: es zulassen, dass sie aussterben. In dieser Hinsicht sind die Indianer klüger als wir«, sagte Leblanc.

Dr. Omayra Torres, die das Gespräch aufmerksam verfolgt hatte, konnte mit ihrer Meinung nicht hinterm Berg halten:

»Bei allem Respekt, Herr Professor, die Indianer scheinen mir nicht so gewalttätig, wie sie von Ihnen beschrieben werden, ganz im Gegenteil hat die kriegerische Handlung bei ihnen eher die Bedeutung einer Zeremonie: Sie ist ein Ritus, um den eigenen Mut auf die Probe zu stellen. Die

Indianer bemalen ihre Körper, bereiten ihre Waffen vor, singen, tanzen und dringen in das Schabono, in das Dorf, eines anderen Stammes ein. Sie bedrohen sich gegenseitig und teilen auch ein paar Hiebe mit Holzprügeln aus, aber dabei gibt es selten mehr als einen oder zwei Tote. In unserer Kultur ist es genau umgekehrt: Von Zeremonie keine Spur, nur Massenmord ...«

»Ich werde Ihnen ein Exemplar meines Buches schenken, meine Beste«, fiel der Professor ihr ins Wort. »Jeder ernst zu nehmende Wissenschaftler wird Ihnen bestätigen, dass Ludovic Leblanc eine Autorität auf diesem Gebiet ist.«

»Ich bin sicher weniger gelehrt als Sie, Herr Professor.« Dr. Torres lächelte milde. »Ich bin ja bloß eine Landärztin, die seit über zehn Jahren in dieser Gegend arbeitet.«

»Glauben Sie mir, meine verehrteste Frau Doktor, diese Indianer sind der Beweis, dass der Mann nichts weiter ist als ein mordender Affe.«

»Und die Frau?«, fragte Kate Cold dazwischen.

»Ich bedauere, Ihnen sagen zu müssen, dass die Frauen in primitiven Gesellschaften keinerlei Rolle spielen. Sie sind bloß Kriegsbeute.«

Dr. Omayra Torres und Kate Cold warfen sich einen Blick zu und grinsten belustigt.

~

Der Beginn der Reise auf dem Río Negro entpuppte sich vor allem als Geduldsspiel. Sie kamen im Schneckentempo voran, und kaum war die Sonne untergegangen, mussten sie anhalten, um nicht von den Baumstämmen gerammt zu werden, die in der Strömung flussabwärts trieben. Es war drückend heiß, aber in den Abendstunden kühlte es so weit ab, dass man zum Schlafen eine Decke brauchte. Wo der Fluss klar und ruhig aussah, nutzten sie manchmal die Gelegenheit zum Fischen oder schwammen ein bisschen.

An den beiden ersten Tagen begegneten sie den unterschiedlichsten Kähnen, von Motorbooten über bewohnte Flöße bis hin zu schlichten Einbäumen, aber später waren sie allein inmitten dieser kolossalen Landschaft. Hier bestand die Welt nur aus Wasser: Das Leben verlief im gemächlichen Dahintreiben auf dem Strom, im Rhythmus des Flusses, im Kommen und Gehen des Hochwassers, des Regens, der Überschwemmungen. Wasser, Wasser, wohin man blickte. Es gab Hunderte von Familien, die auf ihren Booten geboren waren und dort starben, ohne je eine Nacht auf dem Festland verbracht zu haben; andere lebten in Hütten, die auf Pfählen am Ufer standen. Von einem Ort zum anderen gelangte man nur über den Fluss, und Nachrichten wurden entweder persönlich überbracht oder über Funk gesendet und empfangen. Alex schien es unvorstellbar, dass man ohne Telefon leben konnte. Ein Radiosender in Manaus verbreitete pausenlos persönliche Mitteilungen, und dadurch erfuhren die Leute Neuigkeiten über Geschäfte oder Vorfälle in der Familie. Flussaufwärts war wenig Geld im Umlauf, die Wirtschaft beruhte auf Tausch, man gab Fisch für Zucker, tauschte Benzin gegen Hühner oder Hilfeleistungen gegen einen Kasten Bier.

Zu beiden Seiten des Flusses erhob sich drohend der Urwald. Die Anordnung des Kapitäns war unmissverständlich: Auf gar keinen Fall durfte man sich vom Ufer entfernen, denn im Innern des Waldes verlor man die Orientierung. Es wurde von Fremden berichtet, die nur wenige Meter vom Fluss entfernt ihn nicht hatten finden können und entkräftet gestorben waren. Bei Tagesanbruch sahen sie rosafarbene Delfine in den Wellen springen und Vogelschwärme am Himmel vorbeiziehen. Auch Manatis bekamen sie zu Gesicht, große, im Wasser lebende Säugetiere, auf deren Weibchen die Legende von den Sirenen zurückgeht. Nachts tauchten rot glühende Punkte im Uferdickicht auf: Es waren die Augen der Kaimane, die ins Dunkel spähten. Ein Caboclo zeigte Alex, wie man die Größe des Tieres anhand des Augenabstands schätzte. War es ein kleines Exemplar, blendete der Caboclo es mit einer Taschenlampe, sprang ins Wasser und packte den Kaiman, indem er ihm mit einer Hand das Maul zudrückte und mit der anderen den Schwanz festhielt. War der Augenabstand beträchtlich, hätten ihn keine zehn Pferde in den Fluss gebracht.

Die Zeit verging langsam, die Stunden zogen sich endlos, und doch war es Alex nicht langweilig. Er setzte sich an den Bug des Schiffes und beobachtete die Natur, las oder spielte auf der Flöte seines Großvaters. Der Urwald schien sich zu beleben und auf den Klang des Instruments zu antworten, während selbst die lärmende Schiffsbesatzung und die Passagiere nach und nach verstummten, um zu lauschen; das waren die einzigen Momente, in denen ihm Kate Cold ihre Aufmerksamkeit schenkte. Die Reporterin war wortkarg, verbrachte den Tag mit Lesen oder damit, sich in ihren Heften Notizen zu machen, im Allgemeinen beachtete sie ihn nicht oder behandelte ihn wie jedes andere Mitglied der Expedition. Es war unsinnig, sie mit Problemen zu behelligen, bei denen es ums nackte Überleben ging, etwa um das Essen, die Gesundheit oder Sicherheit. Sie musterte ihn bloß mit unverhohlener Verachtung und antwortete, es gebe zwei Arten von Problemen, solche, die sich von selbst lösten, und solche, die keine Lösung hätten, er solle ihr also nicht mit diesem Unfug die Zeit stehlen. Zum Glück war seine Hand schnell geheilt, denn Kate wäre imstande gewesen, die Angelegenheit durch eine Amputation aus der Welt zu schaffen. Sie war eine Frau der drastischen Maßnahmen. Alex hatte Karten und Bücher über das Amazonasgebiet von ihr bekommen, damit er sich selbst die Fragen beantwortete, die ihn interessierten. Machte er ihr gegenüber eine Bemerkung dazu, was er über die Indianer gelesen hatte, oder legte er ihr seine

Theorien über die Bestie dar, sagte sie, ohne von dem Blatt, das sie vor sich hatte, aufzublicken: »Du solltest jede sich bietende Gelegenheit nutzen, um den Mund zu halten, Alexander.«

Was auch immer ihm auf dieser Reise begegnete, es unterschied sich so grundlegend von dem, was er von zu Hause her kannte, dass er sich fühlte wie auf Besuch in einer fremden Galaxis. Hier gab es keine der Annehmlichkeiten, die er daheim benutzt hatte, ohne einen Gedanken daran zu verschwenden, wie etwa sein Bett, das Badezimmer, fließendes Wasser, Strom. Er entschloss sich, mit der Kamera seiner Großmutter Bilder zu machen, um Beweise für seine Erlebnisse nach Kalifornien mitbringen zu können. Nie und nimmer würden seine Freunde ihm glauben, dass er einen Kaiman von fast einem Meter Länge in Händen gehalten hatte!

Sein größtes Problem bestand darin, satt zu werden. Was das Essen anging, war er schon immer wählerisch gewesen, und nun bekam er Dinge vorgesetzt, von denen er noch nicht einmal wusste, wie er sie nennen sollte. An Bord konnte er nur Bohnen in Dosen, trockenes Pökelfleisch und Kaffee identifizieren, und nichts davon sagte ihm zu. Einmal schoss die Schiffsbesatzung zwei Affen, und noch am gleichen Abend, als das Boot am Ufer vertäut war, wurden sie über dem Feuer gebraten. Sie hatten etwas so Menschliches an sich, dass ihr bloßer Anblick Alex krank machte: Sie sahen aus wie zwei verkohlte Kinder. Am nächsten Morgen wurde ein Pirarucú gefangen, ein riesiger Fisch, den alle köstlich fanden außer Alex, denn der weigerte sich, davon zu probieren. Mit drei Jahren hatte er entschieden, dass er Fisch nicht mochte. Seine Mutter war es schließlich leid gewesen, ihrem Sohn das Essen aufnötigen zu müssen, und hatte ihm nur noch Dinge angeboten, die ihm schmeckten. Das waren nicht viele. Wegen dieser Beschränkung wurde er auf der Reise seinen Hunger nicht los; nur Bananen gab es reichlich, außerdem eine Büchse Kondensmilch und einige Packungen Kekse, die er noch in Manaus eingepackt hatte. Seine Großmutter schien es nicht zu kümmern, dass er hungrig war, die anderen auch nicht. Keiner achtete auf ihn.

Mehrmals täglich gab es kurze, wolkenbruchartige Regengüsse; er musste sich an die ständige Feuchtigkeit gewöhnen, daran, dass die Kleidung nie ganz trocken wurde. Setzte man sich in die Sonne, fielen Wolken von Moskitos über einen her. Die Ausländer wehrten sich dagegen, indem sie sich mit Mückenschutzmittel vollkleisterten, vor allem Ludovic Leblanc, der keine Gelegenheit ausließ, die Liste der Krankheiten herunterzubeten, die von Insekten übertragen werden, Typhus und Malaria eingeschlossen. Er hatte einen engmaschigen Schleier um seinen Tropenhelm gebunden, der sein Gesicht schützen sollte, und suchte die meiste Zeit unter einem Moskitonetz Zuflucht, das er am Heck des Schiffes hatte anbringen lassen. Die Caboclos hingegen schienen gegen die Stiche immun.

～

Am dritten Tag, an einem strahlenden Morgen, stoppte das Schiff, weil der Motor Schwierigkeiten machte. Während der Kapitän versuchte, das Problem zu beheben, streckten die Übrigen unter dem Sonnendach alle viere von sich. Es war zu heiß, um etwas zu unternehmen, aber Alex fand den Ort erstklassig für ein Bad. Er sprang ins Wasser, das flach schien und ruhig dalag wie ein Teller Suppe, und ging unter wie ein Stein.

»Nur ein Hornochse prüft die Wassertiefe mit zwei Füßen voran«, bemerkte seine Großmutter, als sein Kopf prustend wieder an die Oberfläche kam und ihm das Wasser sogar aus den Ohren troff.

Alex schwamm vom Schiff weg – man hatte ihm gesagt,

die Kaimane würden lieber am Ufer jagen – und ließ sich lange auf dem Rücken durch das laue Wasser treiben, Arme und Beine von sich gestreckt, den Blick im Himmel verloren und in Gedanken bei den Astronauten, die den Strom in seiner ganzen Größe gesehen hatten. Er fühlte sich so sicher, dass er einen Augenblick brauchte, um zu reagieren, als etwas an ihm vorbei schnellte und dabei seine Hand streifte. Ohne den leisesten Schimmer, welche Gefahr da lauerte – womöglich blieben die Kaimane doch nicht am Ufer –, kraulte er aus Leibeskräften zurück zum Boot, aber die Stimme seiner Großmutter ließ ihn erstarren, weil sie ihm zubrüllte, er solle sich nicht rühren. Er gehorchte aus Gewohnheit, obwohl ihm sein Instinkt zum genauen Gegenteil riet. So ruhig er konnte, hielt er sich über Wasser, und dann sah er einen riesigen Fisch neben sich. Er dachte, es sei ein Hai, und das Herz blieb ihm stehen, aber der Fisch beschrieb einen kurzen Schlenker und kam neugierig zurück, so nah an ihn heran, dass er sein Grinsen sehen konnte. Diesmal machte sein Herz einen Hüpfer, und beinahe hätte er einen Freudenschrei ausgestoßen. Er schwamm mit einem Delfin!

In den nächsten zwanzig Minuten, in denen er mit ihm spielte wie mit seinem Hund Poncho, als der noch klein und wendig gewesen war, fühlte er sich so glücklich wie noch nie in seinem Leben. Ausgelassen zog das Tier schnelle Kreise um ihn, sprang über seinen Kopf, hielt wenige Zentimeter vor seinem Gesicht inne und sah ihn freundlich an. Manchmal kam der Delfin ganz nah, und Alex konnte seine Haut berühren, die nicht glatt war, wie er vorher gedacht hatte, sondern rau. Alex wünschte sich, dass dieses Spiel nie zu Ende gehen möge, er war bereit, für den Rest seines Lebens im Fluss zu bleiben, aber plötzlich schlug der Delfin wie zum Abschied mit der Schwanzflosse aufs Wasser und verschwand.

»Hast du das gesehen, Oma? Das glaubt mir nie einer!«,

keuchte Alex, als er wieder an Bord geklettert war, er war so aufgeregt, dass er kaum sprechen konnte.

»Hier habe ich den Beweis.« Lächelnd deutete sie auf die Kamera. Auch die beiden Fotografen der Expedition, Bruce und González, hatten die Szene festgehalten.

∼

Je weiter sie auf dem Río Negro vordrangen, desto üppiger wucherte das Grün, die Luft war schwanger von Düften, die Zeit verging immer langsamer, und die Entfernungen ließen sich schwerer abschätzen. Wie Träumende durchquerten sie diese verwunschene Landschaft. Nach und nach leerte sich das Boot. Mit ihrem Gepäck und ihren Tieren beladen, gingen die Passagiere an einzelnen Hütten oder kleinen Siedlungen am Ufer von Bord. Die Radios an Deck konnten die persönlichen Nachrichten aus Manaus schon nicht mehr empfangen und dröhnten einem auch nicht mehr mit den immer gleichen Rhythmen die Ohren voll, die Menschen schweigen, während die Natur unter dem Konzert der Vögel und Affen erbebte. Einzig der Motorenlärm verriet die Gegenwart von Menschen inmitten dieses grenzenlosen Pflanzenmeeres. Als sie schließlich Santa María de la Lluvia erreichten, waren neben der Besatzung nur noch die Teilnehmer an der Expedition des International Geographic, Dr. Omayra Torres und zwei Soldaten auf dem Schiff und auch die beiden jungen Mormonen, die unter irgendeiner Mageninfektion litten. Trotz der Antibiotika, die ihnen die Ärztin verabreicht hatte, waren sie so geschwächt, dass sie kaum die Augen aufschlagen konnten und den glutheißen Urwald bisweilen mit den schneebedeckten Bergen in ihrer Heimat Utah verwechselten.

»Santa María de la Lluvia, die letzte Enklave der Zivilisation«, sagte der Kapitän, als an einer Windung des Flusses der Ort in Sicht kam.

»Dahinter beginnt das magische Land, Alexander«, sagte Kate Cold zu ihrem Enkel.

»Gibt es noch Indianer, die nie in Kontakt mit unserer Zivilisation gekommen sind?«, fragte er.

»Man schätzt, dass es noch etwa zwei- bis dreitausend gibt, aber eigentlich weiß das keiner so genau«, antwortete Omayra Torres.

Santa María de la Lluvia hob sich wie ein menschlicher Irrtum von dieser überbordenden Natur ab, die den Ort jederzeit zu verschlingen drohte. Er bestand aus etwa zwanzig Hütten, von denen eine bei Bedarf als Hotel diente, in einer kleineren unterhielten zwei Nonnen eine Krankenstation, außerdem gab es einige winzige Läden, eine katholische Kirche und eine Militärkaserne. Die Ärztin hatte ihnen erzählt, dass die Soldaten die Grenze überwachten und den Handel zwischen Venezuela und Brasilien kontrollierten. Dem Gesetz zufolge hätten sie auch die indianischen Eingeborenen vor den Übergriffen der Siedler und Glücksritter schützen sollen, das taten sie aber nicht. Die Fremden nahmen ungehindert von dem Land Besitz, drängten die Indianer in immer unwirtlichere Gegenden oder brachten sie ungestraft um.

Am Steg von Santa María de la Lluvia wurden sie von einem hochgewachsenen Mann erwartet, dessen scharfgeschnittenes Profil an einen Vogel erinnerte, seine Züge wirkten männlich und offen, seine Haut war wettergegerbt und das dunkle Haar im Nacken zu einem Pferdeschwanz gebunden.

»Willkommen. Ich bin César Santos, und das ist meine Tochter Nadia«, begrüßte er sie in einem melodischen Englisch.

Alex schätzte das Mädchen etwa so alt wie seine Schwester Andrea, vielleicht zwölf oder dreizehn. Sie hatte einen von der Sonne gebleichten Wuschelkopf, ihre Augen und ihre Haut waren honigfarben; sie trug kurze Hosen, ein T-

Shirt und Plastikschlappen. Um die Handgelenke hatte sie viele bunte Bänder geschlungen, über dem einen Ohr steckte eine gelbe Blume, durch das Ohrläppchen des anderen hatte sie eine lange grüne Feder gezogen. Alex dachte, wenn seine Schwestern das sehen könnten, würde Andrea diesen Schmuck auf der Stelle nachmachen und seine kleine Schwester Nicole vor Neid die Krise kriegen, wegen des schwarzen Äffchens, das auf der Schulter des Mädchens hockte.

~

Während Dr. Torres zusammen mit den beiden Nonnen, die zu ihrer Begrüßung gekommen waren, die zwei Mormonen in die winzige Krankenstation brachte, kümmerte sich César Santos darum, dass die Unmengen Gepäck der Expeditionsteilnehmer von Bord geschafft wurden. Er entschuldigte sich dafür, nicht wie vorgesehen in Manaus gewesen zu sein. Wie er erklärte, hatte er mit seiner Maschine zwar einst den ganzen Amazonas überflogen, sie war aber schon sehr alt, und in den letzten Wochen hatte sie nach und nach Teile des Motors verloren. Da er nur knapp einem Absturz entronnen sei, habe er sich endlich doch dazu entschlossen, einen neuen Motor zu bestellen, der in den nächsten Tagen geliefert werden müsse, und mit einem Lächeln fügte er hinzu, er könne seine Tochter Nadia nicht gut zur Waisen machen. Schließlich brachte er sie ins Hotel, eine Bretterbude auf Pfählen am Flussufer, die sich auf den ersten Blick in nichts von den anderen windschiefen Hütten des Dorfes unterschied. Innen türmten sich Bierkästen, und auf der Theke reihten sich die Schnapsflaschen. Unterwegs war Alex aufgefallen, dass die Männer trotz der Hitze schon zum Frühstück Alkohol tranken, und bis spät in die Nacht hatten sie das Zeug literweise intus. Die primitive Behausung diente den Besuchern des Ortes als Stützpunkt, Schlafstatt, Restaurant und Bar. Kate Cold und Ludovic Leblanc bekamen zwei Kammern, die vom übrigen Raum durch an Schnüren aufgehängte Laken abgeteilt waren. Die anderen schliefen in Hängematten unter Moskitonetzen.

Santa María de la Lluvia war ein verschlafenes Nest am Ende der Welt. Eine Handvoll Siedler züchtete hier eine Rindersorte mit sehr langen Hörnern; die Übrigen wuschen Gold aus dem Flussbett, handelten mit Holz oder mit Kautschuk aus den Wäldern; ein paar waren Garimpeiros, Diamantensucher, die zu waghalsigen Erkundungen allein in den Urwald aufbrachen; aber die allermeisten siechten stumpfsinnig vor Hitze und Langeweile dahin und warteten, dass ihnen auf wundersame Weise die Chance ihres Lebens in den Schoß fiel. Das jedenfalls waren die sichtbaren Aktivitäten. Im Verborgenen wurde mit exotischen Vögeln gehandelt, mit Drogen und Waffen. Grüppchen von Soldaten hockten im Schatten, die Gewehre über der Schulter, die Hemden schweißnass, und spielten Karten oder rauchten. Alex sah ein paar Dorfbewohner, die weder Haare noch Zähne hatten und halb blind und mit Pusteln übersät gestikulierend Selbstgespräche führten; es waren Goldwäscher, die vom Quecksilber irre geworden waren und langsam zugrunde gingen. Sie tauchten in den Fluss hinab und saugten mit mächtigen Rohren den mit Goldstaub durchsetzten Sand auf. Etliche ertranken; bei manchen war es ein Unfall, anderen hatten ihre Konkurrenten die Luftschläuche durchgeschnitten; die meisten aber wurden nach und nach vom Quecksilber vergiftet, das sie einsetzten, um das Gold vom Sand zu scheiden.

Die Kinder des Dorfes hingegen spielten zusammen mit einigen zahmen Affen und dürren Hunden glücklich im Matsch. Es gab auch einige Indianer, viele davon in T-Shirts und kurzen Hosen, andere so nackt wie die Kinder.

Beschämt wagte es Alex zunächst nicht, die Brüste der Frauen anzusehen, aber er hatte sich rasch daran gewöhnt, und schon bald fielen sie ihm nicht mehr weiter auf. Diese Indianer lebten seit vielen Jahren in Kontakt mit der Zivilisation und hatten ihre traditionelle Lebensweise und ihre Bräuche weitgehend aufgegeben, erklärte César Santos. Die Tochter des Führers, Nadia, sprach mit ihnen in ihrer eigenen Sprache und wurde dafür von ihnen wie ein Stammesmitglied behandelt.

Wenn das die wilden Indianer sein sollten, die Leblanc beschrieben hatte, so machten sie keinen besonderen Eindruck: Sie waren klein, die Männer nicht größer als einsfünfzig, und die Kinder sahen aus wie Miniaturmenschen. Zum ersten Mal in seinem Leben fühlte Alex sich groß. Die Indianer hatten bronzefarbene Haut und hohe Wangenknochen; die Männer trugen eine Art Topffrisur, das Haar oberhalb der Ohren kreisrund abgeschnitten, und sahen irgendwie asiatisch aus. Sie waren Nachfahren der Bewohner Nordchinas, die etwa zehn- oder zwanzigtausend Jahre zuvor über Alaska kommend den Kontinent besiedelt hatten. Dass sie so abgeschieden lebten, hatte sie während der Eroberung Amerikas im sechzehnten Jahrhundert vor der Versklavung bewahrt. Die spanischen und portugiesischen Eroberer konnten es mit den Sümpfen, den Moskitos, dem Pflanzendickicht, den riesigen Strömen und Wasserfällen im Amazonasgebiet nicht aufnehmen.

Nachdem sich die Gruppe im Hotel eingerichtet hatte, kümmerte sich César Santos um die Ausrüstung für die Expedition und plante den weiteren Verlauf der Reise zusammen mit Kate Cold und den beiden Fotografen, denn Professor Leblanc hatte es vorgezogen, sich aufs Ohr zu legen, bis es etwas kühler wäre. Er vertrug die Hitze nicht gut. Währenddessen lud Nadia Alex zu einem Streifzug in die Umgebung ein.

»Nach Sonnenuntergang solltet ihr euch nicht mehr aus

dem Dorf wagen, das ist gefährlich«, schärfte ihnen César Santos ein.

~

Alex befolgte einen Rat von Ludovic Leblanc, der sich als Experte für die Gefahren des Urwalds gebärdete, stopfte sich die Hosenbeine in die Strümpfe und zog die Stiefel darüber, damit sich die nimmersatten Blutegel nicht an ihm festsaugten. Nadia, die fast barfuß ging, lachte:

»Du wirst dich schon an das Viehzeug gewöhnen und an die Hitze auch.« Sie sprach fließend Englisch, denn ihre Mutter war Kanadierin.

»Meine Mama ist seit drei Jahren weg«, erzählte sie.

»Wieso das denn?«

»Sie konnte sich hier nicht einleben, sie war oft krank, und es ist schlimmer geworden, als die Bestie auftauchte. Sie hat den Geruch wahrgenommen, sie wollte nur fort, man konnte sie nicht allein lassen, sie hat geschrien ... Am Ende hat Dr. Torres sie mit dem Hubschrauber weggebracht. Jetzt ist sie in Kanada«, sagte Nadia.

»Ohne deinen Vater?«

»Was soll mein Vater in Kanada?«

»Und warum hat sie dich nicht mitgenommen?«, bohrte Alex weiter, denn er hatte noch nie von einer Mutter gehört, die ihre Kinder verlässt.

»Weil sie in einem Sanatorium ist. Außerdem will ich nicht von meinem Papa weg.«

»Hast du keine Angst vor der Bestie?«

»Alle haben Angst vor ihr. Aber Borobá würde mich rechtzeitig warnen, wenn sie kommt.« Nadia streichelte das schwarze Äffchen, das ihr nie von der Seite wich.

Das Mädchen zeigte dem Besucher das Dorf, was kaum eine halbe Stunde dauerte, denn viel zu sehen gab es da nicht. Plötzlich krachte ein Gewitter los, die Blitze zuckten in alle Richtungen über den Himmel, und es begann zu schütten. Der Regen fiel wie heiße Suppe und verwandelte die schmalen Wege in dampfende Schlammpisten. Die meisten Leute stellten sich irgendwo unter, den Kindern und den Indianern war der Wolkenbruch allerdings vollkommen gleichgültig, sie schienen überhaupt nicht zu merken, wie nass sie wurden. Alex sah ein, dass seine Großmutter Recht gehabt hatte, als sie ihm riet, seine Jeans gegen eine leichtere Baumwollhose zu vertauschen, die nicht so warm hielt und schneller trocknete. Sie flüchteten sich vor dem Regen in die Kirche, wo Nadia ihn mit Pater Valdomero bekannt machte, einem großen, kraftstrotzenden Mann, der den breiten Rücken eines Waldarbeiters und schlohweißes Haar hatte. Er war nicht im geringsten so ehrfurchtgebietend, wie man das von einem Priester erwartet: In Boxershorts, Oberkörper frei, hatte er eine Leiter erklommen und kalkte die Wände. Auf dem Boden stand eine Flasche Rum.

»Pater Valdomero hat hier schon vor der Invasion der Ameisen gelebt«, stellte Nadia ihn vor.

»Ich bin hier, seit der Ort gegründet wurde, das ist jetzt fast vierzig Jahre her. Klar war ich dabei, als die Ameisen kamen. Wir mussten damals alles zurücklassen und stromaufwärts fliehen. Wie ein riesiger schwarzer Fleck sind sie unerbittlich immer nähergerückt und haben alles zerstört, was ihnen im Weg war«, erzählte der Priester.

»Und dann?« Alex machte große Augen, er konnte sich nicht vorstellen, dass ein ganzes Dorf irgendwelchen Insekten zum Opfer fiel.

»Bevor wir gegangen sind, haben wir die Häuser in Brand gesteckt. Das Feuer hat die Ameisen in eine andere Richtung gelenkt, und einige Monate später konnten wir zurückkehren. Keine der Hütten, die du hier siehst, ist älter als fünfzehn Jahre.«

Der Priester hatte ein sonderbares Haustier, einen Amphibien-Hund, der, wie Valdomero sagte, im Amazonasgebiet heimisch, aber mittlerweile fast ausgerottet war. Einen Großteil seines Lebens verbrachte er im Fluss, und er konnte minutenlang ganz untertauchen, ohne zwischendurch Luft zu holen. Misstrauisch hielt er sich in sicherer Entfernung von Alex und Nadia. Wenn er bellte, klang das wie Vogelgezwitscher, eher als würde er singen.

»Pater Valdomero ist einmal von den Indianern verschleppt worden. Was gäbe ich darum, wenn mir das auch einmal passierte!« Nadia sah den Priester voller Bewunderung an.

»Sie haben mich nicht verschleppt, mein Kind. Ich hatte mich im Urwald verirrt, und sie haben mir das Leben gerettet. Ich habe ein paar Monate bei ihnen gelebt. Sie sind freundlich und führen ein freies Leben, die Freiheit bedeutet ihnen mehr als irgendetwas sonst, ohne sie können sie nicht sein. Ein Indianer in Gefangenschaft ist ein toter Indianer: Er zieht sich in sich selbst zurück, hört auf zu essen und zu atmen und stirbt«, erzählte Pater Valdomero.

»Die einen behaupten, sie seien friedfertig, und die anderen, sie seien vollkommen wild und gewalttätig«, sagte Alex.

»Die gefährlichsten Menschen, die ich hier in der Gegend gesehen habe, sind nicht die Indianer, sondern die Leute, die mit Waffen, mit Drogen und Diamanten handeln, die Kautschuksammler und Goldsucher, Soldaten und Holzfäller, die dieses Land verpesten und ausbeuten«, widersprach ihm der Pfarrer und fügte hinzu, die Indianer besäßen zwar wenige Dinge, würden sich aber viele Gedanken machen und hätten eine so enge Verbindung zur Natur wie ein Kind zu seiner Mutter.

»Erzählen Sie uns von der Bestie. Stimmt es, dass Sie die mit eigenen Augen gesehen haben?«, fragte Nadia.

»Ich glaube, ich habe sie gesehen, aber es war Nacht und meine Augen sind nicht mehr die besten.« Pater Valdomero kippte sich einen kräftigen Schluck Rum in den Schlund.

»Wann war das?«, wollte Alex wissen, denn seine Großmutter würde ihm für diese Information bestimmt dankbar sein.

»Vor ein paar Jahren ...«

»Und was genau haben Sie gesehen?«

»Das habe ich schon oft erzählt: einen über drei Meter großen Riesen, der sich sehr langsam bewegte und einen fürchterlichen Gestank verbreitete. Ich war gelähmt vor Schreck.«

»Die Bestie hat Sie nicht angegriffen, Pater?«

»Nein. Sie hat etwas gesagt, dann hat sie sich umgedreht und ist im Wald verschwunden.«

»Sie hat etwas gesagt?« Alex sah ihn ungläubig an. »Sie meinen damit, sie hat Laute von sich gegeben, so etwas wie Knurren, oder?«

»Nein, mein Junge. Das Wesen hat eindeutig gesprochen. Ich habe kein Wort verstanden, aber es war zweifellos eine richtige Sprache. Ich wurde ohnmächtig ... Als ich wieder zu mir kam, wusste ich nicht genau, was passiert war, aber der Gestank hing in meinen Kleidern, in den Haaren, pappte mir auf der Haut. Da war mir klar, dass ich nicht geträumt hatte.«

FÜNFTES KAPITEL

Der Schamane

Das Gewitter hörte so schlagartig auf, wie es begonnen hatte, und eine sternklare Nacht brach an. Alex und Nadia gingen zum Hotel zurück, wo die Expeditionsteilnehmer im Schankraum um César Santos und Dr. Omayra Torres versammelt waren. Auf einem großen Tisch vor ihnen war eine Karte der Umgebung ausgebreitet. Professor Leblanc, der sich etwas von seiner Erschöpfung erholt hatte, war von Kopf bis Fuß mit Mückenschutzmittel eingepinselt, und schräg hinter ihm saß ein knochiger, düster dreinblickender Indianer, der Karakawe hieß und ihm mit einem Bananenblatt Luft zufächeln sollte. Leblanc wollte mit der Gruppe schon am nächsten Tag zum oberen Orinoko aufbrechen, weil er, wie er sagte, seine Zeit nicht in diesem unbedeutenden Kaff verplempern könne. Er habe bloß drei Wochen, um dieses sonderbare Urwaldwesen zu fangen.

»Das hat noch keiner geschafft, Herr Professor, nicht in Jahren ...«, wandte César Santos ein.

»Die Bestie sollte schleunigst auftauchen, ich muss eine Reihe Vorträge in Europa halten.«

»Ich hoffe, sie kann Ihren Argumenten folgen«, sagte der Führer, aber der Professor schien die Ironie nicht zu begreifen.

Kate Cold hatte ihrem Enkel erzählt, das Amazonasgebiet sei ein gefährlicher Ort für Anthropologen, weil die hier meistens den Verstand verlören. Sie stellten Theorien auf, die einander widersprachen, und lieferten sich Feuergefechte und Messerstechereien; andere tyrannisierten die Eingeborenen und hielten sich irgendwann für Götter. Einer war so irregeworden, dass man ihn gefesselt wieder nach Hause schaffen musste.

»Ich nehme an, Ihnen ist bekannt, dass auch ich an der Expedition teilnehme, Professor Leblanc«, sagte Dr. Omayra Torres, von deren umwerfender Schönheit der Anthropologe so hingerissen war, dass er ständig zu ihr hinüberlinste.

»Nichts lieber als das, meine Beste, aber ...«

»Dr. Torres«, unterbrach ihn die Ärztin.

»Sie dürfen mich Ludovic nennen«, wagte sich Leblanc kokett vor.

»Nennen Sie mich Dr. Torres«, entgegnete sie trocken.

»Ich kann Sie leider nicht mitnehmen, meine geschätzte Frau Doktor. Wir haben kaum genug Platz für diejenigen, die im Auftrag des International Geographic reisen. Unser Budget ist zwar großzügig, aber nicht unerschöpflich«, sagte Leblanc.

»Dann fahren Sie auch nicht, Herr Professor.« Die Ärztin sprach mit Nachdruck. »Ich arbeite für die nationale Gesundheitsbehörde. Ich soll die Indianer schützen. Ohne die notwendigen Vorsorgemaßnahmen darf kein Fremder Kontakt zu ihnen aufnehmen. Sie sind sehr anfällig für Krankheiten, vor allem für die der Weißen.«

»Manchmal genügt schon eine einfache Erkältung«, schaltete sich César Santos ein. »Vor drei Jahren starb ein ganzer Stamm, weil ein paar Reporter kamen, die einen Dokumentarfilm drehen wollten. Von denen hatte einer Husten, und es reichte, dass er einen der Indianer an seiner Zigarette ziehen ließ.«

In diesem Augenblick betraten Hauptmann Ariosto, der den Oberbefehl über die Kaserne hatte, und Mauro Carías, der reichste Unternehmer der Gegend, den Raum. Während Hände geschüttelt und Stühle gerückt wurden, raunte Nadia Alex zu, Carías sei sehr mächtig und mache mit den Präsidenten und Generälen etlicher südamerikanischer Länder Geschäfte. Außerdem trage er sein Herz nicht im Leib, sondern in einer Tasche, und sie deutete auf den schwarzen Aktenkoffer, den Carías in der Hand hielt. Ludovic Leblanc wiederum zeigte sich von Mauro Carías schwer beeindruckt, denn die Expedition war dank der guten internationalen Kontakte dieses Mannes zustande gekommen. Er war es gewesen, der die Zeitschrift International Geographic für die sagenumwobene Bestie interessiert hatte.

»Dieses Untier versetzt die einfachen Leute am oberen Orinoko in Angst und Schrecken. Keiner wagt sich in den Winkel vor, wo sein Bau vermutet wird«, sagte Carías.

»Das heißt, das Gebiet ist unerforscht«, bemerkte Kate Cold.

»So ist es.«

»Ich nehme an, es ist reich an Erzen und Edelsteinen«, redete die Reporterin weiter.

»Der größte Reichtum des Amazonas sind der Boden und die Hölzer«, antwortete er.

»Und die Pflanzen«, mischte sich Dr. Omayra Torres ein. »Wir kennen nicht einmal zehn Prozent der medizinisch nutzbaren Substanzen, die es hier gibt. Mit jedem Schamanen und indianischen Heiler, der stirbt, verlieren wir etwas von diesem Wissen für immer.«

»Ich kann mir vorstellen, dass die Bestie Ihnen bei Ihren Geschäften in die Quere kommt, Herr Carías, genau wie die Eingeborenen.« So schnell ließ Kate Cold nicht locker, wenn sie sich erst einmal irgendwo festgebissen hatte.

»Die Bestie ist für uns alle ein Problem. Sogar die Soldaten haben Angst vor ihr«, gab Mauro Carías zu.

»Falls es die Bestie wirklich gibt, finde ich sie. Der Mensch, der Ludovic Leblanc an der Nase herumführt, ist noch nicht geboren, ganz zu schweigen von dem Tier«, sagte der Professor, dessen Tick, von sich selbst in der dritten Person zu sprechen, den anderen langsam auf die Nerven ging.

»Auf meine Soldaten können Sie zählen, Herr Professor. Auch wenn mein guter Freund Carías etwas anderes behauptet, es sind tapfere Männer«, bot ihm Hauptmann Ariosto seine Hilfe an.

»Auch auf meine uneingeschränkte Unterstützung können Sie zählen, geschätzter Herr Professor. Ich kann Ihnen einige Motorboote und ein gutes Funkgerät zur Verfügung stellen«, schloss sich Mauro Carías an.

»Und auf mich können Sie zählen, sollte es irgendwelche Gesundheitsprobleme geben oder zu einem Unfall kommen«, sagte Dr. Omayra Torres sehr sanft, als hätte sie ganz vergessen, dass Leblanc sich geweigert hatte, sie an der Expedition teilnehmen zu lassen.

»Wie schon gesagt, mein Fräulein ...«

»Dr. Torres«, verbesserte sie ihn wieder.

»Wie schon gesagt, das Budget unserer Expedition ist begrenzt, wir können keine Touristen mitnehmen«, sagte Leblanc störrisch.

»Ich bin kein Tourist. Ohne die Begleitung eines zugelassenen Arztes und die notwendigen Impfungen kann die Expedition nicht weiterfahren.«

»Dr. Torres hat Recht. Hauptmann Ariosto wird Ihnen die Gesetzeslage erläutern«, ließ sich César Santos vernehmen, der die Ärztin kannte und sich offenkundig ebenfalls zu ihr hingezogen fühlte.

»Tja, also ... es stimmt, dass ...«, stammelte der Hauptmann und sah verwirrt zu Mauro Carías hinüber.

»Es wird kein Problem sein, Omayra mitzunehmen. Ich selbst werde für die Mehrkosten aufkommen«, sagte der Unternehmer lächelnd und legte seinen Arm um die Schulter der jungen Ärztin.

»Danke, Mauro, aber das wird nicht nötig sein, meine Ausgaben trägt der Staat.« Behutsam machte sie sich von ihm los.

»Gut. Das wäre also geklärt. Ich hoffe, wir finden die

Bestie, sonst war die ganze Reise für die Katz«, bemerkte Timothy Bruce, der Fotograf.

»Vertrauen Sie ganz auf mich, junger Mann. Ich habe Erfahrung mit dieser Art von Tieren und habe eigenhändig einige todsichere Fallen entworfen. Die Modelle sind in meiner Abhandlung über den Schneemenschen des Himalaja abgebildet«, sagte der Professor mit selbstzufriedener Miene, während er Karakawe anwies, stärker zu fächeln.

»Konnten Sie ihn fangen?« Alex stellte sich absichtlich doof, denn die Antwort kannte er nur zu gut.

»Es gibt ihn nicht, mein Junge. Dieses legendäre Wesen des Himalaja ist ein Schwindel. Die berühmte Bestie womöglich auch.«

»Manche Leute haben sie gesehen«, wandte Nadia ein.

»Ohne Zweifel ungebildete Leute, Kindchen.« Der Professor machte eine wegwerfende Handbewegung.

»Pater Valdomero ist nicht ungebildet«, beharrte Nadia.

»Wer ist das?«

»Ein katholischer Missionar, der von den Wilden verschleppt wurde und seitdem verrückt ist«, mischte sich Hauptmann Ariosto ein. Sein Englisch hatte einen starken venezolanischen Einschlag, und weil er noch dazu ständig an einer Zigarre nuckelte, konnte man ihn kaum verstehen.

»Er ist nicht verschleppt worden, und verrückt ist er auch nicht!« Jetzt war Nadia richtig zornig.

»Beruhige dich, meine Hübsche«, sagte Mauro Carías lächelnd und strich Nadia übers Haar, die sich sofort außer Reichweite flüchtete.

»Tatsächlich ist Pater Valdomero sehr gelehrt. Er spricht mehrere Indianersprachen und kennt die Flora und Fauna des Amazonas besser als irgendwer sonst; er behandelt Knochenbrüche, zieht Zähne und hat auch schon mit einer selbstgebauten Apparatur grauen Star operiert«, erklärte César Santos.

»Ja, aber bei der Bekämpfung des Lasters in Santa María de la Lluvia oder der Missionierung der Indianer ist er nicht sehr erfolgreich, Sie sehen ja selbst, die laufen noch immer nackt herum«, spottete Mauro Carías.

»Ich bezweifle, dass die Indianer es nötig haben, missioniert zu werden«, widersprach ihm César Santos.

Er sagte, die Indianer seien sehr spirituell und glaubten, alles besitze eine Seele: die Bäume, die Tiere, die Flüsse, die Wolken. Deshalb trennten sie die geistige und die gegenständliche Welt nicht voneinander. Die Religion der Fremden war ihnen zu simpel, weil sie meinten, das sei immer die gleiche Geschichte, die da wiederholt werde, sie dagegen hätten viele Geschichten von Göttern, Dämonen, Geistern des Himmels und der Erde. Pater Valdomero hatte es aufgegeben, ihnen zu erklären, dass Christus am Kreuz gestorben war, um die Menschheit von ihren Sünden zu erlösen, weil die Indianer über die Vorstellung eines solchen Opfers entsetzt waren. Sie wussten nicht, was Schuld ist. Sie verstanden auch nicht, wieso sie bei diesen Temperaturen Kleider tragen und wozu sie Besitztümer anhäufen sollten, wo man ja doch nichts mitnehmen konnte, wenn man starb.

»Zu schade, dass sie zum Aussterben verurteilt sind, sie sind der Traum eines jeden Anthropologen, nicht wahr, Professor Leblanc?«, feixte Mauro Carías.

»So ist es. Zum Glück habe ich über sie schreiben können, ehe sie dem Fortschritt weichen müssen. Dank Ludovic Leblanc ist ihnen ein Platz in der Geschichte sicher«, sagte der Professor, an dem der Spott seines Gegenübers abperlte.

An diesem Abend bestand das Essen aus gebratenem Tapirfleisch, Bohnen und Maniokfladen, und Alex wollte nichts davon probieren, obwohl er sehr hungrig war.

Während seine Großmutter nach dem Abendessen mit den Männern der Gruppe Wodka trank und ihre Pfeife rauchte, ging Alex mit Nadia zum Bootsanleger. Wie eine gelbe Laterne strahlte der Mond am Himmel. Die Geräusche des Urwalds umwehten die beiden als vielstimmige Hintergrundmusik: das Schreien der Vögel, das Kreischen der Affen, das Quaken der Frösche und Zirpen der Grillen. Tausende Glühwürmchen schwirrten an ihnen vorbei und streiften ihre Gesichter. Nadia fing eines mit der Hand und barg es zwischen ihren Locken, wo es wie ein Sternchen weiterflackerte. Das Mädchen saß auf dem Steg und ließ die Füße ins dunkle Wasser des Flusses baumeln. Alex fragte sie nach den Piranhas, die er in den Souvenirläden von Manaus gesehen hatte: wie getrocknete Miniaturhaie, handtellergroß, mit beachtlichen Mäulern und messerscharfen Zähnen.

»Piranhas sind sehr nützlich, sie säubern das Wasser von Aas und Abfällen. Mein Vater sagt, sie greifen nur an, wenn sie Blut riechen und hungrig sind«, erklärte Nadia.

Sie erzählte ihm, wie sie einmal einen Kaiman beobachtet hatte, der schwer von einem Jaguar verwundet worden war und sich zum Wasser geschleppt hatte, wo die Piranhas sich durch die Wunde in ihn hineinfraßen und ihn binnen Minuten von innen verschlangen, ohne die warzige Haut zu beschädigen.

Da plötzlich merkte das Mädchen auf und legte einen Finger an die Lippen, damit Alex still war. Borobá, das Äffchen, wurde ganz aufgeregt und begann herumzuspringen und zu kreischen, aber Nadia beruhigte ihn sofort, indem sie ihm etwas ins Ohr flüsterte. Alex kam es vor, als könne das Tier die Worte seiner Herrin genau verstehen. Er sah nur die Schatten des Waldes und den schwarzen Wasserspiegel, aber irgendetwas hatte offensichtlich Nadias Aufmerksamkeit erregt, denn sie war aufgestanden. Von weit her drangen gedämpfte Gitarrenklänge aus dem Dorf zu ihnen herüber. Wenn er sich umwandte, konnte er einige Lichter in den Hütten hinter sich erkennen, aber hier waren sie allein.

Nadia stieß einen langen, spitzen Schrei aus, der sich für Alex wie der Ruf einer Eule anhörte, und gleich darauf antwortete der gleiche Schrei vom anderen Flussufer. Zweimal wiederholte das Mädchen den Ruf und erhielt beide Male die gleiche Antwort. Da nahm sie Alex beim Arm und bedeutete ihm, ihr zu folgen. Alex fiel ein, dass César Santos ihnen aufgetragen hatte, nach Einbruch der Dunkelheit im Dorf zu bleiben, und auch all die Geschichten, die er über Giftschlangen, Raubtiere, Banditen und bewaffnete Trunkenbolde gehört hatte, kamen ihm in den Sinn. Und an die wilden Indianer, die Leblanc beschrieb, oder an die Bestie mochte er lieber gar nicht erst denken ... Aber er wollte in den Augen des Mädchens nicht als Feigling dastehen und folgte ihr wortlos, sein aufgeklapptes Schweizer Messer in der Faust.

Sie ließen die letzten Hütten des Dorfes hinter sich und gingen vorsichtig weiter, nur der Mond leuchtete ihnen. Der Urwald war gar nicht so undurchdringlich, wie Alex geglaubt hatte; das Dickicht am Flussufer lichtete sich nach und nach, und man konnte ohne große Schwierigkeiten vorankommen. Sie waren noch nicht sehr weit gegangen, da erscholl der Ruf der Eule erneut. Sie befanden sich auf einer Lichtung, und hier sah man ein Stück Himmel und den Mond. Nadia blieb stehen und wartete reglos; sogar Borobá tat keinen Mucks, als wüsste er genau, was auf sie zukam. Plötzlich machte Alex erschrocken einen Satz: Keine drei Meter entfernt hatte sich eine Gestalt aus der Nachtschwärze gelöst, unvermittelt und lautlos wie ein Gespenst. Bereit, sich zu verteidigen, schwang er sein Taschenmesser, aber Nadia war so gelassen, dass seine Hand in der Luft stockte.

»Aía«, flüsterte das Mädchen.

»Aía, aía ...«, antwortete eine Stimme, die sich für Alex nicht wie die eines Menschen anhörte, sie klang wie ein Windhauch.

Die Gestalt trat einen Schritt auf sie zu und blieb dicht vor Nadia stehen. Alex' Augen hatten sich inzwischen etwas an das Zwielicht gewöhnt, und jetzt konnte er im Schein des Mondes einen unvorstellbar alten Mann erkennen. Obwohl er sich aufrecht hielt und sich geschmeidig bewegte, sah er aus, als hätte er Jahrhunderte gelebt. Er war sehr klein. Noch nicht einmal so groß wie Nicole, schätzte Alex, und seine Schwester war doch erst neun. Er trug einen kurzen Lendenschurz aus Pflanzenfasern, seine Brust war von einem Dutzend Ketten aus Muscheln, Samenkörnern und Wildschweinzähnen bedeckt. Seine Haut, faltig wie die eines steinalten Elefanten, hing schlaff über dem dürren Skelett. In der Hand hielt er eine kurze Lanze, außerdem einen Stab, an dem eine Reihe Lederbeutel baumelten, und ein Holzrohr, das mit irgendwelchen Steinchen gefüllt sein musste, denn es machte ein Geräusch wie eine Babyrassel. Nadia griff sich ins Haar, befreite das Glühwürmchen und bot es ihm an; der Greis nahm es und setzte es zwischen seine Halsketten. Das Mädchen kniete sich hin und gebot Alex, es ihr als Zeichen der Hochachtung gleichzutun. Sofort setzte sich auch der Indianer, und so verharrten die drei auf gleicher Höhe.

Mit einem Satz war Borobá auf den Schultern des Alten und zog ihn an den Ohren; seine Herrin verscheuchte ihn mit einem Klaps, und der Greis lachte herzhaft. Alex kam es so vor, als hätte der Alte keinen einzigen Zahn mehr im Mund, aber in dem spärlichen Licht konnte er das nicht richtig erkennen. Gestikulierend vertieften sich der Indianer und Nadia in ein langes Gespräch in einer Sprache, deren Worte sanft klangen wie der Hauch des Windes, das Plätschern von Wasser und das Zwitschern der Vögel. Alex nahm an, dass sie über ihn sprachen, denn sie deuteten in seine Richtung. Einmal sprang der Mann auf und fuchtelte erbost mit seiner kurzen Lanze herum, aber Nadia redete lange auf ihn ein, und er beruhigte sich wieder. Schließlich streifte der Alte ein Amulett ab, einen geschnitzten Knochen, der um seinen Hals hing, führte ihn an die Lippen und blies hinein. Wie zuvor ertönte der Ruf der Eule, der Alex vertraut war, weil es in der Nähe seines Zuhauses in Nordkalifornien viele dieser Vögel gab. Der wunderliche Greis band Nadia das Amulett um den Hals, legte ihr zum Abschied beide Hände auf die Schultern und verschwand urplötzlich genauso lautlos, wie er aufgetaucht war. Alex hätte schwören können, dass er ihn nicht hatte weggehen sehen, der Alte hatte sich einfach in Luft aufgelöst.

»Das war Walimai«, flüsterte ihm Nadia ins Ohr.

»Walimai?«

»Ssscht! Sag den Namen nicht lau Den wahren Namen eines Indianers darfst du niemals in seiner Gegenwart aussprechen, er ist tabu. Und die Namen der Toten darfst du erst recht nicht nennen, das ist ein noch viel strengeres Tabu; es ist eine schreckliche Beleidigung, wenn man es bricht«, erklärte Nadia.

»Wer ist das?« Alex war von dem Alten ziemlich beeindruckt.

»Ein Schamane, ein sehr mächtiger Zauberer. Er kann durch Träume und Visionen in die Zukunft sehen. Er reist in die Welt der Geister, wann immer er möchte. Nur er kennt den Weg nach El Dorado.«

»El Dorado? Die Stadt, die sich die Eroberer Amerikas zusammenfantasiert haben? Das ist doch bloß eine alberne Legende!«

»Walimai ist häufig mit seiner Frau dort gewesen. Sie begleitet ihn immer«, widersprach das Mädchen.

»Aber diesmal war sie doch nicht bei ihm.«

»Sie ist ein Geist. Nicht jeder kann sie sehen.«

»Du hast sie gesehen?«

»Ja. Sie ist jung und sehr schön.«

»Was hat dir der Zauberer da gegeben? Worüber habt ihr gesprochen?«

»Es ist ein Talisman. Damit bin ich immer in Sicherheit, niemand, kein Mensch oder Tier oder Geisterwesen, kann mir etwas tun. Außerdem kann ich ihn damit rufen, ich muss nur hineinblasen. Bis jetzt musste ich immer warten, bis er von selbst erschienen ist. Er sagt, ich brauche den Talisman, weil große Gefahr droht, der Rahakanariwa ist freigelassen worden, das ist der Geist eines menschenfressenden Vogels, vor dem alle schreckliche Angst haben. Wenn er auftaucht, bedeutet das Tod und Zerstörung, aber der Talisman wird mich beschützen.«

»Du bist ziemlich sonderbar ...« Alex verstand langsam gar nichts mehr.

»Walimai sagt, die Fremden sollten nicht nach der Bestie suchen. Er sagt, einige werden sterben. Aber du und ich, wir sollen gehen, denn wir werden gerufen, weil wir weiße Seelen haben.«

»Wer ruft uns?«

»Das weiß ich nicht, aber wenn Walimai es sagt, stimmt es.«

»Glaubst du wirklich an dieses Zeug, Nadia? Glaubst du an Zauberer, menschenfressende Vögel, an El Dorado, unsichtbare Ehefrauen und an die Bestie?«

Ohne zu antworten, drehte das Mädchen sich um und ging zurück zum Dorf, und er blieb ihr auf den Fersen, um sich nicht zu verlaufen.

SECHSTES KAPITEL

Der Plan

In dieser Nacht schlief Alex unruhig. Er fühlte sich der Außenwelt ausgeliefert, als hätten sich die dünnen Wände, die ihn vom Urwald trennten, in Luft aufgelöst und ihn sämtlichen Gefahren dieser unbekannten Welt preisgegeben. Das Hotel, dieser Bretterverschlag auf Stelzen mit einem Wellblechdach und ohne Scheiben in den Fenstern, hielt gerade eben den Regen ab. Zum Lärmen der Frösche und anderen Tiere kam das Schnarchen seiner Zimmergenossen. Seine Hängematte drehte sich ein paar Mal um die eigene Achse und warf ihn bäuchlings auf den Boden, ehe er sich daran erinnerte, dass er sich diagonal hineinlegen musste, um die Balance zu halten. Es war nicht heiß, und doch schwitzte er. Lange lag er in der Dunkelheit unter seinem in Mückenschutzmittel getränkten Moskitonetz wach und dachte an die Bestie, an Vogelspinnen, Skorpione, Schlangen und andere Gefahren, die im Finstern lauerten. Wieder ging ihm die sonderbare Begegnung zwischen dem Indianer und Nadia durch den Kopf, deren Zeuge er geworden war. Der Schamane hatte prophezeit, dass einige Mitglieder der Expedition sterben würden.

Er konnte es nicht fassen, dass sein Leben in nur wenigen Tagen so vollkommen umgekrempelt war und er sich plötzlich an einem verwunschenen Ort befand, wo, genau wie seine Großmutter ihm angekündigt hatte, die Geister unter den Lebenden herumspazierten. Die Wirklichkeit war aus den Fugen geraten, er wusste nicht mehr, was er glauben sollte. Er hatte großes Heimweh nach seinem Zuhause und seiner Familie; selbst seinen trotteligen Hund Poncho vermisste er hier. So himmelweit von allem entfernt, was er kannte, fühlte er sich sehr einsam. Wenn er wenigstens hätte herausfinden können, wie es seiner Mutter ging! Aber wie sollte er von diesem Nest aus eine Verbindung zu einem Krankenhaus in Texas bekommen? Da könnte er gleich versuchen, auf dem Mars anzurufen. Kate war ihm weder eine gute Reisegefährtin noch eine Hilfe. Als Großmutter ließ sie einiges zu wünschen übrig, sie gab sich nicht einmal Mühe, seine Fragen zu beantworten, weil sie der Meinung war, dass man nur das lernt, was man selbst herausfindet. Erfahrung hielt sie für das, was man erlangt, kurz nachdem man es hätte gebrauchen können.

Er wälzte sich schlaflos in seiner Hängematte, als er plötzlich meinte jemanden tuscheln zu hören. Vielleicht war es auch nur das Stimmengewirr des Urwalds, aber er wollte es herausfinden. Barfuß und in Unterwäsche schlich er sich ans andere Ende des Gemeinschaftssaals zu den Hängematten, in denen Nadia und ihr Vater schliefen. Er legte Nadia seine Hand auf den Mund und flüsterte ihr ins Ohr, um die anderen nicht zu wecken. Erschrocken schlug sie die Augen auf, aber als sie ihn erkannte, war sie sofort beruhigt, kletterte behände aus der Hängematte und gab Borobá mit einer bestimmenden Geste zu verstehen, dass er sich ruhig verhalten sollte. Das Äffchen gehorchte auf der Stelle und rollte sich zum Weiterschlafen zusammen, und Alex musste wieder an Poncho denken, dem sie nie auch nur den einfachsten Befehl hatten begreiflich machen können. Sie schlichen hinaus und glitten an der Längsseite des Hotels entlang zur Terrasse, von wo Alex die Stimmen gehört hatte. Im Schatten der Tür pressten sie sich gegen die Wand, und von hier aus konnten sie Hauptmann Ariosto und Mauro Carías sehen, die an einem kleinen Tisch saßen, rauchten, tranken und sich leise unterhielten. Ihre Gesichter waren im Schein ihrer Zigarren und einer Duftspirale auf dem Tisch, deren Rauch die Moskitos abhalten sollte, deutlich zu erkennen. Alex beglückwünschte sich dazu, dass er Nadia Bescheid gesagt hatte, denn die beiden Männer sprachen Spanisch.

»Du weißt also, was du zu tun hast, Arioste«, sagte Carías.

»Es wird nicht leicht sein.«

»Wenn es leicht wäre, bräuchte ich deine Hilfe nicht, und dann müsste ich dich auch nicht bezahlen, Mann.«

»Ich mag keine Fotografen, das riecht nach Ärger«, wandte der Hauptmann ein. »Und diese Reporterin ... also auf den Kopf gefallen ist die bestimmt nicht.«

»Wir brauchen sie aber: den Professor, diese Alte und die Fotografen. Die werden genau das erzählen, was wir hören wollen, und damit sind wir aus dem Schneider. Diesmal schickt der Kongress keine Untersuchungskommission. Wozu auch? Schließlich gibt es Leute vom International Geographic als Zeugen«, sagte Carías.

»Ich begreife nicht, warum die Regierung diese Handvoll Wilde unbedingt beschützen will. Denen werden Tausende von Quadratkilometern überlassen, die man besser unter den Siedlern aufteilen würde, dann gäbe es endlich mal so etwas wie Fortschritt in dieser Hölle.«

»Immer hübsch der Reihe nach, Arioste. In dieser Gegend gibt es schließlich Smaragde und Diamanten. Bevor die Siedler mit ihren Motorsägen und Rindviechern kommen, sind wir beide gemachte Leute. Noch will ich keine Garimpeiros hier sehen.«

»Dann wird es sie auch nicht geben. Das Militär, mein Freund, sorgt schließlich dafür, dass die Gesetze eingehalten werden. Die armen Indianer brauchen doch Schutz, oder?« Die beiden lachten gut gelaunt.

»Alles läuft nach Plan, eine Person meines Vertrauens wird die Expedition begleiten«, sagte Carías.

»Wer?«

»Das erfährst du noch früh genug. Jedenfalls ist die Bestie ein guter Vorwand, damit dieser Hornochse von Leblanc und die Pressefritzen genau dort hingehen, wo wir sie haben wollen, und entsprechend Bericht erstatten. Sie werden mit den Indianern in Kontakt kommen. Sie können unmöglich am oberen Orinoko nach der Bestie suchen, ohne Indianern zu begegnen.«

»Dein Plan ist so umständlich. Ich habe Leute, die schweigen wie ein Grab, wir könnten das erledigen, ohne dass es jemand mitkriegt«, versicherte Ariosto und trank einen Schluck.

»Nein, Mann! Hast du nicht zugehört? Wir müssen Geduld haben.«

»Dann erklär mir deinen Plan noch einmal.«

»Zerbrich dir nicht den Kopf darüber, ich kümmere mich schon darum, dass er funktioniert. In weniger als drei Monaten haben wir freie Bahn.«

In diesem Augenblick spürte Alex etwas an seinem Fuß und stieß einen erstickten Schrei aus: Eine Schlange glitt über seine nackte Haut. Nadia hob einen Finger an die Lippen und bedeutete ihm, sich nicht zu rühren. Carías und Ariosto waren alarmiert aufgesprungen und zogen gleichzeitig ihre Waffen. Der Hauptmann knipste seine Taschenlampe an, suchte die Terrasse ab, und der Lichtkegel streifte um Haaresbreite die Stelle, wo Nadia und Alex sich gegen die Wand pressten. Alex war so entsetzt, dass er mit Freude den Pistolen gegenübergetreten wäre, wenn er nur die Schlange hätte abschütteln können, die sich jetzt um seinen Knöchel ringelte, aber Nadia hielt ihn am Arm fest, und er begriff, dass er nicht auch noch ihr Leben in Gefahr bringen durfte.

»Wer da?«, raunte der Hauptmann leise, um nicht die Schlafenden im Hotel aufzuscheuchen.

Stille.

»Gehen wir, Ariosto!«

Der Hauptmann suchte noch einmal mit der Taschenlampe herum, dann machten beide, ohne die Waffen sinken zu lassen, einige Schritte rückwärts auf die Treppe zu, über die man auf die schlammige Straße gelangte. Einige Minuten verstrichen, ehe Nadia das Gefühl hatte, sich unbemerkt bewegen zu können. Alex' Wade war mittlerweile ganz von der Schlange eingewickelt, ihr Kopf befand sich auf der Höhe seines Knies, und der Schweiß lief ihm in Strömen über den Körper. Nadia zog ihr T-Shirt aus, umwickelte ihre rechte Hand damit und packte die Schlange ganz vorsichtig knapp hinter dem Kopf. Sofort spürte Alex, wie das Reptil fester zudrückte und wütend mit dem Schwanz schlug, aber Nadia ließ nicht locker und löste die Schlange schließlich sachte von seinem Bein, bis das Tier schlaff in ihrer Hand hing. Sie ließ ihren Arm wie ein Windrad kreisen, holte Schwung und schleuderte die Schlange über das Terrassengeländer in die Dunkelheit. Seelenruhig zog sie sich schließlich das T-Shirt wieder an.

»War die giftig?«, fragte Alex, kaum hatte er die Sprache wiedergefunden; noch immer schlotterte er am ganzen Körper.

»Ja, ich glaube, es war eine Surucucú, aber keine sehr große. Sie hat ein kleines Maul und kann den Kiefer nicht sehr weit öffnen, sie hätte dich bloß in den Finger beißen können, nicht ins Bein«, antwortete Nadia. Dann übersetzte sie ihm das Gespräch zwischen Carías und Ariosto.

»Was haben diese Mistkerle vor? Was sollen wir machen?«, fragte sie.

»Keine Ahnung. Ich könnte es höchstens meiner Großmutter erzählen, aber ich weiß nicht, ob sie mir glauben würde; sie denkt sowieso schon, dass ich eine Meise habe und überall Feinde und Gefahren sehe.«

»Im Moment können wir nur abwarten und die Augen offen halten, Alex …«, befand Nadia.

~

Die beiden kehrten in ihre Hängematten zurück. Völlig erschöpft schlief Alex auf der Stelle ein und wurde im Morgengrauen von dem ohrenbetäubenden Brüllen der Affen geweckt. Er hatte einen solchen Heißhunger, dass er mit Vergnügen die Pfannkuchen seines Vaters verdrückt hätte, aber er fand nichts Essbares und musste zwei Stunden ausharren, ehe seine Reisegefährten bereit zum Frühstücken waren. Sie boten ihm schwarzen Kaffee, lauwarmes Bier und die kalten Tapirreste vom Vorabend an. Angeekelt lehnte er ab. Er hatte noch nie einen Tapir gesehen, malte ihn sich aber aus wie eine große Ratte; einige Tage später sollte er zu seiner Überraschung herausfinden, dass es ein über hundert Kilo schweres Tier war, das so ähnlich wie ein Schwein aussah und wegen seines Fleisches sehr geschätzt wurde. Er griff sich eine Banane, aber sie schmeckte bitter und hinterließ einen pelzigen Belag auf der Zunge, erst später erfuhr er, dass diese Art Bananen gekocht werden musste. Nadia, die früh am Morgen mit ein paar anderen Mädchen aus dem Dorf im Fluss gebadet hatte, kam zurück mit einer frischen Blume hinter dem einen und der grünen Feder im anderen Ohr, hatte Borobá dabei, der sich an ihren Hals klammerte, und eine halbe Ananas in der Hand. Alex hatte gelesen, um auf Nummer Sicher zu gehen, solle man in den Tropen nur Früchte essen, die man selbst geschält hat, aber er entschied, dass ihm das Risiko, Typhus zu bekommen, lieber war, als hier langsam aber sicher zu verhungern. Dankbar verschlang er die Ananas, die sie ihm anbot.

Frisch gebadet wie seine Tochter, erschien kurz darauf César Santos, der Führer, und lud den Rest der verschwitzten Expeditionsteilnehmer ein, sich in die Fluten zu stürzen. Das taten auch alle, außer Professor Leblanc, der Karakawe anwies, einige Eimer mit Wasser herbeizuschleppen, damit er sich auf der Terrasse waschen konnte, denn die Vorstellung, das Bad mit einem Rochen zu teilen, gefiel ihm ganz und gar nicht. Diese Fische waren zum Teil groß wie Bettvorleger, und ihr mächtiger Stachel konnte nicht nur schneiden wie ein Sägeblatt, sondern war auch giftig. Nach seinem Schlangenabenteuer der vergangenen Nacht dachte Alex gar nicht daran, vor der Begegnung mit einem Fisch zurückzuschrecken, wie miserabel dessen Ruf auch immer sein mochte. Er stürzte sich kopfüber in den Fluss.

»Falls dich ein Rochen angreift, heißt das, dass diese Gewässer nicht für dich gemacht sind«, war alles, was seine Großmutter dazu anmerkte, ehe sie mit der Ärztin an eine andere Stelle zum Baden ging.

»Die Rochen sind scheu und leben am Grund des Flusses. Sie fliehen normalerweise, wenn sie Bewegungen im Wasser wahrnehmen, damit sie einen aber auf alle Fälle rechtzeitig bemerken, sollte man beim Gehen über den Boden schlurfen, sonst tritt man womöglich auf einen drauf«, wies César Santos sie an.

Das Bad war eine Wohltat, und danach fühlte sich Alex putzmunter und sauber.

SIEBTES KAPITEL

Der schwarze Jaguar

Bevor sie aufbrachen, lud Mauro Carías die Teilnehmer an der Expedition in sein Camp ein. Dr. Omayra Torres begleitete sie nicht und entschuldigte sich damit, sie müsse die zwei jungen Mormonen mit einem Armeehelikopter zurück nach Manaus schicken, denn der Zustand der beiden hatte sich weiter verschlimmert. Das Camp lag eine Meile von Santa María de la Lluvia entfernt auf einer Waldlichtung und umfasste mehrere Wohncontainer, die man per Hubschrauber herbeigeschafft und dort im Kreis abgestellt hatte. Im Vergleich zu den Behausungen mit Wellblechdach, aus denen die Ortschaft bestand, waren sie luxuriös ausgestattet. Es gab einen Generator, der Strom lieferte, eine Funkantenne und Sonnenkollektoren für warmes Wasser.

Carías hatte ähnliche Stützpunkte an verschiedenen strategischen Punkten im Amazonasgebiet, und von dort aus kontrollierte er seine vielfältigen Geschäfte, angefangen beim Holzhandel bis hin zu den Goldminen, aber eigentlich lebte er ganz woanders. Es hieß, er habe in Caracas, Rio de Janeiro und Miami prunkvolle Villen und in jeder davon eine Ehefrau. Von Ort zu Ort gelangte er in seinem Düsenjet oder in seinem Sportflugzeug, konnte aber auch bisweilen auf die Hubschrauber der Armee zurückgreifen, die ihm einige befreundete Generäle zur Verfügung stellten. Auf der holprigen Flugpiste von Santa María de la Lluvia konnte er mit seinem Jet nicht landen, deshalb benutzte er hier seine zweimotorige Propellermaschine, ein richtiges Schmuckstück verglichen mit dem altersschwachen, rostigen Blechvogel von César Santos.

Kate Cold fielen der Elektrozaun und die Wachen rund um das Camp auf.

»Was mag dieser Mann hier aufbewahren, dass er eine so scharfe Bewachung braucht?« Sie sah ihren Enkel fragend an.

Mauro Carías war einer der wenigen Abenteurer, die im Amazonasgebiet reich geworden waren. Tausende und Abertausende von Garimpeiros drangen auf der Suche nach Goldadern oder Diamantenvorkommen zu Fuß oder im Kanu in den Urwald vor, kämpften sich mit Macheten durch das Pflanzendickicht und wurden von Ameisen, Blutegeln und Moskitos zerfressen. Viele starben an Malaria, andere kamen bei Schießereien mit ihren Konkurrenten ums Leben oder fielen dem Hunger und der Einsamkeit zum Opfer; ihre Leichen verfaulten in namenlosen Gräbern oder wurden zum Fraß der Tiere.

Von Carías erzählte man sich, er habe sein Vermögen zunächst mit Hühnern gemacht: Er ließ sie im Wald laufen und schlitzte ihnen dann den Kropf auf, um die Goldkörnchen zu ernten, die von den unglücklichen Vögeln verschluckt worden waren. Aber dieses Gerücht war wohl, wie so viele, die sich um die Vergangenheit dieses Mannes rankten, etwas aufgebauscht worden, denn tatsächlich war der Boden im Amazonasgebiet nicht mit Gold übersät wie ein Hühnerhof mit Maiskörnern. Eines stand aber fest: Mauro Carías musste nie wie diese elenden Garimpeiros Kopf und Kragen riskieren, denn er hatte gute Verbindungen und einen Riecher fürs Geschäft, wusste zu befehlen und sich Respekt zu verschaffen; was er im Guten nicht erreichen konnte, erreichte er mit Gewalt. Hinter seinem Rücken wurde getuschelt, er sei ein Krimineller, aber niemand wagte es, ihm das ins Gesicht zu sagen; es ließ sich nicht beweisen, dass er Blut an den Händen hatte. Seine äußere Erscheinung hatte nichts Bedrohliches oder Verdächtiges, er war ein sympathischer Mann, gut aussehend, sonnengebräunt, mit gepflegten Fingernägeln und blendend weißen Zähnen, der sich elegant und sportlich kleidete. Er hatte eine volltönende Stimme und sah seinem Gegenüber beim Sprechen in die Augen, als wollte er mit jedem Satz seine Aufrichtigkeit beteuern.

Der Unternehmer empfing die Expeditionsteilnehmer in einem der Wohncontainer, der als Salon eingerichtet war und über alle Annehmlichkeiten verfügte, die es im Dorf nicht gab. Zwei junge, attraktive Frauen waren bei ihm, die alkoholische Getränke servierten und den Zigarrenrauchern Feuer gaben, aber keinen Ton sagten. Wahrscheinlich können sie kein Englisch, dachte Alex. Irgendwie waren sie ihm unheimlich, sie erinnerten ihn an Morgana, das Mädchen, das ihm in New York den Rucksack geklaut hatte. Er wurde rot und kam sich wieder vor wie ein Rindvieh. Die hatte ihn vielleicht draufgeschickt! Die beiden schienen die einzigen Frauen im Camp zu sein, jedenfalls waren ihnen draußen nur bis an die Zähne bewaffnete Männer begegnet. Ihr Gastgeber hatte ein üppiges Buffet auffahren lassen: Es gab Käse, kalten Braten, Meeresfrüchte, Obst, Eiscreme und andere aus Caracas mitgebrachte Leckereien. Alex schlug sich den Bauch voll: Etwas so Gutes hatte er schon ewig nicht mehr bekommen.

»Sie scheinen sich ja hier gut auszukennen, Santos. Sie leben schon lange hier in der Gegend, oder?«, wandte sich Mauro Carías an den Führer.

»Schon immer. Ich könnte es nirgends sonst aushalten.«

»Ich habe gehört, Ihre Frau ist hier krank geworden. Das tut mir sehr leid ... Es wundert mich allerdings nicht, nur wenige Ausländer können diese Abgeschiedenheit und das Klima ertragen. Und das Mädchen, geht sie nicht zur Schule?« Carías streckte die Hand nach Nadia aus, aber Borobá fletschte die Zähne.

»Ich muss nicht zur Schule. Ich kann lesen und schreiben!«, sagte Nadia.

»Mehr brauchst du natürlich nicht zu können, meine Hübsche.« Carías grinste.

»Nadia kennt sich gut mit der Natur aus, außerdem spricht sie Englisch, Spanisch, Portugiesisch und etliche Indianersprachen«, meldete sich ihr Vater.

»Was hast du denn da um den Hals, meine Hübsche?« Die Stimme des Unternehmers klang weichgespült.

»Ich heiße Nadia.«

»Zeig mir deine Kette, Nadia«, sagte Carías mit einem makellosen Werbefilmlächeln.

»Ich kann sie nicht abnehmen, sie hat Zauberkräfte.«

»Wie wär's? Verkauf sie mir doch. Ich bezahle einen guten Preis dafür.«

»Nein!«, schrie Nadia und ging auf Abstand.

César Santos unterbrach die beiden, um sich für das widerborstige Verhalten seiner Tochter zu entschuldigen. Es wunderte ihn, dass ein so wichtiger Mann seine Zeit damit verplemperte, ein Kind auf die Schippe zu nehmen. Früher hatte niemand Nadia beachtet, aber in den letzten Monaten erregte seine Tochter überall Aufmerksamkeit, und das gefiel ihm ganz und gar nicht. Mauro Carías meinte, das Mädchen sei nicht auf das zivilisierte Leben in einer Stadt vorbereitet, wenn es nie aus dem Amazonasgebiet herauskomme. Was sollte denn aus ihr werden? Sie mache doch eigentlich einen aufgeweckten Eindruck, und mit einer guten Ausbildung könne sie es zu etwas bringen. Er erbot sich sogar, sie nach Caracas mitzunehmen, um sie dort auf die Schule zu schicken und in ein anständiges Fräulein zu verwandeln.

»Ausgeschlossen, ich möchte meine Tochter bei mir haben, aber dennoch vielen Dank«, sagte César Santos.

»Denken Sie drüber nach, Mann! Ich wäre wie ein Pate für sie ...«, ließ der Unternehmer nicht locker.

»Ich kann auch mit den Tieren sprechen«, redete Nadia

dazwischen. Alle brachen in schallendes Gelächter aus. Nur ihr Vater, Alex und Kate Cold lachten nicht.

»Wenn du mit den Tieren sprechen kannst, vielleicht kannst du mir dann als Dolmetscherin bei einem meiner Haustiere dienen. Begleiten Sie mich«, lud der Unternehmer seine Gäste ein, während er Nadia mit einem milden Blick bedachte.

∼

Sie folgten Mauro Carías in den Hof, den die im Kreis aufgestellten Container bildeten, und dort stand in der Mitte ein aus Brettern und Hasendraht notdürftig zusammengezimmerter Käfig. Darin lief eine große Katze von einer Ecke zur anderen, aus jedem ihrer Schritte sprach der Irrsinn des eingesperrten Raubtiers. Es war ein schwarzer Jaguar, einer der schönsten, die je in dieser Gegend gesichtet worden waren, mit glänzendem Fell und einem hypnotisierenden Blick aus topasgelben Augen. Bei seinem Anblick stieß Borobá einen spitzen Schrei aus, sprang von Nadias Schulter und raste wie vom Teufel besessen davon, gefolgt von dem Mädchen, das vergeblich nach ihm rief. Verdutzt sah ihnen Alex nach; es war das erste Mal, dass sich der Affe freiwillig von seiner Herrin trennte. Die Fotografen hatten sofort ihre Objektive auf die Raubkatze gerichtet, und auch Kate Cold zückte ihre kleine Pocketkamera. Professor Leblanc hielt sich in sicherer Entfernung.

»Kein Tier ist in Südamerika so gefürchtet wie der schwarze Jaguar. Er ist sehr mutig und schreckt vor nichts zurück«, sagte Carías.

»Wenn Sie ihn so sehr bewundern, warum lassen Sie ihn dann nicht laufen? Die arme Katze wäre besser tot, als eingesperrt zu sein«, bemerkte César Santos.

»Ihn laufen lassen? Auf keinen Fall, Mann! Zu Hause in Rio de Janeiro habe ich einen kleinen Zoo. Ich warte nur noch, dass mir der passende Käfig geliefert wird, dann bringe ich ihn dorthin.«

Gebannt vom Anblick dieser riesigen Katze, war Alex näher getreten. Seine Großmutter schrie ihm eine Warnung zu, aber er hörte es gar nicht und ging weiter, bis er mit beiden Händen den Drahtverhau berührte, der ihn von dem Tier trennte. Der Jaguar blieb stehen, stieß ein gewaltiges Fauchen aus und starrte Alex mit seinen gelben Augen an; reglos verharrte er, all seine Muskeln waren gespannt, das pechschwarze Fell bebte. Wie in Trance nahm Alex die Brille ab, die er seit seinem achten Lebensjahr getragen hatte, und ließ sie auf die Erde fallen. Er war der Raubkatze so nah, dass er jeden einzelnen goldenen Sprenkel in ihren Pupillen erkennen konnte, und in einem stummen Zwiegespräch starrten sie einander an. Alles um sie her verschwand: Er stand allein vor dem Tier auf einer weiten goldenen Ebene, die von mächtigen schwarzen Felstürmen umstanden war, und darüber wölbte sich ein weißer Himmel, in dem wie Quallen sechs durchsichtige Monde schwammen. Er sah, wie die Raubkatze ihre großen, schimmernd weißen Zähne bleckte, und dann sagte sie mit einer abgrundtiefen Stimme, die dennoch menschlich klang, seinen Namen: Alexander. Und er antwortete mit seiner eigenen Stimme, die ebenfalls viel tiefer war als sonst: Jaguar. Dreimal sprachen das Tier und Alex einander an: Alexander, Jaguar, Alexander, Jaguar, Alexander, Jaguar, und da erglühte der Sand der Ebene, der Himmel wurde schwarz, und die sechs Monde begannen, sich um die eigene Achse zu drehen und zogen über den Himmel wie langsame Kometen.

Unterdessen hatte Mauro Carías einen Befehl gegeben, und einer seiner Wächter schleifte an einem Strick einen Affen herbei. Als er den Jaguar erblickte, tat er das Gleiche wie zuvor Borobá, er schrie auf, versuchte wegzuspringen und schlug um sich, kam aber nicht von seiner Fessel los.

Carías packte ihn am Genick, und noch ehe jemand seine Absichten erraten konnte, hatte er mit einem einzigen geübten Handgriff den Käfig geöffnet und das zu Tode erschrockene Tier hineingeworfen.

Die überrumpelten Fotografen hatten alle Mühe, sich an die Kameras in ihren Händen zu erinnern. Gebannt verfolgte Leblanc, wie der unglückliche Affe auf der Suche nach einem Ausweg am Drahtverhau hochkletterte, während die Raubkatze ihr Opfer nicht aus den Augen ließ und geduckt zum Sprung ansetzte. Ohne nachzudenken, stürzte Alex los, und die Brillengläser knirschten unter seinen Füßen. Er warf sich gegen die Käfigtür, entschlossen, beide Tiere zu retten, den Affen vor dem sicheren Tod und den Jaguar vor der Gefangenschaft. Als Kate Cold sah, wie ihr Enkel den Riegel aufschob, rannte auch sie los, aber da hatten zwei von Mauro Carías' Wächtern ihn schon gepackt und rangen mit ihm. Alles geschah gleichzeitig und so schnell, dass Alex sich später an die Abfolge der Ereignisse nicht mehr erinnern konnte. Mit einem Prankenhieb warf der Jaguar den Affen zu Boden und bohrte ihm seine schrecklichen Reißzähne in den Nacken. Das Blut spritzte in alle Richtungen. Im gleichen Augenblick löste César Santos seine Pistole vom Gürtel und schoss dem Raubtier genau in die Stirn. Alex spürte die Kugel einschlagen, als hätte sie ihn selbst zwischen die Augen getroffen, und er wäre rückwärts hingestürzt, hätten Carías' Wächter ihn nicht an beiden Armen fast in der Schwebe gehalten.

»Was hast du getan, du Idiot!«, schrie der Unternehmer und richtete nun seinerseits die Waffe auf César Santos.

Seine Wächter ließen Alex los, der das Gleichgewicht verlor und hinfiel, und die beiden wollten sich den Führer vorknöpfen, wagten es jedoch nicht, weil der noch immer die Pistole in der Hand hielt.

»Ich habe ihn freigelassen«, sagte César Santos seelenruhig.

Mauro Carías beherrschte sich mit Mühe und Not. Er begriff, dass er sich vor der Presse und vor Leblanc kein Feuergefecht mit ihm liefern konnte.

»Lasst ihn!«, befahl Mauro Carías seinen Wächtern.

»Er hat ihn umgebracht! Er hat ihn umgebracht!«, kreischte Leblanc und hüpfte rot vor Aufregung herum. Das mörderische Spektakel hatte ihn aufgeputscht, er war wie von Sinnen.

»Keine Bange, Professor Leblanc, ich kann so viele Tiere haben, wie ich will.« Carías zwang sich zu einem Lächeln. »Entschuldigen Sie, ich fürchte, dieses Schauspiel war nichts für empfindliche Gemüter.«

Kate Cold half ihrem Enkel auf die Füße, dann nahm sie César Santos beim Arm und führte ihn aus dem Hof, bevor die Situation noch brenzliger werden konnte. Der Führer ließ sich von Kate Cold wegbringen, Alex folgte ihnen. Draußen trafen sie Nadia und den bibbernden Borobá, der sich um ihre Taille gerollt hatte.

~

Alex wollte Nadia erklären, was sich zwischen ihm und dem Jaguar abgespielt hatte, ehe Mauro Carías den Affen in den Käfig warf, aber in seinem Kopf verschwamm alles. Die Erfahrung war so greifbar gewesen, dass er hätte schwören können, für einige Minuten in einer anderen Welt gewesen zu sein, in einer Welt aus strahlendem Sand, in der sechs Monde am Firmament kreisten, einer Welt, in der er und der Jaguar mit einer einzigen Stimme gesprochen hatten. Obwohl er keine Worte für seine Empfindungen fand, schien Nadia ihn zu verstehen und brauchte die Einzelheiten gar nicht zu hören.

»Der Jaguar hat dich wiedererkannt, weil er dein Totemtier ist«, sagte sie. »Wir tragen alle den Geist eines Tieres in uns, das uns begleitet. Es ist wie unsere Seele. Nicht jeder begegnet seinem Tier, nur die großen Krieger und Schamanen, aber du hast es gefunden, ohne danach zu suchen. Dein Name ist *Jaguar*.«

»Jaguar?«

»Alexander ist der Name, den dir deine Eltern gegeben haben. Jaguar ist dein wahrer Name, aber wenn du ihn tragen willst, musst du so werden wie er.«

»Und wie ist er? Grausam und blutrünstig?« Alex musste daran denken, wie die Raubkatze in Carías' Käfig den Affen in Stücke gerissen hatte.

»Tiere sind nicht wie Menschen, sie sind nicht grausam, sie töten nur, um sich zu verteidigen oder weil sie Hunger haben.«

»Hast du auch ein Totemtier, Nadia?«

»Ja, aber ich habe es noch nicht gefunden. Das ist auch nur für Männer so wichtig. Frauen bekommen ihre Kraft aus der Erde. Sie *sind* die Natur.«

»Woher weißt du das alles?« Alex zweifelte mittlerweile nicht mehr so sehr an dem, was seine neue Freundin sagte.

»Von Walimai.«

»Ist der Schamane dein Freund?«

»Ja, Jaguar, aber ich habe niemandem gesagt, dass ich mit ihm spreche, noch nicht einmal meinem Papa.«

»Warum nicht?«

»Weil Walimai lieber allein ist. Die einzige Begleitung, die er aushalten kann, ist der Geist seiner Frau. Nur manchmal erscheint er in einem Schabono, wenn jemand krank ist und seine Hilfe braucht oder wenn es eine Zeremonie für einen Toten gibt, aber vor den Nahab erscheint er nie.«

»Nahab?«

»Fremde.«

»Aber für die Indianer bist du doch auch eine Fremde, Nadia.«

»Walimai sagt, dass ich nirgends hingehöre, dass ich kei-

ne Indianerin bin und keine Fremde und auch kein Geist.«
»Was bist du dann?«, fragte Jaguar.
»Ich *bin* einfach.«

~

César Santos erklärte den Teilnehmern an der Expedition, sie würden mit Motorbooten noch ein Stück den Río Negro hinauffahren und dann weit hinein in das Land der Indianer bis zum Fuß der Wasserfälle des oberen Orinoko. Dort würden sie ihr Lager errichten und wenn möglich einen Streifen Urwald für eine behelfsmäßige kleine Landebahn roden. Er werde zurück nach Santa María de la Lluvia fahren und sein Flugzeug holen, mit dem sie eine schnelle Verbindung zum Ort halten konnten. Er sagte, bis dahin sei der neue Motor sicher angekommen, und dann müsse er ihn nur rasch einbauen. Mit dem kleinen Flugzeug könnten sie in die unzugängliche Bergregion vordringen, wo nach Aussage einiger Indianer und Abenteurer die geheimnisumwitterte Bestie ihren Bau haben könnte.

»Wie kann ein riesiges Wesen diese Berge hinauf- und herabsteigen, die wir angeblich nicht erklimmen können?«, fragte Kate Cold.

»Das werden wir herausfinden«, sagte César Santos.

»Und wie bewegen sich die Indianer dort ohne Flugzeug?«

»Sie kennen das Gelände. Die Indianer können eine turmhohe Palme erklimmen, deren Stamm mit Dornen gespickt ist. Sie schaffen es auch, die spiegelglatten Felswände der Wasserfälle hinaufzuklettern.«

Einen großen Teil des Vormittags verbrachten sie damit, die Boote zu beladen. Professor Leblanc hatte mehr Gepäck als die Fotografen und nahm sogar kistenweise Trinkwasser mit, das er selbst zum Rasieren benutzte, weil er fürchtete, das Flusswasser könne vom Quecksilber verseucht sein. Vergeblich versuchte César Santos ihm klarzumachen, dass sie ihr Lager stromaufwärts errichten würden, in sicherer Entfernung von den Goldwäschern. Auf Vorschlag des Führers hatte Leblanc Karakawe, den Indianer, der ihm am Vorabend Luft zugefächelt hatte, als seinen persönlichen Gehilfen eingestellt, damit er ihm auf der Reise zur Hand ging. Er selbst erklärte, er habe ein Rückenleiden und könne überhaupt nichts schleppen.

Vom Beginn dieses Abenteuers an war es Alexanders Aufgabe gewesen, sich um die Sachen seiner Großmutter zu kümmern. Das war Teil seiner Arbeit, für die sie ihm nach ihrer Rückkehr einen bescheidenen Lohn auszahlen würde, sofern er sie gewissenhaft erledigte. Täglich notierte Kate Cold in einem ihrer Hefte, wie viele Stunden ihr Enkel für sie gearbeitet hatte, und ließ ihn das Blatt unterschreiben, so behielten sie den Überblick. Irgendwann hatte er sich ein Herz gefasst und ihr erzählt, wie er alles in seinem Zimmer kurz und klein geschlagen hatte, bevor er nach New York geflogen war. Sie fand das gar nicht schlimm, denn ihrer Meinung nach brauchte man nur sehr wenige Dinge auf dieser Welt, sie hatte ihm aber trotzdem diese Entlohnung angeboten, damit er den Schaden ersetzen konnte. Das Reisegepäck der Großmutter bestand aus drei leichten Hemden, Hosen und Unterwäsche zum Wechseln, Wodka, Tabak, Shampoo, Seife, Mückenschutzmittel, Moskitonetz, Decke, Papier und einem Mäppchen mit Bleistiften, alles zusammen passte in eine Stofftasche. Außerdem hatte sie diese simple Pocketkamera dabei, bei deren Anblick die beiden professionellen Fotografen Timothy Bruce und Joel González in mildes Gelächter ausgebrochen waren. Kate hatte das wortlos über sich ergehen lassen. Alex hatte noch weniger Gepäck als seine Großmutter: außer seinen Anziehsachen bloß noch eine Landkarte und ein paar Bücher. Am Gürtel trug er sein Schweizer Messer, seine Flöte und einen Kompass. Als er den sah, erklärte ihm César Santos, im Urwald sei er zu nichts nütze, weil man nirgends geradeaus gehen könne.

»Vergiss den Kompass, mein Junge. Besser, du bleibst mir auf den Fersen und verlierst mich nie aus den Augen.«

Aber Alex gefiel die Vorstellung, an jedem Ort feststellen zu können, wo Norden ist. Seine Uhr dagegen war wirklich nicht zu gebrauchen, denn im Amazonasgebiet verging die Zeit anders als sonst auf dem Planeten, hier wurde sie nicht in Stunden gemessen, sondern in Sonnenaufgängen, Hochwassern, Jahreszeiten, Regenfällen.

Zum Schutz der Expedition hatte Hauptmann Ariosto fünf Soldaten abkommandiert. Sie trugen Tarnuniformen und waren gut bewaffnet. César Santos hatte zusätzlich einen indianischen Führer angeheuert, der ihnen als Dolmetscher dienen sollte. Er war ein schmächtiges Kerlchen mit einem Gewehr über der Schulter und einer Pistole im Gürtel und wurde den Expeditionsteilnehmern als Matuwe vorgestellt. Wie Karakawe hatte auch er einen Namen angenommen, damit sich die Fremden mit ihm verständigen konnten; nur die Familien der beiden Indianer und ihre engsten Freunde durften sie bei ihrem wahren Namen nennen. Beide hatten ihre Stämme in sehr jungen Jahren verlassen, um die Schule der Missionare zu besuchen, wo sie auch getauft worden waren. Sie kleideten sich nach den Vorstellungen der Weißen, und auch ihr Haar trugen sie nicht in der traditionellen indianischen Art, dennoch hatten sie ihre Verbindung zu den Indianern beibehalten. Matuwe wirkte zurückhaltend, fast schüchtern, kannte sich in der Gegend aber besser aus als irgendwer sonst und hatte noch nie eine Karte gebraucht, um zu wissen, wo er sich befand. Der knochige Karakawe sah neben ihm fast wie ein Hüne aus. Er galt als »Stadtmensch«, weil er oft nach Manaus und Caracas reiste und, wie viele Leute aus der Stadt, sehr verschlossen war.

César Santos nahm die unentbehrliche Ausrüstung für

das Lager mit: Zelte, Nahrungsmittel, Kochutensilien, Lampen und ein batteriebetriebenes Funkgerät, Werkzeug, Netze zum Bauen von Fallen, Macheten, Messer und etwas Krimskrams aus Glas und Plastik, um mit den Indianern Geschenke tauschen zu können. In letzter Minute erschien seine Tochter mit ihrem schwarzen Äffchen, das sich an ihre Hüfte klammerte, und Walimais Talisman um den Hals; eine Baumwolljacke über den Schultern war ihr ganzes Gepäck, aber sie behauptete, sie sei startklar. Sie hatte ihrem Vater verkündet, sie denke nicht daran, in Santa María de la Lluvia bei den Nonnen der Krankenstation zu bleiben, wie sie das sonst gelegentlich tat, weil Mauro Carías in der Gegend war und sie es nicht ausstehen konnte, wie er sie ansah und versuchte sie anzufassen. Sie hatte Angst vor dem Mann, der »sein Herz in einer Tasche trägt«. Professor Leblanc bekam einen Tobsuchtsanfall. Zuvor hatte er sich bereits bitter darüber beklagt, dass Kate Cold ihren Enkel dabeihatte, aber den konnte er ja unmöglich in die Vereinigten Staaten zurückschicken, und er hatte sich also mit ihm abfinden müssen; jetzt war er allerdings unter gar keinen Umständen gewillt, auch noch die Tochter des Führers mitzunehmen:

»Wir sind doch hier kein Kindergarten, das ist eine äußerst riskante wissenschaftliche Expedition, die Welt blickt auf Ludovic Leblanc.«

Da ihn keiner beachtete, weigerte er sich, an Bord zu gehen. Ohne ihn konnten sie nicht aufbrechen; einzig das große Prestige seines Namens bürge dem International Geographic für die Forschungsergebnisse, tobte er. César Santos versuchte, ihn damit umzustimmen, dass seine Tochter ihn oft begleite und keinen Ärger machen werde, ganz im Gegenteil könne sie eine große Hilfe sein, weil sie etliche Indianersprachen beherrsche. Leblanc blieb stur. Eine halbe Stunde später war die Temperatur ins Unerträgliche gestiegen, der Steg und die Boote troffen vor Feuchtigkeit, und die Stimmung unter den Expeditionsteilnehmern war so aufgeheizt wie die Atmosphäre. Da griff Kate Cold ein:

»Auch mir tut der Rücken weh, Herr Professor. Ich brauche eine persönliche Gehilfin. Ich habe Nadia Santos angestellt, damit sie meine Hefte schleppt und mir mit einem Bananenblatt Luft zufächelt.«

Alle prusteten vor Lachen. Würdevoll schritt das Mädchen an Bord und setzte sich neben die Reporterin. Borobá ließ sich auf ihrem Schoß nieder, streckte Professor Leblanc, der rot vor Entrüstung ebenfalls ins Boot gestiegen war, die Zunge heraus und zog Grimassen.

ACHTES KAPITEL

Die Expedition

Wieder fuhr die Gruppe stromaufwärts. Diesmal reisten dreizehn Erwachsene, Alex und Nadia in zwei Motorbooten, die Mauro Carías dem Professor zur Verfügung gestellt hatte.

Alex wartete auf eine günstige Gelegenheit und erzählte seiner Großmutter dann unter vier Augen von der sonderbaren Unterhaltung zwischen Mauro Carías und Hauptmann Ariosto, die Nadia ihm übersetzt hatte. Kate hörte aufmerksam zu, und Alex war überrascht, denn sie glaubte ihm nicht nur, sondern schien sich sogar sehr für die Sache zu interessieren.

»Dieser Carías hat mir von Anfang an nicht gefallen. Was mag er nur vorhaben da oben?« Sie machte ein finsteres Gesicht.

»Keine Ahnung.«

»Im Moment können wir nur abwarten und die Augen offen halten.«

»Das hat Nadia auch gesagt.«

»Dieses Mädchen sollte meine Enkeltochter sein, Alexander.«

Alex gefiel die Fahrt auf dem Fluss diesmal noch besser, denn seit sie Santa María de la Lluvia verlassen hatten, war die Landschaft um sie her bergiger geworden, und es gab mehr zu sehen. Mittlerweile hatte er beschlossen, es so zu machen wie Nadia, und anstatt die Moskitos mit Unmengen von Mückenschutzmittel zu bekämpfen, ließ er sich stechen und zwang sich dazu, sich nicht zu kratzen. Auch die Stiefel hatte er ausgezogen, nachdem er feststellen musste, dass sie dauernd nass waren und gegen die Blutegel sowieso nichts taugten. Als sich zum ersten Mal welche an seinen Füßen festbissen, hatte er es gar nicht gemerkt, bis seine Großmutter auf seine Strümpfe deutete: Sie waren blutig. Er zog sie aus und sah die ekelhaften, vom Blut aufgedunsenen Viecher, die an seiner Haut hingen.

»Es tut nicht weh, weil sie eine Art Betäubung spritzen, ehe sie das Blut einsaugen«, erklärte ihm César Santos.

Dann zeigte er ihm, wie man die Egel mit einer Zigarette ausbrannte, damit die Zähnchen nicht in der Haut stecken blieben und sich die Bisse nicht entzündeten. Die Methode war für Alex etwas umständlich, weil er nicht rauchte, aber ein wenig glühender Tabak aus der Pfeife seiner Großmutter tat es auch. Es war einfacher, die Biester loszuwerden, als dauernd darauf zu achten, dass man keine bekam.

Von Anfang an spürte Alex zwischen den erwachsenen Expeditionsteilnehmern eine unterschwellige Spannung: Sie trauten einander nicht über den Weg. Außerdem fühlte er sich beobachtet, im Unterholz lauerten Tausende von Augen, denen keine Bewegung der Boote entging. Er konnte es nicht lassen, über die Schulter zurückzusehen, aber niemand folgte ihnen auf dem Fluss.

Die fünf Soldaten waren Caboclos, die aus der Gegend stammten und kein Englisch sprachen. In ihren Uniformen konnte Alex sie kaum auseinander halten. Sie hatten sich auf die Boote aufgeteilt, unterhielten sich aber mit niemandem und starrten nur auf die Ufer. Anders als die Caboclos waren Matuwe und Karakawe rein indianischer Abstammung. Matuwe plauderte mit Joel González auf Spanisch und machte ihn und Timothy Bruce hin und wieder auf eine besondere Pflanze oder ein Tier aufmerksam, während Karakawe die meiste Zeit damit beschäftigt war, die Sonderwünsche des Professors zu erfüllen. Dr. Omayra Torres meinte, Karakawe würde sich nicht wie ein richtiger

Indianer benehmen und vielleicht nie wieder bei seinem Stamm leben können.

Die Indianer benutzten alles, was sie hatten, gemeinsam, und dem Einzelnen gehörten nur ein paar Waffen und einfache Werkzeuge, die er bei sich tragen konnte. Jeder Stamm besaß ein Schabono, eine große, runde Gemeinschaftshütte mit Blätterdach, die sich nach innen zu einem Platz öffnete. Dort lebten sie zusammen und teilten, angefangen beim Essen bis hin zur Erziehung der Kinder, alles miteinander. Aber der Kontakt mit den Fremden zerstörte die indianische Gemeinschaft: Die Indianer wurden nicht nur mit körperlichen Krankheiten angesteckt, auch ihre Seelen erkrankten. Kaum hielten sie eine Machete, ein Messer oder irgendeinen anderen Gegenstand aus Metall in Händen, da änderte sich ihr Dasein für immer. Mit einer einzigen Machete konnten sie die Maniok- und Maisernte in ihren kleinen Gärten beträchtlich steigern. Mit einem Messer fühlte sich jeder dahergelaufene Krieger wie ein Gott. Die Indianer empfanden die gleiche Gier nach Stahl wie die Fremden nach Gold. Karakawe hatte die Phase der Macheten bereits hinter sich und war bei den Schusswaffen angekommen: Er trennte sich nie von seiner vorsintflutlichen Pistole. Für so jemanden, der mehr an sich selbst als an die Gemeinschaft dachte, war im Stamm kein Platz. Diese Einstellung wurde als eine Form von Geisteskrankheit betrachtet, als wäre man von einem Dämon besessen.

Karakawe war düster und einsilbig, unvermeidliche Fragen beantwortete er so knapp wie möglich; er verstand sich nicht gut mit den Ausländern, nicht mit den Caboclos und mit Matuwe auch nicht. Er bediente Ludovic Leblanc missmutig, und wenn er das Wort an den Anthropologen richten musste, blitzte in seinen Augen der Hass auf. Er aß nicht mit den anderen, trank keinen Tropfen Alkohol und hielt sich abseits, wenn sie nachts ihr Lager aufschlugen.

Einmal überraschten Nadia und Alex ihn dabei, wie er das Gepäck der Ärztin durchstöberte.

»Vogelspinne«, war alles, was er dazu sagte.

Die beiden nahmen sich vor, ihn im Auge zu behalten.

~

Je weiter sie vorankamen, desto schwieriger wurde die Fahrt auf dem Fluss, denn er verengte sich immer wieder zu tosenden Stromschnellen, in denen die Boote zu kentern drohten. Dann wieder schien sich das Wasser zu stauen, und es trieben tote Tiere, modrige Baumstämme und Äste darin, an denen sie nicht vorbeikamen. Sie mussten die Motoren abstellen, sich rudernd vorankämpfen und mit Bambusstangen die Hindernisse beiseite schieben. Nicht selten entpuppten die sich als große Kaimane, die von oben betrachtet wie Baumstämme aussahen. César Santos erklärte, dass bei niedrigem Wasserstand die Jaguare, bei Hochwasser die Schlangen zum Fluss kamen. Sie sahen einige große Schildkröten, und einmal zeigte ihnen César Santos einen anderthalb Meter langen Zitteraal, der starke Stromstöße austeilen konnte und damit seine Opfer lähmte. Das Pflanzendickicht wucherte üppig und verströmte einen Geruch nach Zersetzung, aber in der Abenddämmerung öffneten sich manchmal große Blüten von Schmarotzerpflanzen, die auf den Bäumen wurzelten, und erfüllten die Luft mit einem süßen Duft nach Vanille und Honig. Weiße Reiher beobachteten die Boote reglos zwischen hohem Schilf, das die Ufer säumte, und überall gab es bunt schillernde Schmetterlinge.

Zuweilen ließ César Santos unter Bäumen anhalten, deren Äste dicht über das Wasser ragten, und man brauchte nur die Hand auszustrecken, um ihre Früchte zu pflücken. Die hatte Alex noch nie gesehen und wollte sie nicht probieren, aber die anderen ließen es sich schmecken. Einmal lenkte der Führer die Boote zu einer Pflanze, von der er sagte, sie sei ein hervorragendes Mittel zur Wundheilung. Dr. Omayra Torres bestätigte das und riet Alex, die Narbe an seiner Hand mit dem Pflanzensaft einzureiben, aber das war eigentlich nicht mehr notwendig, denn die Wunde war gut verheilt. Man sah bloß noch eine rote Linie, die kein bisschen wehtat.

Kate Cold erzählte, dass viele Leute in dieser Gegend nach der sagenumwobenen Stadt El Dorado gesucht hatten, wo der Legende zufolge die Straßen mit Gold gepflastert waren und die Kinder mit Edelsteinen spielten. Wagemutig hatten sie sich auf dem Amazonas und dem Orinoko stromaufwärts gekämpft und waren doch nie bis ins Herz dieser verwunschenen Region gelangt. Sie waren ums Leben gekommen oder hatten den Rückzug angetreten, mussten sich den Indianern, den Moskitos, den Raubtieren, den Tropenkrankheiten, der schwülen Hitze und den unüberwindlichen Wasserfällen geschlagen geben.

Hier irgendwo verlief die Landesgrenze, aber das hatte nichts zu bedeuten, dies alles war ein einziger vorzeitlicher Garten Eden. Anders als der Río Negro waren die Flüsse, auf denen sie nun fuhren, menschenleer. Sie trafen keine anderen Boote, sahen weder Kanus noch Pfahlbauten, weit und breit keine Menschenseele. Die Pflanzen- und Tierwelt aber war prächtig, ein Fest für die Fotografen, die noch nie so viele unterschiedliche Bäume, Schlingpflanzen, Blüten, Insekten, Vögel und sonstige Tiere vor der Linse gehabt hatten. Sie sahen grüne und rote Papageien, wie zu einem Galaempfang herausgeputzte Flamingos, Tukane, deren übergroße Schnäbel für die zierlichen Köpfchen viel zu schwer schienen, scharenweise Singvögel und Sittiche. Viele dieser Vogelarten waren vom Aussterben bedroht, weil die Schmuggler sie erbarmungslos jagten und ins Ausland verkauften. Die verschiedenen Affen, die sich fast wie Menschen gebärdeten und herumtollten wie Kinder, schienen sie von den Bäumen herab zu grüßen. Sie sahen Weißwedelhirsche, Ameisenbären, Baumstachler und andere kleine Säugetiere. Etliche prachtvolle Papageien – oder Aras, wie sie auch genannt werden – folgten ihnen über weite Strecken. Diese großen, vielfarbigen Vögel segelten über die Boote, als wären sie neugierig auf die sonderbaren Wesen, die darin reisten. Leblanc zielte mit seiner Pistole auf einen besonders prächtigen, aber César Santos hieb ihm gerade noch rechtzeitig auf den Unterarm, und der Schuss ging daneben. Der Knall schreckte andere Vögel und die Affen auf, der Himmel war erfüllt vom Geflatter, aber unverdrossen kehrten die Papageien wenig später zurück.

»Was fällt Ihnen ein, auf sie zu schießen?«, fuhr César Santos den Anthropologen an. »Man kann sie nicht essen, ihr Fleisch schmeckt bitter.«

»Ich mag aber die Federn«, sagte Leblanc, sichtlich verärgert über das Eingreifen des Führers.

»Dann kaufen Sie sich welche in Manaus«, war alles, was César Santos dazu sagte.

»Die Aras lassen sich zähmen. Meine Mutter hat einen«, erzählte Dr. Omayra Torres. »Er begleitet sie überallhin und fliegt dabei immer zwei Meter über ihrem Kopf. Wenn meine Mutter auf den Markt geht, folgt der Ara dem Bus, bis sie aussteigt, wartet auf einem Baum, während sie ihre Einkäufe erledigt, und begleitet sie wieder nach Hause wie ein treues Hündchen.«

Auch hier konnte Alex feststellen, dass die Klänge seiner Flöte Affen und Vögel in ihren Bann schlugen. Vor allem Borobá schien einen Narren an der Flöte gefressen zu haben. Wenn Alex spielte, hockte das Äffchen reglos da, hörte aufmerksam zu und machte ein feierliches Gesicht; manchmal sprang der Affe Alex an, zerrte an dem Instrument und bettelte um Musik. Alex tat ihm den Gefallen gern, denn er war froh, endlich ein interessiertes Publikum zu haben, nachdem er sich jahrelang mit seinen Schwestern herumgeärgert hatte, die ihn nie in Ruhe üben ließen. Von den Expeditionsteilnehmern bekam er hin und wieder sogar Applaus, und es machte ihm viel Spaß, denn die Melodien strömten wie von selbst, als verfügte dieses schlanke Instrument über ein Gedächtnis und erinnerte sich an das meisterhafte Können seines früheren Besitzers, des bedeutenden Joseph Cold.

∼

Das Gefühl, dass jemand ihnen folgte, hatte von allen Besitz ergriffen. Zwar redeten sie nicht darüber, denn solange etwas nicht ausgesprochen ist, scheint es nicht zu existieren, aber jeder beobachtete das Pflanzendickicht. Professor Leblanc hielt sich den ganzen Tag den Feldstecher vor die Augen und suchte die Ufer des Flusses ab; die Anspannung machte ihn noch unausstehlicher. Nur Kate Cold und der junge Engländer Timothy Bruce ließen sich von der allgemeinen Nervosität nicht anstecken. Die beiden hatten schon oft zusammengearbeitet, für ihre Reisereportagen waren sie um die halbe Welt gefahren, bei einigen Kriegen und Revolutionen vor Ort gewesen, auf Berge geklettert und auf den Grund des Meeres getaucht, und so gab es nicht viel, was ihnen den Schlaf raubte. Außerdem trugen sie gern ihre Kaltblütigkeit zur Schau.

»Hast du nicht das Gefühl, dass wir beobachtet werden, Kate?«, fragte Alex.

»Doch.«

»Und du hast keine Angst?«

»Es gibt verschiedene Mittel, um mit der Angst fertig zu werden, Alexander. Alle wirkungslos.«

Sie hatte das kaum ausgesprochen, da fiel ihnen ein Soldat, der in ihrem Boot mitfuhr, ohne einen Ton von sich zu geben, vor die Füße. Kate Cold beugte sich über ihn und verstand erst gar nicht, was geschehen war, bis sie so etwas wie einen langen Dorn bemerkte, der in der Brust des Mannes steckte. Sie konnte nur noch feststellen, dass der Soldat sofort tot gewesen war: Der Dorn war glatt zwischen seine Rippen gedrungen und hatte sein Herz durchbohrt. Alex und Kate schlugen Alarm, die Übrigen hatten überhaupt nichts mitbekommen, so lautlos war der Angriff verlaufen. Sofort nahmen sie von beiden Booten aus mit einem halben Dutzend Pistolen und Gewehren das Uferdickicht unter Beschuss. Als das Krachen verstummt war, der Rauch sich verzogen hatte und der Himmel von aufgeschreckten Vögeln wimmelte, mussten sie erkennen, dass sich im Urwald nichts weiter rührte. Wer auch immer den Pfeil abgeschossen hatte, verharrte reglos und stumm in Deckung. Mit einem Ruck zog César Santos den Dorn aus dem Körper des Toten, und jetzt konnten sie sehen, dass er ungefähr einen Fuß lang war und so fest und biegsam wie Stahl.

Der Führer gab Anweisung, mit voller Kraft weiterzufahren, denn der Fluss war hier schmal und ein Boot für die Pfeile der Angreifer ein leichtes Ziel. Es vergingen zwei Stunden, bis César Santos die Gefahr für gebannt hielt und anhalten ließ. Erst jetzt hatten sie Gelegenheit, sich den Pfeil genauer zu betrachten, der mit seltsamen roten und schwarzen Zeichen verziert war, die niemand zu deuten wusste. Karakawe und Matuwe versicherten, so etwas nie zuvor gesehen zu haben, ihre eigenen Stämme verwendeten solche Zeichen nicht, und auch sonst wussten sie von keinem, aber jedenfalls war der Pfeil mit einem Blasrohr abgeschossen worden, und die benutzten alle Indianer der Region. Dr. Omayra Torres erklärte ihnen, dass er den Mann auf jeden Fall binnen weniger Minuten getötet hätte, selbst wenn er nicht mit dieser atemberaubenden Treffsicherheit abgefeuert worden wäre, der Tod wäre dann allerdings qualvoller gewesen, meinte sie, denn die Spitze sei mit Curare getränkt, einem tödlichen Gift, das die

Indianer bei der Jagd und auf Kriegszügen einsetzten und für das kein Gegenmittel bekannt war.

»Das geht zu weit! Auch ich hätte getroffen werden können!«, ereiferte sich Leblanc.

»Da haben Sie Recht«, bestätigte César Santos.

»Das ist Ihre Schuld!«, blaffte der Professor.

»Meine Schuld?« César Santos konnte es nicht fassen.

»Sie sind der Führer! Sie sind für unsere Sicherheit verantwortlich, dafür bezahlen wir Sie!«

»Aber auf Kaffeefahrt sind wir hier eigentlich nicht, Herr Professor.«

»Wir kehren auf der Stelle um. Ist Ihnen überhaupt klar, welch schwerer Verlust es für die gesamte Wissenschaft wäre, wenn Ludovic Leblanc etwas zustoßen würde?« Der Professor war außer sich.

Die Expeditionsteilnehmer schwiegen betreten. Keiner wusste, was er sagen sollte, bis Kate Cold das Wort ergriff:

»Ich werde dafür bezahlt, einen Artikel über die Bestie zu schreiben, und das gedenke ich auch zu tun, Herr Professor, Giftpfeile hin oder her. Wenn Sie zurück möchten, können Sie schwimmen oder zu Fuß gehen, ganz wie es Ihnen beliebt. Wir anderen fahren wie geplant weiter.«

»Sie unverschämter alter Drachen, was fällt Ihnen ein …!«, konnte der Professor gerade noch brüllen, ehe die Reporterin ihn mit einem gelassenen: »Ein bisschen mehr Respekt, bitte, mein Kleiner«, beim Kragen packte und mit ihren furchteinflößenden blauen Augen anstarrte.

Alex dachte, gleich würde der Anthropologe ihr eine Ohrfeige verpassen, und wollte schon dazwischengehen, aber das war nicht notwendig. Wie durch Zauberei gelang es Kate Cold, den aufbrausenden Leblanc mit ihrem Blick zur Ruhe zu bringen.

»Was machen wir mit dem armen Kerl?«, fragte die Ärztin und deutete auf den Toten.

»Wir können ihn nicht mitnehmen, Omayra, du weißt

ja, in diesem Klima ... Wir könnten ihn in den Fluss werfen ...«, schlug César Santos vor.

»Wir würden seinen Geist gegen uns aufbringen, und er würde uns verfolgen, um uns zu töten.« Matuwe stand die Furcht ins Gesicht geschrieben.

»Dann machen wir es so wie die Indianer, wenn sie keine Zeit haben, einen Leichnam sofort zu verbrennen; wir lassen ihn offen liegen, für die Vögel und die anderen Tiere«, entschied César Santos.

»Aber irgendeine Zeremonie muss es doch geben!« Der Indianer wollte nicht klein beigeben.

»Dafür haben wir keine Zeit. Ein angemessenes Begräbnis würde mehrere Tage dauern. Außerdem war der Mann Christ«, erklärte César Santos.

Schließlich entschieden sie sich dafür, den Toten in ein Segeltuch zu wickeln und auf eine kleine Bahre aus Baumrinde zu legen, die sie in einer Baumkrone befestigten. Kate Cold, die solche Feierlichkeiten zwar eigentlich für Mumpitz hielt, aber ein gutes Gedächtnis hatte, behalf sich für eine kurze christliche Andacht mit den Gebeten aus ihrer Kindheit. Timothy Bruce und Joel González filmten und fotografierten die Leiche und die Bestattung, als Beweis für das, was geschehen war. César Santos ritzte Kreuze in die Bäume am Ufer und markierte ihren Standort so gut es ging auf der Karte, damit sie auf dem Rückweg die Stelle wiederfinden und die Gebeine mitnehmen konnten, die sie der Familie des Toten in Santa María de la Lluvia übergeben wollten.

~

Von nun an wurde die Reise immer beschwerlicher. Das Grün schloss sich zu einem Tunnel, und die Sonnenstrahlen drangen nur noch zu ihnen durch, wenn sie in der Flussmitte fuhren. Sie hockten so gedrängt und unbequem aufeinander, dass sie nicht in den Booten schlafen konnten; obwohl ihnen Indianer und Raubtiere gefährlich werden konnten, mussten sie ihr Lager am Ufer aufschlagen. César Santos gab die Lebensmittel aus, entschied, wer zum Jagen und Fischen ging, und teilte die Nachtwachen unter den Männern auf. Professor Leblanc ließ er aus, denn es war nicht zu übersehen, dass dem beim geringsten Geräusch die Nerven durchgingen. Kate Cold und Dr. Omayra Torres forderten, ebenfalls für den Wachdienst berücksichtigt zu werden, sie fanden es beleidigend, als Frauen davon befreit zu sein. Schließlich bestanden auch Alex und Nadia darauf, dass man sie einteilte, mit dem Hintergedanken, Karakawe dadurch im Auge behalten zu können. Sie hatten beobachtet, wie er sich haufenweise Patronen in die Hosentaschen stopfte und um das Funkgerät herumschlich, mit dem es César Santos hin und wieder unter großer Mühe gelang, eine Verbindung nach Santa María de la Lluvia zu bekommen und dem Funker ihre Position durchzugeben. Die Pflanzenkuppel des Urwalds wirkte wie ein Schutzschild, der die Funkwellen abschirmte.

»Was ist wohl schlimmer, die Indianer oder die Bestie?«, wollte Alex den Professor ein bisschen auf den Arm nehmen.

»Die Indianer, mein Junge. Das sind Menschenfresser, sie essen nicht nur ihre Feinde, sondern auch die Toten ihres eigenen Stammes«, antwortete Ludovic Leblanc im Brustton der Überzeugung.

»Ach, wirklich? Das habe ich ja noch nie gehört«, spottete Dr. Omayra Torres.

»Lesen Sie mein Buch, Fräulein.«

»Dr. Torres«, verbesserte sie ihn zum tausendsten Mal.

»Diese Indianer morden, um sich Frauen zu beschaffen.« Leblanc war ganz in seinem Element.

»Für Sie, Herr Professor, wäre das womöglich ein Grund, jemanden umzubringen, aber doch nicht für die

Indianer, die haben genug Frauen, eher zu viele«, sagte die Ärztin.

»Ich habe es mit eigenen Augen gesehen: Sie greifen andere Schabonos an und rauben die Mädchen.«

Jetzt unterbrach ihn César Santos:

»Soviel ich weiß, können sie die Mädchen nicht dazu zwingen, bei ihnen zu bleiben. Sie gehen, wenn sie wollen. Kämpfe zwischen zwei Schabonos gibt es nur, wenn ein Stamm einen anderen mit einem bösen Zauber verhext, aus Rache, und hin und wieder werden auch rituelle Kämpfe ausgetragen, mit Knüppeln, aber dabei soll niemand getötet werden.«

»Da irren Sie sich, Santos. Ich würde Ihnen dringend empfehlen, sich meinen Dokumentarfilm anzusehen. Ich versichere Ihnen, danach können auch Sie meine Theorie verstehen.«

»Bisher habe ich nur verstanden, dass Sie Macheten und Messer in einem Schabono verteilt und den Indianern versprochen haben, sie würden noch mehr Geschenke bekommen, wenn sie sich vor der Kamera aufführen, wie Sie es ihnen vorher gesagt haben …«

»Das ist Verleumdung! Meiner Theorie zufolge …«

»Es sind auch schon andere Anthropologen und Reporter mit ihren speziellen Theorien und Vorstellungen über die Indianer ins Amazonasgebiet gekommen.« César Santos blieb gelassen. »Einer hat einmal einen Dokumentarfilm gedreht, in dem die jungen Männer als Frauen verkleidet herumliefen, sich schminkten und Deo benutzten.«

»Ach ja! Dieser Kollege hatte immer etwas ausgefallene Ideen …«, gab der Professor zu.

Der Führer zeigte Alex und Nadia, wie die Pistolen geladen wurden und wie man damit schoss. Nadia war weder besonders geschickt, noch schien sie interessiert daran; es sah so aus, als könnte sie ein Ziel nicht auf drei Schritte Entfernung treffen, Alex dagegen war begeistert bei der Sache. Mit der schweren Pistole in der Hand fühlte er sich unbesiegbar; zum ersten Mal konnte er verstehen, warum so viele Leute nach Waffen verrückt waren.

»Meine Eltern haben etwas gegen Knarren. Wenn sie mich so sehen könnten, ich glaube, sie würden in Ohnmacht fallen«, meinte er.

»Sie bekommen dich nicht zu sehen«, beruhigte ihn seine Großmutter, während sie ein Foto von ihm machte.

Alex ging in die Hocke und zielte, wie er das früher beim Spielen gemacht hatte. Er musste zwar etwas blinzeln, wunderte sich aber selbst darüber, wie gut er ohne seine Brille zurechtkam. Vielleicht hatte seine Großmutter Recht, wenn sie behauptete, man solle seine Augen nicht unnötig verwöhnen.

»Wer todsicher daneben schießen will, braucht nur übereilt anzulegen und abzudrücken«, sagte Kate Cold. »Und genau das wirst du tun, falls wir angegriffen werden, Alexander, aber keine Bange, es wird niemand zusehen. Bis dahin sind wir höchstwahrscheinlich sowieso alle tot.«

»Du glaubst nicht daran, dass ich dich verteidigen kann, stimmt's?«

»Genau. Aber ich will lieber am Amazonas von den Indianern umgebracht werden als in New York vom Alter.«

»Du bist einmalig, Kate!« Alex grinste.

»Wir sind alle einmalig, Alexander«, fuhr sie ihm über den Mund.

~

Am dritten Tag ihrer Fahrt auf dem Fluss entdeckten sie auf einer kleinen Lichtung am Ufer eine Gruppe von Hirschkühen. Die Tiere waren an die Sicherheit des Waldes gewöhnt, und die noch ziemlich weit entfernten Boote schienen sie nicht zu beunruhigen. César Santos ließ die Motoren drosseln und erlegte eines mit dem Gewehr, während die Übrigen aufgeschreckt flohen. An diesem Abend würden die Expeditionsteilnehmer vorzüglich essen, denn trotz seiner faserigen Struktur war Hirschfleisch sehr geschätzt, und nachdem sie sich tagelang nur von Fisch ernährt hatten, würde es ein Festessen sein. Matuwe hatte ein Gift dabei, das die Indianer seines Stammes in den Fluss warfen, um die Fische zu betäuben, dann ließen sie sich leicht mit einer Lanze oder einem an einer Liane befestigten Pfeil aufspießen. Das Gift hinterließ keine Spuren in dem getöteten Fisch und auch nicht im Wasser, die übrigen Fische erholten sich rasch davon.

Sie hatten ein friedliches Plätzchen gefunden, wo der Fluss eine kleine Lagune bildete, ein erstklassiger Ort, um ein paar Stunden zu rasten, etwas zu essen und wieder zu Kräften zu kommen. César Santos riet zur Vorsicht, denn das Wasser war trüb, und einige Stunden zuvor hatten sie Kaimane gesehen, aber allen war heiß, und es dürstete sie nach Abkühlung. Mit den Bambusstangen rührten die Soldaten das Wasser auf, und als sich keine Kaimane blicken ließen, beschlossen alle, schwimmen zu gehen, außer Professor Ludovic Leblanc, der um keinen Preis in den Fluss ging. Auch Borobá, der Affe, hatte etwas gegen das Baden, aber Nadia zwang ihn hin und wieder dazu, damit er seine Flöhe loswurde. Auf dem Kopf seiner Herrin sitzend, kreischte das Äffchen zum Steinerweichen, wenn es einen Spritzer abbekam. Die Expeditionsteilnehmer vergnügten sich eine Weile im Fluss, während César Santos zusammen mit Matuwe und einem Soldaten die Hirschkuh zerlegte und Feuer machte, um sie zu braten.

Alex sah seine Großmutter Hose und Hemd ausziehen, und obwohl ihre weiße Unterwäsche nach der ersten Berührung mit dem Wasser fast ganz durchsichtig war, schien ihr das kein bisschen peinlich zu sein. Er versuchte, nicht hinzuschauen, begriff aber schnell, dass für körperliche Scham hier, inmitten der Natur und weit entfernt von der Welt, die er kannte, kein Platz war. Als Kind war der Kontakt zu seiner Mutter und seinen Schwestern für ihn ganz selbstverständlich gewesen, und auch in der Schule war er ja dauernd mit Mädchen zusammen, aber in letzter Zeit fühlte er sich zu allem Weiblichen hingezogen wie zu einem unergründlichen und verbotenen Geheimnis. Er wusste, warum: Seine Hormone spielten verrückt und ließen ihn keinen klaren Gedanken fassen. Er fand, die Pubertät war ein einziges Gefühlschaos und nervte kolossal. Es müsste mal jemand einen Laser-Apparat erfinden, in den man sich für ein paar Minuten reinstellte und, paff!, als Erwachsener wieder herauskam. Seine Gefühle fuhren Achterbahn mit ihm, manchmal packte ihn der Größenwahn, dann war er der Allertollste, bereit, einen Löwen zu Boden zu ringen; dann wieder war er bloß eine Kaulquappe. Dennoch, seit er zu dieser Reise aufgebrochen war, hatte er keinen Gedanken an seine Hormone verschwendet und nicht genug Zeit gehabt, sich zu fragen, ob das Weiterleben sich lohnte, ein Zweifel, der ihn früher mindestens einmal am Tag befallen hatte. Nun verglich er den Körper seiner Großmutter – spindeldürr, voller Knötchen, die Haut zerfurcht – mit den zarten goldenen Kurven von Dr. Omayra Torres, die einen züchtigen schwarzen Badeanzug trug, und mit Nadia, die noch so kindlich unbefangen wirkte. Er stellte fest, wie sich der Körper mit dem Alter veränderte, und dachte, dass alle drei, jede auf ihre Weise, schön waren. Er merkte, wie er rot wurde. Bis vor zwei Wochen wäre es ihm im Traum nicht eingefallen, seine eigene Großmutter überhaupt als Frau zu sehen. Waren die Hormone dabei, sein Gehirn weich zu kochen?

Ein markerschütternder Schrei riss Alex aus seinen bedeutungsschwangeren Grübeleien. Dahinten brüllte jemand und schlug im Uferschlamm um sich, jemand mit schwarzen Haaren und einem Schnauzbart: Es musste Joel González sein, der kleine Mexikaner. Zuerst wusste keiner, was vorging, sie sahen nur die Arme des Mannes, die in der Luft ruderten, und seinen Kopf, der untertauchte und wieder an die Oberfläche kam. Alex gehörte in seiner Schule zum Schwimm-Team und brauchte nur zwei oder drei Züge, um als Erster bei ihm zu sein. Kaum hatte er ihn erreicht, da überfiel ihn kaltes Grauen, denn eine Schlange, dick wie ein aufgeblähter Feuerwehrschlauch, hatte sich um den Körper des Fotografen gewunden. Noch halb im Wasser stehend packte Alex González am Arm und versuchte, ihn an Land zu zerren, aber Mann und Schlange waren zu schwer. Er griff mit beiden Händen nach dem Tier und zog mit aller Kraft, wollte es wegbekommen, aber die Würgeschlange drückte nur noch fester zu. Er erinnerte sich an die Gänsehautbegegnung mit der Surucucú, die sich einige Nächte zuvor um sein Bein geringelt hatte. Das hier war tausendmal schlimmer. Die dicklichen Arme des Fotografen schlugen schon nicht mehr um sich, und er schrie auch nicht mehr, er hatte das Bewusstsein verloren.

»Papa, Papa! Eine Anakonda!« Jetzt war Nadia bei Alex, und beide brüllten.

Auch Kate Cold, Timothy Bruce und zwei der Soldaten hatten inzwischen das Ufer erreicht, und gemeinsam kämpften sie mit der mächtigen Schlange, um den armen González aus der Umklammerung zu befreien. Das Handgemenge wirbelte den Schlick vom Grund der Lagune auf, das Wasser wurde dunkel und dick wie Kakao. In dem Durcheinander konnte man gar nichts erkennen, jeder zerrte und brüllte Anweisungen ohne das geringste Ergebnis. Es schien schon alles verloren, da kam César Santos mit dem Messer, mit dem er das Wild zerlegt hatte. Er wagte nicht, es blind einzusetzen, denn womöglich hätte er Joel González oder einen der anderen, die mit dem Reptil rangen, verletzt; er musste den Augenblick abpassen, in dem der Kopf der Anakonda kurz aus dem Schlick auftauchte, und enthauptete sie dann mit einem einzigen sicheren Schnitt. Das Blut quoll ins Wasser und färbte es rostrot. Es dauerte noch ganze fünf Minuten, bis sie die Schlange von dem Fotografen losbekommen hatten, denn sie hielt die Umklammerung aus Reflex bei.

Sie zogen Joel González ans Ufer, wo er wie tot liegen blieb. Professor Leblanc hatte es jetzt derart an den Nerven, dass er aus sicherer Entfernung Schüsse in die Luft abfeuerte und so die allgemeine Verwirrung und Aufregung noch steigerte, bis Kate Cold ihm die Pistole abnahm und ihm befahl, endlich Ruhe zu geben. Während die anderen mit der Anakonda gekämpft hatten, war Dr. Omayra Torres wieder an Bord geklettert und hatte ihren Arztkoffer geholt, und jetzt kniete sie mit einer Spritze in der Hand neben dem bewusstlosen Mann. Sie handelte wortlos, war die Ruhe selbst, als wäre der Angriff einer Anakonda etwas vollkommen Alltägliches in ihrem Leben. Sie spritzte González Adrenalin, und als sie sicher war, dass er atmete, untersuchte sie ihn gründlich.

»Einige seiner Rippen sind gebrochen, und er hat einen Schock«, sagte sie. »Wir können nur hoffen, dass seine Lunge nicht durch einen Knochensplitter verletzt und sein Genick nicht gebrochen ist. Wir müssen ihn ruhigstellen.«

»Wie sollen wir das machen?«, fragte César Santos.

»Die Indianer nehmen Baumrinde, Lehm und Lianen dazu«, sagte Nadia, die noch immer am ganzen Leib zitterte.

»Sehr gut, Nadia.« Die Ärztin nickte ihr aufmunternd zu.

Der Führer gab die notwendigen Anweisungen, und wenig später hatte die Ärztin mit Unterstützung von Kate und Nadia den Verwundeten von der Hüfte bis zum Hals mit Stoffbahnen umwickelt, die sie zuvor in feuchtem Lehm getränkt hatten, darüber legten sie eine Schicht aus langen Rindenstreifen, und am Ende wurde alles zusammengeschnürt. Sobald der Lehm trocken war, würde dieses primitive Paket die gleiche Wirkung haben wie ein moderner orthopädischer Stützverband. Benommen und von Schmerzen gequält, ahnte Joel González noch nicht, was vorgefallen war, aber er war wieder bei Bewusstsein und konnte ein paar Worte sagen.

∽

»Wir müssen Joel sofort nach Santa María de la Lluvia bringen. Von dort aus kann er notfalls mit der Maschine von Mauro Carías in ein Krankenhaus geflogen werden«, entschied die Ärztin.

»Was für ein schreckliches Missgeschick! Wir haben nur zwei Boote. Wir können nicht eins davon zurückschicken«, sagte Professor Leblanc.

»Wie? Gestern wollten Sie eins nehmen und damit abhauen, und jetzt weigern Sie sich, eins mit meinem schwerverletzten Freund zurückzuschicken?« Timothy Bruce hatte alle Mühe, die Ruhe zu bewahren und dem Anthropologen nicht den Schädel einzuschlagen.

»Ohne angemessene Behandlung kann Joel sterben«, erklärte die Ärztin.

»Nun übertreiben Sie mal nicht, meine Gute. Dem Mann geht es nicht so schlecht, er hat bloß einen Schock. Ein paar Tage Ruhe, und er ist wieder auf den Beinen«, sagte Leblanc.

»Sehr mitfühlend von Ihnen, Herr Professor«, knurrte Timothy Bruce und ballte die Fäuste.

»Genug, meine Herren! Wir entscheiden morgen. Es ist schon zu spät, um aufzubrechen, bald wird es dunkel. Wir sollten hier unser Lager aufschlagen«, beendete César Santos den Wortwechsel.

Die Ärztin ordnete an, dicht neben dem Verwundeten ein Lagerfeuer zu machen, denn die Nächte waren kalt, und er musste trocken und warm gehalten werden. Sie gab ihm Morphium und verabreichte ihm Antibiotika, um Infektionen vorzubeugen. In einer Flasche mischte sie etwas Wasser mit ein wenig Salz und wies Timothy Bruce an, seinem Freund die Flüssigkeit löffelweise einzuflößen, damit er nicht austrocknete; dass er in den nächsten Tagen keine feste Nahrung würde schlucken können, war offensichtlich. Der englische Fotograf, der selten anders dreinblickte als ein unerschütterlicher Gaul, war offen besorgt und befolgte die Anweisungen mit mütterlicher Fürsorge. Selbst der übellaunige Professor Leblanc musste sich eingestehen, dass es Gold wert war, die Ärztin dabeizuhaben.

Unterdessen hatten drei der Soldaten und Karakawe die tote Anakonda ans Ufer geschleift. Sie maßen nach: Die Schlange war fast sechs Meter lang. Professor Leblanc wand sie sich um den Oberkörper und drängte Timothy Bruce, ein Foto von ihm zu machen, auf dem man nicht erkennen konnte, dass ihr der Kopf fehlte. Danach zogen die Soldaten dem Reptil die Haut ab und nagelten sie zum Trocknen an einen Baumstamm; dadurch wurde sie noch einmal um zwanzig Prozent länger, und die Touristen würden einen stattlichen Preis dafür zahlen. Doch es würde nicht nötig sein, die Schlangenhaut in die Stadt zu bringen, denn Leblanc wollte sie an Ort und Stelle kaufen, nachdem er vergeblich versucht hatte, sie den Soldaten umsonst abzuschwatzen. Unter Glucksen raunte Kate Cold ihrem Enkel ins Ohr, der Anthropologe würde die Anakonda bestimmt in ein paar Wochen als Trophäe bei seinen Vorträgen herumzeigen und behaupten, dass er sie eigenhändig bezwungen hatte. Auf diese Weise hatte er seinen Ruf als Held unter den Studenten der Anthropologie rund um den Erdball erlangt, die von der Vorstellung fasziniert waren, dass Mörder doppelt so viele Frauen haben wie friedliche

Leute und dreimal so viele Kinder. Diese gelangweilten Studenten, die selbst dazu verdammt waren, ihr Leben gezähmt und inmitten der Zivilisation zu fristen, gierten regelrecht nach Leblancs Theorie von der Überlegenheit des dominanten Männchens, das jedwede Grausamkeit begehen konnte, um seine Erbanlagen weiterzugeben.

Die Soldaten suchten in der Lagune nach dem Kopf der Anakonda, konnten ihn aber nicht finden: Er war im Schlick versunken oder von der Strömung fortgespült worden. Sie wagten nicht, viel herumzustochern, denn es hieß, die Tiere seien immer zu zweit unterwegs, und keiner war scharf darauf, das Schicksal des kleinen Mexikaners zu teilen. Dr. Omayra Torres erzählte, dass sowohl die Indianer als auch die Caboclos den Schlangen Heilkräfte und prophetische Fähigkeiten zuschrieben. Sie wurden getrocknet und zermahlen, und das Pulver setzte man zur Behandlung von Tuberkulose, Haarausfall und Knochenerkrankungen ein und außerdem als Hilfsmittel beim Deuten von Träumen. Der Kopf einer Schlange von dieser Größe wäre sehr wertvoll, versicherte sie und fand es schade, dass er verloren gegangen war.

Die Männer zerschnitten den Schlangenkörper, salzten die Stücke und spießten sie auf Stöcke, um sie über dem Feuer zu rösten. Alex, der sich bis jetzt geweigert hatte, Pirarucú, Ameisenbär, Tukan, Affe oder Tapir zu probieren, wurde von einer plötzlichen Neugier gepackt und wollte wissen, wie das Fleisch dieser riesigen Würgeschlange schmeckte. Es würde ja auch bestimmt mächtig Eindruck auf Cecilia Burns und seine Freunde in Kalifornien machen, wenn sie hörten, dass er mitten im Amazonasdschungel Anakonda zum Abendessen hatte. Mit dem Fleischstück in der Hand posierte er vor der Schlangenhaut und bat seine Großmutter um ein Beweisfoto. Das Fleisch war ziemlich verkohlt, denn von den Expeditionsteilnehmern konnte keiner gut kochen, es war ähnlich faserig wie

Thunfisch und schmeckte ein bisschen wie Hühnchen. Verglichen mit dem Wild, war es fad, aber besser als die gummiartigen Pfannkuchen seines Vaters war es allemal. Die plötzliche Erinnerung an seine Familie traf Alex wie eine Ohrfeige. Er stand da, das aufgespießte Stück Anakonda in der Hand, und starrte geistesabwesend in die Nacht.

»Was siehst du?«, fragte Nadia leise.

»Meine Mama.« Alex konnte ein Schluchzen nicht unterdrücken.

»Wie geht es ihr?«

»Sie ist krank, sehr krank.«

»Deine ist körperlich krank, meine seelisch.«

»Kannst du sie sehen?«, fragte Alex.

»Manchmal.«

»Das ist das erste Mal, dass ich jemanden so sehen kann. Ich hatte ein ganz komisches Gefühl, als würde ich meine Mama ganz deutlich vor Augen haben, wie auf einer Leinwand, aber ich konnte sie nicht anfassen und nicht mit ihr reden.«

»Das ist alles eine Frage der Übung, Jaguar. Man kann lernen, mit dem Herzen zu sehen. Die Schamanen wie Walimai können mit dem Herzen auch jemanden aus der Ferne berühren und mit ihm sprechen.«

NEUNTES KAPITEL

Die Nebelmenschen

An diesem Abend spannten sie ihre Hängematten zwischen die Bäume, und César Santos teilte die Gruppe für die Nacht ein: zwei Stunden Wache halten und das Feuer versorgen. Jetzt, nachdem einer der Soldaten mit einem Pfeil ermordet und Joel González außer Gefecht gesetzt war, blieben zehn Erwachsene und Alex und Nadia, um die acht Stunden der Dunkelheit zu überbrücken, denn Leblanc zählte nicht mit. Ludovic Leblanc war, wie er betonte, der Chef der Expedition, und als solcher musste er »frisch sein«; ohne eine geruhsame Nacht fühle er sich außerstande, einen klaren Gedanken zu fassen und Entscheidungen zu fällen. Im Grunde waren die anderen erleichtert, denn keiner wollte die Nachtwache mit jemandem teilen, dem schon beim Anblick eines Geckos die Nerven flatterten. Die erste Schicht, für gewöhnlich die angenehmste, weil alle noch wach waren und man noch nicht sehr fror, übernahmen Dr. Omayra Torres, einer der Soldaten und Timothy Bruce, der sich weiter große Sorgen um seinen verletzten Freund machte. Bruce und González hatten viele Jahre zusammengearbeitet und waren fast wie Brüder füreinander. Mit der zweiten Schicht waren ein weiterer Soldat, Alex und Kate Cold an der Reihe, danach für die dritte Matuwe, César Santos und Nadia. Kurz vor Sonnenaufgang sollten zwei Soldaten und Karakawe die Wache übernehmen.

Alle hatten Mühe einzuschlafen, der arme Joel González stöhnte vor Schmerzen, und der ganze Wald schien von einem beißenden und hartnäckigen Geruch durchdrungen. Es klang ihnen noch in den Ohren, was über die Bestie erzählt wurde, alle Berichte stimmten darin überein, dass man sie an ihrem Gestank erkennen konnte. César Santos meinte zwar, sie hätten ihr Lager wahrscheinlich in der Nähe einer Familie von Iraras aufgeschlagen, einer Art Wiesel, die ein niedliches Gesicht hatten, aber einen Geruch wie Stinktiere verbreiteten. Beruhigen konnte er damit allerdings niemanden.

»Mir ist schwindelig und speiübel«, bemerkte Alex, käseweiß im Gesicht.

»Wenn der Geruch dich nicht umbringt, macht er dich härter«, sagte Kate. Sie war die einzige, die der Gestank kalt ließ.

»Das mieft ja grauenhaft!«

»Sagen wir, dieser Geruch ist anders. Wahrnehmung ist Geschmackssache, Alexander. Was du abstoßend findest, mag für jemand anderen anziehend sein. Vielleicht verströmt die Bestie diesen Geruch als Lockmittel der Liebe, um ihren Partner zu bezirzen.« Seine Großmutter grinste.

»Puh! Wie tote Ratte, gemischt mit Elefantenpisse, gammligem Essen und …«

»Du meinst, wie deine Socken.«

Beständig hielt sich bei den Expeditionsteilnehmern das Gefühl, von unzähligen Augen im Dickicht beobachtet zu werden. So erleuchtet vom flackernden Schein des Lagerfeuers und von einigen Petroleumlampen, kamen sie sich vor wie auf dem Präsentierteller. Die ersten beiden Nachtstunden verstrichen ereignislos, bis Alex, Kate und einer der Soldaten an der Reihe waren. Alex saß eine Stunde da, betrachtete sich die Dunkelheit und die Lichtspiegelungen auf dem Wasser und bewachte den Schlaf der anderen. Er dachte darüber nach, wie sehr er sich in den paar Tagen verändert hatte. Noch vor kurzem wäre es ihm schwer gefallen, lange Zeit einfach schweigend dazuhocken und seinen Gedanken nachzuhängen, schnell hätten ihm seine Computerspiele, sein Fahrrad oder das Fernsehen gefehlt.

Aber hier konnte er sich in den Zustand vollkommener innerer Stille versetzen, den er beim Bergsteigen erreichen sollte. Für die Bergtouren hatte ihm sein Vater als Erstes eingeschärft, dass die Hälfte seiner Kraft verpuffte, solange er angespannt, furchtsam oder überhastet handelte. Einen Berg zu besiegen erforderte innere Ruhe. Er konnte diese Lektion beim Klettern befolgen, in anderen Lebenslagen war sie ihm bisher jedoch zu wenig nütze gewesen. Er merkte, über wie viele Dinge er sich Gedanken machen konnte, aber am häufigsten stand ihm das Bild seiner Mutter vor Augen. Wenn sie starb ... Hier brach er immer ab. Er war entschlossen, sich das nicht vorzustellen, denn er wollte das Unglück nicht heraufbeschwören. Stattdessen versuchte er, so zuversichtlich wie möglich an sie zu denken; wenn er sich ganz fest darauf konzentrierte, vielleicht würde ihr das helfen.

Urplötzlich riss ihn ein Geräusch aus den Gedanken. Da, er hörte es ganz deutlich: ein Riese, der die nahen Büsche niedertrampelte. Etwas in seiner Brust krampfte sich zusammen, und er hatte das Gefühl zu ersticken. Was hätte er darum gegeben, seine Brille wiederzuhaben! Kaum einen Gedanken hatte er an sie verschwendet, seit sie bei Mauro Carías in die Brüche gegangen war, aber in dieser Dunkelheit konnte er rein gar nichts erkennen. Mit beiden Händen umklammerte er die Pistole, das hatte er im Kino gesehen, er durfte einfach nicht so zittern. Was sollte er bloß machen? Jetzt bewegte sich das Unterholz dicht vor ihm, als wäre ein ganzer Trupp von Feinden im Anmarsch, und Alex schrie auf. Der Schrei gellte wie eine Heulboje und riss alle aus dem Schlaf. Im nächsten Augenblick war seine Großmutter bei ihm, ihr Gewehr im Anschlag. Durch das Gebüsch brach der große Schädel eines Tieres, sie kniffen die Augen zusammen. Es war ein Pekari, ein Wildschweinkeiler mit beachtlichen Eckzähnen. Starr vor Schreck, rührten sie sich nicht von der Stelle, und das war ihre Rettung, denn, genau wie Alex, sah auch das Tier im Dunkeln schlecht. Zum Glück hatten sie den Wind im Gesicht, und es konnte ihre Witterung nicht aufnehmen. César Santos war als Erster aus seiner Hängematte geglitten, blinzelte und versuchte, die Lage zu peilen.

»Keiner bewegt sich«, raunte er ganz leise, um das Wildschwein nicht aufzuscheuchen.

Das Fleisch des Pekaris ist ein Leckerbissen, und sie hätten mehrere Tage schlemmen können, aber zum Schießen war es nicht hell genug, und keiner wollte Kopf und Kragen riskieren und mit der Machete in der Hand losstürmen. In aller Ruhe spazierte das mächtige Tier zwischen den Hängematten herum, schnüffelte an den Essensvorräten, die zum Schutz gegen Ratten und Ameisen an Seilen über dem Boden baumelten, und zu guter Letzt steckte es den Rüssel in das Zelt von Ludovic Leblanc, dem vor Schreck fast das Herz stehen blieb. Da war nichts zu machen, sie konnten nur abwarten, bis es ihrem dickleibigen Besucher im Lager langweilig wurde und er sich wieder verzog, wobei er so dicht an Alex herankam, dass der nur hätte die Hand ausstrecken müssen, um die gesträubten Borsten zu berühren. Als die Spannung von ihnen abfiel und sie schon Witze darüber rissen, kam sich Alex albern vor, weil er so gebrüllt hatte, aber César Santos versicherte ihm, so sei es richtig gewesen. Noch einmal schärfte er allen die Regeln für den Notfall ein: Sich ducken und schreien, dann erst schießen. Er hatte es noch nicht ausgesprochen, da fiel ein Schuss: Zehn Minuten nachdem die Gefahr gebannt war, ballerte Ludovic Leblanc in die Luft. Dieser Revolverheld von einem Professor hatte tatsächlich nervöse Zuckungen, wie Kate Cold behauptete.

Als die Nacht kälter und schwärzer geworden war, übernahmen César Santos, Nadia und einer der Soldaten die Wache. Der Führer hatte seine Tochter, die mit Borobá im Arm fest schlief, erst gar nicht wecken wollen, aber er kannte sie gut genug und wusste, sie hätte ihm das sehr krumm genommen. Nadia verscheuchte den Schlaf mit ein paar Schluck stark gezuckertem schwarzem Kaffee und mummelte sich so gut es ging in zwei T-Shirts, ihre eigene Jacke und die ihres Vaters. Von seiner Hängematte aus konnte Alex sehen, wie sie sich im schwachen Schein des Lagerfeuers für die Wache bereit machte, und obwohl er bisher nur zwei Stunden geschlafen hatte und sehr müde war, stand er wieder auf, um ihr Gesellschaft zu leisten.

»Keine Angst, mir passiert schon nichts. Ich habe doch den Talisman, der beschützt mich«, flüsterte Nadia.

»Geh wieder in deine Hängematte«, sagte César Santos. »Wir brauchen alle unseren Schlaf, dafür ist die Wachablösung schließlich da.«

Alex fügte sich widerwillig und war entschlossen, wach zu bleiben, aber daraus wurde nichts, weil ihm fast sofort die Augen zufielen. Er hätte nicht sagen können, wie lange er geschlafen hatte, aber bestimmt mehr als zwei Stunden, denn als er von dem Lärm ringsum hochschreckte, war Nadias Schicht schon seit einer Weile vorbei. Noch dämmerte es kaum, milchiger Morgennebel stieg vom Boden auf, und es war lausig kalt, dennoch waren alle schon auf den Beinen. Dick, dass man ihn hätte schneiden können, hing der Gestank in der Luft.

»Was ist los?« Noch schlaftrunken kugelte Alex aus der Hängematte.

»Niemand verlässt das Lager, auf gar keinen Fall! Werft mehr Holz aufs Feuer!«, befahl César Santos, der sich ein Tuch vors Gesicht gebunden hatte und mit dem Gewehr in der einen und einer Taschenlampe in der anderen Hand in dem trüben Nebel stocherte, der durch den Wald waberte.

Hastig bestückten Kate, Nadia und Alex das Lagerfeuer mit mehr Brennholz, und dadurch wurde es ringsum ein bisschen heller. Es war Karakawe gewesen, der Alarm geschlagen hatte: Einer der beiden Soldaten, die mit ihm Wache hielten, war verschwunden. César Santos feuerte zweimal in die Luft und rief nach ihm, aber es kam keine Antwort, und deshalb machte er sich mit Timothy Bruce und zwei Soldaten auf die Suche und ließ den Rest der Gruppe mit Pistolen bewaffnet beim Feuer zurück. Alle sollten seinem Beispiel folgen und sich Tücher umbinden, damit sie halbwegs atmen konnten. Die Wartenden zählten die Minuten, keiner sagte ein Wort. Um diese Zeit erwachten normalerweise in den Baumkronen die Affen, die sich anhörten wie kläffende Hunde, wenn sie mit ihrem Gekeife den neuen Tag begrüßten, aber an diesem Morgen herrschte eine Stille, dass einem die Haare zu Berge standen. Alle Tiere hatten Reißaus genommen. Plötzlich krachte ein Schuss, und sie hörten César Santos rufen und gleich darauf die anderen Männer. Timothy Bruce kam atemlos angerannt: Sie hatten den Soldaten gefunden.

Der Mann lag bäuchlings im Farnkraut. Sein Gesicht aber starrte nach oben, als hätte eine mächtige Hand seinen Kopf um hundertachtzig Grad gedreht und ihm dabei alle Halswirbel gebrochen. Seine Augen waren weit aufgerissen und seine Züge zu einer Grimasse vollkommenen Grauens verzerrt. Sie drehten ihn um: Brustkorb und Bauch waren aufgeschlitzt wie von großen Klauen. Über seinen ganzen Körper krabbelten kleine Insekten, so etwas wie Zecken und winzige Käfer. Dr. Omayra Torres sprach aus, was alle wussten: Der Mann war tot. Timothy Bruce rannte seine Kamera holen, um das Geschehene zu dokumentieren, und César Santos sammelte in einem Plastiktütchen etwas von diesem Getier ein; er würde es Pater Valdomero in Santa María de la Lluvia geben, denn der kannte sich mit Insekten aus, er besaß eine Sammlung der

Arten, die in der Gegend vorkamen, und wusste vielleicht, was das zu bedeuten hatte. Hier war der Gestank fast nicht auszuhalten, und es kostete sie fürchterliche Überwindung, nicht das Weite zu suchen.

César Santos schickte einen der Soldaten zurück zu Joel González, den sie allein im Lager gelassen hatten, und wies Karakawe und einen weiteren Soldaten an, die nähere Umgebung zu durchkämmen. Matuwe starrte die Leiche an, als sähe er ein Gespenst; er war aschfahl geworden. Nadia presste sich an ihren Vater und barg das Gesicht an seiner Brust, um den widerlichen Anblick nicht ertragen zu müssen.

»Die Bestie!«, stieß Matuwe hervor.

»Von wegen Bestie, Mann, das waren die Indianer.« Kreidebleich stand Leblanc da, ein in Kölnischwasser getränktes Taschentuch in der einen zittrigen Hand, in der anderen eine Pistole.

Jetzt wich der Professor ein wenig zurück, stolperte und saß gleich darauf mit dem Hintern im Matsch. Er zeterte und wollte sich aufrappeln, aber mit jedem Ruck glitschte er tiefer und tiefer und wälzte sich in einer dunklen Masse, die weich war, mit Brocken drin. Der grauenvolle Gestank sagte alles: Das hier war kein Lehm, der berühmte Anthropologe steckte im wahrsten Sinne des Wortes von Kopf bis Fuß in der Kacke. César Santos und Timothy Bruce streckten ihm einen Ast entgegen, an dem er sich festklammern konnte, und als sie ihn herausgezogen hatten, begleiteten sie ihn in gebührendem Anstand, um bloß nicht mit ihm in Berührung zu kommen, zum Fluss. Leblanc blieb nichts anderes übrig, als sich eine Weile gründlich zu wässern, schlotternd vor Pein, vor Kälte, Angst und Wut. Karakawe, sein persönlicher Gehilfe, weigerte sich rundweg, ihn einzuseifen oder seine Kleider auszuwaschen, und obwohl allen flau zumute war, mussten sie sich auf die Zunge beißen, denn am liebsten hätten sie völlig hysterisch losgelacht. Allen ging das Gleiche durch den Kopf: Das Wesen, das einen solchen Kothaufen produziert hatte, musste groß sein wie ein Elefant.

»Wer immer das hier angerichtet hat, ich bin mir fast sicher, es stammt von einem Allesfresser: Pflanzen, Früchte und ein bisschen rohes Fleisch«, sagte die Ärztin, die sich ebenfalls ein Tuch über Nase und Mund gebunden hatte und nun unter einer Lupe ein bisschen von der dunklen Masse in Augenschein nahm.

Unterdessen krochen Kate Cold und ihr Enkel auf allen vieren herum und untersuchten den Boden und das umstehende Dickicht.

»Kate, sieh mal hier, geknickte Äste! Und da sind die Büsche niedergetrampelt, wie von Riesenpranken. Hier hängen auch ein paar schwarze Borsten …«

»Vielleicht von dem Wildschwein.«

»Und alles voll mit diesen komischen Käfern und Zecken, wie bei dem Toten. Die habe ich noch nie gesehen.«

~

Als es Tag geworden war, wickelten César Santos und Karakawe den toten Soldaten in eine Hängematte und hängten ihn, so hoch sie konnten, in einen Baum. Der Professor war ein einziges Nervenbündel, sein rechtes Augenlid zuckte, und seine Knie zitterten, aber er war entschlossen, eine Entscheidung zu fällen. Schließlich, sagte er, schwebten sie alle in Lebensgefahr, und deshalb würde er, als Verantwortlicher der Expedition, die Anweisungen geben. Der Mord an dem ersten Soldaten bestätige seine Theorie, dass die Indianer von Natur aus Mörder waren, hinterhältig und falsch. Vielleicht seien sie auch für den mysteriösen Tod des zweiten Soldaten verantwortlich, aber man könne nicht ausschließen, dass es die Bestie gewesen sei. Das einzig Vernünftige sei daher, die Fallen aufzustellen, mit etwas Glück würden sie die gesuchte Kreatur fangen, bevor sie noch jemanden umbrachte, und dann sollten sie schleunigst nach Santa María de la Lluvia zurückfahren, wo sie Hubschrauber bekommen könnten. Die anderen staunten nicht schlecht: Offensichtlich hatte das Kerlchen durch sein Bad in dem Kothaufen etwas dazugelernt.

»Hauptmann Ariosto wird es nicht wagen, einem Ludovic Leblanc seine Unterstützung zu verweigern«, sagte der Professor. Mit jedem Tag, den sie auf unbekanntem Gebiet verbracht hatten, und mit jedem Lebenszeichen der Bestie war der Tick des Anthropologen, von sich selbst in der dritten Person zu sprechen, schlimmer geworden.

Die meisten waren mit Leblancs Vorschlag einverstanden. Kate Cold jedoch zeigte sich wild entschlossen weiterzufahren und bat Timothy Bruce, sie zu begleiten, denn was hätte sie schon davon, wenn sie das Geschöpf fand und es nicht mit Fotos beweisen konnte? Der Professor schlug vor, dass sie sich trennten, und wer wolle, könne in einem der Boote zum Dorf zurückfahren. Sofort meldeten sich die drei Soldaten und Matuwe. Die Panik war ihnen anzumerken, und sie wollten nichts wie weg. Dr. Omayra Torres aber sagte, sie sei so weit gereist, um Indianer zu impfen, und hätte womöglich in absehbarer Zeit nicht noch einmal die Gelegenheit dazu, deshalb denke sie gar nicht daran, beim ersten Hindernis die Flinte ins Korn zu werfen.

»Du bist sehr mutig, Omayra.« César Santos nickte anerkennend. »Ich bleibe. Ich bin der Führer, ich kann euch hier nicht allein lassen.«

Alex und Nadia warfen sich einen vielsagenden Blick zu: Es war ihnen nicht entgangen, dass César Santos die schöne Ärztin nicht aus den Augen ließ und jede Gelegenheit beim Schopf packte, um in ihrer Nähe zu sein. Noch ehe er es ausgesprochen hatte, war beiden klar, dass er bleiben würde, wenn sie blieb.

»Und wie sollen wir anderen ohne Sie zurückfahren?«, wollte Leblanc ziemlich beunruhigt wissen.

»Karakawe kann euch hinbringen«, sagte César Santos.

»Ich bleibe«, erklärte Karakawe, kurz angebunden wie immer.

»Ich auch, ich kann doch meine Großmutter nicht allein lassen«, sagte Alex.

»Ich brauche keinen Aufpasser und Kleinkinder schon gar nicht, Alexander«, knurrte Kate, aber alle konnten sehen, wie ihre Raubvogelaugen bei der Entscheidung ihres Enkels vor Stolz funkelten.

»Ich werde Verstärkung holen«, sagte Leblanc.

»Sind Sie nicht der Leiter dieser Expedition?«, fragte Kate Cold frostig.

»Aber ich bin doch dort, dort, also dort bin ich doch nützlicher als hier …«

»Tun Sie, was Sie nicht lassen können, aber dann kümmere ich mich persönlich darum, dass es im International Geographic steht und alle Welt erfährt, was für ein Held Professor Leblanc ist.«

Schließlich kamen sie überein, dass Matuwe und einer der Soldaten Joel González nach Santa María de la Lluvia zurückbringen sollten. Ihre Reise würde nicht so lange dauern, weil sie mit der Strömung fuhren. Die anderen, Ludovic Leblanc eingeschlossen, der sich mit Kate Cold lieber nicht anlegen wollte, würden bleiben und auf die Verstärkung warten. Als der Vormittag halb verstrichen war, hatten sie das eine Boot bepackt, und die Expeditionsteilnehmer verabschiedeten sich von dem Verletzten und seinen Begleitern, die flussabwärts verschwanden.

∼

Den Rest des Tages mühten sie sich damit ab, nach den Anweisungen von Professor Leblanc eine Falle für die Bestie zu bauen. Der Entwurf bestach durch überwältigende Schlichtheit: ein großes Loch im Boden, darüber ein Netz, das mit Blättern und Zweigen getarnt wurde. Wenn die Bestie darauf trat, würde sie in das Loch fallen und sich dabei in dem Netz verheddern. Ein batteriebetriebener Alarm am Grund der Grube sollte unverzüglich losgehen und die Expeditionsteilnehmer auf den Plan rufen. Die hofften, sich dem Untier nähern zu können, ehe es das Netz abgeschüttelt hatte und wieder aus dem Loch geklettert war, und wollten ihm eine Ladung Betäubungsmittel verpassen, die ausreichte, ein Rhinozeros in den Tiefschlaf zu befördern.

Nur mussten sie eine Grube ausheben, die für ein Geschöpf von der Größe der Bestie tief genug war, und das entpuppte sich als recht schweißtreibend. Alle wechselten sich mit dem Spaten ab, außer Nadia und Leblanc, denn das Mädchen lehnte es ab, einem Lebewesen wehzutun, und der Professor klagte über Rückenschmerzen. Vermutlich hatte der sich die Bodenverhältnisse etwas anders vorgestellt, als er Tausende von Meilen entfernt gemütlich an seinem Schreibtisch saß und diese Falle entwarf. Unter einer dünnen Humusschicht kam ein Knäuel von Wurzeln zum Vorschein, dann eine Tonschicht, die glitschig war wie Seife, und mit jedem Spatenstich stieg das rötliche Wasser in der Grube, in der mittlerweile alles erdenkliche Getier schwamm. Schließlich gaben sie es auf. Alex schlug vor, die Netze mit einem Seilsystem in den Bäumen zu befestigen und einen Batzen Fleisch darunter zu platzieren; näherte sich die Bestie, um an den Köder zu kommen, löste sie dadurch sofort den Alarm aus, und die Netze fielen herunter. Alle außer Leblanc meinten, dass es theoretisch funktionieren könnte, aber müde, wie sie waren, wollten sie es nicht mehr ausprobieren, und das Projekt wurde bis zum nächsten Morgen vertagt.

»Ich hoffe, deine Idee taugt nicht, Jaguar«, sagte Nadia.

»Aber die Bestie ist doch gefährlich.«

»Und was machen sie mit ihr, wenn sie sie fangen? Sie töten? Sie in Scheiben schneiden, um sie zu erforschen? Sie für den Rest ihres Lebens in einen Käfig sperren?«

»Hast du vielleicht eine bessere Idee?«

»Mit ihr reden und sie fragen, was sie will.«

»Genial! Wir könnten sie einladen, den Tee mit uns zu nehmen ...«

»Alle Tiere können sich verständigen.«

»Du hörst dich ja an wie meine Schwester Nicole, aber die ist erst neun.«

»Da kann man mal sehen: Die hat mit neun mehr Grips als du mit fünfzehn.«

Eigentlich war die Stelle, an der sie lagerten, sehr schön. Der Ufersaum war zwar ein einziges Pflanzengestrüpp, nach einigen Metern lichtete es sich aber, und der Wald erhob sich zu majestätischer Größe. Wie Säulen trugen die hohen, ebenmäßigen Stämme der Bäume das Gewölbe dieser prächtigen grünen Kathedrale. Von den Ästen hingen Orchideen und andere Blüten, und ein Teppich aus schimmernden Farnen bedeckte den Boden. So viele unterschiedliche Tiere lebten hier, dass es nie still war, von Sonnenaufgang bis spät in die Nacht hinein hörte man das Krächzen der Tukane und Papageien; mit Einbruch der Dunkelheit setzten das Froschkonzert und das Lärmen der Brüllaffen ein. Aber es war ein trügerisches Paradies: Wer sich hier nicht auskannte, war verloren, denn man musste riesige Entfernungen überwinden, wollte man dieser absoluten Einsamkeit entkommen. Nach Meinung von Leblanc – und in diesem Punkt stimmte ihm César Santos zu – brauchten sie die Hilfe der Indianer, um weiterzukommen. Sie mussten sie irgendwie anlocken. Vor allem Dr. Omayra

Torres drängte darauf, denn sie wollte ihre Aufgabe erfüllen, die Impfungen durchführen und ein System der Gesundheitsversorgung aufbauen.

»Ich glaube nicht, dass dir die Indianer freiwillig den Arm hinhalten, damit du sie piekst, Omayra. Sie haben noch nie im Leben eine Nadel gesehen.« César Santos lächelte. Er und die Ärztin waren auf der gleichen Wellenlänge und behandelten einander schon wie alte Freunde.

»Wir sagen ihnen einfach, dass es ein mächtiger Zauber der Weißen ist.« Sie zwinkerte ihm zu.

»Was ja auch völlig den Tatsachen entspricht«, bestätigte César Santos.

~

Der Führer wusste, dass es in dieser Gegend etliche Stämme gab, die sicher schon einmal, wenn auch kurz, mit der Außenwelt in Berührung gekommen waren. Auf früheren Erkundungsflügen hatte er einige Schabonos entdeckt, aber da er hier nirgends hatte landen können, musste er sich damit begnügen, sie auf seiner Karte einzuzeichnen. Die Gemeinschaftshütten, die er gesehen hatte, waren eher klein, also lebten dort wahrscheinlich nur wenige Familien. Professor Leblanc, der mit seiner Expertenmeinung nie hinterm Berg halten konnte, erklärte, in einem Schabono würden selten mehr als zweihundertfünfzig Personen wohnen, aber fünfzig müssten es mindestens sein: Eine kleinere Gruppe könnte sich schließlich nicht gegen feindliche Angriffe behaupten. César Santos vermutete auch ganz abgeschieden lebende Stämme hier, die noch nie jemand zu Gesicht bekommen hatte, und auf die hoffte auch die Ärztin, aber wie sollten sie ohne Flugzeug zu ihnen gelangen? Sie würden in die Waldgebiete auf der Hochebene vordringen müssen, in die verwunschene Region der Wasserfälle, und vor der Erfindung von Flugzeugen und Hubschraubern hatte das kein Fremder geschafft.

Wenn sie also nicht zu den Indianern kommen konnten, mussten sie irgendwie dafür sorgen, dass die Indianer zu ihnen kamen, deshalb spannte César Santos ein Seil zwischen zwei Bäume und hängte einige Geschenke daran: Ketten aus Glasperlen, bunte Stoffe, Spiegel und etwas Krimskrams aus Plastik. Die Macheten, Messer und anderen Gerätschaften aus Stahl hob er für später auf, wenn die eigentlichen Verhandlungen beginnen und Geschenke getauscht würden.

Am Abend versuchte César Santos, eine Funkverbindung mit Hauptmann Ariosto in Santa María de la Lluvia zu bekommen, aber das Funkgerät streikte. Professor Leblanc regte sich wieder auf und lief im Lager hin und her, während die anderen abwechselnd an den Knöpfen des Geräts drehten, um irgendetwas aufzuschnappen, und laute Hallos ins Mikrophon sprachen, in der Hoffnung, jemand könne sie hören. Aber es war alles vergeblich. Nadia nahm Alex beiseite und erzählte ihm, dass sie in der vergangenen Nacht, bevor der Soldat umgebracht worden war, beobachtet hatte, wie sich Karakawe am Funkgerät zu schaffen machte. Sie habe sich nach der Wachablösung hingelegt, sei aber nicht gleich eingeschlafen, und von ihrer Hängematte aus habe sie ihn in der Nähe des Geräts gesehen.

»Und du bist ganz sicher, dass er es war, Nadia?«

»Nein, es war zu dunkel, aber um die Zeit waren nur die beiden Soldaten und er auf den Beinen. Und einer von den Soldaten war es bestimmt nicht. Ich glaube, Karakawe ist die Person, von der Mauro Carías gesprochen hat. Vielleicht gehört es zu seinem Plan, dass wir keine Hilfe holen können, wenn wir welche brauchen.«

»Wir sollten deinem Vater Bescheid sagen.«

César Santos hörte sich ihren Bericht mit unbewegter

Miene an und meinte lediglich, sie sollten sich wirklich sicher sein, ehe sie jemanden beschuldigten. Schließlich könne es viele Gründe haben, warum ein so altersschwaches Funkgerät den Geist aufgab. Außerdem, was sollte Karakawe davon haben, wenn er es kaputtmachte? Auch ihm würde es schaden, von der Außenwelt abgeschnitten zu sein. Sie bräuchten keine Angst zu haben, in drei oder vier Tagen wäre die Verstärkung da.

»Wir haben uns nicht verirrt, wir können bloß keine Verbindung bekommen«, sagte er.

»Und die Bestie, Papa?« So einfach ließ Nadia sich nicht beruhigen.

»Wir wissen nicht, ob es die überhaupt gibt, Tochter. Dass es die Indianer gibt, steht allerdings fest. Früher oder später werden sie kommen, und wir können nur hoffen, dass sie es in friedlicher Absicht tun. Wir sind auf alle Fälle gut bewaffnet.«

»Der tote Soldat hatte ein Gewehr, aber genützt hat ihm das nichts«, wandte Alex ein.

»Er war nicht bei der Sache. Von jetzt an müssen wir viel vorsichtiger sein. Leider sind wir nur noch sechs Erwachsene zum Wachehalten.«

»Mich können Sie ruhig mitzählen.«

»Na schön, aber Nadia nicht. Sie kann mir nur bei meiner Schicht Gesellschaft leisten.«

~

Nadia hatte nachmittags in der Nähe des Lagers einen Achote-Strauch entdeckt, brach einige seiner Früchte, die aussahen wie behaarte Mandeln, öffnete sie und holte rote Samenkügelchen heraus. Wenn man sie mit etwas Spucke vermischt zwischen den Fingern zerdrückte, entstand eine seifige rote Paste, die von den Indianern zusammen mit anderen Naturfarben benutzt wurde, um sich den Körper zu bemalen. Nadia und Alex verzierten sich das Gesicht mit Streifen, Kreisen und Punkten und bastelten sich mit Hilfe von Kate Colds Notfallnähzeug Armbänder aus Federn und Samenkörnern. Als sie das sahen, wollten Timothy Bruce und Kate Cold unbedingt Fotos von den beiden machen, und Omayra Torres kämmte Nadias Wuschelkopf und flocht ihr winzige Orchideenblüten ins Haar. César Santos dagegen war gar nicht begeistert: Der Anblick seiner als Indianerfräulein verkleideten Tochter schien ihn sehr traurig zu machen.

Als es dunkler wurde, stellten sie sich vor, wie die Sonne irgendwo hinter einem Horizont verschwand, um der Nacht zu weichen; zu sehen war sie fast nie unter dem Blätterdach, das wie ein Baldachin aus grüner Spitze ihre Strahlen filterte und in ein diffuses Zwielicht verwandelte. Nur ganz selten, wo ein Baum umgestürzt war, konnte man einen blauen Klecks Himmel erkennen. Mit der Dämmerung schlossen sich die Schatten der Bäume wie ein Zaun um den Lagerplatz, es würde keine Stunde mehr dauern, da wäre der Wald schwarz und bedrückend. Nadia fand, sie könnten alle ein bisschen Ablenkung gebrauchen, und bat Alex, Flöte zu spielen, so dass für eine Weile die zarte, kristallklare Musik den Urwald erfüllte. Borobá, das Äffchen, lauschte der Melodie und wiegte den Kopf im Takt. César Santos und Dr. Omayra Torres hockten am Lagerfeuer und brieten ein paar Fische fürs Abendessen. Kate Cold, Timothy Bruce und einer der Soldaten waren damit beschäftigt, die Zelte festzuzurren und die Lebensmittelvorräte für Affen und Ameisen unerreichbar zu verstauen. Karakawe und der andere Soldat hielten ihre Pistolen schussbereit und starrten aufmerksam in die anbrechende Dunkelheit. Professor Leblanc sprach die Gedanken, die ihm durch den Kopf gingen, in ein kleines Aufnahmegerät, das er jederzeit zur Hand hatte, denn andauernd kam ihm eine tiefschürfende Erkenntnis, die der Menschheit ja nicht verloren gehen durfte, was Alex und Nadia mittlerweile so unsäglich fanden, dass sie nur noch auf eine Gelegenheit lauerten, um ihm die Batterien zu klauen. Alex spielte schon gut eine Viertelstunde, da wurde Borobá urplötzlich von etwas abgelenkt; der Affe begann herumzuhüpfen und zerrte aufgeregt an den Kleidern seiner Herrin. Erst versuchte Nadia, ihn nicht zu beachten, aber das Tier ließ sie nicht in Ruhe, bis sie aufstand. Sie spähte ins Dickicht, dann gab sie Alex einen Wink, und der kam schlendernd hinter ihr her und ließ dabei das Konzertstück ausklingen, bis sie unbemerkt von den anderen aus dem Lichtschein des Lagerfeuers getreten waren.

»Ssscht!«, zischte Nadia und hob einen Finger an die Lippen.

Noch war es nicht ganz dunkel, aber die Farben verblassten bereits, und der Wald hüllte sich in Grau- und Schwarztöne. Das Gefühl, dass sie beobachtet wurden, hatte Alex nicht verlassen, seit sie in Santa María de la Lluvia aufgebrochen waren, aber an eben diesem Nachmittag hatte es sich verflüchtigt. Die Angst war von ihm abgefallen, und er fühlte sich so sicher wie schon lange nicht mehr. Auch der durchdringende Gestank, der in der vergangenen Nacht den Mord an dem Soldaten begleitet hatte, war verschwunden. Alex, Nadia und Borobá gingen einige Schritte ins Unterholz hinein und blieben dann, eher neugierig als beunruhigt, stehen. Sie mussten nicht darüber reden, es war auch so klar, dass die Indianer, falls es hier welche gab, die ihnen etwas antun wollten, das längst hätten tun können, denn im hellen Schein des Lagerfeuers waren die Expeditionsteilnehmer den Giftpfeilen von Bogen und Blasrohren schutzlos ausgeliefert.

Während sie reglos warteten, hatten sie das Gefühl, in einem watteweichen Nebel zu versinken, als würden mit Einbruch der Nacht alle gewohnten Anhaltspunkte verschwimmen. Dann, ganz allmählich, erkannte Alex, dass sie umringt waren von Gestalten, die sich jetzt eine nach der anderen aus dem Zwielicht lösten. Sie waren nackt, die Gesichter mit Streifen und Punkten bemalt, die Arme mit Federn und Lederbändern geschmückt, stumm, schwerelos und unbewegt. Obwohl sie so nah waren, konnte man sie kaum erkennen; sie waren eins mit dem Wald wie ein flüchtiger Spuk. Alex schätzte, dass es mindestens zwanzig sein mussten, alles Männer mit einfachen Waffen in der Hand.

»Aía«, wisperte Nadia.

Keine Antwort, aber ein kaum wahrnehmbares Rascheln im Laubwerk zeigte an, dass die Indianer näher kamen. In dieser Dunkelheit und ohne seine Brille zweifelte Alex an dem, was er da sah, aber sein Herz raste wie wahnsinnig, und er spürte, wie sein Blut in den Schläfen pochte. Dieses atemberaubende Gefühl, einen Traum zu erleben, hatte er schon einmal gehabt: als er im Camp von Mauro Carías vor dem schwarzen Jaguar gestanden hatte. Auch jetzt lag wieder eine Spannung in der Luft, als befänden sie sich alle im Innern einer Glaskugel, die jeden Augenblick bersten konnte. Die Gefahr war so greifbar wie bei seiner Begegnung mit der Raubkatze, aber Alex hatte keine Angst. Diese fast körperlosen Gestalten, die zwischen den Bäumen zu schweben schienen, würden ihm bestimmt nichts tun. Auf die Idee, sein Schweizer Messer zu zücken oder um Hilfe zu rufen, kam er gar nicht. Dagegen durchzuckte ihn wie ein Blitz die Erinnerung an eine Filmszene, die er vor Jahren gesehen hatte: Ein Kind begegnet einem Außerirdischen. Das hier war so ähnlich. Er war ganz verzaubert, für nichts in der Welt hätte er diese Erfahrung hergeben wollen.

»Aía.« Nadia versuchte es noch einmal.

»Aía«, flüsterte auch Alex.

Keine Antwort.

Hand in Hand standen die beiden reglos wie Statuen,

und selbst Borobá war mucksmäuschenstill und machte große Augen, als wüsste er, dass er an einem kostbaren Ereignis teilhatte. Die Minuten verstrichen, schnell fiel die Nacht, und Dunkelheit umfing sie. Plötzlich wurde ihnen klar, dass sie allein waren; so lautlos, wie sie aufgetaucht waren, waren die Indianer wieder ins Nichts verschwunden.

»Wer war das?«, fragte Alex, als sie zum Lager zurückgingen.

»Das müssen die Nebelmenschen sein, die Unsichtbaren, die ältesten und geheimnisvollsten Bewohner des Amazonasgebiets. Man weiß, dass es sie gibt, aber eigentlich ist ihnen noch nie jemand begegnet.«

»Was wollen sie wohl von uns?«

»Sehen, wie wir leben, vielleicht ...« Nadia zuckte die Achseln.

»Das würde ich bei ihnen auch gern.«

»Wir sagen keinem, dass wir sie gesehen haben, Jaguar.«

»Seltsam, dass sie uns nicht angegriffen haben und sich auch nicht für die Geschenke interessieren, die dein Vater aufgehängt hat.«

»Glaubst du, sie waren das, die den Soldaten in dem Boot ermordet haben?«

»Keine Ahnung, aber mal angenommen, sie waren es, warum greifen sie uns dann jetzt nicht an?«

In dieser Nacht verbrachte Alex die Wache zusammen mit seiner Großmutter ohne Furcht, denn vom Gestank der Bestie war nichts zu merken, und wegen der Indianer machte er sich keine Sorgen. Nach der sonderbaren Begegnung mit ihnen war er davon überzeugt, dass eine Pistole wenig nutzen würde, falls sie angreifen wollten. Wie sollte man denn auf jemanden zielen, der fast unsichtbar war? Die Indianer lösten sich in nichts auf wie Schatten in der Nacht, sie waren ein lautloser Spuk, der über sie herfallen und sie im Handumdrehen ermorden konnte, noch ehe sie überhaupt merkten, was vorging. Im Grunde war er sich jedoch sicher, dass die Nebelmenschen das nicht vorhatten.

ZEHNTES KAPITEL

Entführt

Der nächste Tag schleppte sich nervtötend langsam dahin, es regnete ständig, kaum war man ein bisschen trocken, gab es schon wieder einen Wolkenbruch. In der darauf folgenden Nacht verschwanden die beiden Soldaten während ihrer Wache, und schnell war klar, dass auch das Boot fehlte. Seit ihre zwei Kameraden ermordet worden waren, saß den beiden Männern die Angst im Nacken, und nun waren sie flussabwärts geflohen. Schon als sie nicht mit dem ersten Boot nach Santa María de la Lluvia zurückkehren durften, wäre es fast zu einer Meuterei gekommen; keiner würde sie dafür bezahlen, dass sie ihr Leben aufs Spiel setzten, hatten sie gesagt. César Santos hielt ihnen vor, sie würden doch als Soldaten genau dafür bezahlt, oder? Diese Flucht konnte sie teuer zu stehen kommen, aber sie fürchteten das Militärgericht offenbar weniger als die Indianer oder die Bestie. Für den Rest der Expeditionsteilnehmer war dieses Boot die einzige Möglichkeit gewesen, wieder in die Zivilisation zurückzukehren; ohne Boot und ohne Funkgerät waren sie nun endgültig von der Außenwelt abgeschnitten.

»Die Indianer werden uns alle massakrieren, wir können unmöglich bleiben!« Professor Leblanc war außer sich.

»Wo wollen Sie denn hin, Herr Professor? Wenn wir hier weggehen, finden uns die Hubschrauber nicht. Von oben betrachtet, ist alles eine einzige grüne Fläche, sie würden uns niemals entdecken«, sagte César Santos.

»Könnten wir nicht einfach dem Fluss folgen und uns allein bis nach Santa María de la Lluvia durchschlagen?«, fragte Kate Cold.

»Zu Fuß ist das völlig ausgeschlossen. Es ist zu unwegsam, und in dem Gewirr von Flüssen verirrt man sich zu leicht.« César Santos schüttelte den Kopf.

»Das ist Ihre Schuld, Cold! Wir hätten alle nach Santa María de la Lluvia zurückkehren sollen, wie ich vorgeschlagen habe«, giftete der Professor die Reporterin an.

»Na schön, es ist meine Schuld. Was gedenken Sie mit mir zu machen?«

»Ich werde es an die große Glocke hängen! Ich werde Ihre Karriere ruinieren!«

»Falls ich nicht zuerst die Ihre ruiniere, Herr Professor.« Kate war nicht aus der Ruhe zu bringen.

César Santos unterbrach die beiden und sagte, anstatt sich zu streiten, sollten sie lieber alle gemeinsam überlegen, was sie tun konnten: Die Indianer waren misstrauisch und hatten bisher kein Interesse an den Geschenken gezeigt, sie behielten die Expedition zwar bestimmt im Auge, hatten aber nicht angegriffen.

»Scheint Ihnen das keiner Erwähnung wert, was sie mit dem armen Soldaten angestellt haben?« Leblanc war immer noch in Fahrt.

»Ich kann nicht glauben, dass es die Indianer waren, es sieht ihnen so gar nicht ähnlich. Wenn wir Glück haben, ist der Stamm hier friedlich«, sagte der Führer.

»Und wenn wir Pech haben, essen sie uns auf«, knurrte der Anthropologe.

»Aber Herr Professor, das wäre doch prima. Damit könnten Sie Ihre Theorie über die Wildheit der Indianer unter Beweis stellen«, sagte Kate Cold.

»Jetzt aber Schluss mit dem Unfug. Es muss eine Entscheidung her. Gehen oder bleiben …?«, fiel ihnen Timothy Bruce ins Wort.

Noch einmal versuchte César Santos, die aufgeheizte Stimmung zu entspannen: »Das erste Boot ist vor drei Tagen aufgebrochen. Sie sind mit der Strömung gefahren, und Matuwe kennt sich aus, also müssten sie bald in Santa María de la Lluvia sein. Morgen, spätestens übermorgen, sind die Helikopter von Hauptmann Ariosto hier. Sie werden bei Tag fliegen, deshalb sollten wir das Lagerfeuer rund um die Uhr brennen lassen, damit sie den Rauch sehen können. Unsere Lage ist schwierig, wie schon gesagt, aber wir dürfen uns nicht verrückt machen, viele Leute wissen, wo wir sind, sie werden uns hier rausholen.«

Mit ihrem Äffchen im Arm war Nadia die Ruhe selbst, als würde sie überhaupt nicht begreifen, was vorging. Alex dagegen wurde es ganz anders bei dem Gedanken, dass er sich noch nie in einer solchen Gefahr befunden hatte, nicht einmal als er am El Capitán, einer glatten Felswand im Yosemite Park, an die sich nur die erfahrensten Bergsteiger wagten, den Halt verloren hatte. Wäre das Seil nicht gewesen, mit dem er an der Hüfte seines Vaters gesichert war, er hätte sich zu Tode gestürzt.

∼

Von Vogelspinnen bis hin zu Schlangen hatte César Santos die Expeditionsteilnehmer vor allem möglichen Getier im Urwald gewarnt, bloß die Ameisen hatte er vergessen. Alex verzichtete ja schon länger auf seine Stiefel, sie hatten gegen die Blutegel nichts genutzt, waren ständig feucht und müffelten, und außerdem bekam er darin Blasen; wahrscheinlich waren sie durch die Nässe auch noch geschrumpft. César Santos hatte ihm ein Paar Schlappen gegeben, die er in den ersten Tagen eigentlich nur zum Schlafen auszog, trotzdem waren seine Füße mittlerweile von Krusten und Schwielen überzogen.

»Das ist kein Ort für zarte Füßchen«, war alles, was seine Großmutter dazu sagte, als er ihr die blutenden Schrammen zeigte.

Überhaupt nicht gleichgültig, sondern offen besorgt war

sie allerdings, als ihr Enkel von einer Feuerameise gebissen wurde. Alex schrie auf: Er hatte das Gefühl, dass jemand eine Zigarette an seinem Knöchel ausdrückte. Zuerst war der Biss nur ein kleiner weißer Fleck, aber binnen weniger Minuten wurde er knallrot und schwoll auf die Größe einer Kirsche an. Der Schmerz peitschte Alex am Bein hoch, und er konnte keinen Schritt mehr gehen. Dr. Omayra Torres kündigte ihm an, das Gift werde mehrere Stunden wirken, außer heißen Wickeln könne man nichts machen, so lange müsse er die Zähne zusammenbeißen.

»Ich hoffe, du bist nicht gegen das Ameisengift allergisch, denn dann steht dir Schlimmeres bevor«, meinte sie noch.

Allergisch war Alex zwar nicht, aber der Biss machte ihm dennoch einen großen Teil des Tages zur Hölle. Nachmittags, als er eben den Fuß wieder aufsetzen und ein paar Schritte laufen konnte, kam Nadia zu ihm und erzählte, während alle mit ihren Siebensachen beschäftigt gewesen seien, habe sie beobachtet, wie Karakawe um die Kiste mit dem Impfstoff herumschlich. Der Indianer hatte sie bemerkt und so fest an beiden Armen gepackt, dass man die Druckstellen seiner Finger noch sehen konnte, und dann hatte er ihr gedroht, es würde sie teuer zu stehen kommen, wenn sie auch nur ein Sterbenswörtchen sagte. Sie war sich sicher, dass mit dem Kerl nicht zu spaßen war, aber Alex fand, sie dürften nicht schweigen und müssten Dr. Omayra Torres warnen. Nadia mochte die Ärztin genauso wie ihr Vater und machte sich insgeheim schon Hoffnungen, dass sie vielleicht irgendwann zu ihrer Ersatzmama werden würde, deshalb hätte sie ihr am liebsten auch von dem Gespräch zwischen Mauro Carías und Hauptmann Ariosto erzählt, das sie und Alex in Santa María de la Lluvia belauscht hatten. Sie hatten doch inzwischen so viele Anhaltspunkte dafür, dass Karakawe die Person war, die Carías' düstere Pläne in die Tat umsetzen sollte.

»Darüber sagen wir vielleicht besser noch nichts«, meinte Alex.

Sie warteten auf eine günstige Gelegenheit, und als Karakawe zum Fischen ans Ufer gegangen war, erzählten sie Omayra Torres, was Nadia gesehen hatte. Sie hörte sich alles sehr aufmerksam an und sah zum ersten Mal wirklich besorgt aus. Nichts von all dem, was ihnen bis dahin auf ihrer Reise zugestoßen war, hatte diese Frau aus der Ruhe bringen können; es war bewundernswert: Sie hatte die abgehärteten Nerven eines Samurai-Kriegers. Auch diesmal verlor sie nicht die Fassung, wollte aber alles ganz genau wissen. Sie öffnete die Kiste, und als sie sicher war, dass Karakawe die Siegel der einzelnen Glasampullen nicht aufgebrochen hatte, atmete sie erleichtert auf.

»Dieser Impfstoff ist die einzige Überlebenschance für die Indianer. Wir sollten ihn hüten wie einen Schatz.«

»Alex und ich haben Karakawe schon länger beobachtet, wir glauben, dass er das Funkgerät kaputtgemacht hat, aber mein Vater sagt, wir sollen ihn nicht beschuldigen, wenn wir keine Beweise haben.«

»Wir dürfen deinen Vater nicht mit diesen Verdächtigungen beunruhigen, Nadia, der hat schon genug Sorgen. Gemeinsam können wir Karakawe unschädlich machen. Lasst ihn nicht aus den Augen, ihr zwei.« Nadia und Alex versprachen es ihr.

Der Tag verging ohne Neuigkeiten. Am Morgen hatten sie versucht, Alex' Fallenidee in die Tat umzusetzen, aber die Seile verhedderten sich immer in den bewachsenen Ästen, und so hatten sie es schließlich aufgeben müssen. César Santos mühte sich weiter mit dem Funkgerät ab, erfolglos. Timothy Bruce besaß ein Radio, mit dem sie zu Beginn ihrer Reise Nachrichten aus Manaus hatten hören können, aber so weit reichte der Empfang nicht. Sie langweilten sich, denn als sie erst einmal zwei Vögel und zwei Fische, ihre Verpflegung für den Tag, gefangen hatten, gab es nichts mehr zu tun; es war sinnlos, weiter zu fischen oder zu jagen, weil die Ameisen sofort über das Fleisch herfielen, und selbst wenn man die abhalten konnte, war es binnen Stunden gammlig. Die Indianer haben Recht, dachte Alex, es ist völliger Blödsinn, hier Vorräte anzulegen. Abwechselnd kümmerten sich die Expeditionsteilnehmer um das Feuer und sorgten dafür, dass eine hohe Rauchsäule aufstieg, damit sie bemerkt werden konnten, falls jemand nach ihnen suchte, obwohl César Santos versicherte, dazu sei es noch zu früh. Timothy Bruce kramte ein zerfleddertes Kartenspiel hervor, und sie spielten Poker, Black Jack und Räuber-Rommé, bis es dunkel zu werden begann. Vom widerlichen Gestank der Bestie war nichts zu merken.

∼

Nadia, Kate Cold und die Ärztin gingen zum Fluss, um sich zu waschen und sich kurz zwischen die Büsche zu setzen; es war ausgemacht, dass keiner allein das Lager verlassen sollte. Wenn eine der Frauen mal musste, gingen die drei zusammen, ansonsten teilte sich die Gruppe in Pärchen auf. César Santos sorgte dafür, dass er immer mit Omayra Torres zusammen war, was Timothy Bruce ziemlich ärgerte, denn auch der hatte ein Auge auf die Ärztin geworfen. Kate Cold hatte ihn zwar angeraunzt, er solle sich das knappe Filmmaterial für die Bestie und die Indianer aufheben, aber das hatte ihn nicht davon abgehalten, die Ärztin so oft zu fotografieren, bis sie es endgültig leid war, in die Kamera zu lächeln. Überhaupt schienen nur die Reporterin und Karakawe von der jungen Frau nicht hingerissen zu sein. Kate knurrte, in ihrem Alter brauche es schon ein bisschen mehr als ein hübsches Gesicht, um Eindruck zu machen, und das hörte sich für Alex doch sehr nach eifersüchtiger Ziege an und war einer Person vom Format seiner Großmutter eigentlich unwürdig. Professor Leblanc, der nun einmal nicht so gut aussah wie César Santos und auch nicht mehr so jung war wie Timothy Bruce, versuchte bei der Ärztin mit seinem berühmten Namen Punkte zu machen und ließ keine Gelegenheit aus, ihr seitenweise aus seinem schon ganz eselsohrigen Buch vorzulesen, wo in allen Einzelheiten geschildert wurde, in welcher Lebensgefahr er sich unter den Indianern befunden hatte. Es fiel ihr sichtlich schwer, sich den verängstigten Leblanc im Lendenschurz vorzustellen, wie er mit bloßen Fäusten gegen Indianer und Raubtiere kämpfte, mit Pfeil und Bogen jagte und, ganz auf sich allein gestellt, alle nur erdenklichen Naturkatastrophen überstand. Aber jedenfalls führte dieser kaum verhohlene Hahnenkampf zwischen den Männern zu einer Spannung, die mit der zermürbenden Warterei auf die Hubschrauber immer greifbarer wurde.

Alex betrachtete seinen Knöchel: Er tat noch weh und war etwas geschwollen, aber wo die Ameise ihn gebissen hatte, war die harte rote Kirsche schon kleiner geworden; die heißen Wickel hatten gut geholfen. Um sich abzulenken, nahm er die Flöte und spielte das Lieblingskonzert seiner Mutter, eine sanfte Romanze von einem europäischen Komponisten, der schon seit über einem Jahrhundert tot und bestimmt nie in den Tropen gewesen war, dennoch klang es gut vor dieser Urwaldkulisse. Sein Großvater Joseph Cold hatte Recht gehabt: Musik ist eine Weltsprache. Sofort kam Borobá angeflitzt und setzte sich ihm mit der ernsten Miene eines Musikkritikers zu Füßen, und kurz darauf waren auch Nadia, die Ärztin und Kate Cold vom Fluss zurück. Nadia wartete ab, bis die anderen damit beschäftigt waren, das Lager für die Nacht herzurichten, und machte Alex dann Zeichen, damit er ihr unbemerkt folgte.

»Sie sind wieder da, Jaguar«, flüsterte sie ihm ins Ohr, als er bei ihr war.

»Die Indianer …?«

»Ja, die Nebelmenschen. Ich glaube, sie mögen die Musik. Sei leise und komm mit.«

Sie drangen einige Meter ins Dickicht vor, und wie beim ersten Mal warteten sie still ab. So viel er auch blinzelte, Alex konnte niemanden zwischen den Bäumen erkennen. Die Indianer verschwammen völlig mit dem Wald. Plötzlich spürte er Hände, die ihn fest an den Armen packten, er blickte um sich: Sie waren umzingelt. Diesmal hielten die Indianer nicht so viel Abstand; Alex drang ein fremdartiger Geruch in die Nase. Dass sie klein und hager waren, hatte er ja schon bei ihrer ersten Begegnung gesehen, aber nun bekam er zu spüren, wie stark sie waren und dass sie etwas Wildes an sich hatten. Was, wenn Leblanc mit seinen Horrorgeschichten über sie Recht hatte?

»Aía.« Seine Stimme zitterte.

Eine Hand hielt ihm den Mund zu, und noch ehe er überhaupt begriff, was vorging, hatten sie ihn an den Knöcheln und unter den Armen gepackt und hoben ihn hoch. Er wand sich und strampelte, aber die Hände ließen nicht los. Er spürte einen Schlag auf den Kopf, wusste nicht, ob von einer Faust oder einem Stein, aber die Warnung war unmissverständlich: Besser, er ließ sich wegtragen, sonst würden sie ihm übel mitspielen, ihn womöglich sogar umbringen. Was war mit Nadia? Schleiften sie die auch mit? Er meinte, die Stimme seiner Großmutter zu hören, die jetzt schon weit entfernt nach ihm rief, während die Indianer ihn wie Nachtgeister tiefer und tiefer in die Dunkelheit trugen.

~

Alex spürte ein brennendes Stechen an seinem Knöchel, denn einer der vier Indianer, die ihn festhielten, umklammerte genau die Stelle, wo ihn die Feuerameise gebissen hatte. Seine Entführer gingen im Laufschritt, und mit jedem Trott wurde er heftig hin und her geschmissen; seine Schultern schmerzten, als wären sie ausgekugelt. Die Indianer hatten ihm sein T-Shirt ausgezogen, ihn damit geknebelt und ihm die Augen verbunden. Er bekam kaum Luft, und sein Schädel dröhnte von dem Hieb, den sie ihm verpasst hatten, aber wenigstens war er nicht bewusstlos, und das bedeutete doch, dass sie nicht fest zugeschlagen hatten und ihn nicht umbringen wollten. Zumindest noch nicht … Ihr Marsch schien kein Ende nehmen zu wollen, aber schließlich blieben sie doch stehen und ließen ihn wie einen Sack Kartoffeln auf die Erde plumpsen. Fast sofort ging es seinen geschundenen Muskeln und Gelenken besser, auch wenn sein Knöchel weiter höllisch brannte. Er wagte nicht, sich von dem T-Shirt vor seinem Gesicht zu befreien, womöglich würde er seine Entführer damit reizen, aber eine Zeit lang passierte gar nichts, deshalb tat er es schließlich doch. Niemand hinderte ihn daran. Langsam gewöhnten sich seine Augen an das fahle Mondlicht, und er sah den Wald und das Bett aus modrigen Blättern, auf das sie ihn geworfen hatten. Die Indianer konnte er in diesem Zwielicht und ohne Brille nicht erkennen, aber er hörte sie ganz nah miteinander reden. Sein Schweizer Messer fiel ihm ein, vorsichtig tastete er an seinem Gürtel, wollte es zücken, da packte ihn jemand entschlossen am Handgelenk. Dann hörte er Nadia neben sich und spürte Borobás schmale Händchen in seinen Haaren. Er schrie auf, weil der Affe seine Finger auf die Beule legte, die ihm durch den Hieb gewachsen war.

»Still, Jaguar. Sie tun uns nichts.«

»Was ist passiert?«

»Sie hatten Angst, du würdest losschreien, deshalb mussten sie dich mit Gewalt mitnehmen. Sie wollen nur, dass wir mit ihnen gehen.«

»Wohin? Warum?«, stammelte Alex und versuchte, sich aufzusetzen. Sein Kopf dröhnte wie eine Trommel.

Nadia half ihm hoch, reichte ihm eine Kalebasse mit Wasser, und er trank zögernd einen Schluck. Inzwischen hatten sich seine Augen an das Dämmerlicht gewöhnt: Die Indianer standen in einem engen Kreis um ihn und Nadia, beobachteten sie und machten irgendwelche Bemerkungen. Es sah nicht so aus, als hätten sie Angst, dass jemand sie hören könnte. Die übrigen Expeditionsteilnehmer würden bestimmt nach ihm und Nadia suchen, sich aber mitten in der Nacht nicht weit in den Urwald hinein wagen. Seine Großmutter! Jetzt würde sie es doch einmal mit der Angst zu tun bekommen. Wie sollte sie ihrem Sohn John klarmachen, dass sie ihren Enkel mitten im Dschungel verloren hatte? Offensichtlich waren die Indianer mit Nadia sanfter umgegangen, jedenfalls schien sie sich vor ihnen nicht zu fürchten. Alex spürte etwas Warmes, das an seiner rechten Schläfe hinunterrann und auf seine Schulter tropfte. Er fuhr mit dem Finger durch und leckte ab.

»Sie haben mir den Schädel gespalten«, flüsterte er erschrocken.

»Tu so, als würdest du es nicht spüren, Jaguar, wie ein richtiger Krieger.«

Das sollte wohl heißen, dass die Indianer einen Beweis für seinen Mut brauchten: Er zwang seine Beine, nicht so zu schlottern, und stand auf, dann reckte er sich und trommelte mit den Fäusten gegen seine Brust, wie er das in den Tarzanfilmen gesehen hatte, wobei er einen nicht enden wollenden Schrei ausstieß. Verdutzt wichen die Indianer einige Schritte zurück und fuchtelten mit ihren Waffen. Er wiederholte die Trommelschläge und das Brüllen und war sich sicher, in den feindlichen Reihen für Unruhe zu sorgen, aber anstatt erschrocken die Beine in die Hand zu nehmen, fingen ein paar von den Kriegern an zu lachen. Auch Nadia kicherte, und Borobá hüpfte herum, bleckte die Zähne und kriegte sich nicht mehr ein. Jetzt lachten sie alle, und das lauthals, einige ließen sich auf den Hintern fallen, andere kugelten auf dem Boden herum, und ein paar ahmten ihn nach und stießen nun ihrerseits Tarzanschreie aus. Er kam sich unglaublich bescheuert vor, aber die hörten überhaupt nicht mehr auf zu lachen, und schließlich ließ er sich davon anstecken und lachte mit. Irgendwann hatten sich alle wieder beruhigt, trockneten sich die Tränen und klopften einander kameradschaftlich auf die Schulter.

Einer der Indianer fiel auf, weil er eine Art Krone aus Federn trug, der einzige Schmuck an seinem nackten Körper, außerdem war er noch kleiner als die anderen und schien auch viel älter zu sein, obwohl sich Alex da im Dunkeln nicht ganz sicher war. Er begann auf sie einzureden. Obwohl die Nebelmenschen ihre eigene Sprache hatten, war Nadia überzeugt, sich irgendwie mit ihnen verständigen zu können; jedenfalls reichten die Wörter, die sie aus anderen Indianersprachen kannte, um sich zusammenzureimen, worüber der Mann mit der Federkrone sprach. Sie flüsterte Alex zu, dass es um den Rahakanariwa ging, den Geist des menschenfressenden Vogels, den Walimai erwähnt hatte, außerdem um die Nahab, also um die Fremden, und um einen mächtigen Schamanen. Sein Name wurde zwar nicht genannt, das wäre ja auch sehr unhöflich gewesen, aber Nadia meinte, dass er von Walimai sprach. Sie suchte nach Worten, trat einen Schritt auf den Mann zu, der offensichtlich der Häuptling war, und zeigte ihm den geschnitzten Knochen, den sie um den Hals trug, das Geschenk des Zauberers. Er betrachtete den Talisman eingehend, nickte bewundernd, fast ehrfürchtig, dann sprach er weiter, diesmal aber an seine Krieger gewandt, die einer nach dem anderen zu Nadia kamen und das Amulett berührten.

Als der Häuptling schwieg, setzten sich alle im Kreis, die Indianer unterhielten sich miteinander und reichten gebackene Teigfladen herum. Alex merkte, wie hungrig er war, er hatte schon ziemlich lange nichts mehr gegessen; als er an der Reihe war, schlang er seinen Teil von dem Abendessen herunter, ohne auf den Dreck zu achten, der daran pappte, und ohne zu fragen, was das eigentlich war; in grauer Vorzeit war er vielleicht wählerisch mit dem Essen gewesen. Dann ging eine Tierblase von Hand zu Hand, die mit einer klebrigen, scharf riechenden Flüssigkeit gefüllt war, und die Indianer stimmten einen Singsang an, der, wie Nadia sagte, die Geister verscheuchen sollte, die in der Nacht Albträume verursachen. Nadia boten sie das Gebräu nicht an, aber sie waren so freundlich, es mit Alex zu teilen, der den Geruch kein bisschen verlockend fand und schon gar nicht die Vorstellung, dasselbe Trinkgefäß mit allen zu teilen. Er musste an das denken, was César Santos erzählt hatte, über diesen Indianerstamm, der sich mit einem Virus infiziert hatte, weil ein Journalist einen Indianer an seiner Zigarette hatte ziehen lassen. Das Letzte, was er sich wünschte, war, seine in ihm schlummernden Krankheitserreger auf die Nebelmenschen zu übertragen, deren Immunsystem ihnen womöglich nichts entgegensetzen konnte, aber Nadia warnte ihn, dass die Krieger es als Beleidigung verstehen würden, wenn er ablehnte. Sie erklärte ihm, dass es *masato* war, eine Art Bier aus gekautem, mit Spucke versetztem und vergorenem Maniok, das nur von den Männern getrunken wird. Alex glaubte, er müsse kotzen, als er das hörte, traute sich aber nicht, das Angebot zurückzuweisen. Das Zeug schmeckte wie Essig.

Wegen des Schlags auf seinen Kopf hatte Alex sowieso schon einen Brummschädel, und das *masato* tat ein Übriges, so dass er sich mühelos auf den Planet mit dem goldenen Sand und den sechs Monden an einem weißen Himmel versetzen konnte, den er im Camp von Mauro Carías gesehen hatte. Ihm war schwummrig, er fühlte sich vergiftet und hätte nicht einen Schritt mehr gehen können, aber zum Glück erwartete das niemand von ihm, denn auch die Krieger spürten den Alkohol, und bald lagen alle schnarchend auf der Erde. Wahrscheinlich würden sie erst weiterwandern, wenn es hell geworden war, und Alex versuchte sich mit der vagen Hoffnung zu trösten, seine Großmutter könne sie bei Tagesanbruch eingeholt haben. Er rollte sich auf dem Boden zusammen und überließ sich dem Schlaf, ohne auch nur einen Gedanken an die Geister der Albträume, an Feuerameisen, Vogelspinnen oder Schlangen zu verschwenden. Es erwachte auch nicht, als der Gestank der Bestie die Luft zu verpesten begann.

~

Nur Nadia und Borobá waren nüchtern und wach, als die Bestie auftauchte. Der Affe war plötzlich wie zu Stein erstarrt, und Nadia konnte im Mondlicht gerade noch eine riesige Gestalt ausmachen, ehe sie das Bewusstsein verlor. Später sollte sie ihrem Freund das Gleiche erzählen wie Pater Valdomero: Es war ein Wesen, das aufrecht ging wie ein Mensch, etwa drei Meter groß, mit mächtigen Armen, die in gebogenen, wie Krummsäbel blitzenden Klauen endeten, und einem Kopf, der im Verhältnis zum übrigen Körper viel zu klein war. Nadia schien es, als bewege sich die Bestie sehr langsam, sie hätte aber trotzdem allen die Bäuche aufschlitzen können. Der Gestank, den sie verströmte – oder vielleicht auch die Todesangst, in die sie ihre Opfer versetzte –, wirkte wie ein lähmendes Gift. Bevor sie ohnmächtig wurde, hatte Nadia schreien wollen, wegrennen, konnte sich aber überhaupt nicht rühren; in ihrem Bewusstsein war das Bild des Soldaten aufgeblitzt, der wie ein Schlachtvieh aufgeschlitzt worden war, und sie konnte sich das Grauen des Mannes vorstellen, seine Hilflosigkeit und seinen fürchterlichen Tod.

Alex erwachte völlig benommen und wusste erst gar

nicht, wo er war und was passiert war, aber er zitterte am ganzen Körper, und das musste wohl von dem Gesöff kommen, das er gestern Abend getrunken hatte, außerdem hing dieser widerliche Gestank in der Luft. Er sah zu Nadia hinüber, die im Schneidersitz dasaß und ins Leere starrte, während Borobá in ihrem Schoß kauerte. Auf allen vieren kroch Alex zu ihr hinüber, musste würgen, unterdrückte es aber, so gut er konnte.

»Ich habe sie gesehen, Jaguar«, sagte Nadia wie in Trance. Ihre Stimme schien von weit her zu kommen.

»Wen hast du gesehen?«

»Die Bestie. Sie war da. Sie ist unheimlich groß, ein Riese …«

Alex hielt es nicht länger aus, schleppte sich hinter einen Farn und übergab sich, was ihn ein bisschen erleichterte, auch wenn ihm von der verpesteten Luft gleich wieder schwindlig wurde. Als er hinter den Büschen hervorkam, waren die Krieger fertig zum Aufbruch. Im Licht des anbrechenden Tages konnte er sie zum ersten Mal deutlich sehen. Sie wirkten genauso furchterregend, wie Leblanc sie beschrieben hatte: Sie waren nackt, am ganzen Körper mit roter, schwarzer und grüner Farbe bemalt, um die Oberarme hatten sie Federn gebunden, ihr Haar war kreisrund abgeschnitten und oben auf dem Schädel ausrasiert wie eine Mönchstonsur. Über der Schulter trugen sie einen Bogen, einen Köcher mit Pfeilen und eine kleine Kalebasse, die mit einem Stück Leder abgedeckt war und das tödliche Pfeilgift Curare enthielt, wie Nadia ihm später erklärte. Einige hielten dicke Holzknüppel in der Hand, alle hatten Narben am Kopf, und Alex fiel wieder ein, dass das eine Art Kriegsauszeichnung war: Wie mutig und stark jemand war, zeigte sich daran, welche Knüppelhiebe er aushalten konnte.

Alex musste Nadia schütteln, damit sie aus ihrer Benommenheit erwachte, so sehr saß ihr die Begegnung mit der Bestie noch in den Knochen. Sie machte den Kriegern irgendwie begreiflich, was sich in der Nacht zugetragen hatte, und die hörten ihr zwar aufmerksam zu, schienen jedoch nicht überrascht und verloren auch kein Wort über den Gestank.

Die Indianer setzten sich unverzüglich in Marsch, folgten in einer Reihe ihrem Häuptling, den Nadia Mokarita nannte, denn wie er eigentlich hieß, konnte sie ihn ja schlecht fragen. Nach dem Aussehen seiner Haut, seiner Zähne und verhutzelten Füße zu urteilen, war Mokarita viel älter, als Alex im Dunkeln angenommen hatte, wirkte aber genauso behände und zäh wie die anderen Krieger. Unter den jungen Männern fiel einer besonders auf, denn er war größer und muskulöser und als Einziger ganz schwarz bemalt, bis auf eine Art rote Maske über Augen und Stirn. Er ging immer neben dem Häuptling, als wäre er sein Stellvertreter, und nannte sich selbst Tahama; später sollten Nadia und Alex erfahren, dass das sein Ehrentitel als bester Jäger des Stammes war.

Obwohl der Wald überall gleich aussah und keinerlei Anhaltspunkte bot, wussten die Indianer offensichtlich genau, wohin sie gingen. Sie drehten sich nicht ein einziges Mal nach den beiden Fremden um: Es war klar, dass die ihnen folgten, es blieb ihnen gar nichts anderes übrig, wenn sie sich nicht verirren wollten. Manchmal hatten Alex und Nadia den Eindruck, allein zu sein, denn sie konnten die Nebelmenschen im Pflanzendickicht nicht mehr erkennen; aber dann tauchten sie gleich wieder auf, fast als würden sie sich in der Kunst des Unsichtbarwerdens üben. Diese Begabung zu verschwinden kann unmöglich nur etwas mit ihrer Tarnfarbe zu tun haben, dachte Alex, sie müssen sich irgendwie geistig in diesen Zustand versetzen. Wie machen die das bloß? Er malte sich aus, wie nützlich dieser Trick in der Schule sein konnte, und nahm sich vor, ihn zu lernen. In den folgenden Tagen sollte ihm klar werden, dass es sich nicht um ein simples optisches Täuschungsmanöver handelte, sondern dass man viel üben musste und höllische Konzentration brauchte, so ähnlich wie für das Flötespielen.

Die Indianer behielten das schnelle Marschtempo über Stunden bei; nur hin und wieder machten sie an einem Bachlauf Halt, um Wasser zu trinken. Alex war hungrig, aber wenigstens tat sein Knöchel mit dem Ameisenbiss nicht mehr weh. César Santos hatte erzählt, dass die Indianer essen, wenn sie Gelegenheit dazu haben – nicht unbedingt jeden Tag –, und ihr Körper daran gewöhnt ist, die Energie zu speichern; Alex dagegen hatte immer einen gut gefüllten Kühlschrank zu Hause gehabt, zumindest solange seine Mutter noch gesund war, und wenn er einmal eine Mahlzeit hatte auslassen müssen, war ihm regelmäßig ganz flau geworden. Er musste grinsen: Von seinen früheren Gewohnheiten war nicht viel übrig geblieben. Unter anderem hatte er sich seit Tagen weder die Zähne geputzt noch frische Kleider angezogen. Und jetzt würde er eben das Knurren seines Magens überhören und den Hunger mit Gleichgültigkeit abtöten. Hin und wieder warf er einen Blick auf seinen Kompass: Sie gingen Richtung Nordosten. Würde jemand kommen, um sie hier herauszuholen? Könnte er irgendwelche Zeichen auf dem Weg hinterlassen? Würde man sie von einem Hubschrauber aus sehen? Er war nicht zuversichtlich, eigentlich war ihre Lage aussichtslos. Er wunderte sich, dass Nadia überhaupt nicht erschöpft wirkte, sie schien sich ganz auf dieses Abenteuer eingelassen zu haben.

Vier oder fünf Stunden später – es war vollkommen unmöglich, hier die Zeit abzuschätzen – gelangten sie an einen klaren, tiefen Fluss. Ein paar Meilen folgten sie ihm, und dann, plötzlich, gingen Alex die Augen über, denn vor ihnen ragte eine riesige Felswand auf mit einem Wasserfall, der sich unter kriegerischem Donnern in die Tiefe stürzte und unten zu einer dicken Wolke aus Schaum und Wassertröpfchen zerstob.

»Der Fluss, der aus dem Himmel fällt«, sagte Tahama.

ELFTES KAPITEL

Das unsichtbare Dorf

Mokarita, der Häuptling mit der gelben Federkrone, erlaubte den Wanderern, eine kurze Rast einzulegen, bevor sie mit dem Aufstieg begannen. Er wirkte heiter und gütig, obwohl sein Gesicht aussah wie die verwitterte Rinde eines alten Baumes.

»Da komme ich nie hoch«, sagte Nadia mit einem Blick auf die glatte, nasse Wand aus schwarzem Fels.

Alex hatte sie auf der ganzen Reise noch nie so mutlos gesehen, und er konnte es ihr nachfühlen, denn obwohl er selbst jahrelang mit seinem Vater Berge und Felswände hinaufgeklettert war, wurden auch ihm vor dieser Wand die Knie weich. Sein Vater war einer der erfahrensten und verwegensten Bergsteiger der Vereinigten Staaten, hatte an einigen spektakulären Bergexpeditionen teilgenommen, und manchmal hatte man ihn um Hilfe gebeten, wenn Bergsteiger in den Alpen oder den Anden verunglückt waren und geborgen werden mussten. Aber er selbst war doch weder so geschickt noch so mutig wie sein Vater, und dessen Erfahrung hatte er schon gar nicht; noch nie hatte er sich an eine solche Steilwand gewagt. Am Rand des Wasserfalls dort hinaufzuklettern, noch dazu ohne Seil und ohne Hilfe, schien völlig ausgeschlossen.

Nadia ging zu Mokarita und machte ihm mit Händen und Füßen und ein paar Wörtern, die sie mittlerweile gelernt hatte, begreiflich, dass sie dort nicht hochkommen würde. Nun sah der Häuptling überhaupt nicht mehr gütig aus, schien sich fürchterlich aufzuregen, brüllte etwas und fuchtelte mit seinen Waffen herum. Die anderen Indianer fingen jetzt genauso an, und schon schloss sich ein bedrohlicher Kreis von Kriegern um Nadia. Rasch trat Alex zu ihr und versuchte, die näher kommende Meute durch Gesten zu beruhigen, erreichte aber nur, dass Tahama Nadia bei den Haaren packte und sie in Richtung Wasserfall zerrte, während Borobá um sich schlug und kreischte. In einem plötzlichen Geistesblitz – vielleicht war es auch nur die Verzweiflung, die ihn dazu trieb – löste Alex die Flöte von seinem Gürtel, steckte sie hastig zusammen und spielte. Wie verhext blieben die Indianer stehen; Tahama ließ Nadia los, und alle umringten Alex.

Als sich die Spannung etwas gelegt hatte, versuchte Alex, Nadia davon zu überzeugen, dass er ihr mit einem Seil beim Aufstieg helfen konnte. Er redete auf sie ein und sagte genau dasselbe, was er oft von seinem Vater gehört hatte: Bevor du einen Berg besiegen kannst, musst du lernen, deine Furcht zu nutzen.

Aber Nadia war ein Häufchen Elend: »Ich habe so wahnsinnige Höhenangst, Jaguar, mir wird schwindlig. Es macht mich schon krank, wenn ich bloß mit meinem Vater ins Flugzeug steigen soll ...«

»Mein Papa sagt, dass Angst etwas Gutes ist, wie eine Alarmanlage, die losgeht, wenn Gefahr droht; aber manchmal kann man der Gefahr nicht ausweichen, und dann muss man die Angst beherrschen lernen.«

»Ich kann nicht.«

»Nadia, jetzt hör mir mal zu.« Alex hielt sie an beiden Oberarmen fest und zwang sie, ihn anzusehen. »Du musst tief und gleichmäßig atmen, beruhige dich. Ich zeige dir, wie du deine Furcht benutzen kannst. Du musst Vertrauen in dich selbst haben. Ich helfe dir da hoch, versprochen.«

Nadia gab keine Antwort, sondern brach nur in Tränen aus und lehnte den Kopf an Alex' Schulter. Was sollte das denn jetzt? Wohin mit seinen Händen? So dicht war ihm noch nie ein Mädchen auf die Pelle gerückt. Sicher, er hatte sich bestimmt tausendmal vorgestellt, Cecilia Burns zu umarmen, aber bei der bestand ja nicht die Gefahr, dass sie versuchte, ihn anzufassen, andernfalls hätte er wahrscheinlich die Flucht ergriffen. Cecilia Burns, die war gerade ziemlich weit weg, fast als gäbe es sie überhaupt nicht. Er konnte sich nicht einmal erinnern, wie sie aussah. Unwillkürlich schlossen sich seine Arme um Nadia. Er spürte, dass sein Herz donnerte wie eine Büffelherde auf der Flucht, war aber doch noch geistesgegenwärtig genug, um zu erkennen, wie absurd diese Situation war. Da stand er, mitten im Urwald, umzingelt von aufgebrachten, wüst bemalten Kriegern, hielt ein zu Tode erschrockenes Mädchen im Arm, und was ging ihm durch den Kopf? Sein Liebesleben! Entschlossen machte er sich von Nadia los und sah ihr in die Augen.

»Hör auf zu weinen und sag diesen Herrschaften«, dabei deutete er auf die Indianer, »dass wir ein Seil brauchen. Und denk an den Talisman, der beschützt dich.«

»Walimai hat gesagt, der beschützt mich vor Menschen, Tieren und Geistern. Es war keine Rede davon, dass ich abstürze und mir den Hals breche.«

»An irgendetwas muss man schließlich sterben, sagt meine Großmutter immer.« Das sollte tröstlich klingen, und Alex versuchte zu lächeln.

Nadia machte den Indianern irgendwie klar, was Alex wollte. Als sie es endlich begriffen hatten, setzten sich ein paar in Bewegung, und bald hatten sie aus Lianen ein Seil geflochten. Unter den fragenden Blicken der Krieger schlang Alex das eine Ende um Nadias Hüfte und band das andere um seine Brust. Offensichtlich ging den Indianern nicht in den Kopf, dass die Fremden etwas so Idiotisches taten: Wenn einer ausrutschte, würde er den anderen mit in die Tiefe reißen.

Die Wanderer näherten sich dem Wasserfall, der aus einer Höhe von über fünfzig Metern donnernd in die Tiefe stürzte und unten zu einer riesigen Wasserwolke zerstob, die von einem glitzernden Regenbogen gekrönt war. Hunderte schwarzer Vögel schossen von allen Seiten durch den Wasserfall. Die Indianer streckten ihre Waffen in die Höhe und grüßten lautstark den Fluss, der aus dem Himmel fällt: Bald würden sie wieder zu Hause sein. Waren sie erst einmal auf dem Hochplateau angekommen, konnte ihnen nichts mehr gefährlich werden. Drei der Krieger verschwanden für eine Weile im Wald und kehrten mit einer Art Kugeln zurück, die sie auch Alex und Nadia in die Hand drückten: Es war ein weißes Harz, zäh und sehr klebrig. Die beiden machten es den anderen nach und rieben sich Handflächen und Fußsohlen damit ein. Beim Auftreten blieb lockere Erde an den Füßen haften und bildete so etwas wie eine raue Schuhsohle. Die ersten Schritte waren beschwerlich, aber sobald sie unter den Sprühregen des Wasserfalls traten, erwies sich dieses Harz als äußerst nützlich: Es wirkte wie Socken und Handschuhe aus Klebstoff.

Sie folgten dem Ufer des kleinen Sees, der sich am Fuß des Wasserfalls gebildet hatte, und klatschnass gelangten sie schließlich hinter den Fall selbst, einen dichten Vorhang aus Wasser, der einige Meter von der Felswand entfernt niederprasselte. Die Gischt toste, und es war unmöglich, einander zu verstehen, auch Zeichensprache half nicht mehr weiter, denn die Luft war undurchdringlich wie ein nasser Wattebausch. Fast blind tasteten sie sich in der Wolke vorwärts. Nadia hatte Borobá dazu gebracht, sich an Alex festzuklammern, und da hing er nun wie ein heißer, pelziger Stoffflicken, während sie selbst nur hinterherkam, weil ihr mit dem Seil um die Hüfte nichts anderes übrig blieb. Die Krieger kannten den Weg gut, gingen langsam, aber nicht zögernd, und achteten sehr genau darauf, wohin sie traten. Alex und Nadia blieben dicht hinter ihnen, denn zwei Schritte Abstand hätten genügt, um sie vollständig aus den Augen zu verlieren. Nebelmenschen, dachte Alex, bestimmt kommt der Name von diesem dichten Nebelschleier, der das Tor zu ihrem Land verbirgt.

Für die Fremden waren dieser und andere Wasserfälle am oberen Orinoko immer das Ende ihrer Entdeckungsfahrten gewesen, die Indianer jedoch hatten sie zu ihren Verbündeten gemacht. Der Stamm benutzte diesen Weg sicher schon seit Jahrhunderten, denn die Krieger kannten jede Kerbe, die vom Wasser ausgeschwemmt oder von ihren Vorgängern in den Fels gehauen worden war. Diese Einschnitte im Stein bildeten hinter dem Wasserfall so etwas wie eine Leiter, über die man bis nach oben gelangen konnte. Wenn man nichts davon wusste, war es vollkommen unmöglich, diese schlüpfrige Wand aus glattgeschliffenem Fels zu erklimmen, das ohrenbetäubende Getöse des Wasserfalls im Rücken. Ein falscher Schritt bedeutete den sicheren Tod inmitten der schäumenden Gischt.

Bevor der Lärm des Wassers alle Worte schluckte, hatte Alex Nadia noch zubrüllen können, sie solle niemals nach unten sehen und alles genau so machen wie er, sich dort festklammern, wo er es tat, und er selbst werde es Tahama nachmachen, der vor ihm ging. Außerdem war der Anfang das Schwierigste, weil man bei dem Wassergestöber ja nichts erkennen konnte, weiter oben war es aber bestimmt nicht mehr so glitschig, und sie würden bessere Sicht haben. Das half Nadia auch nicht weiter, sie brauchte gar nichts zu sehen, ihr wurde schon schlecht, wenn sie sich den Abgrund nur vorstellte. Sie durfte nicht daran denken, nicht auf das ohrenbetäubende Brüllen des Wassers achten, sie versuchte sich einzureden, dass sie mit dem Harz an Händen und Füßen guten Halt auf dem nassen Felsen finden würde. Das Seil gab ihr ein bisschen Sicherheit, obwohl auf der Hand lag, dass sie beide ins Leere stürzen würden, wenn einer danebentrat. Sie strengte sich an, alles so zu tun, wie Alex gesagt hatte: Sich ganz auf die nächste Bewegung konzentrieren, darauf, wohin sie den Fuß setzte und wo sie sich festhielt, immer ein Schritt nach dem anderen, nicht übereilt und in einem gleichmäßigen Rhythmus. Sobald sie einigermaßen festen Stand hatte, tastete sie vorsichtig nach einer höher gelegenen Kerbe oder dem nächsten Vorsprung, wo sie sich festklammern konnte, suchte dann mit dem Fuß, bis sie einen neuen Halt gefunden hatte, und zog sich wieder ein paar Zentimeter hoch. Die Einschnitte im Fels waren tief genug, um sich darauf zu stellen, aber man durfte sich nie mit dem Körper von der Wand lösen, musste sich die ganze Zeit dagegen pressen. Ihr schoss durch den Kopf, was Borobá wohl gerade durchmachte: Wenn sie schon vor Angst fast umkam, wie würde sich dann erst ihr armes Äffchen dort an Alex' Rücken fühlen?

Tatsächlich wurde die Sicht besser, je höher sie stiegen, aber dafür verringerte sich der Abstand zwischen Wasserfall und Fels zusehends. Immer näher spürten Alex und Nadia das tosende Wasser im Rücken. Gerade als sie sich fragten, wie sie da oben bloß durchkommen sollten, bog die Felsleiter nach rechts ab. Alex tastete weiter, und seine Finger berührten eine flache Stelle; dann spürte er, wie er an den Handgelenken gepackt und in die Höhe gezogen wurde. Er stieß sich mit aller Kraft ab und landete in einer Höhle, in der die Krieger schon versammelt waren. Am Seil zog er Nadia nach oben, und sie fiel bäuchlings auf ihn, völlig benommen von der Kraftanstrengung und der Todesangst. Der arme Borobá rührte sich überhaupt nicht, starr vor Schreck hing er wie eine Klette an Alex. Vor dem Höhleneingang stürzte der dichte Vorhang aus Wasser herab, durch den die schwarzen Vögel kreuz und quer hindurchjagten, um ihre Nester gegen die Eindringlinge zu verteidigen. Alex dachte voller Bewunderung an die ersten Indianer, die sich womöglich schon in grauer Vorzeit hinter den Wasserfall gewagt hatten, dort Kerben gefunden und neue gehauen, die Höhle entdeckt und denen, die nach ihnen kamen, einen Weg geschaffen hatten.

Sie waren in einer Art Tunnel, der sich nach hinten verengte, so dass man nicht mehr stehen konnte, sondern auf allen vieren kriechen oder auf dem Bauch vorwärts robben musste. Durch den Wasserfall drang milchigweißes Tageslicht, aber nur der Höhleneingang wurde spärlich davon erhellt, weiter innen war es stockfinster. Alex, der Nadia und Borobá im Arm hielt, sah, wie Tahama auf ihn zukam, herumfuchtelte und auf das herabstürzende Wasser zeigte. Obwohl man bei dem Getöse kein Wort verstehen konnte, begriff Alex schließlich, dass jemand abgestürzt oder zurückgeblieben war. Tahama deutete auf das Seil und wollte offensichtlich noch einmal hinunter, um nach dem Vermissten zu suchen. Wie geschickt der Indianer auch immer sein mochte, er war schwerer als Alex und hatte bestimmt überhaupt keine Erfahrung darin, einen Verunglückten an einer Felswand zu bergen. Er selbst war zwar auch nicht gerade ein Experte, aber zumindest hatte er seinen Vater bei einigen riskanten Unternehmungen begleitet, wusste, wie man sich abseilt, und hatte viel darüber gelesen. Außer Flötespielen gab es vielleicht überhaupt nichts, was er so gerne tat wie Bergsteigen. Er machte den Indianern mit Händen und Füßen klar, dass er selbst so weit absteigen würde, wie das Seil reichte. Er band Nadia los und zeigte Tahama und den anderen, wie sie ihn hinunterlassen mussten.

Nur durch das dünne Seil gesichert, die donnernden Wassermassen im Rücken und unter sich den Abgrund, fand Alex den Abstieg weit schlimmer als den Aufstieg. Er sah fast nichts und wusste weder, wer abgestürzt war noch wo er suchen sollte. Dieses ganze halsbrecherische Unternehmen war doch vollkommen sinnlos, wer auch immer einen falschen Schritt gemacht hatte, musste schon längst unten zerschellt sein. Was würde sein Vater an seiner Stelle bloß tun? John Cold würde bestimmt zuallererst an den Verunglückten denken und nicht an sich selbst. John Cold würde sich nicht geschlagen geben, ehe er alles probiert hatte. Während sie ihn abseilten, spähte Alex angestrengt hinunter und versuchte, gleichmäßig zu atmen, konnte aber in dem prasselnden Wasser kaum die Augen offen halten und hatte das Gefühl, mit jedem Atemzug seine Lunge mit Wasser zu füllen. Er hing über dem Abgrund und beschwor die Lianen, nur ja nicht nachzugeben.

Plötzlich berührte einer seiner Füße etwas Weiches, und gleich darauf konnte er die Gestalt eines Mannes ertasten, der in der Luft zu hängen schien. Angst durchzuckte Alex, als er begriff, dass es Häuptling Mokarita war. Er erkannte die gelbe Federkrone, die noch immer fest auf dem Kopf des Häuptlings saß, obwohl der Alte wie ein Schlachtvieh am Haken an einer dicken Wurzel hing, die aus der Felswand ragte und, es war wie ein Wunder, seinen Sturz aufgehalten hatte. Alex konnte nirgends Halt finden und wollte sich nicht auf die Wurzel stellen, weil er fürchtete, sie könnte nachgeben und Mokarita in den Abgrund schleudern. Ich habe nur einen einzigen Versuch, dachte er, wenn ich den Alten nicht sofort richtig zu fassen kriege, glitscht er mir, nass wie er ist, wie ein Fisch durch die Finger.

Er stieß sich ab, schwang fast blind auf den leblos dahängenden Körper zu und umfing ihn mit Beinen und Armen. Die Krieger in der Höhle mussten das zusätzliche Gewicht gespürt haben, denn nun zogen sie die beiden vorsichtig hoch, ganz langsam, damit sich die Lianen nicht an dem Felsen abscheuerten und Alex und Mokarita nicht gegen den Stein geschleudert wurden. Vielleicht dauerte das ganze nur Minuten, aber Alex kamen sie vor wie Stunden. Er hatte jedes Gefühl für Zeit verloren. Endlich spürte er, dass viele Hände nach ihm griffen und er in die Höhle gezogen wurde. Die Indianer mussten Mokarita fast mit Gewalt aus seinen Armen befreien: Alex hielt ihn umklammert wie eine Schlingpflanze.

∼

Der Häuptling rückte sich die Federkrone auf dem Kopf zurecht und lächelte schwach. Blut rann ihm aus Nase und Mund, ansonsten schien er jedoch unverletzt. Die Indianer zeigten sich von der Rettungsaktion tief beeindruckt, ließen das Seil von Hand zu Hand gehen, kamen aber offensichtlich gar nicht auf die Idee, dass es der fremde Junge gewesen war, der ihren Häuptling vor dem sicheren Tod bewahrt hatte, vielmehr beglückwünschten sie Tahama zu seinem tollen Einfall. Alex war ausgepumpt, alles tat ihm weh, und eigentlich hätte ruhig einmal jemand danke sagen können, doch selbst Nadia würdigte ihn keines Blickes. Sie kauerte zusammen mit Borobá in einem Winkel und hatte von der Heldentat ihres Freundes gar nichts mitbekommen, so sehr steckte ihr der Aufstieg noch in den Knochen.

Das Schlimmste hatten sie überstanden, der Tunnel öffnete sich in einiger Entfernung vom Wasserfall, und der weitere Aufstieg war nicht mehr so riskant. Die Indianer banden Mokarita und Nadia das Seil um, denn dem Häuptling schwanden die Kräfte und Nadia der Mut, aber schließlich hatten sie das Hochplateau erreicht, wo der Fluss, der sich noch eben mit Getöse in die Tiefe gestürzt hatte, friedlich an ihnen vorbeiströmte.

»Was habe ich gesagt? Der Talisman taugt doch gegen die Gefahren der Höhe«, versuchte Alex Nadia aufzuheitern.

»Da hast du mal Recht!«

Vor ihnen lag das Auge der Welt, wie die Nebelmenschen die Heimat ihres Stammes nannten. Es war eine Landschaft wie aus dem Bilderbuch, mit Hügeln und rauschenden Wasserfällen, einem endlosen Wald und allen Arten von Getier, vielen Vögeln und Schmetterlingen, dazu angenehme Temperaturen, und von den Moskitos, die in den tiefer gelegenen Flusstälern in Wolken über einen herfielen, war hier überhaupt nichts zu merken. Wie riesige Stelen aus schwarzem Gestein und roter Erde erhoben sich in der Ferne sonderbare Felstürme. Mokarita, der erschöpft auf der Erde lag und sich nicht bewegen konnte, deutete mit einem ehrfürchtigen Kopfnicken in ihre Richtung und sagte mit schwacher Stimme: »Tepuis, die Häuser der Götter.« Nadia übersetzte es für Alex, aber der hatte diese riesigen Tafelberge schon wiedererkannt: Sie sahen genauso aus wie die mächtigen Felstürme, die er im Hof von Mauro Carías gesehen hatte, als er dem Jaguar gegenüberstand.

»Das sind die ältesten und geheimnisvollsten Berge der Erde«, sagte er.

»Woher willst du das wissen? Hast du sie schon mal gesehen?« Nadia sah ihn zweifelnd an.

»In einem Traum.«

Der Indianerhäuptling klagte nicht über Schmerzen, schließlich war er ein Krieger von Rang, wirkte jedoch sehr entkräftet, und immer wieder schloss er die Augen und schien das Bewusstsein zu verlieren. Vielleicht hatte er Knochenbrüche und schwere innere Verletzungen, Alex wusste es nicht, jedenfalls konnte er nicht mehr aufstehen. Mit Nadia als Dolmetscherin brachte Alex die Indianer dazu, dass sie Lianen zwischen zwei lange Äste spannten und ein Stück Rinde darüber legten, wodurch eine behelfsmäßige Trage entstand. Die Krieger schienen über den Zustand des alten Mannes, der ihren Stamm vermutlich jahrzehntelang angeführt hatte, sehr verstört und befolgten die Anweisungen widerspruchslos. Zwei von ihnen hoben die Bahre an, und unter Tahamas Führung setzten sie ihren Marsch noch eine halbe Stunde am Ufer des Flusses fort, bis Mokarita ihnen ein Zeichen gab und sie eine Rast einlegten.

Der Aufstieg hatte mehrere Stunden gedauert, und jetzt waren alle erschöpft und hungrig. Mit Pfeil und Bogen bewaffnet, verschwanden Tahama und zwei weitere Männer im Wald und kehrten wenig später mit einigen Vögeln, einem Gürteltier und einem Affen zurück. Der Affe lebte noch, war aber durch das Curare gelähmt; ein Hieb mit einem Stein machte ihm den Garaus, während sich Borobá zu Tode erschrocken unter Nadias T-Shirt flüchtete. Die Indianer entzündeten ein Feuer, indem sie zwei Steine gegeneinander schlugen, bis der Funken in ein Büschel trockenen Reisigs übersprang – bei den Pfadfindern hatte Alex das vergeblich versucht –, spießten die Beutetiere auf Stöcke und brieten sie. Es gehörte sich nicht und brachte Unglück, wenn der Jäger von dem Tier aß, das er selbst erlegt hatte, also musste er warten, bis ihm ein anderer etwas von seiner Beute anbot. Tahama hatte alles geschossen außer dem Gürteltier, und das Abendessen zog sich bei all den strengen Förmlichkeiten des Essenstauschs ziemlich in die Länge. Als endlich auch Alex etwas in die Hand gedrückt bekam, schlang er das Fleisch mitsamt Federn oder Haaren, die noch daran hingen, hinunter und fand es köstlich.

Noch würde es einige Stunden dauern, bis die Sonne unterging, und hier auf der Hochebene war der Wald nicht so dicht wie im Tiefland, so dass sie auch später noch etwas Dämmerlicht haben würden. Nachdem sich Tahama und Mokarita lange mit den Übrigen beraten hatten, brach die Gruppe erneut auf.

~

Tapirawa-teri, das Dorf der Nebelmenschen, tauchte so unvermittelt im Wald auf, als wäre es wie seine Bewohner in der Lage, sich sichtbar und unsichtbar zu machen. Es war durch eine Gruppe von Paranussbäumen geschützt, mächtigen Urwaldriesen, deren Stämme zehn Meter dick werden können. Wie große Schirme spannten sich ihre Baumkronen über das Dorf. Tapirawa-teri sah nicht so aus, wie Alex sich ein Schabono vorgestellt hatte, aber er vermutete schon länger, dass die Nebelmenschen sich sehr von den anderen Indianern im Amazonasgebiet unterschieden und kaum Kontakt zu fremden Stämmen hatten. Sie lebten nicht in einer weitläufigen, runden Gemeinschaftshütte mit Innenhof, sondern in kleinen Behausungen aus Lehm, Steinen, Ästen und Palmblättern, die mit Zweigen und Gebüsch getarnt waren, so dass sie sich völlig in den Wald einfügten. Man konnte ein paar Meter davor stehen, ohne zu ahnen, dass sich da eine von Menschen erschaffene Siedlung befand. Dieses Dorf ist aus der Luft unmöglich zu erkennen, dachte Alex, man sieht es ja kaum, wenn man mitten darin ist, und hier gibt es kein großes Dach und keinen gerodeten Platz wie bei einem Schabono. Bestimmt hatten sich die Nebelmenschen deshalb vor allen Eindringlingen schützen können. Weder die Armeehubschrauber noch César Santos mit seinem Flugzeug würden sie je hier herausholen.

Das Dorf war genauso unwirklich wie seine Bewohner. Nicht nur die Hütten konnte man kaum erkennen, auch alles andere verschwamm oder wirkte durchsichtig. Hier schienen Gegenstände und Menschen ihre klaren Umrisse zu verlieren und nur noch dem Reich der Illusion anzugehören. Wie Spukgestalten tauchten aus dem Nichts Frauen und Kinder auf, um die Krieger zu begrüßen. Alle waren klein, hatten hellere Haut als die Indianer im Tiefland und bernsteinfarbene Augen; leichtfüßig kamen sie näher, schwebend, fast schwerelos. Ihre nackten Körper waren bemalt, Federn und Blumen schmückten ihre Arme und Ohren. Als sie die beiden fremdartigen Besucher sahen, erschraken die kleinen Kinder und fingen an zu weinen, und auch die erwachsenen Frauen wagten sich nicht weiter, obwohl ihre bewaffneten Männer da waren.

»Zieh dich aus, Jaguar«, sagte Nadia, die ihre kurze Hose, ihr T-Shirt und dann ihre Unterwäsche abstreifte.

Ohne nachzudenken, machte Alex es ihr nach. Noch vor ein paar Wochen hätte er es hochnotpeinlich gefunden, sich vor anderen Leuten auszuziehen, aber hier kam ihm das ganz normal vor. Schämen musste sich nur, wer als Einziger etwas anhatte. Wie selbstverständlich betrachtete er seine nackte Freundin, obwohl er früher schon rot geworden wäre, wenn eine seiner Schwestern ohne Kleider vor ihm aufgetaucht wäre. Die indianischen Frauen und Kinder verloren fast sofort ihre Scheu und kamen langsam näher. So etwas hatten sie noch nie gesehen, vor allem dieser Junge aus Nordamerika war eine Sensation, weil er an einigen Stellen so weiß war. Die Grenzlinie zwischen dem Teil, der normalerweise von seiner Badehose bedeckt war, und dem sonnengebräunten Rest wurde besonders neugierig in Augenschein genommen. Sie rubbelten daran herum, um zu sehen, ob die Farbe abging, und lachten sich kaputt.

Inzwischen hatten die Krieger Mokaritas Bahre abgesetzt, und die Dorfbewohner umringten ihren Häuptling. Sie wisperten miteinander in einem melodischen Singsang, der sich anhörte wie die Geräusche des Waldes, wie Regen, wie das Plätschern des Wassers über den Steinen im Flussbett, und Alex musste an Walimai denken. Staunend merkte er, dass er sie ziemlich gut verstehen konnte, solange er sich nicht anstrengte, sondern »mit dem Herzen zuhörte«. Nadia, die so verblüffend gut Sprachen lernen konnte, hatte gesagt, es sei nicht so wichtig, einzelne Wörter zu verstehen, wenn man begreift, was jemand sagen möchte.

Eine Frau, die noch älter aussah als Mokarita, trat auf die Bahre zu. Später sollten Alex und Nadia erfahren, dass sie Iyomi hieß und eine der Ehefrauen des Häuptlings war. Alle machten ihr ehrfürchtig Platz, und mit tränenlosen Augen kniete sie sich neben ihren Mann und flüsterte ihm tröstende Worte ins Ohr, während die anderen sich nicht einmischten, aber einen stummen, ernsten Kreis um die beiden bildeten, wie um ihnen zu zeigen, dass sie auf ihre Hilfe zählen konnten.

Bald wurde es Nacht, und es war kalt. Alex hatte gelesen, dass in einem Schabono unter dem Gemeinschaftsdach immer viele kleine Feuer brennen, an denen man kochen und sich wärmen kann, aber in Tapirawa-teri war auch das Feuer verborgen wie alles andere. Nur nachts wurde in jeder Hütte eine kleine Kochstelle auf einem Steinaltar entfacht, denn mögliche Feinde oder böse Geister sollten das Dorf nicht entdecken können. Der Rauch entwich durch die Ritzen im Dach und löste sich in Nichts auf. Zunächst hatte Alex geglaubt, die Behausungen ständen völlig zufällig zwischen den Bäumen verstreut, aber schon bald fand er heraus, dass sie in einem ungefähren Kreis angeordnet waren wie in einem Schabono und das ganze Dorf durch eine Art Tunnel aus Ästen miteinander verbunden war. Vor Regen und Sonne geschützt, konnten die Bewohner über dieses Netz von verborgenen Wegen von Hütte zu Hütte gelangen und waren vor feindlichen Blicken sicher.

Die meisten Indianer lebten in Familien zusammen, nur die halbwüchsigen und die noch nicht verheirateten Männer bewohnten eine Gemeinschaftshütte, in der Hängematten zwischen die Stützpfosten gespannt waren und Matten aus Palmblättern auf dem Boden lagen. Dort wurde Alex einquartiert, während Nadia mit zu Mokarita ging. Der Indianerhäuptling hatte sich als Heranwachsender mit Iyomi vermählt, die ein Leben lang seine Gefährtin geblieben war, hatte aber außer ihr noch zwei junge Ehefrauen und einen Stall voll Kinder und Enkelkinder. Wie viele es genau waren, wusste er nicht, und eigentlich spielte es auch keine Rolle: Die Kinder des Stammes wuchsen zusammen auf und wurden von allen Bewohnern des Dorfes beschützt und verhätschelt.

Nadia hatte herausgefunden, dass es bei den Nebelmenschen gang und gäbe war, mehrere Ehefrauen oder Ehemänner zu haben; keiner blieb auf Dauer allein. Wenn ein Mann starb, nahm ein anderer dessen Kinder und Frauen bei sich auf, beschützte und versorgte sie. Das war etwa bei Tahama so, der wirklich ein guter Jäger sein musste, denn er trug die Verantwortung für etliche Ehefrauen und ein Dutzend Kinder. Ihrerseits konnte sich eine Frau, die mit einem schlechten Jäger vermählt war, andere Männer suchen, die ihr halfen, ihren Nachwuchs durchzufüttern. Für gewöhnlich wurden die Mädchen schon bei der Geburt einem Mann versprochen, aber die Eltern zwangen sie später nicht zur Heirat, und sie mussten auch nicht bei einem Mann bleiben, wenn sie nicht wollten. Es war ein Tabu, Frauen und Kinder zu misshandeln, und wer es brach, wurde aus der Familie ausgestoßen, musste allein schlafen und wurde selbst in der Junggesellenhütte nicht mehr geduldet. Das war die einzige Strafe bei den Nebelmenschen: Für sie war es das Schlimmste, wenn niemand mehr etwas mit ihnen zu tun haben wollte. Ansonsten war ihnen die Vorstellung von Belohnen und Strafen fremd; die Kinder schauten sich alles, was sie brauchten, bei den Erwachsenen ab. Zum Überleben in der Wildnis mussten sie Jagen und Fischen lernen, Säen und Ernten, die Natur und ihre Mitmenschen achten, ihnen helfen und einen Platz in der Gemeinschaft einnehmen. Jeder lernte in seiner eigenen Geschwindigkeit und konnte seine Begabungen entwickeln.

Manchmal wurden in einer Generation nicht genügend Mädchen geboren, dann brachen die Männer zu langen Wanderungen auf und suchten sich Frauen in anderen

Stämmen. Und hin und wieder besuchten auch die Mädchen andere Schabonos und fanden dort einen Mann. Außerdem wurden zuweilen ganze Familien aus anderen Gebieten aufgenommen, wenn ihr Stamm nach einem Kampf versprengt war, denn man musste sich zusammentun, wollte man im Urwald überleben. Bei den Kriegszügen gegen ein anderes Schabono ging es also nicht nur um die Tapferkeit der Krieger, sondern auch darum, neue Ehen zu schließen. Es war immer sehr traurig, wenn Jungen und Mädchen aufbrachen, um bei einem anderen Stamm zu leben, denn sie sahen ihre Familien selten wieder. Die Nebelmenschen hüteten das Geheimnis ihres Dorfes argwöhnisch und schützten sich so davor, angegriffen zu werden oder die Lebensgewohnheiten der Fremden übernehmen zu müssen. Seit Tausenden von Jahren lebten sie nun schon so und wollten das nicht ändern.

~

Das Innere der Hütten war karg ausgestattet: Hängematten, Kalebassen, Äxte aus Stein, Messer aus Tierzähnen und Klauen, und dazwischen liefen ein paar Haustiere herum, die der Dorfgemeinschaft gehörten und überall ein und aus gingen, wie es ihnen passte. In der Junggesellenhütte wurden außerdem Bogen, Blasrohre und die dazugehörenden Pfeile aufbewahrt. Hier gab es nur die lebensnotwendigsten Dinge, sah man nichts Überflüssiges und auch keine Kunstwerke, und als Vorratskammer diente die Natur. Alex entdeckte keinen einzigen Gegenstand aus Metall, nicht einen Hinweis darauf, dass die Nebelmenschen jemals Kontakt mit der Außenwelt gehabt hatten, und sie hatten ja auch die Geschenke, die César Santos für sie zwischen die Bäume gehängt hatte, nicht angerührt. Noch etwas, das sie von den anderen Stämmen unterscheidet, sagte sich Alex, der daran denken musste, dass die Ärztin erzählt hatte, wie die indianischen Gemeinschaften im Laufe der Zeit durch die Gier nach Stahl und nach anderen Neuerungen der Fremden zerbrachen.

Als es Nacht und kälter geworden war, hatte Alex seine Kleider wieder angezogen, aber er schlotterte trotzdem. Er sah zu, wie sich seine Zimmergenossen zum Schlafen zu zweit in die Hängematten legten oder sich am Boden aneinander kuschelten, um einander warm zu halten, aber da, wo er herkam, war körperliche Nähe zwischen Männern verpönt; dort berührten sich Männer nur, wenn sie aufeinander einprügelten oder es auf dem Sportplatz hoch herging. Er legte sich allein in eine Ecke und kam sich unbedeutend vor, kleiner als ein Floh. Diese paar Menschen in einem winzigen Dorf inmitten des Urwalds fielen doch in der Weite des Weltraums überhaupt nicht ins Gewicht. Verglichen mit der Unendlichkeit, war ihr Leben kürzer als ein Lidschlag. Oder vielleicht gab es sie eigentlich gar nicht, vielleicht waren die Menschen, die Planeten und überhaupt alles nur ein Traum, ein Spuk. Und noch vor ein paar Tagen habe ich mich selbst für den Mittelpunkt des Universums gehalten, dachte er und musste grinsen. Er fror und war hungrig; das würde bestimmt eine lange, durchwachte Nacht werden, aber schon bald schlief er tief und fest, als wäre er betäubt worden.

Am Morgen erwachte er auf einer Strohmatte, eingekeilt zwischen zwei kräftigen Kriegern, die schnarchten und ihm ins Ohr pusteten wie früher sein Hund Poncho. Mühsam entwand er sich dem festen Griff der Indianer und stand leise auf, kam aber nicht weit, denn über die ganze Breite der Türschwelle lag eine mindestens zwei Meter lange, fette Schlange. Wie versteinert blieb Alex stehen und traute sich nicht weiter, obwohl die Schlange keinerlei Lebenszeichen von sich gab: Entweder war sie tot oder sie schlief. Es dauerte nicht lange, da rieben sich auch die Indianer den Schlaf aus den Augen, standen auf und verließen seelenruhig die Hütte, ohne die Schlange weiter zu beachten. Es war eine Boa constrictor, eines der Haustiere in Tapirawa-teri und dazu bestimmt, Ratten, Fledermäuse und Skorpione zu fressen und Giftschlangen aus dem Dorf fernzuhalten. Bei den Nebelmenschen gab es überhaupt jede Menge Tiere: Affen, die mit den Kindern aufwuchsen, kleine Hunde, denen die Frauen die Brust gaben wie ihren Säuglingen, Tukane, Papageien, Leguane und sogar einen altersschwachen gefleckten Jaguar, der überhaupt nicht angriffslustig war und hinkte. Die Boas waren gut genährt, im Allgemeinen völlig träge und bereit, sich von den Kindern als Spielzeug benutzen zu lassen. Alex musste an seine Schwester Nicole denken: Sie wäre vor Glück ganz aus dem Häuschen in diesem Zoo von handzahmen Urwaldtieren.

~

Einen großen Teil des Tages verbrachten alle damit, das Fest vorzubereiten, mit dem am Abend die Heimkehr der Krieger und der Besuch der »weißen Seelen«, wie Nadia und Alex genannt wurden, gefeiert werden sollte. Jeder half mit, außer einem Mann, der abseits, am Rand des Dorfes auf der Erde saß. Dieser Indianer erfüllte das Reinigungsritual *unokaimú*, das vorgeschrieben war, wenn man jemanden umgebracht hatte. Alex erfuhr, dass man während des *unokaimú* mehrere Tage fasten und schweigen musste und sich nicht bewegen durfte, damit sich der Geist des Toten wieder nach und nach vom Brustbein des Mörders löste, denn nachdem er durch die Nase entwichen war, hatte er sich dort festgesetzt. Mit jedem Bissen, den der Mörder zu sich nahm, wurde der Geist seines Opfers fetter, bis sein Gewicht den Mörder erdrückte. Vor dem reglosen Krieger, der das Reinigungsritual vollzog, lag ein langes Blasrohr aus Bambus, das mit sonderbaren Zeichen bemalt war, den gleichen, die Alex auf dem vergifteten Pfeil gesehen hatte, der das Herz des Soldaten während ihrer Flussfahrt von Santa María de la Lluvia durchbohrt hatte.

Angeführt von Tahama, brachen einige Männer zum Jagen und Fischen auf, während sich ein paar Frauen zu den kleinen, im Wald versteckten Gärten aufmachten, um Mais und Bananen zu ernten, und andere Maniok zerstampften. Die kleinsten Kinder sammelten Ameisen und andere Insekten, die später gekocht werden sollten, die größeren Nüsse und Früchte, und einige kletterten so flink, dass Alex vor Staunen der Mund offen stand, auf einen Baum und schüttelten Honig aus einer Wabe, der zum Süßen gebraucht wurde, denn Zucker gab es keinen im Urwald. Die Kinder übten sich im Klettern, kaum dass sie laufen konnten, und lernten, über die Äste der höchsten Bäume zu rennen, ohne das Gleichgewicht zu verlieren. Nadia wurde es schon vom Zugucken schwindlig, wenn sie da wie Affen hoch oben in den Baumkronen hingen.

Alex bekam einen Korb in die Hand gedrückt, jemand zeigte ihm, wie er sich das Trageband über die Stirn legen musste, um ihn auf dem Rücken zu halten, und dann wurde er mit ein paar Gleichaltrigen losgeschickt. Eine ganze Weile liefen sie in den Wald hinein, hangelten sich an langen Stangen und Lianen über einen Fluss und erreichten schließlich eine Gruppe von schlanken Palmen, deren Stämme mit Stacheln gespickt waren. Weit oben, in mehr als fünfzehn Metern Höhe, hingen in großen Trauben gelbe Früchte, die aussahen wie Pfirsiche. Die Indianerjungen banden vier Äste zu zwei kräftigen Kreuzen zusammen. Eins davon verkeilten sie bis zur Gabelung so mit dem stachligen Stamm, dass das hintere Ende fast waagerecht über die Dornen hinausragte. Einer stieg auf das erste Kreuz, nahm das zweite, verkeilte es weiter oben am Stamm, kletterte darauf, griff nach dem unteren Kreuz, hob es über seinen Kopf und arbeitete sich so, behände wie ein Trapezkünstler, bis in die Baumkrone empor. Alex hatte zwar schon von dieser Meisterleistung gehört, bisher jedoch nie verstanden, wie das gehen sollte, ohne dass man sich an dem stachligen Stamm völlig zerkratzte. Von oben warf der Indianer die Früchte herunter, und die anderen sammelten sie in den Körben. Die Frauen im Dorf würden sie später zerdrücken, mit Bananen mischen und eine Suppe zubereiten, die bei den Nebelmenschen als Delikatesse galt.

Obwohl sie mit den Festvorbereitungen alle Hände voll zu tun hatten, war die Stimmung unter den Indianern entspannt und ausgelassen. Niemand wirkte abgehetzt, und es blieb sogar noch Zeit, für einige Stunden im Fluss zu baden. Alex planschte mit den anderen herum, fand die Welt wunderbar und dachte, dass er sich wohl nie wieder so frei fühlen würde wie hier. Als sie schließlich aus dem Wasser kamen, rührten die Mädchen in Tapirawa-teri verschiedene Pflanzenfarben an und bemalten alle Mitglieder des Stammes, selbst die Säuglinge, mit komplizierten Mustern. Die älteren Männer hatten unterdessen Blätter und Rinde von unterschiedlichen Bäumen gemahlen und vermischt und so *yopo* gewonnen, ein magisches Pulver, das für Zeremonien verwendet wurde.

ZWÖLFTES KAPITEL

Die Initiation

*D*as Fest begann bei Sonnenuntergang und dauerte die ganze Nacht. Die von Kopf bis Fuß bemalten Indianer sangen, tanzten und aßen, bis sie nicht mehr konnten. Es war sehr unhöflich, wenn man als Besucher Essen oder Trinken ablehnte, das einem angeboten wurde, und deshalb machten es Alex und Nadia wie die anderen und aßen, bis es ihnen zu den Ohren herauskam, denn sie wollten doch zeigen, dass sie wussten, was sich gehört. Die Kinder des Dorfes hatten große Schmetterlinge und Leuchtkäfer an lange Haare gebunden und liefen damit kreuz und quer zwischen den Hütten herum. Die Frauen waren mit Glühwürmchen geschmückt, hatten sich Orchideen und Federn an die Ohren gesteckt und Holzstäbchen durch die Lippen gezogen, und nun eröffneten sie das Fest, indem sie sich in zwei Gruppen aufteilten und singend in einen Wettstreit miteinander traten. Dann wurden die Männer zu einem Tanz aufgefordert, bei dem sie das Balzverhalten der Tiere in der Regenzeit nachahmten. Schließlich tanzten die Männer allein in einem Kreis, sprangen wie Affen, schlichen wie Jaguare und krochen wie Kaimane, um danach allen zu zeigen, wie stark und geschickt sie waren, ihre Waffen zu schwingen und akrobatische Sprünge zu vollführen. Alex und Nadia schwirrte der Kopf, ihnen war schwindlig von dem Schauspiel, dem Tamtam der Trommeln, dem Singsang, den Schreien, dem Lärmen des Urwalds um sie her.

Mokarita hatte man in die Mitte des Dorfes gebettet, wo er die zeremoniellen Grüße aller Stammesmitglieder entgegennahm. Er trank zwar in kleinen Schlucken etwas *ma-*

sato, konnte aber nichts essen. Jetzt trat ein alter Mann zu ihm, von dem es hieß, er sei ein Heiler. Er war ganz mit einer Schicht aus trockenem Lehm bedeckt, hatte sich an manchen Stellen mit Harz eingerieben und weiße Federn daran geklebt, so dass er aussah wie ein eigenartiger, frisch geschlüpfter Vogel. Der Heiler hüpfte lange um den Verwundeten herum und stieß Schreie aus, um die Dämonen zu verjagen, die vom Körper des Häuptlings Besitz ergriffen hatten. Dann tat er, als saugte er die bösen Geister aus Bauch und Brust des Verletzten, richtete sich auf und spuckte sie weit von sich. Außerdem rieb er Mokarita mit einer Paste ein, die, wie Nadia erklärte, im Amazonasgebiet aus der Paranary-Pflanze gewonnen wird und bei der Wundheilung helfen soll; aber diese Wunden sah man gar nicht, und die ganze Behandlung blieb völlig wirkungslos. Alex nahm an, dass sich der Häuptling bei seinem Sturz ein Organ verletzt hatte, die Leber vielleicht, denn Stunde um Stunde wurde er schwächer, und ein Rinnsal aus Blut quoll aus seinem Mundwinkel.

Als der Morgen graute, rief Mokarita Nadia und Alex zu sich und erklärte ihnen mit schwacher Stimme, dass vor ihnen noch nie ein Fremder Tapirawa-teri betreten habe.

»Die Seelen der Nebelmenschen und die unserer Vorfahren sind hier zu Hause. Die Nahab kennen nur die Lüge und wissen nicht, was Gerechtigkeit ist, sie können unsere Seelen beschmutzen.«

Sie aber seien bei den Nebelmenschen zu Gast, weil der große Schamane es so gewollt und ihnen gesagt habe, Nadia sei dazu ausersehen, ihnen zu helfen. Welche Aufgabe Alex bei den kommenden Ereignissen zu erfüllen habe, wisse er nicht, aber als Gefährte des Mädchens sei auch er in Tapirawa-teri willkommen. Nadia und Alex begriffen, dass er von Walimai und dessen Prophezeiung über den Rahakanariwa sprach.

»Frag ihn, wie der Rahakanariwa aussieht«, bat Alex Nadia.

»So und so. Er ist ein Vogel, der Blut saugt. Kein Mensch, er hat keinen Verstand, nie kann man wissen, was er tut, immer will er Blut, ist zornig und straft«, erklärte Mokarita.

»Haben die Nebelmenschen große, glänzende Vögel gesehen?«, wollte Alex wissen.

»Wir haben die Vögel gesehen, die Donner und Wind machen, aber sie haben uns nicht gesehen. Sie sind nicht der Rahakanariwa, das wissen wir, sie sehen ihm ähnlich, aber es sind die Vögel der Nahab. Sie fliegen nur am Tag, nie bei Nacht, deshalb hüten wir die Feuer, damit sie den Rauch nicht sehen. Deshalb leben wir verborgen. Deshalb sind wir das unsichtbare Volk.«

»Aber früher oder später werden die Nahab kommen, das könnt ihr nicht verhindern. Was machen die Nebelmenschen dann?«

»Meine Zeit im Auge der Welt geht zu Ende. Der Häuptling, der nach mir sein wird, soll entscheiden.« Mokaritas Stimme brach.

∽

Mokarita starb bei Sonnenaufgang. Für Stunden erfüllten Klagerufe Tapirawa-teri: Keiner erinnerte sich an die Zeit vor diesem Häuptling, so viele Jahre hatte er den Stamm geführt. Die gelbe Federkrone, das Symbol seiner Macht, wurde auf einen Holzpfosten gelegt, wo sie bleiben sollte, bis ein Nachfolger bestimmt war, während die Nebelmenschen ihren Armschmuck abnahmen, die bunten Verzierungen von ihren Körpern wuschen und sich zum Zeichen ihrer Trauer mit Lehm, Kohlestaub und Asche bedeckten. Es herrschte große Verwirrung, denn in ihrer Vorstellung hatte der Tod nur sehr selten eine natürliche Ursache und wurde fast immer durch einen bösen Zauber heraufbeschworen, mit dem ein Feind jemandem Leid zufügen wollte. Dieser Feind musste gefunden und getötet werden, damit die Schattenseele des Verstorbenen zur Ruhe kommen konnte und die Lebenden nicht quälte. War der Feind Mitglied eines anderen Stammes, löste das manchmal einen Kriegszug aus, war es aber jemand aus dem Dorf, konnte er durch eine angemessene Zeremonie symbolisch »getötet« werden. Die Krieger hatten die ganze Nacht *masato* getrunken, und jetzt waren sie davon besessen, den Feind zu besiegen, der an Mokaritas Tod schuld war. Ihn zu finden und zu vernichten war eine Frage der Ehre. Dagegen schien niemand Mokaritas Platz einnehmen zu wollen, denn eine wirkliche Rangfolge gab es nicht, keiner war wichtiger als der andere, und als Häuptling hatte man lediglich mehr Pflichten. Mokarita war nicht aufgrund seiner Befehlsgewalt geachtet worden, sondern weil er so alt war und daher viel Erfahrung besaß und viel wusste. Die Stimmung unter den berauschten, erhitzten Kriegern konnte jeden Moment in Gewalttätigkeiten umschlagen.

»Ich glaube, es ist Zeit, dass ich Walimai rufe«, raunte Nadia Alex ins Ohr.

Sie zog sich an den Rand des Dorfes zurück, streifte die Kette ab und blies in den geschnitzten Knochen. Der spitze Schrei der Eule klang fremd in dieser Umgebung. Nadia hatte sich wohl vorgestellt, sie müsse bloß einmal kurz den Talisman benutzen, und wie durch Zauberei würde Walimai vor ihr erscheinen, aber sooft der Ruf auch ertönte, der Schamane ließ sich nirgends blicken.

Die Spannung im Dorf wuchs von Stunde zu Stunde. Einer der Krieger ging auf Tahama los, und der zahlte ihm das mit einem Knüppelhieb heim, der ihn mit blutendem Schädel zu Boden streckte; etliche Männer mussten dazwischengehen, bis die Streithähne sich etwas beruhigt hatten und voneinander abließen. Endlich wurde entschieden, die Schwierigkeiten mit Hilfe von *yopo* zu lösen, dem grünen

Pulver, das wie das *masato* den Männern vorbehalten war. Die Krieger teilten sich zwei und zwei auf und bliesen einander durch ein langes Rohr mit geschnitzter Spitze gegenseitig das Pulver direkt in die Nase. Das *yopo* drang ohne große Umwege ins Gehirn, und wie von einem Keulenhieb getroffen, stürzten die Männer unter Schmerzgeschrei hintenüber, dann kotzten sie, bekamen Zuckungen, grunzten und hatten Visionen, während ihnen aus Nase und Mund grüner Schleim lief. Das war nicht sehr appetitlich anzusehen, half den Nebelmenschen jedoch, sich in die Welt der Geister zu versetzen. Einige Männer verwandelten sich in Dämonen, andere schlüpften in die Seele von Tieren, manche konnten in die Zukunft sehen, aber keinem erschien der Geist Mokaritas, um den Feind zu benennen oder einen Nachfolger zu bestimmen.

Alex und Nadia sahen kommen, dass dieses dämonische Spektakel in Gewalttätigkeiten enden würde, deshalb hielten sie sich abseits, taten keinen Mucks und hofften, nicht aufzufallen. Sie hatten kein Glück damit, denn urplötzlich wurde einem der Krieger durch eine Vision offenbart, dass der fremde Junge der Feind war, der Mokaritas Tod verschuldet hatte. Sofort rotteten sie sich zusammen, wollten den angeblichen Mörder des Häuptlings bestrafen und stürzten keulenschwingend auf Alex los. Das war nicht der Moment, einen Gedanken an die Flöte zu verschwenden, mit der er die aufgebrachten Krieger ja schon einmal hatte beruhigen können; wie eine Gazelle in wilder Flucht rannte Alex los. Alles, was jetzt noch helfen konnte, war die Angst, die doch bekanntlich Flügel verleiht, und die Tatsache, dass seine Verfolger nicht gerade in der besten Verfassung waren. So bedüselt, wie sie waren, torkelten sie herum, schubsten einander, und in dem ganzen Wirrwarr zogen sie sich gegenseitig die Holzknüppel über, während Frauen und Kinder um sie herumsprangen und sie anfeuerten. Das ist das Ende, dachte Alex, und wie ein Blitz durchzuckte ihn das Bild seiner Mutter, während er immer tiefer und tiefer in den Wald floh.

Alex war weder so schnell noch so ausdauernd wie diese indianischen Krieger, aber in ihrem Rausch brachen sie einer nach dem anderen bei der Verfolgung zusammen. Schließlich konnte auch Alex nicht mehr und blieb keuchend unter einem Baum stehen. Schon dachte er, es sei ausgestanden, da knackte ringsum das Unterholz, und ehe er wieder losrennen konnte, stürzten sich die Frauen des Dorfes auf ihn. Sie lachten, als wäre das alles bloß ein schlechter Scherz, aber sosehr er auch um sich schlug und strampelte, sie ließen nicht locker und schleiften ihn gemeinsam zurück nach Tapirawa-teri, wo sie ihn an einen Baum fesselten. Einige der Mädchen kitzelten ihn, und manche steckten ihm Fruchtstückchen in den Mund, was zwar bestimmt nett gemeint war, aber nichts daran änderte, dass sie die Fesseln gut verknotet hatten. Langsam ließ die Wirkung des *yopo* nach, und erschöpft kehrten die Männer aus der Welt der Visionen in die Wirklichkeit zurück. Es sollte noch etliche Stunden dauern, bis sie wieder klar denken konnten und sich von den körperlichen Strapazen erholt hatten.

Alex, dem nach der unsanften Gefangennahme alle Knochen wehtaten und der einen Kloß im Hals hatte, weil sich die Frauen so über ihn lustig machten, musste plötzlich an die haarsträubenden Berichte von Professor Ludovic Leblanc denken. Wenn der mit seiner Theorie Recht hatte, würden ihn die Indianer aufessen. Und was war mit Nadia? Er fühlte sich für sie verantwortlich. In Filmen und Büchern wäre jetzt der Augenblick gewesen, um sich von den Hubschraubern da rausholen zu lassen, aber Alex schaute ohne große Hoffnung in den Himmel, denn im richtigen Leben kommen die Hubschrauber ja doch nie rechtzeitig. Jetzt trat Nadia zu ihm, und keiner hinderte sie daran, wahrscheinlich weil sich die Krieger nicht vorstellen konnten, dass ein Mädchen den Mut haben würde, ihnen ihr Festessen zu entwenden. In der ersten Nacht hatten sich Alex und Nadia wegen der Kälte wieder angezogen, und die Nebelmenschen hatten sich schnell an diesen Anblick gewöhnt. Alex trug den Gürtel, an dem seine Flöte hing, sein Kompass und das Taschenmesser, nach dem Nadia jetzt griff. In Filmen genügt auch ein Schnitt, und die Fessel ist durch, aber sie säbelte und säbelte an diesen Lederriemen herum, während ihm vor Ungeduld der Schweiß aus allen Poren brach. Neugierig kamen die Kinder und einige Frauen des Stammes angelaufen und konnten es nicht fassen, dass Nadia sich so etwas traute, aber ungerührt hielt sie den Schaulustigen das Messer unter die Nase, und keiner schritt ein, bis sie Alex nach einer halben Ewigkeit endlich befreit hatte. Ganz langsam, um ja nicht die Aufmerksamkeit der Krieger auf sich zu ziehen, wichen die beiden zurück. Was hätten sie darum gegeben, die Kunst des Unsichtbarseins zu beherrschen!

∼

Die beiden kamen nicht weit, denn Walimai erschien im Dorf. Der alte Zauberer stand plötzlich da, mit der einen Hand auf seinen Stock mit der Sammlung von Beuteln gestützt, in der anderen die kurze Lanze und das Rohr, das sich anhörte wie eine Rassel. Es enthielt Steinchen von Orten, an denen der Blitz eingeschlagen hatte, war ein Zeichen der Heiler und Schamanen und symbolisierte die Macht des Vaters Sonne. Bei Walimai war eine junge Frau, deren schwarzes Haar sie wie eine Decke bis zur Hüfte hinab einhüllte, sie hatte gezupfte Augenbrauen, trug Ketten aus Glasperlen um den Hals, und in ihren Wangen und Nasenflügeln steckten geschliffene Holzstöckchen. Sie war sehr schön und wirkte heiter, lächelte vergnügt, sagte aber keinen Ton. Das ist seine Engel-Ehefrau, dachte Alex und freute sich darüber, dass er sie jetzt auch sehen konnte. Es war genau, wie Nadia gesagt hatte: Man musste »mit dem Herzen sehen«. Sie hatte ihm erzählt, dass Walimai, als er noch sehr jung war, das Mädchen mit einem vergifteten Messer hatte verletzen und töten müssen, um sie aus der Sklaverei zu befreien. Das war kein Verbrechen, sondern ein Gefallen, den er ihr tat, dennoch heftete sich ihre Seele an seine Brust. Walimai floh tief in den Urwald hinein und nahm den Geist der Frau mit sich an einen Ort, wo niemand sie je finden würde. Dort vollzog er das vorgeschriebene Ritual der Reinigung, fastete und saß tagelang reglos da. Aber auf der Reise hatten sich die beiden ineinander verliebt, und als der Ritus des *unokaimú* beendet war, wollte sich der Geist der Frau nicht von ihm trennen und blieb in der Welt des Mannes, den sie liebte. Seither musste fast ein Jahrhundert vergangen sein, in dem sie Walimai immer begleitet hatte und auf den Moment wartete, in dem er mit ihr als Geist würde davonfliegen können.

Mit Walimais Ankunft legte sich die Spannung in Tapirawa-teri, und dieselben Krieger, die Alex eben noch hatten massakrieren wollen, waren mit einem Mal freundlich zu ihm. Der große Schamane wurde geschätzt und gefürchtet, denn er besaß die übernatürliche Gabe, die Zeichen zu deuten. Alle hatten ja Träume und Visionen, aber nur einige wenige wie Walimai konnten in die Welt der höher stehenden Geister reisen, lernten dort, was die Visionen einem sagen wollten, und konnten so die anderen leiten und Unglück von ihnen abwenden.

Der Greis sagte, Alex besitze die Seele des schwarzen Jaguars, eines heiligen Tieres, und sei von weit her gekommen, um den Nebelmenschen zu helfen. Dies seien sehr sonderbare Zeiten, Zeiten, in denen die Grenze zwischen diesseitiger und jenseitiger Welt sich verwische, Zeiten, in denen der Rahakanariwa alle zu verschlingen drohe. Er sprach von den Nahab, von deren Leben die meisten Nebelmenschen nur wussten, was ihnen Angehörige anderer Stämme in den tiefer gelegenen Flusstälern erzählt hatten. Die Krieger aus Tapirawa-teri hatten die Expedition des International Geographic zwar tagelang beobachtet, aber überhaupt nicht verstanden, was diese merkwürdigen Fremden taten. Walimai, der in seinem langen Leben viel gesehen hatte, berichtete, was er wusste.

»Die Nahab sind wie Tote, aus ihrer Brust ist die Seele geflohen. Sie wissen weniger als nichts, sie können keinen Fisch mit einer Lanze durchbohren, keinen Affen mit einem Blasrohr erlegen, und jeder Baum ist ihnen zu hoch. Sie kleiden sich nicht in Luft und Licht wie wir, sondern hüllen sich in stinkende Stoffe. Sie baden sich nicht im Fluss, achten die Gesetze der Bescheidenheit und Höflichkeit nicht, sie teilen nicht ihr Haus, nicht ihr Essen, ihre Kinder und Frauen. Ihre Knochen sind weich, und ein leichter Knüppelhieb spaltet ihnen den Schädel. Sie töten Tiere, und essen sie nicht, sie lassen sie liegen, bis sie verfaulen. Wo sie ihren Fuß hinsetzen, bleiben Unrat und Gift zurück, selbst das Wasser in ihrer Nähe wird schmutzig. Die Nahab sind so verrückt, dass sie dem Boden die Steine stehlen wollen, den Flüssen den Sand, dem Wald die Bäume. Manche wollen die Erde mitnehmen. Wir sagen ihnen, dass man den Wald nicht wie einen toten Tapir auf den Schultern wegtragen kann, aber sie hören nicht zu. Sie sprechen nicht von ihren Göttern und wollen nichts von unseren wissen. Sie sind gefräßig wie Kaimane. Diese Schrecken habe ich mit meinen eigenen Augen gesehen, ich habe sie mit meinen eigenen Ohren gehört und mit meinen eigenen Händen angefasst.«

»Diese teuflischen Dämonen dürfen das Auge der Welt niemals betreten; wenn sie den Wasserfall überwinden, töten wir sie mit unseren Bogen und Blasrohren, wie alle Fremden seit der Zeit der Großväter unserer Großväter«, sagte Tahama.

Alex war über diesen Vorschlag so entsetzt, dass die Worte wie von selbst sprudelten: »Sie werden trotzdem kommen. Die Nahab besitzen Vögel, die Donner machen und Wind, sie können über die Berge fliegen. Sie kommen bestimmt, denn sie wollen die Steine, die Bäume und die Erde.«

»Das stimmt«, sagte Walimai.

»Die Nahab können auch mit Krankheiten töten. Viele Stämme sind so gestorben, aber die Nebelmenschen können sich retten«, sagte Nadia.

»Hört auf das Mädchen mit der honigfarbenen Haut, denn sie weiß, wovon sie spricht. Der Rahakanariwa nimmt häufig die Gestalt einer schweren Krankheit an«, bestätigte Walimai.

»Sie ist mächtiger als der Rahakanariwa?« Tahama machte große Augen.

»Ich nicht, aber eine Nahab-Frau ist sehr mächtig. Sie besitzt ein Mittel gegen die tödlichen Krankheiten«, sagte Nadia.

Bestimmt eine Stunde lang redeten Nadia und Alex auf die Indianer ein, um ihnen klar zu machen, dass nicht alle Nahab teuflische Dämonen, sondern manche auch Freunde waren, wie etwa die Ärztin Omayra Torres. Die Schwierigkeiten mit der Sprache waren ein Klacks, verglichen mit denen, die sich ergaben, weil die Indianer ganz andere Erklärungen für das Kranksein hatten als sie. Wie sollten sie ihnen begreiflich machen, was eine Impfung ist? Das verstanden sie ja selbst nicht so richtig, und schließlich entschieden sie sich dafür, zu sagen, es sei ein sehr mächtiger Zauber.

»Die Nebelmenschen können sich nur durch die Zauberkraft dieser Frau retten«, sagte Nadia. »Und selbst wenn die Nahab und der Rahakanariwa dann kommen und Durst nach Blut haben, werden ihnen die Krankheiten kein Leid mehr zufügen.«

»Aber anderes Leid können die Nahab uns zufügen. Dann ziehen wir gegen sie in den Krieg«, sagte Tahama.

»Der Krieg gegen die Nahab ist keine gute Idee …« Nadia sah unglücklich aus.

»Der künftige Häuptling muss eine Entscheidung treffen«, sagte Tahama.

~

Walimai kümmerte sich darum, dass Mokarita nach den seit Generationen überlieferten Riten bestattet wurde. Obwohl sie damit Gefahr liefen, aus der Luft gesehen zu werden, schichteten die Indianer Holz für ein großes Feuer auf, und über Stunden verzehrten die Flammen den Körper des toten Häuptlings, während die Dorfbewohner seinen Fortgang mit Klageliedern betrauerten. Walimai bereitete einen magischen Trank zu, das machtvolle *ayahuasca*, das den Männern des Stammes helfen sollte, auf den Grund ihrer Herzen zu sehen. Auch Alex und Nadia lud er dazu ein, weil ihnen, wie er sagte, eine Aufgabe bevorstand, die wichtiger war als ihr Leben, und um die zu erfüllen, würden sie nicht nur die Hilfe der Götter brauchen, sondern mussten auch ihre eigenen Stärken kennen lernen. Die beiden wagten es nicht, nein zu sagen, obwohl das Gebräu ekelhaft schmeckte und sie sich sehr zusammenreißen mussten, um es zu schlucken und bei sich zu behalten. Erst geschah gar nichts, aber dann, urplötzlich, löste sich der Boden unter ihren Füßen in nichts auf, der Himmel füllte sich mit geometrischen Figuren in leuchtenden Farben, ihre Körper wirbelten wild herum, und sie spürten, völlig panisch, wie sie sich auflösten. Schon fühlten sie, wie der Tod nach ihnen griff, da wurden sie in schwindelerregendem Flug durch viele Kammern aus gleißendem Licht geschleudert, die Pforte zum Reich der Totengötter öffnete sich, und sie wurden hineingestoßen.

Alex spürte, wie seine Arme und Beine immer länger wurden und eine sengende Hitze ihn durchströmte. Er sah auf seine Hände: zwei Tatzen, die in scharfen Krallen endeten. Er riss den Mund auf und wollte schreien, aber es drang nur ein furchterregendes Brüllen aus seinem Innern. Er hatte sich in eine riesige Katze verwandelt: in den pechschwarzen, schimmernden Jaguar, den er im Hof von Mauro Carías gesehen hatte. Das Tier war nicht in ihm und er nicht in dem Tier; beide, er und die Raubkatze, waren zu einem einzigen Wesen verschmolzen. Unsicher machte Alex ein paar Schritte nach vorn, streckte sich, spannte die Muskeln an und merkte, dass er sich so geschmeidig, so schnell und kraftvoll bewegen konnte wie der Jaguar. Er spürte eine übernatürliche Energie in sich, und mit großen, katzenhaften Sprüngen fegte er durch den Wald. Mit einem Satz war er auf dem Ast eines Baumes und spähte mit seinen goldgelben Augen um sich, während sein schwarzer Katzenschwanz bedächtig hin und her schwang. Er wusste, er war mächtig, gefürchtet, einsam und unbesiegbar: der König des südamerikanischen Urwalds. Kein Tier konnte es mit ihm aufnehmen.

Nadia stieg in die Lüfte, und für eine Weile verlor die Höhe für sie allen Schrecken. Sie musste ihre mächtigen Adlerschwingen kaum bewegen; der laue Wind trug sie, und sie brauchte bloß ein ganz kleines bisschen die Flügel zu bewegen, wenn sie Richtung und Geschwindigkeit ändern wollte. Gelassen zog sie hoch oben ihre Kreise, alle Sorgen waren von ihr abgefallen, und sie konnte die Welt unter sich ungerührt betrachten. Sie sah den Wald, die abgeflachten Gipfel der Tepuis, von denen manche eine Schaumkrone aus Wolken trugen; und da war auch die dünne Rauchsäule des Scheiterhaufens, auf dem der tote Häuptling Mokarita verbrannte. Genau wie der Jaguar am Boden, war *Aguila*, der Adler, hoch oben in den Lüften: unerreichbar, unbesiegbar. In weiten Bögen kreiste sie über dem Auge der Welt und spähte nach den Siedlungen der Indianer. Wie hundert Antennen übertrugen die gesträubten Federn an ihrem Kopf die Wärme der Sonnenstrahlen, die Stärke der Windböen, das berauschende Gefühl der Höhe. Sie wusste: Diese Indianer brauchten ihre Hilfe, sie musste die Nebelmenschen beschützen. Sie überflog Tapirawa-teri, und wie eine Schleppe strich der Schatten ihrer weit aufgespannten Schwingen über die Dächer der kleinen, im Wald versteckten Hütten. Dann beschrieb sie einen Bogen und hielt auf den höchsten der Tepuis zu, wo in ihrem sturmgepeitschten Nest drei Eier aus Kristall schimmerten.

∼

Am nächsten Morgen, nachdem die Pforte zum Reich der Totemtiere wieder hinter ihnen zugefallen war, erzählten sich Alex und Nadia, was sie erlebt hatten.

»Was sollen denn diese drei Eier bedeuten?«, fragte Alex.

»Das weiß ich auch nicht, jedenfalls sind sie wichtig, Jaguar. Sie gehören mir nicht, aber irgendwie muss ich sie trotzdem bekommen, wenn ich die Nebelmenschen retten will.«

»Das verstehe ich nicht. Was haben die mit den Indianern zu tun?«

»Irgendwie haben sie alles mit ihnen zu tun ...« Nadia war genauso verwirrt wie er.

Als die Scheite des Feuers zu erkalten begannen, suchte Iyomi, Mokaritas Witwe, zwischen ihnen nach den ausgeglühten Knochen des alten Häuptlings, zermahlte sie zwischen zwei Steinen und verrührte das feine Pulver mit Wasser und Kochbananen zu einer Suppe. Die Kalebasse mit der grauen Flüssigkeit ging von Hand zu Hand, und alle, auch die Kinder, sollten einen Schluck davon nehmen. Danach würde das Gefäß vergraben und der Name des

Häuptlings vergessen, um von niemandem je wieder genannt zu werden. Die Erinnerung an den Toten war genau wie sein Mut und seine Weisheit in die Asche übergegangen und würde sich durch sie auf seine Angehörigen und Freunde übertragen. Auch Nadia und Alex durften von der Knochensuppe trinken, und das war eine Ehre: Nun gehörten sie zum Stamm. Als er die Kalebasse an die Lippen führte, musste Alex kurz an das denken, was er über diese Krankheit gelesen hatte, die man bekommt, wenn man »das Hirn seiner Vorfahren verspeist«. Er schüttelte innerlich den Kopf darüber, schloss die Augen und trank andächtig.

Als die Bestattungszeremonie beendet war, forderte Walimai den Stamm auf, einen neuen Häuptling zu ernennen. Der Tradition zufolge kamen nur Männer für dieses Amt in Frage, aber Walimai erklärte, dieses Mal müssten sie mit sehr viel Bedacht auswählen. Ihnen ständen außergewöhnliche Zeiten bevor, in denen ein Häuptling die Fähigkeit haben müsse, die Geheimnisse anderer Welten zu verstehen, mit den Göttern zu sprechen und den Rahakanariwa in Schach zu halten. Das seien Zeiten, in denen sechs Monde am Himmel kreisten, Zeiten, in denen sich die Götter gezwungen sähen, ihre Wohnstatt zu verlassen. Bei der Erwähnung der Götter legten die Indianer die Hände an die Stirn und wiegten sich vor und zurück, während sie einen Singsang anstimmten, der sich für Nadia und Alex wie ein Gebet anhörte.

»Alle in Tapirawa-teri, auch die Kinder, sollten dabei helfen, den neuen Häuptling zu bestimmen«, riet Walimai dem Stamm.

Den ganzen Tag verbrachten die Indianer damit, mögliche Kandidaten zu nennen und zu verhandeln. Als es Abend wurde, schliefen Nadia und Alex ein, hungrig, mit ihren Kräften und ihrer Geduld am Ende. Alex hatte den Indianern erklären wollen, wie man eine demokratische

Wahl durchführt, aber sie konnten nicht zählen und sich eine Abstimmung genauso wenig vorstellen wie eine Impfung. Bei ihnen wurde durch »Visionen« gewählt.

Es war schon dunkle Nacht, als Nadia und Alex von Walimai mit der Nachricht geweckt wurden, die stärksten Visionen hätten von Iyomi, Mokaritas Witwe, gesprochen, deshalb sei sie fortan Häuptling in Tapirawa-teri. Keiner konnte sich erinnern, dass jemals eine Frau diese Aufgabe übernommen hatte.

～

Der erste Befehl, den die greise Iyomi erteilte, nachdem sie die Federkrone aufgesetzt hatte, die so viele Jahre von ihrem Mann getragen worden war, lautete, Essen zu machen. Die Anweisung wurde unverzüglich in die Tat umgesetzt, denn die Nebelmenschen hatten seit zwei Tagen nichts zu sich genommen außer einem Schluck Knochensuppe. Tahama und einige andere Jäger nahmen ihre Waffen und verschwanden im Wald, um einige Zeit später mit einem Ameisenbären und einem Hirsch zurückzukehren, die zerlegt und über der Glut gebraten wurden. Unterdessen hatten die Frauen Maniokfladen und Kochbananen zubereitet. Als alle gesättigt waren, gebot Iyomi ihrem Stamm, sich im Kreis niederzulassen, und verkündete ihre zweite Entscheidung.

»Ich benenne weitere Häuptlinge. Ein Häuptling für den Krieg und die Jagd: Tahama. Ein Häuptling, um den Rahakanariwa zu besänftigen: das Mädchen mit der honigfarbenen Haut, deren Name Aguila ist. Ein Häuptling, um mit den Nahab und ihren Vögeln, die Donner und Wind machen, zu verhandeln: der fremde Junge, genannt Jaguar. Ein Häuptling, um die Götter zu besuchen: Walimai. Ein Häuptling der Häuptlinge: Iyomi.«

Eine ziemlich weise Entscheidung von dieser alten Frau,

die ihre Macht aufteilte, damit die Nebelmenschen den schweren Zeiten, die ihnen bevorstanden, die Stirn bieten konnten. Und eine ziemliche Zwickmühle für Nadia und Alex, die sich plötzlich einer Verantwortung gegenübersahen, der sich keiner von beiden gewachsen fühlte.

Sofort erteilte Iyomi auch ihre dritte Anweisung. Sie sagte, das Mädchen Aguila müsse ihre »weiße Seele« bewahren, damit sie dem Rahakanariwa entgegentreten konnte, denn andernfalls drohe der menschenfressende Vogel sie zu verschlingen. Der fremde Junge aber, Jaguar, müsse sich in einen Mann verwandeln und die Waffen des Kriegers erhalten. Jeder Mann musste, ehe er die Waffen führte oder sich verheiratete, als Kind sterben. Alex hatte schon einmal etwas über diesen Ritus der Initiation gelesen, nämlich, dass der normalerweise drei Tage dauerte und alle Jungen eines Stammes daran teilnahmen, wenn sie die Pubertät erreicht hatten. Aber Iyomi sagte, für die traditionelle Zeremonie bleibe ihnen nicht genug Zeit, Jaguar müsse eine kürzere Probe durchlaufen, weil er Aguila auf ihrer Reise zum Berg der Götter begleiten sollte. Die Nebelmenschen seien in Gefahr und könnten nur durch die Hilfe dieser beiden Fremden gerettet werden, daher müssten sie bald aufbrechen.

Walimai und Tahama wurden damit beauftragt, den Initiationsritus für Alex vorzubereiten, an dem nur die erwachsenen Männer des Stammes teilnehmen würden. Später sollte Alex Nadia erzählen, dass alles vielleicht weniger schrecklich gewesen wäre, hätte er bloß vorher gewusst, worin die Zeremonie bestand. Unter Iyomis Aufsicht rasierten die Frauen ihm mit einem scharfen Stein die kreisrunde Tonsur, was ziemlich wehtat, denn die Wunde, die er bei seiner Entführung davongetragen hatte, war noch nicht ganz verheilt. Sie riss wieder auf, als sie darüberschabten, hörte aber rasch auf zu bluten, weil die Frauen etwas Lehm darauf verrieben. Danach wurde er unter schallendem Gelächter von Kopf bis Fuß mit einer Paste aus Harz und Kohlestaub schwarz angemalt. Und nun war es Zeit, sich von Nadia und Iyomi zu verabschieden, denn sie durften an der Zeremonie nicht teilnehmen und würden mit den anderen Frauen und den Kindern den Tag im Wald verbringen. Erst am Abend, wenn die Krieger Alex mitgenommen hätten, damit er die Probe bestand, die Teil der Initiation war, würden sie wieder ins Dorf zurückkehren.

Tahama und seine Krieger gruben die heiligen Instrumente, die nur für den Initiationsritus der Männer benutzt wurden, aus dem Schlick des Flusses. Es waren dicke, anderthalb Meter lange Rohre, die heiser und dumpf tönten wie das Brüllen eines Stieres, wenn man hineinblies. Die Frauen und diejenigen Jungen, die den Ritus der Initiation noch nicht durchlaufen hatten, durften die Instrumente nicht zu Gesicht bekommen, weil sie sonst Gefahr liefen, krank zu werden und durch einen Zauber zu sterben. Die Instrumente standen für die männliche Kraft des Stammes und stellten ein Band zwischen Vätern und Söhnen her. Ohne diese Hörner hätte die ganze Kraft bei den Frauen gelegen, die über die göttliche Gabe verfügten, Kinder zu gebären oder, wie die Indianer sagten, »Menschen zu machen«.

Der Ritus begann am Morgen und sollte den ganzen Tag und die Nacht dauern. Sie gaben Alex bittere Beeren zu essen und hießen ihn, sich zusammengekrümmt auf die Erde zu legen, und dann stellten sich die bemalten und mit den Symbolen der Dämonen geschmückten Krieger unter Walimais Anweisung in einem engen Kreis um ihn auf, stampften auf den Boden und rauchten aus Blättern gedrehte Zigarren. Durch die bitteren Beeren, die Furcht und den Qualm fühlte sich Alex schon bald ziemlich krank.

Lange tanzten die Krieger um ihn herum zu einem ununterbrochenen Singsang und dem dumpfen Dröhnen der heiligen Hörner, deren eines Ende dicht neben seinem

Kopf den Boden berührte. Es hallte in seinem Schädel wider und raubte ihm jeden klaren Gedanken. Stunde um Stunde hörte er die Gesänge, in denen immer wieder die Geschichte von Vater Sonne erzählt wurde, der jenseits der sichtbaren Sonne wohnt, die den Himmel erleuchtet; es ist ein unsichtbares Feuer, aus dem einst alles Leben entstand; er hörte von dem Blutstropfen, der vom Mond auf die Erde gefallen war, um den ersten Menschen zu formen; sie sangen von dem Fluss aus Milch, der alle Saat des Lebens, aber auch Fäulnis und Tod in sich trägt; dass dieser Fluss in das Reich führt, wo die Schamanen wie Walimai sich mit den Geistern und anderen übernatürlichen Wesen trafen und von ihnen Weisheit und die Macht zu heilen empfingen. Sie sagten, alles, was besteht, ist ein Traum der Mutter Erde, jedes Gestirn erträumt seine Bewohner und alles, was in der Welt geschieht, ist eine Illusion, nichts als ein Traum inmitten anderer Träume. Trotz seiner Verwirrung begriff Alex, dass sie damit etwas in Worte fassten, was er selbst schon einmal empfunden hatte, dann schaltete er all seine Gedanken aus und überließ sich der sonderbaren Erfahrung, »mit dem Herzen zu denken«.

∼

Die Stunden verstrichen, und Alex verlor jedes Gefühl für Zeit, Raum und seine eigene Wirklichkeit, während er immer tiefer in einen Zustand lähmender Angst und Willenlosigkeit hinüberglitt. Irgendwann wurde er aufgehoben, sie stießen ihn vorwärts, und er musste laufen; da erst merkte er, dass es Nacht geworden war. Um ihn her dröhnten die Hörner, die Krieger fuchtelten mit ihren Waffen, und als die Gruppe am Ufer des Flusses angekommen war, tauchten sie Alex so oft unter Wasser, bis er meinte zu ertrinken. Sie rubbelten ihm mit rauen Blättern die schwarze Farbe vom Körper und zerrieben danach pfeffrig scharfes

Pulver auf seiner brennenden Haut. Unter wildem Gebrüll schlugen sie mit Stangen auf seine Beine, seine Arme, Brust und Bauch ein, ohne ihn aber ernsthaft zu verletzen; sie bedrohten ihn mit ihren Lanzen, kamen manchmal so nah, dass die Spitzen ihn berührten, stießen aber nicht zu. Sie setzten alles daran, ihm Angst einzujagen, und sie schafften es, denn wie hätte Alex verstehen sollen, was da vorging, und ruhig bleiben können, wo doch jeden Moment einer seiner Angreifer die Kontrolle verlieren und ihn tatsächlich umbringen konnte. Er wehrte die Hiebe und Drohungen der Krieger von Tapirawa-teri so gut es ging ab, aber sein Instinkt sagte ihm, dass er besser nicht versuchen sollte wegzulaufen, das wäre ja auch völlig sinnlos gewesen, in diesem Wald, der voller Gefahren steckte, mit denen er nicht allein fertig werden konnte. Das war sein Glück, denn hätte er zu fliehen versucht, hätte er als feige gegolten, und das wurde einem Krieger nicht verziehen.

Aber lange würde er seine Panik nicht mehr im Griff haben, sie wuchs schon ins Unerträgliche, da erinnerte er sich an sein Totemtier. Er musste sich nicht sehr anstrengen, in die Gestalt des schwarzen Jaguars zu schlüpfen, die Verwandlung geschah schnell und mühelos: Dieses Brüllen, das aus seiner Kehle drang, hatte er schon einmal gehört, die Krallen an seinen Tatzen kannte er bereits, der Sprung über die Köpfe seiner Gegner schien ihm eine Selbstverständlichkeit. Mit ohrenbetäubendem Geschrei bejubelten die Indianer die Ankunft des Jaguars, und dann führten sie ihn in einer feierlichen Prozession zum heiligen Baum.

Im Urwald tagte es bereits. Vor ihm stand Tahama und hielt vorsichtig zwischen zwei Stäben eine Art Schlauch aus geflochtenen Palmfasern: Aus allen Ritzen drängten Feuerameisen. Alex war von der langen Nacht und ihren Schrecken völlig erschöpft und verstand nicht gleich, was von ihm erwartet wurde. Dann jedoch atmete er tief ein, füllte seine Lunge mit der frischen Luft, richtete all seine Gedanken auf den Mut seines Vaters, des Bergsteigers, auf die Widerstandskraft seiner Mutter, die sich nie geschlagen gab, und auf die Stärke seines Totemtiers und steckte den linken Arm bis zum Ellbogen in den Schlauch.

Die Ameisen krabbelten einige Sekunden über seine Haut, dann bissen sie zu. Es war, als verätzte ihm jemand den Unterarm bis auf die Knochen. Vor Schmerz wurde ihm schwarz vor Augen, aber er zwang sich, nahm all seinen Willen zusammen und zog den Arm nicht zurück. Was hatte Nadia über den Umgang mit den Moskitos gesagt? Wehr dich nicht, beachte sie einfach nicht. Völlig unmöglich, die Feuerameisen nicht zu beachten, und minutenlang kämpfte er verzweifelt gegen den rasenden Wunsch, wegzurennen und sich in den Fluss zu stürzen, als er plötzlich merkte, dass er den Drang zu fliehen steuern, den Schmerzensschrei in seinem Innern unterdrücken konnte, wenn er sich ganz der Qual überließ, ihr keinen Widerstand entgegensetzte, sie bis in die letzte Faser seines Körpers und den hintersten Winkel seines Bewusstseins in sich aufnahm. Und da bohrte sich der brennende Schmerz durch ihn hindurch wie ein Schwert, trat in seinem Rücken wieder aus, und es war ein Wunder, aber er konnte ihn aushalten. Für dieses Gefühl von Macht, das er nun empfand, würde Alex niemals Worte finden. Er war so stark und unbesiegbar wie der schwarze Jaguar, in den er sich zwei Tage zuvor durch Walimais Zaubertrank verwandelt hatte. Das war seine Belohnung dafür, dass er die Probe überstanden hatte. Er wusste, seine Kindheit lag wirklich hinter ihm, und von nun an würde er auf sich selbst aufpassen können.

»Willkommen unter den Männern«, sagte Tahama, während er den Schlauch von Alex' Arm zurückzog.

Alex war fast nicht mehr bei Bewusstsein, als ihn die Krieger ins Dorf zurückbrachten.

DREIZEHNTES KAPITEL

Der heilige Berg

Schweißgebadet, mit schmerzenden Gliedern und fiebrig, lief Alexander Cold, Jaguar, über einen langen, grün gestrichenen Flur, trat durch einen Alu-Türrahmen und sah seine Mutter. Sie lehnte zwischen Kissen in einem Sessel, ein Laken über den Knien, in einem Raum, so fahl erleuchtet wie vom Schein des Mondes. Unter ihrer blauen Wollmütze lugten keine Haare hervor, sie trug einen Kopfhörer, sah sehr bleich und abgemagert aus, und dunkle Schatten lagen um ihre Augen. In einer Vene unterhalb ihres Schlüsselbeins steckte eine dünne Kanüle, durch die eine gelbe Flüssigkeit aus einer Glasflasche sickerte. Wie das Feuer der Ameisen drang sie Tropfen für Tropfen direkt in das Herz seiner Mutter.

Tausende Meilen entfernt, in einem Krankenhaus in Texas, bekam Lisa Cold ihre Chemotherapie. Sie verscheuchte die Gedanken an das Medikament, das da wie ein Gift in ihre Adern drang, um das schlimmere Gift ihrer Krankheit zu bekämpfen. Sie musste sich ablenken, lauschte auf jeden Ton des Flötenkonzerts, das sie hörte, das gleiche, das ihr Sohn so häufig geübt hatte. Im selben Moment, als Alex mitten im Urwald im Fieber von ihr träumte, sah Lisa Cold ihren Sohn ganz deutlich vor sich. Er stand im Türrahmen ihres Zimmers, war größer und kräftiger, reifer und hübscher, als sie ihn in Erinnerung hatte. In Gedanken hatte Lisa ihn so oft gerufen, dass sie nicht erstaunt war, ihn nun plötzlich vor sich zu haben. Sie fragte sich nicht, wie das sein konnte oder warum er hier war, fühlte sich nur unendlich glücklich, ihn bei sich zu haben. *Alexander ... Alexander ...*, rief sie ihn leise. Sie streckte die Hände nach ihm aus, und er kam zu ihr, bis er sie berühren konnte, kniete sich neben den Sessel und legte seinen Kopf auf ihre Knie. Während Lisa Cold ein ums andere Mal den Namen ihres Sohnes flüsterte und Alex den Nacken kraulte, hörte sie zwischen den hellen Klängen des Flötenkonzerts, wie er sagte, sie dürfe nicht aufgeben, müsse weiter gegen den Tod kämpfen und auch immer wieder: *Ich hab dich lieb, Mama.*

Ob es nur ein Augenblick oder viele Stunden gewesen waren, die Alex und seine Mutter miteinander verbrachten, hätte keiner von beiden sagen können. Doch als sie sich schließlich voneinander verabschiedeten und jeder in seine eigene Wirklichkeit zurückkehrte, fühlten sich beide gestärkt. Wenig später betrat John Cold das Krankenzimmer seiner Frau und wunderte sich, dass sie lächelte und ihre Wangen ein bisschen gerötet waren.

»Wie fühlst du dich, Lisa?« Er beugte sich fürsorglich zu ihr hinunter.

»Ich bin froh, John. Alex hat mich besucht.«

»Lisa, was redest du da …? Alexander ist mit meiner Mutter am Amazonas, weißt du das nicht mehr?«, fragte er leise und konnte seine Angst davor, welche Wirkung die Medikamente auf das Gedächtnis seiner Frau hatten, nur schwer verbergen.

»Doch, ich weiß, aber er war trotzdem eben noch hier.«

»Das geht doch nicht …«

»Er ist gewachsen und sieht kräftiger aus, aber sein linker Arm ist ganz dick geschwollen …«, erzählte sie und schloss die Augen, denn sie war sehr müde.

Mitten in Südamerika, im Auge der Welt, erwachte Alex aus dem Fieber. Er brauchte einen Moment, bis er das Mädchen mit der goldschimmernden Haut wiedererkannte, das sich zu ihm hinunterbeugte und ihm Wasser gab.

»Jetzt bist du ein Mann, Jaguar«, sagte Nadia lächelnd und erleichtert, ihn wieder unter den Lebenden zu sehen.

Walimai stellte eine Paste aus Heilkräutern her und rieb Alex den Arm damit ein, wodurch nach wenigen Stunden das Fieber verschwand und die Schwellung zurückging. Der Schamane erklärte ihm, dass es im Urwald nicht nur viele Gifte gab, die töteten, ohne Spuren zu hinterlassen, sondern auch unzählige Arzneipflanzen. Alex beschrieb ihm die Krankheit seiner Mutter und fragte, ob er irgendeine Pflanze kenne, die ihr helfen könne.

»Eine heilige Pflanze, die mit dem Wasser des Lebens vermischt werden muss«, antwortete der Schamane.

»Kann ich dieses Wasser und die Pflanze bekommen?«

»Kann sein, kann auch nicht sein. Viele Hürden sind zu nehmen.«

»Ich mache alles dafür, bestimmt!«

Am nächsten Tag hatte Alex zwar überall blaue Flecken, und jeder Ameisenbiss prangte als kleiner, roter Kirschkern auf seinem linken Unterarm, aber er konnte aufstehen und war hungrig. Als er Nadia erzählte, was er erlebt hatte, meinte sie, die Mädchen des Stammes bräuchten keinen Initiationsritus; sie wüssten, wann ihre Kindheit vorbei ist, weil ihr Körper ihnen durch die Blutung ein Zeichen gibt.

An diesem Tag hatten Tahama und seine Begleiter kein Jagdglück gehabt, und der Stamm musste sich mit Mais und ein paar Fischen begnügen. Alex dachte, er könne dem Fisch ja mal eine Chance geben, immerhin hatte er auch schon verkohlte Anakonda überlebt, also würden die Schuppen und Gräten ihm wohl nichts anhaben. Es schmeckte ihm wider Erwarten gut. Da hab ich mir wohl in den letzten fünfzehn Jahren einiges durch die Lappen gehen lassen, sagte er schmatzend. Nadia meinte, er solle ordentlich reinhauen, sie würden am nächsten Tag mit Walimai zu einer Reise in die Welt der Geister aufbrechen, wo es vielleicht keine Nahrung für hungrige Mägen gebe.

»Walimai sagt, wir gehen zum heiligen Berg, wo die Götter wohnen.«

»Was sollen wir da?«

»Die drei Eier aus Kristall suchen, die ich in meiner Vision gesehen habe. Walimai glaubt, dass sie die Nebelmenschen retten können.«

Am nächsten Morgen, kaum zeigte sich der erste Lichtschein am Horizont, brachen sie auf. Walimai ging vorneweg, begleitet von seiner schönen Engel-Ehefrau, die ihn manchmal bei der Hand nahm und dann wieder wie ein Schmetterling über seinem Kopf schwebte, immer wortlos und lächelnd. Stolz trug Alex Pfeil und Bogen, seine neuen Waffen, die er von Tahama nach der bestandenen Probe erhalten hatte. Iyomi hatte Nadia eine Kalebasse mit Bananensuppe und ein paar Maniokfladen für die Reise mitgegeben. Der Zauberer brauchte keine Verpflegung, weil man, wie er sagte, in seinem Alter nur wenig esse. Er schien gar kein Mensch zu sein: Alles, was er zu sich nahm, waren ein paar Schlucke Wasser und einige Nüsse, an denen er mit seinem zahnlosen Mund endlos lang herumsuckelte; er schlief kaum und hätte ohne Mühe weiterwandern können, wenn Nadia und Alex schon vor Müdigkeit nur noch vorwärts stolperten.

Sie gingen über die bewaldete Hochebene auf den höchsten der Tepuis zu, einen schwarzen, wie Obsidian schimmernden Felsklotz. Alex sah hin und wieder auf den Kompass und stellte fest, dass sie immer nach Osten gingen. Es gab keinen sichtbaren Weg, aber Walimai führte sie mit einer solchen Selbstverständlichkeit, richtete sich nach den Bäumen, den Tälern, Hügeln, Flüssen und Wasserfällen, als hätte er eine Landkarte vor sich.

Im Verlauf ihrer Wanderung änderte sich die Landschaft. Walimai ließ den Blick schweifen und sagte, dies sei das *Reich der Mutter allen Wassers*, und tatsächlich gab es hier eine Überfülle an Wasserfällen und Kaskaden. Bis hierher waren die Garimpeiros auf ihrer Suche nach Gold und Diamanten noch nicht gelangt, aber das war nur noch eine Frage der Zeit. Normalerweise kämpften sie sich in kleinen Trupps zu viert oder fünft zu Fuß durch das unwegsame Gelände oder fuhren in Kanus die Flüsse hinauf, denn sie waren zu arm, um sich ein Flugzeug oder einen Hubschrauber leisten zu können. Aber es gab ja auch Leute wie Mauro Carías, die um den großen Reichtum der Region wussten und über moderne Transportmittel verfügten. Lediglich die neuen Gesetze zum Schutz der Umwelt und der indianischen Bevölkerung hinderten diese Leute daran, die Erze mit mächtigen Druckwasserkanonen aus dem Boden zu schwemmen, wobei die Bäume in Kleinholz und der Wald in eine Schlammwüste verwandelt wurden. An die Umweltauflagen hielt sich zwar sowieso keiner, aber mit den Gesetzen zum Schutz der Indianer war das schon etwas anderes, weil sich die Weltöffentlichkeit für die Amazonasindianer interessierte, die als eine Art letzte Überlebende aus der Steinzeit angesehen wurden. Man konnte sie nicht mehr so einfach niedermetzeln wie noch vor wenigen Jahren, ohne in vielen Ländern der Erde einen Sturm der Entrüstung auszulösen.

Alex musste wieder daran denken, wie wichtig die Impfungen von Dr. Omayra Torres waren und dass durch die Reportage seiner Großmutter im International Geographic die Leute in anderen Ländern auf die Lage der Indianer aufmerksam gemacht werden konnten. Was hatten diese drei Kristalleier, die Nadia in ihrer Vision gesehen hatte, mit der ganzen Sache zu tun? Warum waren sie mit dem Schamanen auf diese Reise gegangen? Es wäre doch viel sinnvoller gewesen, zur Expedition zurückzukehren, die Impfungen durchzuführen und seine Großmutter ihren Artikel schreiben zu lassen. Iyomi hatte ihn zum Häuptling ernannt, um »mit den Nahab und ihren Vögeln, die Donner und Wind machen, zu verhandeln«, und stattdessen entfernte er sich bloß immer weiter von der Zivilisation. Da steckt nicht die geringste Logik dahinter, dachte er stirnrunzelnd. Vor ihm ragten geheimnisvoll und einsam die Tepuis auf wie Bauwerke von einem anderen Planeten.

~

Die drei Reisenden wanderten zügig von Sonnenaufgang bis Sonnenuntergang und hielten nur hin und wieder an einem Bachlauf an, um ihre müden Füße zu erfrischen und Wasser zu trinken. Einmal versuchte Alex einen Tukan zu erlegen, der wenige Meter entfernt auf einem Ast saß und döste, aber der Pfeil ging daneben. Dann zielte er auf einen Affen, der so nah war, dass Alex sein gelbes Gebiss sehen konnte, aber auch diesmal traf er nicht. Der Affe ahmte ihn nach und schnitt Grimassen, und Alex fühlte sich verhohnepipelt. Das hatte er nun von seinen schönen neuen Waffen des stolzen Kriegers; bloß gut, dass seine Begleiter nicht auf ihn angewiesen waren, um satt zu werden, andernfalls wären sie verhungert. Walimai zeigte ihnen einen Baum mit leckeren Nüssen und einen, dessen Früchte so hoch hingen, dass Alex nicht drankam.

Im Dorf hatte er sehen können, wie behände die Indianer die glattesten Stämme hinaufkamen, denn ihre Zehen standen weit auseinander und waren stark und biegsam. Obwohl diese Füße so schwielig waren wie Krokodilhaut, schienen sie auch sehr empfindlich zu sein: Einer hatte sogar Körbe und Seile mit den Füßen geflochten. Und die Kleinkinder, die kaum laufen konnten, kraxelten in den Baumkronen herum, aber er selbst schaffte es trotz seiner Erfahrung im Bergsteigen nicht auf diesen Baum. Walimai, Nadia und Borobá lachten Tränen über seine hilflosen Versuche, und keiner der drei zeigte auch nur eine Spur von Mitleid, als er aus beträchtlicher Höhe auf den Hintern plumpste, was nicht nur seinem Allerwertesten, sondern auch seinem Stolz einen empfindlichen Stoß gab. Er fühlte sich schwerfällig und plump wie ein Dickhäuter.

Als es Abend wurde, ließ Walimai sie am Ufer eines Flusses rasten. Er selbst watete bis zu den Knien ins Wasser und blieb dort so lange reglos stehen, bis die Fische ihn vergessen hatten und um ihn herumschwammen. Als einer in Reichweite kam, spießte er ihn mit seiner kurzen Lanze auf und überreichte Nadia den schönen, silbrig glänzenden Fisch, der noch mit der Schwanzflosse schlug.

»Wie macht er das bloß?«, fragte Alex, noch ziemlich frustriert von seinen eigenen gescheiterten Jagdversuchen.

»Er bittet den Fisch um Erlaubnis und erklärt ihm, dass er ihn töten muss, weil er etwas zu essen braucht; und danach bedankt er sich bei ihm dafür, dass er sein Leben für uns gegeben hat«, sagte Nadia. »Der Fisch versteht das, weil er vorher selbst andere Fische gefressen hat, und jetzt ist er an der Reihe. So läuft das.«

Der Schamane entfachte ein kleines Feuer, über dem sie den Fisch braten konnten, trank aber selbst nur etwas Wasser, während sich Nadia und Alex hungrig über das Abendessen hermachten. Damit sie nicht zu sehr froren, rollten sich die beiden zum Schlafen zwischen den kräftigen Wurzeln eines Baumes zusammen, denn es war schon zu spät, um aus Baumrinde Hängematten herzustellen, wie sie das im Dorf gesehen hatten; sie waren erschöpft, und am nächsten Morgen würden sie ihre Reise in aller Frühe fortsetzen. Jedes Mal, wenn einer der beiden sich umdrehte, rutschte der andere wieder so dicht wie möglich an ihn heran, so hielten sie sich die Nacht über warm. Bevor sie einschliefen, sahen sie, dass der alte Walimai reglos dahockte und die Sterne betrachtete, während seine Ehefrau wie eine durchsichtige Fee in einem Gewand aus dunklem Haar um ihn herumschwebte. Am nächsten Morgen saß der Indianer noch genauso da: völlig unempfindlich gegen Kälte und Müdigkeit. Alex fragte ihn, wie alt er sei, wie er es schaffe, so kräftig und gesund zu bleiben. Der Greis antwortete, er habe viele Kinder auf die Welt kommen und zu

Vätern und Großvätern werden sehen, er habe sie sterben und ihre Enkelkinder groß werden sehen. Wie viele Jahre? Er zuckte die Achseln: Es kümmerte ihn nicht, oder er wusste es nicht. Er sagte, er sei der Bote der Götter, reise häufig in die Welt der Unsterblichen, in der es keine tödlichen Krankheiten gebe. Alex musste an die Legende von El Dorado denken, in der nicht nur von unermesslichen Reichtümern, sondern auch von einem Jungbrunnen die Rede war.

»Meine Mutter ist sehr krank …«, sagte er leise und spürte, wie ihm die Tränen in die Augen stiegen. Die Erfahrung, sich im Geist in das Krankenhaus in Texas zu versetzen, war noch so greifbar, dass ihm jede Einzelheit vor Augen stand; er hatte den Medikamentengeruch noch in der Nase und konnte ihre schmalen Knie unter dem Bettlaken an seiner Stirn spüren.

»Wir sterben alle«, sagte der Schamane.

»Aber sie ist doch noch so jung.«

»Manche gehen jung, andere als Greise. Ich habe zu lange gelebt und wäre froh, meine Gebeine würden in der Erinnerung der anderen Ruhe finden«, sagte Walimai.

~

Um die Mittagszeit erreichten sie den Fuß des höchsten Tepuis im Auge der Welt, einen Felsgiganten, dessen Gipfel sich in einer Krone aus weißen Wattewolken verlor. Walimai erklärte, die Wolken würden den Blick niemals freigeben und keiner, nicht einmal der mächtige Rahakanariwa habe diesen Ort je besucht, ohne von den Göttern dazu eingeladen worden zu sein. Seit Anbeginn der Zeit, als der Mensch aus der Wärme des Vaters Sonne, dem Blut des Mondes und dem Lehm der Mutter Erde geschaffen worden war, wüssten die Nebelmenschen um die Wohnstatt der Götter in diesem Berg. Von Generation zu Generation hätten sie jemanden, immer einen Schamanen, der sich vielen Mühen der Reinigung unterzogen hatte, dazu ausersehen, den Tepui zu besuchen und als Bote zu dienen. Dies sei seine Aufgabe, und er sei viele Male dort gewesen, habe mit den Göttern gelebt und kenne ihre Gewohnheiten. Er erzählte, dass er sich Sorgen mache, weil er noch immer keinen Nachfolger unterrichtet habe. Wenn er starb, wer würde dann Bote sein? In allen seinen Visionen hatte er nach einem Nachfolger gesucht, aber kein Hinweis war ihm zu Hilfe gekommen. Nicht jede Person konnte zum Boten ausgebildet werden, es musste jemand sein, der mit der Seele des Schamanen geboren war, die Kraft des Heilens besaß, Ratschläge geben und Träume deuten konnte. Diese Gaben zeigten sich schon sehr früh; man musste allen Verlockungen standhalten und den eigenen Körper beherrschen: Ein guter Schamane hatte keine Wünsche und Bedürfnisse. Das ist in Kürze, was Alex und Nadia von der langen Rede des Zauberers verstanden, der im Kreis erzählte, immer wieder zum Ausgangspunkt zurückkehrte, sich wiederholte, als sagte er ein nicht enden wollendes Gedicht auf. Jedenfalls war klar, dass außer Walimai niemand befugt war, das Tor zur Welt der Götter zu passieren, wenngleich es Ausnahmesituationen gegeben haben musste, in denen auch andere Indianer hindurchgegangen waren. Dies würde nun das erste Mal sein, dass fremden Besuchern Zutritt gewährt wurde.

»Wie sieht das Zuhause der Götter aus?«, fragte Alex.

»Es ist größer als das größte Schabono, strahlend und gelb wie die Sonne.«

»El Dorado! Es ist die legendäre Stadt, nach der die Eroberer Amerikas gesucht haben, oder?« Alex wurde ganz zittrig vor Aufregung.

»Kann sein, kann auch nicht sein«, antwortete Walimai, der noch nie eine Stadt gesehen hatte und sich weder Gold noch die Eroberer Amerikas vorstellen konnte.

»Wie sehen die Götter aus? So wie dieses Wesen, das wir die Bestie nennen?«

»Kann sein, kann auch nicht sein.«

»Warum sollten Nadia und ich herkommen?«

»Wegen der Visionen. Die Nebelmenschen können durch einen Adler und einen Jaguar gerettet werden, deshalb seid ihr in die verborgene Wohnstatt der Götter eingeladen.«

»Das ist eine große Ehre. Und wir verraten auch ganz bestimmt niemandem, wo der Eingang ist ...«, versprach Alex.

»Das könnt ihr auch nicht. Falls ihr lebend herauskommt, werdet ihr den Weg vergessen«, antwortete der Indianer bloß.

Falls ich lebend herauskomme ... Au weia, eigentlich hatte ich nicht vor, jung zu sterben, dachte Alex. Trotz all der Gefahren, in die er auf dieser Reise geraten war, zweifelte er nicht daran, seine Familie wiederzusehen. In Gedanken legte er sich sogar schon die Worte zurecht, mit denen er seine Erlebnisse schildern würde, obwohl ihm wahrscheinlich sowieso keiner glauben würde. Wer von seinen Freunden sollte ihm auch abnehmen, dass er bei Leuten aus der Steinzeit gewesen war und jetzt vielleicht sogar El Dorado finden würde?

Hier, am Fuß des Tepuis, wurde ihm bewusst, dass das Leben voller Überraschungen steckt. Früher hatte er nie an so etwas wie Schicksal geglaubt, denn das hätte doch geheißen, keine Wahl zu haben, und er war sich immer sicher gewesen, dass jeder sein Leben nach den eigenen Vorstellungen frei gestalten kann, und war selbst entschlossen gewesen, aus seinem Leben wirklich etwas zu machen, Erfolg zu haben und glücklich zu sein. Jetzt fand er all das absurd. Hier konnte er sich nicht mehr bloß auf seine Vernunft verlassen, hier befand er sich auf unbekanntem Gebiet, wo es auf Träume, Eingebungen und Magie ankam. Es gab so etwas wie Schicksal, und manchmal musste man sich in ein Abenteuer stürzen und es irgendwie durchstehen, so wie damals, als ihn seine Großmutter ins Wasser geschubst hatte und er mit seinen vier Jahren hatte schwimmen müssen. Auch jetzt blieb ihm nichts anderes übrig, als in die geheimnisvolle Welt ringsum einzutauchen. Aber riskant war es doch. Schließlich war er fast allein in einem der entlegensten Winkel der Erde, wo alle Regeln, die er kannte, außer Kraft gesetzt waren. Aber eins musste er zugeben: Kate Cold hatte ihm einen riesigen Gefallen getan, als sie ihn aus seinem sicheren Alltag in Kalifornien herausgerissen und in diese wundersame Welt geworfen hatte. Nicht bloß durch Tahama und seine Feuerameisen hatte er die Kindheit hinter sich gelassen, auch dieses Prachtexemplar von einer Großmutter hatte seinen Teil dazu beigetragen.

An einem Bach, der hier floss, forderte Walimai sie auf, sich ein bisschen auszuruhen und auf ihn zu warten, und ging allein weiter. Die Hochebene war hier nicht so dicht bewaldet, und die Mittagssonne lastete bleischwer auf den Köpfen der beiden Wartenden. Nadia und Alex stürzten sich ins Wasser und scheuchten die Zitteraale und Schildkröten vom Grund auf, während Borobá am Ufer Mücken fing und sich den Pelz lauste. Alex fühlte sich mit Nadia pudelwohl, sie lachten miteinander, und er hörte auf sie, weil sie sich in dieser Umgebung viel besser auskannte als er. Es war schon komisch, aber er bewunderte sie fast, und dabei war sie doch erst so alt wie seine Schwester Andrea. Manchmal ertappte er sich dabei, dass er sie mit Cecilia Burns verglich, bloß kam er damit nicht sehr weit: Die beiden hatten überhaupt nichts gemeinsam.

Cecilia Burns wäre im Urwald so verloren wie Nadia in einer Stadt. Cecilia sah mit ihren fünfzehn Jahren schon aus wie eine junge Frau; er war nicht als Einziger in sie verknallt, eigentlich träumten alle Jungs an seiner Schule von ihr. Nadia dagegen war noch so kurvenlos und dünn wie eine Binse, und unter ihrer sonnengebräunten Haut konnte man die Rippen zählen; sie war ein geschlechtsloses Wesen, das nach Wald roch. Aber sie konnte einem trotzdem Respekt einflößen: Was sie sagte, hatte Gewicht und war nicht bloß dahergeredet. Vielleicht lag es daran, dass sie keine Schwestern oder Freundinnen in ihrem Alter hatte, jedenfalls benahm sie sich wie eine Erwachsene, war manchmal sehr ernst, ruhig und aufmerksam und überhaupt ganz anders als diese Mädchen, die Alex mit ihrem Gegacker den letzten Nerv töteten. Er konnte es nicht ausstehen, wenn die Mädchen miteinander tuschelten und kicherten, dachte immer, sie hätten es mit ihm, und kam sich veralbert vor. »Wir reden nicht dauernd über dich, Alexander Cold, es gibt interessantere Gesprächsthemen«, hatte Cecilia Burns einmal vor der ganzen Klasse zu ihm gesagt. So etwas, dachte er, würde Nadia ihm nie antun.

~

Der alte Schamane wirkte noch immer tatkräftig und gelassen, als er einige Stunden später mit zwei Stöcken zurückkehrte, die an einem Ende mit einem ähnlichen Harz bestrichen waren, wie es die Indianer für den Aufstieg hinter dem Wasserfall benutzt hatten. Er sagte, er habe den Eingang zum Berg der Götter gefunden, und nachdem sie Pfeil und Bogen, die dort nicht verwendet werden durften, versteckt hatten, gebot er Alex und Nadia, ihm zu folgen.

Am Fuß des Tepuis wuchs hohes Farnkraut und bildete ein einziges grünes Knäuel. Sie mussten sich bedächtig einen Weg durch das Dickicht bahnen. Einmal in dieses Gestrüpp aus riesigen Pflanzen eingetaucht, sah man keinen Himmel mehr, man befand sich in einer Welt aus Blättern, in der die Zeit stillstand und die Wirklichkeit verschwamm. Immer tiefer drangen sie in diesen Irrgarten aus zuckenden Farnwedeln vor, in dem der Tau einen Geruch nach Moschus verströmte, leuchtende Insekten sie umschwirrten und aus fleischigen Blüten zäher, bläulicher Honig troff. Die Luft war dick wie Raubtieratem und erfüllt von einem anhaltenden Sirren, die Steine unter ihren Füßen fühlten sich glühend heiß an, und die Erde hatte die Farbe von Blut. Alex legte eine Hand auf Walimais Schulter und streckte die andere nach Nadia aus, denn wenn sie nicht dicht zusammenblieben, würden die Farnwedel sie schlucken, und sie würden einander nie wiederfinden. Borobá klammerte sich an seine Herrin und spähte still und aufmerksam um sich. Sie mussten die dünnen Spinnennetze durchtrennen, die vor ihren Augen wie Spitzendeckchen zwischen die Blätter gewebt und mit Mücken und Tautropfen besetzt waren. Sie konnten kaum die eigenen Füße erkennen und fragten sich schon nicht mehr, was das für eine rote, klebrige und lauwarme Pampe war, in die sie manchmal bis zu den Knöcheln einsanken.

Alex konnte sich beim besten Willen nicht vorstellen, wie der Schamane hier einen Weg wiedererkannte, aber vielleicht führte ihn ja der Geist seiner Frau; dennoch wurde er das Gefühl nicht los, dass sie immer im Kreis gingen und keinen Schritt vorankamen. Das Dickicht umschlang sie mit seinen grünschillernden Armen und bot keinerlei Anhaltspunkte. Auch der Blick auf den Kompass half nicht, denn die Nadel bebte und drehte sich wirr, was ihn bloß darin bestätigte, dass sie im Kreis gingen. Plötzlich blieb Walimai stehen, bog einen der Farnwedel, der sich in nichts von den anderen unterschied, beiseite und gab so den Blick auf ein Loch im Abhang des Berges frei, schmal wie ein Fuchsbau.

Der Zauberer kroch hinein und sie hinterher. Der Durchgang war eng, aber nach drei oder vier Metern konnten sie sich aufrichten und standen in einer geräumigen Höhle, in die von außen ein schwacher Lichtschein drang. Geduldig schlug Walimai seine Feuersteine gegeneinander, während Alex dachte, dass er nie wieder ohne Streichhölzer aus dem Haus gehen würde. Endlich sprang ein Funke auf das Reisig über, und Walimai brachte das Harz an einer der Fackeln damit zum Brennen.

In ihrem flackernden Schein sahen sie, wie sich eine dichte, dunkle Wolke aus Tausenden und Abertausenden von Fledermäusen von den Höhlenwänden löste. Um sie her troff Wasser von den Felswänden und verwandelte den Boden der Grotte in einen dunklen See. Nach allen Seiten öffneten sich enge und geräumige Tunnel zu einem undurchschaubaren unterirdischen Labyrinth. Ohne zu zögern, schritt der Indianer auf eine der Öffnungen zu, und Alex und Nadia blieben ihm dicht auf den Fersen.

Alex fiel die Geschichte vom Faden der Ariadne ein, mit dem es Theseus in einer dieser griechischen Sagen gelungen war, den Weg aus dem Labyrinth zu finden, nachdem er den grässlichen Minotaurus besiegt hatte. Aber er hatte kein Garnknäuel, das er hätte hinter sich herziehen können, und fragte sich, wie sie je wieder dort herausfinden sollten, falls Walimai einmal eine falsche Abzweigung nahm. Die Nadel an seinem Kompass drehte sich ziellos, also mussten sie wohl im Innern eines Magnetfeldes sein. Er wollte mit seinem Taschenmesser den Weg markieren, aber der Fels war hart wie Granit, und für eine einzige Kerbe hätte er Stunden gebraucht. Ein Tunnel folgte auf den nächsten, es ging stetig bergauf im Innern des Tepuis, wo nur diese behelfsmäßige Fackel sie vor der absoluten Finsternis bewahrte. In den Eingeweiden der Erde war es nicht grabesstill, wie Alex vermutet hätte, sondern sie hörten das Flügelschlagen der Fledermäuse, Quietschen der Ratten, Trippelschritte von kleinen Tieren, das Tropfen von Wasser und ein dumpfes, rhythmisches Pochen, einen Herzschlag, als befänden sie sich im Innern eines Lebewesens, eines gewaltigen, schlafenden Tieres. Von den dreien sagte keiner ein Wort, nur Borobá stieß manchmal einen erschrockenen Schrei aus, der von den Wänden des Labyrinths als vielstimmiges Echo zurückgeworfen wurde. Was für Getier haust wohl in diesen Tiefen?, fragte sich Alex. Vielleicht giftige Schlangen und Skorpione? Aber so genau wollte er das gar nicht wissen, er musste einen kühlen Kopf bewahren, so wie Nadia, die wortlos hinter Walimai herging und sich kein bisschen zu fürchten schien.

~

Dort, weit vor ihnen, konnten sie allmählich das Ende des langen Felsgangs erkennen. Der grüne Schimmer wurde deutlicher, und schließlich traten sie in eine große Höhle, deren Schönheit ihnen den Atem nahm. Von irgendwoher drang ausreichend Licht und durchflutete den Raum, groß wie ein Kirchenschiff, in dem wundersame Felsformationen wie Statuen aufragten. Im Labyrinth hatten die Wände aus einem dunklen Stein bestanden, aber in dieser runden, beleuchteten Halle mit ihrem Kathedralengewölbe waren sie umgeben von Kristallen und Edelsteinen. Alex hatte von seinem gebirgsbegeisterten Vater manches über Steine und Edelsteine gelernt und konnte hier Opale, Topase, Achate, Quarzkristalle, Alabaster, Jade und Turmalin erkennen. Manche Steine funkelten wie geschliffene Diamanten, andere waren milchig, wieder andere schienen von innen heraus zu strahlen, waren grün, braun und rot geädert, als umschlössen sie Smaragde, Amethyste und Rubine. Durchsichtige Stalaktiten, von denen kalkiges Wasser tropfte, hingen wie Eiszapfen von der Decke. Es roch feucht und, Alex konnte es kaum glauben, nach Blumen. Dieser starke und durchdringende Geruch nach Vergänglichkeit nahm einem etwas den Atem, eine Mischung aus Parfüm und Grab. Dennoch war die Luft klirrend kalt wie im Winter, wenn frischer Schnee gefallen ist.

Plötzlich bewegte sich etwas am anderen Ende der Grotte, und im gleichen Augenblick lösten sich die Umrisse eines sonderbaren Vogels, einer Art geflügelten Echse, von einem blauen Kristallfelsen. Das Tier spannte die Flügel, als wollte es losfliegen, und nun konnte Alex es genau erkennen: Es sah aus wie die Drachenzeichnungen in seinen Sagenbüchern, war aber nicht größer als ein ausgewachsener Pelikan und sehr hübsch. Die blutrünstigen Drachen aus den europäischen Legenden, die immer einen Schatz hüten oder irgendwelche Jungfrauen gefangen halten, waren ja wirklich widerwärtig. Dieser hier sah eher aus wie die Drachen, die er bei Festen im chinesischen Viertel von San Francisco gesehen hatte: die reine Lebensfreude. Aber man konnte ja nie wissen, deshalb klappte Alex sein Schweizer Messer auf, allerdings winkte Walimai beschwichtigend ab.

Die Geisterfrau des Schamanen schwebte wie eine Libelle durch die Höhle und ließ sich rittlings zwischen den Flügeln des Tieres nieder. Borobá stieß einen entsetzten Schrei aus und fletschte die Zähne, aber Nadia hieß ihn still sein und starrte hingerissen den Drachen an. Als sie sich wieder etwas gefasst hatte, versuchte sie ihn in der Sprache der Vögel und der Reptile anzulocken, das Fabelwesen musterte die Besucher jedoch nur vom anderen Ende der Höhle aus mit seinen roten Knopfaugen und reagierte nicht auf Nadias Lockruf. Geschmeidig und mühelos erhob sich der Drache schließlich in die Lüfte und beschrieb mit Walimais Frau auf dem Rücken einen majestätischen Bogen unter dem Grottengewölbe, als wollte er bloß einmal vorführen, wie elegant er sich bewegen konnte und wie hübsch seine Schuppen funkelten. Dann kehrte er zu dem blauen Kristallfelsen zurück, faltete die Flügel zusammen und sah sie mit dem Gleichmut einer Katze an.

Der Geist der Frau schwebte zu Walimai zurück und verharrte über seinem Kopf. Alex suchte fieberhaft nach Worten, mit denen er später würde beschreiben können, was er hier sah; er hätte Gott weiß was darum gegeben, die Kamera seiner Großmutter dabeizuhaben, um beweisen zu können, dass es all das wirklich gab und er nicht bloß im Sturm seiner Einbildungskraft Schiffbruch erlitten hatte.

~

Etwas wehmütig verließen sie die verzauberte Höhle und den geflügelten Drachen, denn vielleicht würden sie ihn nie mehr wiedersehen. Alex versuchte noch immer, vernünftige Erklärungen für alles zu finden, während Nadia den Zauber hinnahm, ohne Fragen zu stellen. Aber durch ihre Abgeschiedenheit waren diese Tepuis bestimmt so etwas wie Relikte aus der Altsteinzeit, wo sich die Pflanzen- und Tierwelt über Millionen von Jahren unverändert erhalten hatte. Vielleicht so ähnlich wie bei den Galapagosinseln, auf denen es doch auch Tierarten gab, die überall sonst schon durch Evolution verändert oder ausgestorben waren. Dieser Drache war wahrscheinlich nichts weiter als ein unbekannter Vogel. So ein Wesen tauchte doch in den unterschiedlichsten Volksmärchen und Sagen auf. In China etwa als Symbol für Glück, und in England, damit die Ritter wie der heilige Georg etwas hatten, woran sie ihren Mut unter Beweis stellen konnten. Immerhin möglich, dachte Alex, dass zusammen mit den ersten Menschen tatsächlich solche Tiere gelebt haben, die man in den Ammenmärchen später zu mächtigen Echsen aufgeplustert hatte, denen das Feuer aus den Nüstern schoss. Der Drache in der Grotte hatte kein Feuer gespien, dafür aber ein bisschen gerochen wie seine Schwester Andrea, wenn sie mal wieder zu tief in die Schachtel mit den Parfümproben gegriffen hatte. Aber was war mit Walimais Frau, dieser Fee, die wie ein Mensch aussah und ihnen auf ihrer sonderbaren Reise nicht von der Seite wich? Na schön, vielleicht würde er später eine Erklärung für sie finden …

Im schwächer werdenden Schein der Fackel folgten sie Walimai durch immer neue Tunnel. Wieder gelangten sie in Höhlen, aber keine war so atemberaubend wie die erste, obwohl ihnen auch hier merkwürdige Kreaturen begegneten: rot gefiederte Vögel, die vier Flügel hatten und knurrten wie Hunde, und einige weiße Katzen mit blinden Augen, die sie fast angegriffen hätten, sich aber zurückzogen, als Nadia in Katzensprache besänftigend auf sie einredete. Eine Höhle war überschwemmt, und Borobá musste auf Nadias Kopf klettern, weil ihnen das Wasser bis zum Hals reichte, als sie hindurchwateten, während goldene, geflügelte Fische zwischen ihren Beinen kreuz und quer schwammen, plötzlich zum Flug ansetzten und sich in der Dunkelheit der Tunnel verloren.

In einer anderen Höhle hing dichter purpurfarbener Nebel wie manchmal, wenn der Morgen dämmert, und aus dem nackten Fels sprossen Blumen, was Alex sich nicht erklären konnte. Walimai streifte eine davon mit seiner kurzen Lanze, und sofort schossen zwischen den Blütenblättern fleischige Tentakel hervor, die ihre Beute umschlingen wollten. An einer Tunnelbiegung sahen sie im rötlich flackernden Schein der Fackel eine Nische, und darin ruhte etwas, das aussah wie ein Kind, eingeschlossen in Harz wie ein Käfer in einem Bernsteinbrocken. Bestimmt liegt dieses Wesen seit Menschengedenken in diesem luftdichten Grab, dachte Alex, und kann so noch Tausende von Jahren überdauern. Wie war es hierher gekommen? Woran war es gestorben?

~

Endlich kam der Ausgang des riesigen Labyrinths in Sicht. Sie traten ins Freie, konnten aber in der gleißenden Helligkeit für einen Moment nichts erkennen. Dann sahen sie, dass sie auf einer Art Balkon standen, einem Felsvorsprung: Der Berg umschloss einen tiefen Talkessel. Wer das Labyrinth im Bauch des Tepuis durchlief, gelangte schließlich in die Wunderwelt, die er barg. Über ihren Köpfen ragten senkrecht die bewachsenen Hänge des Berges auf und verloren sich in den Wolken. Blauen Himmel sah man nicht, nur ein undurchdringliches, watteweißes Dach, in dem sich das Sonnenlicht brach und ein merkwürdiges optisches Schauspiel bot: sechs durchsichtige Monde, die in einem milchigen Himmel schwammen. Es waren die Monde, die Alex im Camp von Mauro Carías gesehen hatte. Und jede Menge merkwürdige Vögel gab es hier: manche durchscheinend und schwerelos wie Quallen, andere massig wie schwarze Kondore, und einige ähnelten dem Drachen aus der Grotte.

Sie mussten durch die vielen Tunnel ein gutes Stück nach oben gestiegen sein. Unter ihnen lag ein rundes Tal, das aussah wie ein grünblauer Garten im Dunst. Wasserfälle, Rinnsale und kleine Bäche stürzten die Abhänge hinab und speisten verschiedene Seen, die so ebenmäßig dalagen, als wären sie künstlich angelegt. Und dort, in der Mitte, erhob sich stolz und glitzernd wie eine Krone El Dorado. Nadia und Alex unterdrückten einen Schrei, ganz geblendet vom gleißenden Strahlen der Stadt aus Gold, dem Zuhause der Götter.

Walimai gab ihnen Zeit, sich von ihrer Verblüffung zu erholen, und deutete dann auf die breiten, in den Fels gehauenen Stufen, die sich von dem Vorsprung, auf dem sie standen, ins Tal hinunterschlängelten. Aber auch beim Abstieg kamen sie aus dem Staunen nicht heraus; diese Pflanzen, die Bäume, Blumen und Sträucher waren genauso wunderlich wie die Tiere, die es hier gab. Mit jedem Schritt nach unten wurde es heißer und schwüler, wucherte das Grün verschwenderischer, waren die Bäume höher und dichter belaubt, die Blüten duftender und die Früchte praller. Aber obwohl alles so schön aussah, wirkte es nicht friedlich, sondern unterschwellig bedrohlich wie eine geheimnisvolle Venusfliegenfalle. Die Natur bebte, keuchte, wuchs vor ihren Augen und lag auf der Lauer. Sie sahen Fliegen, die gelb und durchscheinend waren wie Topas, blaue, hörnerbewehrte Käfer, große bunte Schnecken, die sie von weitem für Blumen hielten, absonderlich gestreifte Echsen, Nagetiere mit scharfen, gebogenen Hauern, Baumhörnchen ohne Fell, die wie nackte Gnome von Ast zu Ast sprangen.

Als sie das Tal erreichten und sich El Dorado näherten, begriffen sie, dass es weder eine Stadt noch Gold war, was sie da vor sich hatten. Es waren natürliche geometrische Felsformationen wie die großen Kristallblöcke in den Grotten. Alles strahlte so golden, weil es aus Glimmer, einem völlig wertlosen Mineral, und Pyrit bestand, der auch Katzengold oder treffender »Deppengold« genannt wird. Alex musste grinsen, als er sich vorstellte, wie die Eroberer Amerikas und all die Glücksritter, die nach ihnen kamen, wohl aus der Wäsche geguckt hätten, wäre es ihnen gelungen, die Hindernisse auf dem Weg nach El Dorado zu überwinden, nur um ärmer wieder abzuziehen, als sie gekommen waren.

VIERZEHNTES KAPITEL

Die Bestien

Dann, kurz darauf, sahen Alex und Nadia die Bestie. Sie war nur einen Steinwurf entfernt und ging auf die Stadt zu. Wie ein gigantischer Menschenaffe, bestimmt über drei Meter groß, schritt sie aufrecht auf zwei Füßen vorwärts, ihre langen Armen reichten bis zum Boden, und das Köpfchen mit dem melancholischen Gesichtsausdruck wirkte zu klein für die massige Gestalt. Sie war von einem drahtigen, schwarzen Pelz bedeckt, und ihre Pranken endeten in drei langen, scharfen, krummsäbelähnlichen Klauen. Sie bewegte sich so unglaublich langsam, dass sie gar nicht von der Stelle zu kommen schien. Nadia wusste sofort: Es war das gleiche Wesen, dass sie schon einmal gesehen hatte. Vor Schreck blieben sie wie angewurzelt stehen und starrten die Bestie an. Irgendwie ähnelte sie einem Tier, das sie kannten, aber sie kamen nicht drauf.

»Wie ein Faultier«, flüsterte Nadia endlich.

Und da erinnerte sich Alex, dass er einmal im Zoo von San Francisco ein Tier gesehen hatte, das so ähnlich aussah wie ein Affe oder ein Bär, in den Bäumen lebte, sich unglaublich langsam bewegte und deshalb Faultier hieß. Es war ein friedliches Geschöpf, überhaupt nicht schnell genug, um zu jagen, wegzulaufen oder sich zu verteidigen, hatte aber auch wenig Feinde: Auf seinen dicken Pelz und sein bitteres Fleisch waren nicht einmal die hungrigsten Raubtiere scharf.

»Und der Geruch? Die Bestie, die ich gesehen habe, hat fürchterlich gestunken«, sagte Nadia immer noch flüsternd.

»Die hier stinkt nicht, jedenfalls rieche ich nichts ...«,

sagte Alex. »Sie muss eine Drüse haben wie die Stinktiere und kann den Geruch bestimmt steuern, wenn sie sich verteidigen muss oder ihre Beute lähmen will.«

Die Bestie musste das Geflüster gehört haben, denn jetzt drehte sie sich ganz langsam nach Alex und Nadia um. Die beiden wichen zurück, aber Walimai schritt, gefolgt von seiner Frau, so gemächlich an ihnen vorbei auf die Bestie zu, als mache er ihre Trägheit nach. Der kleine Schamane reichte diesem Wesen, das da wie ein Turm vor ihm aufragte, gerade bis zur Hüfte. Seine Frau und er fielen auf die Knie und verneigten sich tief, und dann hörten Nadia und Alex ganz deutlich, wie die Bestie mit einer tiefen, hallenden Stimme ein paar Worte in der Sprache der Nebelmenschen sagte.

»Mein Gott, sie kann sprechen!«, wisperte Alex und war sich sicher, dass er träumte.

»Pater Valdomero hat Recht gehabt, Jaguar.«

»Aber dann muss sie doch auch denken wie ein Mensch. Meinst du, du kannst mit ihr reden?«

»Klar, wenn Walimai das kann, aber ich trau mich nicht näher ran«, flüsterte Nadia.

Sie mussten eine Weile warten, denn dieses Wesen sprach genauso träge, wie es sich bewegte, und die Wörter plumpsten nur eins nach dem anderen aus seinem Mund.

»Sie fragt, wer wir sind«, übersetzte Nadia.

»Das habe ich verstanden. Ich verstehe fast alles …«, flüsterte Alex und trat einen Schritt nach vorn. Walimai hielt ihn durch eine Geste zurück.

Die Unterhaltung zwischen dem Schamanen und der Bestie schleppte sich in diesem nervenaufreibenden Schneckentempo dahin, und keiner rührte sich, während es dunkler wurde und der weiße Himmel einen orangefarbenen Schimmer annahm. Irgendwo außerhalb des Berges musste die Sonne der Nacht weichen. Endlich stand Walimai auf und kam zu ihnen.

»Die Götter werden einen Rat abhalten«, sagte er.

»Wie? Dann sind das also wirklich die Götter? Und es gibt noch mehr von ihnen? Wie viele?« Aber Walimai fand die erste Frage von Alex wohl unnötig und auf die andere wusste er vielleicht keine Antwort, denn Kate hatte doch erzählt, dass die Indianer nur bis zwei zählen können.

Der Zauberer führte sie am Rand des Berghangs entlang um das Tal herum zu einer kleinen Felshöhle, worin sie es sich, so gut es ging, bequem machten, und brach dann auf, um etwas zu essen zu suchen. Er kehrte mit einigen stark duftenden Früchten zurück, die Nadia und Alex noch nie gesehen hatten, aber weil sie beide so hungrig waren, stellten sie keine Fragen, sondern putzten sie einfach weg. Von einem Moment auf den anderen war es Nacht geworden, und undurchdringliche Dunkelheit hüllte sie ein; die Stadt aus falschem Gold, die sie noch eben mit ihrem Schimmer bezaubert hatte, versank im Schatten. Walimai versuchte nicht, die zweite Fackel zu entzünden, die er bestimmt für den Rückweg aufheben wollte, und auch sonst brannte nirgends ein Licht. Diese wilden Götter können zwar reden, und vielleicht verhalten sie sich ja auch sonst ein bisschen wie Menschen, dachte Alex, aber eigentlich müssen sie primitiver sein als die steinzeitlichen Höhlenbewohner, wenn sie noch nicht einmal entdeckt haben, wie man Feuer macht. Im Vergleich dazu waren die Indianer hoch entwickelt. Aber warum verehrten die Nebelmenschen sie dann als Götter?

Es war noch immer schwülheiß, als befänden sie sich im Innern eines schlafenden Vulkans, der Hitze und Feuchtigkeit ausschwitzte. Keine besonders verlockende Vorstellung, auf einer dünnen Schicht Erde zu liegen, wenn unter einem die Flammen der Hölle lodern, dachte Alex, aber wenn es tatsächlich ein Vulkan war, dann war er jedenfalls seit vielen tausend Jahren nicht ausgebrochen, denn das sah man doch an der üppigen Vegetation, und es wäre schon verdammt viel Pech, sollte es ausgerechnet in der Nacht passieren, wenn er hier zu Besuch war. Die nächsten Stunden schleppten sich dahin. Nadia und Alex konnten in dieser unbekannten Umgebung kaum Schlaf finden. Zu deutlich stand ihnen das Bild des toten Soldaten noch vor Augen. Die Bestie musste ihn mit ihren gewaltigen Klauen auf derart widerliche Weise ausgeweidet haben. Warum war der Mann nicht geflohen oder hatte geschossen? So langsam, wie dieses Wesen sich bewegte, hätte er doch jede Menge Zeit dazu gehabt. Das war nur mit dem lähmenden Gestank zu erklären. Und sie würden keine Chance haben, wenn die Bestien diese Waffe gegen sie einsetzen wollten. Es half nicht, sich die Nase zuzuhalten, der Gestank drang durch alle Poren, vernebelte einem das Gehirn und raubte einem jeden Willen; er war genauso tödlich wie das Curare.

»Sind das Menschen oder Tiere?«, versuchte Alex, etwas aus Walimai herauszubringen, der aber mit der Frage nichts anfangen konnte, weil es für ihn keinen Unterschied machte.

»Wo kommen sie her?«

»Sie waren immer da, sie sind Götter.«

Alex stellte sich den Talkessel des Tepuis als eine Art Archiv der Natur vor, in dem Lebewesen überdauert hatten, die sonst auf der Erde ausgestorben waren. Er sagte zu Nadia, die Bestie sei bestimmt ein Vorfahr der Faultiere, die man heute kannte.

»Sie haben so wenig mit Menschen gemeinsam, Aguila. Wir haben keine Häuser gesehen, keine Werkzeuge oder Waffen, nichts, was irgendwie auf ein Stammesleben schließen lässt.«

»Außer, dass sie sprechen, Jaguar.«

»Es müssen trotzdem Tiere sein, Tiere, die einen sehr langsamen Stoffwechsel haben und bestimmt ein paar hundert Jahre alt werden. Mal angenommen, sie haben ein

Gedächtnis, dann können sie doch in dieser Zeit eine Menge lernen, vielleicht sogar das Sprechen, oder?«

»Sie sprechen die Sprache der Nebelmenschen. Wer hat die erfunden? Haben die Indianer sie den Bestien beigebracht? Oder die Bestien den Indianern?«

»Auf jeden Fall müssen die Indianer und diese Urzeitfaultiere seit Jahrhunderten in einer symbiotischen Beziehung miteinander leben«, sagte Alex.

»In einer was?« Nadia hatte diesen Ausdruck noch nie gehört.

»Ich meine, sie müssen einander zum Leben brauchen.«

»Wieso?«

»Keine Ahnung, aber ich finde es bestimmt heraus. Ich habe mal gelesen, dass die Götter die Menschen genauso nötig haben wie die Menschen die Götter.«

»Dieser Rat der Bestien dauert bestimmt nervtötend lang. Besser, wir schlafen ein bisschen, damit wir morgen halbwegs fit sind«, sagte Nadia und rollte sich auf die Seite. Sie musste Borobá verscheuchen, denn die Hitze war nicht auszuhalten. Aber die beiden waren so daran gewöhnt, ständig zusammenzuhängen, dass der Affe für Nadia fast so etwas wie ein zusätzliches Körperteil war und sie jede Trennung, auch die kürzeste, als eine Art Amputation empfand.

~

Bei Sonnenaufgang erwachte das Leben in der goldenen Stadt, und das Tal das Götter erstrahlte in allen Rot-, Orange- und Rosatönen. Die Bestien brauchten allerdings viele Stunden, bis sie ihre Schläfrigkeit abgeschüttelt hatten und eine nach der anderen aus ihren Höhlen zwischen den Felsen und Kristallformationen krochen. Alex und Nadia zählten elf, drei waren offensichtlich männlich, acht weiblich, manche etwas größer als andere, aber alle ausgewachsen. Anscheinend hatten sie keine Kinder, und die beiden fragten sich, ob sie überhaupt jemals welche bekamen. Walimai sagte, ganz selten werde ein Gott geboren, er habe das noch nie erlebt, allerdings habe er auch noch keinen sterben sehen, wisse aber von einer Grotte im Labyrinth, wo ihre Gebeine ruhten. Alex fand seine Theorie bestätigt und stellte sich vor, dass diese urzeitlichen Säugetiere in ihrem jahrhundertelangen Leben vielleicht ein- oder zweimal Nachwuchs bekamen, was es unwahrscheinlich machte, eine Geburt zu erleben. So behäbig, wie die sich bewegen, sind sie bestimmt keine Jäger und ernähren sich größtenteils von Pflanzen, dachte Alex, der sie nun endlich einmal aus der Nähe betrachten konnte. Die riesigen Klauen schienen nicht zum Töten, sondern zum Klettern zu dienen. Damit konnten die Bestien selbst mit ihrem Tonnengewicht leicht die steile Felswand hinter dem Wasserfall hinauf- und hinunterkommen. Sie brauchten bloß dieselben Vorsprünge und Einkerbungen zu benutzen wie die Indianer. Wie viele waren wohl außerhalb des Berges unterwegs? Nur eine oder gleich ein Dutzend? Er hätte so gerne einen Beweis für das, was er hier sah, mit nach Hause genommen!

Viele Stunden später trat der Rat zusammen. In einer Art Amphitheater inmitten der goldenen Stadt ließen sich die Bestien im Halbkreis nieder, und Walimai setzte sich mit Nadia und Alex ihnen gegenüber. Neben diesen Kolossen nahmen sie sich winzig aus. Zuerst kam es ihnen so vor, als würden die massigen Körper beben, denn ihre Umrisse verschwammen ein bisschen, aber dann merkten sie, dass im Pelz der Bestien ganze Völkerscharen unterschiedlicher Insekten hausten, von denen manche wie Fruchtfliegen um sie herumschwirrten. In der glutheißen Luft sah das aus, als hüllte sie eine Wolke ein. Die Bestien waren nur ein paar Meter weg, so dass Alex und Nadia alles genau erkennen, aber doch notfalls die Flucht ergreifen konnten, obwohl beiden klar war, dass keine Macht der Welt sie würde retten können, falls einer dieser elf Riesen entschied, sie mit seinem Gestank zu betäuben. Walimais Verhalten hatte etwas Feierliches und Ehrfürchtiges, aber Angst schien er nicht zu haben.

»Dies sind Aguila und Jaguar, Fremde, die als Freunde zu den Nebelmenschen gekommen sind. Sie sind hier, um Anweisungen zu erbitten«, sagte der alte Schamane.

Diese Einleitung wurde mit einem nicht enden wollenden Schweigen aufgenommen, als brauchten die Bestien eine halbe Ewigkeit, bis die Bedeutung der Worte in ihre Gehirne durchgesickert war. Dann begann Walimai mit einem langen, in Verse gefassten Bericht über die jüngsten Vorkommnisse bei den Nebelmenschen, angefangen bei den Geburten der letzten Zeit bis hin zum Tod des Häuptlings Mokarita, er erzählte von den Visionen, in denen der Rahakanariwa aufgetaucht war, vom Besuch im Tiefland, von der Ankunft der beiden Fremden und der Wahl Iyomis zum Häuptling der Häuptlinge. Im Schneckentempo entspann sich ein Dialog zwischen dem Zauberer und den wilden Göttern, dem Alex und Nadia ohne Mühe folgen konnten, weil sie nach jedem Wort Zeit zum Nachdenken hatten und sich untereinander darüber beratschlagen konnten, was gemeint war. So erfuhren sie, dass die Nebelmenschen seit Anbeginn der Zeit von der goldenen Stadt wussten, dieses Geheimnis eifersüchtig gehütet und so die Götter vor der Außenwelt geschützt hatten, während diese wiederum die Geschichte des Stammes Wort für Wort in ihrem Gedächtnis behielten. Es hatte große Naturkatastrophen gegeben, durch die diese Oase, die der Tepui umschloss, so stark in Mitleidenschaft gezogen worden war, dass die Nahrung, die hier wuchs, für die Bewohner nicht mehr ausreichte. In diesen Zeiten hatten die Indianer den Göttern »Opfergaben« gebracht: Mais, Kartoffeln, Maniok, Früchte und Nüsse. Sie waren nicht durch das Labyrinth in den Berg eingedrungen, sondern hatten die Geschenke außerhalb des Tepuis abgelegt und einen Boten zu den Göttern entsandt. Auch Eier, Fisch und erlegtes Wild hatten die Indianer ihren Göttern dargebracht; so hatte sich im Laufe der Zeit auch deren Speiseplan von vegetarischer auf gemischte Kost umgestellt.

Falls diese Urzeitkreaturen mit ihrem langsamen Denkvermögen so etwas wie eine Religion nötig haben, dachte Alex, dann sind bestimmt die Indianer für sie die Götter, diese unsichtbaren Bewohner von Tapirawa-teri, die einzigen Menschen, die sie kennen. Für die Bestien mussten die Indianer über magische Fähigkeiten verfügen: Sie konnten sich schnell bewegen, hatten jede Menge Nachwuchs, besaßen Werkzeuge und Waffen, beherrschten das Feuer und den grenzenlosen Raum außerhalb des Berges, sie waren allmächtig. Aber wahrscheinlich waren diese urweltlichen Riesenfaultiere noch nicht auf einer Evolutionsstufe angekommen, wo man beginnt, sich über den eigenen Tod Gedanken zu machen, und brauchten deshalb noch keine Götter. Ihr langes Leben bestand wohl hauptsächlich aus Essen und Schlafen.

Im Gedächtnis der Bestien war alles verwahrt, was die Boten der Menschen ihnen mitgeteilt hatten: Sie waren so etwas wie lebende Archive, wandelnde Bibliotheken. Die Indianer kannten die Schrift nicht, aber ihre Geschichte ging nicht verloren, denn diese Urzeitfaultiere vergaßen nichts. Befragte man sie mit Geduld und ließ sich ausreichend Zeit, konnte man von ihnen alles erfahren, was sich bei dem Stamm in seiner vieltausendjährigen Geschichte zugetragen hatte. Schon vor Walimai hatte es immer Schamanen gegeben, die den Göttern Besuche abstatteten, um sie auf dem Laufenden zu halten mit der Geschichte des Stammes bis in die jüngste Zeit, die sie ihnen, in lange Gedichte gefasst, vortrugen. Die Boten starben, und andere übernahmen diese Aufgabe, aber jeder einzelne Vers blieb im Gedächtnis der Bestien verwahrt.

Alex und Nadia hörten den Bestien zu, berieten sich, wenn sie etwas nicht auf Anhieb verstanden, und erfuhren so eine ganze Menge.

Bisher war erst zweimal der ganze Stamm ins Innere des Berges geflohen, beide Male, um einem mächtigen Feind zu entkommen. Das erste Mal musste schon vierhundert Jahre zurückliegen, denn aus dem, was die Bestien sagten, schloss Alex, dass sich die Nebelmenschen vor einem Trupp spanischer Soldaten versteckt hatten, dem es gelungen war, bis ins Auge der Welt vorzudringen. Die Krieger hatten beobachtet, dass diese Fremden mühelos aus großer Entfernung mit Stöcken, die Rauch und Donner machten, mordeten, und da wussten sie, dass ihre Waffen wenig gegen diese Eindringlinge ausrichten konnten. Deshalb hatten sie die Hütten abgebaut, ihre paar Habseligkeiten verscharrt, die Reste ihres Dorfes mit Erde und Zweigen abgedeckt, hatten alle Spuren verwischt und waren mit ihren Frauen und Kindern in den heiligen Tepui geflohen. Dort hatten sie unter dem Schutz der Götter gestanden, bis die Fremden einer nach dem anderen umgekommen waren.

Alex musste an einen Bericht über einen der ersten Suchtrupps auf dem Weg nach El Dorado denken, den ihm seine Großmutter zu lesen gegeben hatte. Dort wurde behauptet, die Goldsucher hätten sich in ihrer blinden Gier gegenseitig umgebracht, aber wenn es dieselben waren, von denen hier die Rede war, mussten auch einige von den Bestien und den indianischen Kriegern niedergemacht worden sein. Einem war es allerdings gelungen, lebend aus dieser Urwaldhölle herauszukommen und in seine Heimat zurückzukehren. Den Rest seines Lebens hatte er in einem Irrenhaus in Nordspanien verbracht, an einen Pfosten gebunden und faselnd von sagenhaften Riesen und einer Stadt aus purem Gold. Seine Schilderung war in den Chroniken des Spanischen Königreichs festgehalten worden und beflügelte noch heute die Fantasie der Abenteurer.

Zum zweiten Mal hatte der Stamm sich in den Tepui geflüchtet, als die Nahab mit ihren großen Vögeln, die Donner und Wind machen, im Auge der Welt gelandet waren. Das musste vor ungefähr drei Jahren gewesen sein. Wieder waren die Nebelmenschen so lange verborgen geblieben, bis die Fremden enttäuscht abgezogen waren, ohne Gold und Edelsteine. Aber die Indianer waren durch Walimais Visionen gewarnt und darauf vorbereitet, dass die Nahab zurückkommen würden. Und dieses Mal würden keine vierhundert Jahre vergehen, ehe sie sich wieder auf die Hochebene wagten, denn jetzt konnten sie fliegen. So hatten die Bestien beschlossen, den Berg zu verlassen und die Nahab zu töten, denn woher hätten sie auch wissen sollen, dass es Millionen von ihnen gab. Sie waren ja selbst so wenige und glaubten, diesen Feind einen nach dem anderen aus der Welt schaffen zu können.

»Deshalb sind keine Indianer umgebracht worden, sondern nur Fremde.« Alex ging ein Licht auf.

»Und wieso haben sie dann Pater Valdomero nicht ermordet?« Nadia schien noch nicht restlos überzeugt.

»Pater Valdomero hat doch bei den Indianern gelebt. Bestimmt haben die Bestien das irgendwie gemerkt, gerochen vielleicht, und deshalb haben sie ihn nicht angegriffen.«

»Und was ist mit mir? Mich hat die eine auch nicht angegriffen …«

»Wir waren mit den Indianern unterwegs. Wären wir bei der Expedition gewesen, sie hätte uns bestimmt umgebracht wie den Soldaten.«

»Du meinst also, sie haben den Berg verlassen, um alle Fremden zu töten?«

»Genau. Aber erreicht haben sie genau das Gegenteil. Ist doch klar: Plötzlich interessieren sich viele Leute für die

Indianer und für das Auge der Welt. Ich wäre doch gar nicht hier, wenn meine Großmutter nicht von dieser Zeitschrift den Auftrag bekommen hätte, die Bestie zu finden«, sagte Alex.

∽

Es wurde Abend, gleich darauf Nacht, und der Rat war noch immer zu keinem Ende gekommen. Alex fragte, wie viele Götter den Berg verlassen hätten, und Walimai antwortete, zwei, aber dieser Angabe war eigentlich nicht zu trauen, es konnte genauso gut ein halbes Dutzend dort draußen unterwegs sein. Nach langem Hin und Her hatte Alex den Bestien mit Nadias Unterstützung begreiflich gemacht, dass sie nur eine Überlebenschance hatten, solange sie im Tepui blieben, dass die Indianer auf jeden Fall mit den Nahab in Berührung kommen würden und einen Weg finden mussten, mit ihnen auszukommen. Ein Zusammentreffen sei unvermeidlich, denn früher oder später würden die Hubschrauber wieder im Auge der Welt landen, und diesmal würden die Nahab kommen, um zu bleiben. Einige der Nahab wollten die Nebelmenschen vernichten und das Auge der Welt für sich haben. Das war besonders schwierig zu erklären, denn weder die Bestien noch Walimai verstanden, wie jemand die Erde in Besitz nehmen konnte. Alex versuchte ihnen klarzumachen, dass es auch andere Nahab gab, die sich für die Indianer einsetzen und bestimmt auch alles tun würden, um die Götter zu beschützen, denn sie waren die letzten ihrer Art auf der Erde. Er erinnerte den Schamanen daran, dass er von Iyomi zum Häuptling ernannt worden war, um mit den Nahab zu verhandeln, und bat um die Erlaubnis, das zu tun, und um Unterstützung für diese Aufgabe.

»Wir glauben nicht, dass die Nahab mächtiger sind als die Götter«, sagte Walimai.

»Doch, manchmal sind sie es. Die Götter können nichts gegen sie ausrichten und die Nebelmenschen auch nicht. Aber die einen Nahab können die anderen aufhalten.«

»Ich habe gesehen, dass der Rahakanariwa Durst nach Blut hat.«

»Ich bin zum Häuptling ernannt worden, um den Rahakanariwa zu besänftigen«, meldete sich Nadia.

»Sag ihnen bitte noch mal, dass der Kampf aufhören muss«, bat Alex Nadia. »Die Götter sollen in ihren Berg zurückkehren. Du und ich werden dafür sorgen, dass die Nebelmenschen und die Wohnstatt der Götter von den Nahab respektiert werden.« Er versuchte, überzeugend zu klingen.

Im Grunde hatte er keine Ahnung, wie er es mit Mauro Carías, Hauptmann Ariosto und all den anderen Glücksrittern aufnehmen sollte, die nach den Reichtümern der Gegend gierten. Er wusste ja noch nicht einmal, was Mauro Carías genau vorhatte und welche Rolle die Expedition des International Geographic in seinen Plänen spielte. Der Unternehmer hatte zwar deutlich gesagt, sie würden Zeugen sein, aber Alex konnte sich nicht vorstellen, wobei.

Er dachte bei sich, dass es für weltweites Aufsehen sorgen würde, wenn seine Großmutter über die Bestien und diese Oase im Tepui berichtete. Mit ein bisschen Glück und falls Kate Cold die Presse mit den richtigen Informationen fütterte, würde das Auge der Welt unter internationalen Schutz gestellt. Aber vielleicht wäre es bis dahin schon zu spät. Wenn Mauro Carías' Rechnung aufging, hätte er in »weniger als drei Monaten freie Bahn«, wie er Hauptmann Ariosto gegenüber behauptet hatte. Die internationale Unterstützung musste auf jeden Fall früher kommen. Auch wenn es bestimmt nicht möglich sein würde, Wissenschaftler und Fernsehteams in ihrer Neugier zu zügeln, ließe sich zumindest eine Invasion der Abenteurer und Siedler verhindern, die den Urwald platt machen und seine Bewohner ausrotten würden. Aber was, wenn irgendein Unternehmen in Hollywood auf die Idee kam, den ganzen Tepui in eine Art Disneyland oder Jurassic Park zu verwandeln? Eine Horrorvision: Die Bestien hinter Gittern und die Nebelmenschen in knallbunten Uniformen aus Polyacryl, wie sie den Touristen Zuckerwatte verkaufen. Völlig auszuschließen war das nicht, aber irgendwie musste es seiner Großmutter mit ihren Reportagen gelingen, diesen Albtraum wenigstens vorerst abzuwenden.

∽

Die wilden Götter bewohnten verschiedene Felshallen in der sagenumwobenen Stadt. Sie waren Einzelgänger, die ihre Schlafräume nicht miteinander teilten. Trotz ihrer Größe aßen sie wenig, kauten stundenlang auf Blättern, Früchten oder Wurzeln herum, und zuweilen verspeisten sie auch kleine Tiere, die bereits tot waren oder ihnen schwer verwundet vor die Füße fielen. Nadia konnte sich mit den Bestien sogar besser verständigen als Walimai. Einige der Weibchen schienen sich irgendwie für sie zu interessieren und erlaubten ihr, näher zu kommen, denn Nadia wollte sie unbedingt einmal anfassen. Aber als sie in den borstigen Pelz griff, krabbelten Scharen der unterschiedlichsten Insekten ihren Arm hoch, schlüpften unter ihr T-Shirt und verfingen sich in ihren Locken. Nadia versuchte verzweifelt, sie abzuschütteln, aber die meisten blieben in ihren Kleidern und Haaren hängen. Walimai führte sie und Alex zu einem der Seen in der goldenen Stadt, und Nadia stürzte sich ins Wasser, das angenehm lau war und sprudelte. Wenn man untertauchte, kitzelten einen die Luftbläschen. Sie winkte zu Alex hinüber, und zusammen planschten sie lange herum, bis sie endlich den ganzen Staub und Schweiß der letzten Tage los waren.

Unterdessen hatte Walimai in einer Kalebasse das Mark einer Frucht mit großen schwarzen Kernen zerdrückt und mischte es jetzt mit dem Saft einiger blauschimmernder Trauben. Es entstand eine brombeerfarbene Paste, dickflüssig wie die Knochensuppe, die sie zu Mokaritas Beisetzung getrunken hatten, aber diese hier schmeckte lecker und duftete stark nach Honig und Nektar. Der Schamane ließ zunächst die Götter davon trinken, dann nahm er selbst einen Schluck und gab danach Nadia, Alex und auch Borobá etwas davon. Der nahrhafte Saft stillte augenblicklich ihren Hunger, und sie fühlten sich ein wenig beschwipst, als hätten sie Alkohol getrunken.

Die Nacht durften sie in einer der Felskammern in der goldenen Stadt verbringen, wo die Hitze nicht so drückend war wie in der Höhle am Berghang. Hier wuchsen aus den Felsspalten die sonderbarsten Orchideen, von denen manche so stark dufteten, dass es einem in ihrer Nähe den Atem verschlug. Es begann zu regnen, und lange trommelten die Tropfen auf den Fels, prasselten als warme, dichte Dusche vor dem Eingang der Kammer auf den Boden und rauschten in Bächen über die Kristallformationen. Als es schließlich zu regnen aufhörte, erhob sich ein kühler Luftzug, und Alex und Nadia legten sich erschöpft auf den harten Felsboden von El Dorado und sanken mit dem Gefühl, den Bauch voller duftender Blumen zu haben, in tiefen Schlaf.

Walimais Trank hatte die magische Kraft, sie in das Reich der Mythen und gemeinsamen Träume zu entführen, wo alle, Götter und Menschen, dieselben Dinge sahen. Das sollte ihnen am folgenden Tag viele Worte, viele Erklärungen ersparen. Sie träumten, dass der Rahakanariwa in einer versiegelten Holzkiste gefangen war und mit seinem starken Schnabel und den furchteinflößenden Fängen wütend auf die Bretter einhieb, um sich zu befreien, während Götter und Menschen, an Bäume gefesselt, ihrem Schicksal entgegensahen. Sie träumten, dass die Nahab, deren Gesichter hinter Masken verborgen waren, sich gegenseitig umbrachten. Sie sahen, wie der menschenfressende Vogel die Holzkiste in Stücke hieb und alles zu verschlingen drohte, aber da stellten sich ihm ein weißer Adler und ein schwarzer Jaguar in den Weg und forderten ihn zu einem Kampf auf Leben und Tod heraus. Wie so oft in Träumen, so wurde ihnen auch in diesem nicht offenbart, wie das Duell endete. Alex erkannte den Rahakanariwa wieder, denn es war der Geier, der in seinem Albtraum zu Hause eine der Fensterscheiben zertrümmert, mit den widerlichen Fängen seine Mutter gepackt und weggeschleppt hatte.

Als sie am Morgen erwachten, brauchten sie einander nicht zu erzählen, was sie gesehen hatten, denn alle, selbst der kleine Borobá, waren im gleichen Traum gewesen. Sie mussten dem Rat der Götter, der erneut zusammentrat, nicht wie am Vortag stundenlang ihre Vorstellungen erläutern. Jeder wusste, was bevorstand und welche Rolle er dabei zu spielen hatte.

»Jaguar und Aguila werden mit dem Rahakanariwa kämpfen. Welchen Lohn erbitten sie, falls sie den Kampf gewinnen?«, gelang es einem dieser unendlich langsamen Wesen mit vielen Stockungen und Pausen zu fragen.

»Die drei Eier aus dem Nest«, sagte Nadia wie aus der Pistole geschossen.

»Und das Wasser des Lebens«, sagte Alex und dachte an seine Mutter.

Mit schreckgeweiteten Augen starrte Walimai sie an und zischte ihnen zu, mit diesen Bitten hätten sie gegen das wichtigste Gesetz von Geben und Nehmen verstoßen: Wer gibt, darf auch nehmen, jedoch darf das Geben niemals an eine Bedingung geknüpft sein. Es war das Gesetz der Natur. Sie hatten es gewagt, die Götter um etwas zu bitten, noch ehe sie ihnen etwas dargebracht hatten. Die Götter hätten diese Frage aus reiner Höflichkeit gestellt, und als angemessene Antwort hätten sie ihnen versichern müssen, dass sie keinerlei Lohn wünschten und aus Achtung vor den Göttern und Mitleid für die Menschen handelten. Tatsächlich schienen die Bestien über die Forderung dieser Fremden fassungslos und erbost. Jetzt richteten sich einige bedrohlich knurrend zu ihrer vollen Größe auf und hoben ihre Arme, die dick waren wie die Äste von alten Eichen. Walimai warf sich vor dem Rat auf den Boden und stammelte Erklärungen und Entschuldigungen, schaffte es aber nicht, die Bestien zu beruhigen. Was, wenn eine auf die Idee kam, sie mit ihrem Gestank zu betäuben, dachte Alex und griff zu dem einzigen Mittel, das ihm einfiel: zu der Flöte seines Großvaters.

»Ich habe ein Geschenk für die Götter«, sagte er zitternd.

Die ersten Töne durchwehten sanft, aber noch zögerlich die schwüle Stille im Talkessel des Tepuis. Doch bis die Bestien aus ihrer Verblüffung wieder zu sich kamen, hatte Alex sich freigespielt und überließ sich ganz dem Glücksgefühl, Musik zu machen. Etwas von Walimais übernatürlichen Kräften schien sich auf die Flöte übertragen zu haben. Die Töne vervielfältigten sich vor der eindrucksvollen Kulisse der goldenen Stadt, hallten in immer neuen, endlosen Klangfolgen von den Felsen wider, brachten die Orchideen an den hohen Kristallwänden zum Erzittern. So hatte er noch nie gespielt, noch nie hatte er sich so mächtig dabei gefühlt: Mit dem Zauber seiner Flöte konnte er die wilden Tiere zähmen. Es hörte sich an, als wäre die Flöte an einen gigantischen Synthesizer angeschlossen, der ihr Spiel mit einem kompletten Orchester, von Streichern über Bläser bis hin zu den Pauken, begleitete. Die wilden Götter, reglos zuerst, begannen zu schwanken wie große Bäume im Wind; sie stampften mit ihren urzeitlichen Füßen, und die grüne Oase im Tepui hallte wider wie die Glocke einer Kathedrale. Jetzt war Nadia mit einem Satz in der Mitte des Halbkreises, während Borobá, als verstünde er, dass dies ein entscheidender Moment war, mucksmäuschenstill zu Alex' Füßen verharrte.

Nadia begann zu tanzen und spürte die Kraft der Erde wie einen Energiestrom im ganzen Körper. Sie hatte nie ein Ballett gesehen, aber all die Rhythmen in sich aufgenommen, die sie so oft gehört hatte: die brasilianische Samba, die Salsa und den Joropo aus Venezuela, die nordamerikanischen Beats, die sie aus dem Radio kannte. Sie hatte die Schwarzen, die Mulatten, die Caboclos und die Weißen gesehen, wie sie beim Karneval in Manaus bis zur Erschöpfung tanzten, hatte den Indianern bei ihren rituellen Tänzen zugesehen. Sie wusste nicht, was sie da tat, folgte nur ihrem Instinkt, um den Göttern ein Geschenk zu machen. Sie flog. Ihr Körper bewegte sich ganz von selbst, wie in Trance, ohne dass sie sich dessen bewusst war oder darüber nachdenken musste. Sie wiegte sich wie die höchsten Palmen, bäumte sich auf wie die Gischt der Stromschnellen, wirbelte herum wie der Wind. Sie ahmte den Flug der Aras nach, die wilde Hatz der Jaguare, die Sprünge der Delfine, das Schwirren der Fliegen, das Kriechen der Schlangen.

Seit Tausenden von Jahren hatte es Leben gegeben im Talkessel des Tepuis, aber noch nie hatte man hier Musik gehört, nicht einmal das Schlagen einer Trommel. Die beiden Male, als sich die Nebelmenschen in den Schutz der legendären Goldstadt flüchteten, hatten sie die Götter möglichst wenig stören wollen, hatten sich ganz ruhig verhalten und von ihrer Gabe des Unsichtbarwerdens Gebrauch gemacht. Die Bestien hatten keine Ahnung davon, dass die Menschen Musik machen konnten, und auch niemals jemanden gesehen, der sich so federleicht, leidenschaftlich, schnell und anmutig bewegte wie Nadia. Tatsächlich hatten diese schwerfälligen Geschöpfe noch nie ein so schönes Geschenk bekommen. Ihre langsamen Gehirne nahmen jeden Ton und jede Bewegung in sich auf und bewahrten sie für kommende Jahrhunderte. Das Geschenk der beiden Fremden würde für immer Teil ihrer Geschichte sein.

FÜNFZEHNTES KAPITEL

Die Eier aus Kristall

Für die Musik und den Tanz, die sie von Alex und Nadia erhalten hatten, gewährten die Bestien den beiden die Erfüllung ihrer Bitten. Zu Nadia sagten sie, sie müsse den Tepui bis hinauf zu seiner höchsten Felszinne erklimmen, wo sie das Nest mit den drei verzauberten Eiern finden würde. Alex dagegen sollte in die Tiefen der Erde hinabsteigen, denn dort entsprang das Wasser des Lebens.

»Können wir zusammen gehen? Erst hoch zum Gipfel und dann hinunter in die Tiefe?«, fragte Alex, denn es war sicher einfacher, diese Aufgaben gemeinsam zu erfüllen.

Die Urzeitfaultiere schüttelten bedächtig den Kopf, und Walimai erklärte, eine Reise ins Reich der Geister könne man nur allein antreten. Er sagte ihnen auch, sie müssten ihren Auftrag am folgenden Tag erfüllen und vor Einbruch der Dunkelheit zurück sein, weil er mit den Göttern übereingekommen sei, den Berg dann zu verlassen. Sollten sie bis dahin nicht zurück sein, würden sie im heiligen Tepui eingeschlossen bleiben, da sie allein niemals den Ausgang durch das Labyrinth finden würden.

Den Rest des Tages durchstreiften Nadia und Alex El Dorado und erzählten einander, was sich in ihrem Leben bisher ereignet hatte; beide wollten so viel wie möglich voneinander wissen, ehe sie Abschied nehmen mussten. Nadia konnte sich ihren Freund nur schwer in Kalifornien bei seiner Familie vorstellen; sie hatte noch nie einen Computer gesehen, war nie auf eine Schule gegangen und hatte auch noch keinen Winter erlebt. Dafür konnte sie frei und ungestört inmitten der Natur leben, und darum beneidete

Alex sie ein bisschen. Sie hatte eine rasche Auffassungsgabe und verfügte über ein Wissen, das ihm sicher für immer verborgen bleiben würde.

Nadia und Alex bestaunten zusammen die Stadt mit ihren bizarren Felsformationen aus Glimmer und anderen Mineralien, machten einander auf die wunderlichen Blumen aufmerksam, die hier überall wuchsen, und betrachteten die eigenartigen Tiere, die im Talkessel zu Hause waren. Manchmal flog so ein Drache vorbei wie der aus der Höhle, und mittlerweile hatten die beiden herausgefunden, dass die zahm waren wie dressierte Papageien. Einer ließ sich anlocken, landete anmutig vor ihren Füßen, und sie durften ihn sogar streicheln. Er fühlte sich glatt und kühl an wie ein Fisch; er hatte einen stechenden Raubvogelblick, und sein Atem roch ein bisschen wie das Veilchenparfüm von Oma Carla. Sie badeten in den warmen Seen und aßen so viele Früchte, bis sie nicht mehr konnten, aber nur von denen, die Walimai ihnen gezeigt hatte. Der Schamane hatte sie gewarnt, dass hier auch Früchte und Pilze wuchsen, die ein tödliches Gift enthielten, von anderen bekam man grauenhafte Visionen, sie raubten einem den Willen oder löschten für immer jede Erinnerung aus. Auf ihrem Streifzug trafen Nadia und Alex hin und wieder eine der Bestien, die offensichtlich die meiste Zeit einfach vertrödelten. Hatten sie erst einmal genügend Blätter und Früchte gefuttert, betrachteten sie sich nur noch die tropische Oase ringsum und den Wolkendeckel über dem Tepui. »Für sie ist der Himmel weiß und so groß wie dieser Kreis«, bemerkte Nadia, und Alex sagte, auch sie selbst hätten eine ziemlich eingeschränkte Vorstellung vom Himmel, die Astronauten jedenfalls hätten gesehen, dass er nicht blau sei, sondern unendlich tief und schwarz. Es war schon spät, und die beiden waren müde, als sie in ihre Schlafkammer zurückkehrten; sie schliefen Seite an Seite, berührten einander zwar nicht, denn es war so heiß, teilten aber denselben Traum, wie sie es durch Walimais magische Früchte gelernt hatten.

Bei Tagesanbruch gab der alte Schamane Alex eine leere und Nadia eine mit Wasser gefüllte Kalebasse und einen Korb, den sie sich auf den Rücken band. Ob nun hinauf zum Gipfel oder hinab in die Tiefe, einmal mit der Reise begonnen, warnte er sie, würde es kein Zurück geben. Sie würden die Hindernisse auf ihrem Weg überwinden müssen oder bei dem Versuch ihr Leben lassen, denn es sei ausgeschlossen, mit leeren Händen umzukehren.

»Seid ihr sicher, dass ihr das wollt?«, fragte er sie.

»Ich schon«, antwortete Nadia.

Sie hatte keine Ahnung, wozu diese Eier dienen würden und warum sie sie suchen sollte, aber sie zweifelte nicht an dem, was sie in ihrer Vision empfunden hatte. Sie mussten sehr wertvoll sein oder über große Zauberkräfte verfügen; für sie war Nadia bereit, ihre schlimmste Angst zu überwinden: die Angst vor der Höhe.

»Ich auch«, sagte Alex und dachte, dass er sogar in die Hölle reisen würde, wenn er dadurch seine Mutter retten konnte.

»Kann sein, dass ihr zurückkommt, kann auch sein, dass ihr nicht zurückkommt«, sagte der Zauberer zum Abschied bloß, denn für ihn war die Grenze zwischen Leben und Tod kaum mehr als eine dünne Rauchfahne, die sich im leisesten Windhauch in Luft auflösen konnte.

Nadia hob Borobá von ihrer Hüfte hoch und erklärte ihm, dass sie ihn da, wo sie hinging, nicht mitnehmen konnte. Der Affe sprang auf den Boden, umschlang Walimais Bein, wimmerte und ballte die Fäuste, versuchte aber nicht, wieder zu ihr zu kommen. Beklommen umarmten sich Nadia und Alex ganz fest. Dann brach ein jeder in die Richtung auf, die Walimai ihm gewiesen hatte.

Nadia kraxelte die Felstreppe hoch, die sie mit Walimai und Alex auf ihrem Weg aus dem Labyrinth in den Talkessel hinabgestiegen war. Bis dort oben zu dem Vorsprung fiel ihr der Aufstieg leicht, obwohl die Treppe sehr steil war, kein Geländer hatte und ihre schmalen Stufen unregelmäßig und ausgetreten waren. Gegen den Schwindel kämpfend, warf sie einen raschen Blick zurück auf das in grünblauen Dunst gehüllte Tal mit der prächtigen goldenen Stadt in der Mitte. Dann sah sie hinauf, und ihr Blick verlor sich in den Wolken. Der Talkessel schien sich nach oben zu verengen. Wie sollte sie bloß dort hinaufkommen? Sie würde Hakenfüße brauchen wie ein Käfer. Wie hoch war der Tepui überhaupt? Wie viel steckte in den Wolken? Wie sollte sie das Nest finden? Sie musste aufhören, über die Probleme zu grübeln, und auf die Lösungen vertrauen: Sie würde die Hindernisse eins nach dem anderen überwinden, so, wie sie sich ihr in den Weg stellten. Immerhin bin ich den Wasserfall hinaufgekommen, also schaffe ich das hier auch, dachte sie, obwohl sie ja diesmal nicht von Jaguar mit einem Seil gesichert wurde, sondern ganz allein war.

Einmal auf dem Felsbalkon angekommen, endete die Treppe, und von nun an würde sie sich weiterhangeln und Halt suchen müssen, wo immer sich welcher bot. Sie rückte den Korb auf ihrem Rücken zurecht, schloss die Augen und suchte die Ruhe in ihrem Innern. Jaguar hatte ihr doch erklärt, wie die Bergsteiger das machten. Sie atmete ganz tief ein, sog die klare Luft in ihre Lungen und wollte ihren Körper bis hinein in die Zehen- und Fingerspitzen damit füllen. Dreimal atmete sie so, hielt die Augen geschlossen und rief das Bild des Adlers in sich wach. Sie stellte sich vor, wie sie die Arme ausbreitete und sie länger wurden, bis sie sich in die gefiederten Schwingen ihres Totemtieres verwandelt hatten, wie ihre Beine zu krallenbewehrten Greifvogelfängen wurden, wie in ihrem Gesicht ein kräftiger

Schnabel wuchs und ihre Augen auseinander traten, bis sie seitlich an ihrem Kopf saßen. Sie spürte, wie aus ihren weichen Locken harte, eng an ihrem Schädel anliegende Federn wurden, die sie sträuben konnte, wann immer sie wollte, die Federn, die ihr sagten, was ein Adler wissen muss: Sie waren ihre Antennen, die noch die unmerklichste Regung in der Luft erfassten. Ihr Körper verlor seine Wendigkeit, aber dafür fühlte er sich so leicht an, dass sie sich von der Erde lösen und bis hinauf zu den Sternen hätte segeln können. Da war etwas übermächtig Großes in ihr, die ganze Kraft des Adlers. Als würde diese Kraft mit dem Blut durch sie hindurchgespült, spürte Nadia sie bis in die letzte Faser ihres Körpers und den hintersten Winkel ihres Bewusstseins. Ich bin Aguila, der Adler, sagte sie laut, und dann schlug sie die Augen auf.

Nadia griff mit einer Hand in eine schmale Felskerbe oberhalb ihres Kopfes und setzte einen Fuß in eine zweite auf der Höhe ihrer Hüfte. Sie zog sich hoch und hielt inne, bis sie das Gleichgewicht wiedergefunden hatte. Mit der anderen Hand suchte sie weiter oben und bekam eine Wurzel zu fassen, während sie mit dem zweiten Fuß nach einem Halt im Fels tastete. Dann war wieder die erste Hand an der Reihe, und kaum hatte sie einen Vorsprung gefunden, stemmte Nadia sich erneut ein Stück nach oben. Die Pflanzen, die hier wuchsen, halfen ihr, es gab Wurzeln, Sträucher und Lianen. Außerdem sah sie tiefe Kratzer in den Felsen und in einigen Stämmen; bestimmt waren das Spuren von Klauen. Auch die Bestien mussten hier schon hinaufgestiegen sein, vielleicht auf der Suche nach etwas Essbarem oder weil sie sich im Labyrinth nicht zurechtfanden und ihr Weg aus dem Tepui jedes Mal diese steilen Wände hinauf und auf der anderen Seite wieder hinunter führte. So langsam, wie sich diese Riesenfaultiere bewegten, musste das Tage, wenn nicht Wochen dauern.

Ganz hatte Nadia ihre Gedanken nicht abgeschaltet, jedenfalls begriff sie, dass es nur eine optische Täuschung gewesen war und sich der Talkessel nicht wie ein Kegel nach oben verengte, sondern sich kaum merklich weitete. Und sie würde keine Käferfüßchen brauchen, sondern nur all ihre Sinne und ihren Mut. So kletterte sie Meter für Meter, Stunde um Stunde, unbeirrbar und mit einer Geschicklichkeit, die sie an sich selbst nicht kannte. Diese Geschicklichkeit entstammte dem verborgensten und geheimnisvollsten Ort, einem Ort der Ruhe in ihrem Herzen, wo der Mut ihres Totemtieres wohnte. Sie war Aguila, der Adler, der sich höher als alle anderen Vögel in die Lüfte erhebt, war die Königin des Himmels, die ihr Nest dort baut, wo nur die Engel es erreichen können.

∼

Das Adlermädchen kletterte und kletterte. Die schwülwarme Luft des Tales wurde zur kühlen Brise, und das verschaffte ihr ein bisschen Erleichterung. Dennoch musste sie oft erschöpft innehalten, sich zwingen, nicht nach unten zu sehen, nicht darüber nachzudenken, wie weit es wohl noch bis zum Gipfel war, sich nur auf die nächste Bewegung zu konzentrieren. Ein fürchterlicher Durst verdorrte ihre Kehle; ihr Mund war wie mit bitterem Sand gefüllt, aber sie durfte nicht loslassen und nach Walimais Kalebasse auf ihrem Rücken greifen. Wenn ich oben bin, trinke ich, sagte sie sich und malte sich aus, wie das kühle, klare Wasser diesen scheußlichen Geschmack wegwusch. Wenn es wenigstens geregnet hätte, aber nicht ein Tropfen löste sich aus den Wolken. Als sie schon meinte, nicht einen Schritt mehr tun zu können, spürte sie Walimais magischen Talisman an ihrem Hals, und das gab ihr wieder Mut. Er war ihr Schutz. Mit seiner Hilfe war sie die glatten, schwarzen Felsen hinter dem Wasserfall hinaufgekommen, er hatte die Indianer zu ihren Freunden gemacht, hatte sie vor dem Zorn der Bestien bewahrt; solange sie ihn besaß, würde ihr nichts zustoßen.

Lange Zeit später berührte ihr Kopf die ersten Wolken, die dicht waren wie Eischnee, und dann hüllte das milchige Weiß sie vollständig ein. Blind kletterte sie weiter, krallte sich an Felsen fest und an dem Gestrüpp, das weiter oben immer spärlicher wuchs. Sie merkte nicht, dass ihre Hände, ihre Knie und Füße bluteten, dachte nur an die Zauberkraft, die ihr half, als sie plötzlich mit einer Hand einen breiten Felsabsatz ertastete. Mit allerletzter Kraft stemmte sie sich hoch und fand sich auf dem wolkenverhangenen Gipfel des Tepuis wieder. Nadia stieß einen mächtigen Triumphschrei aus, so wenig von dieser Welt und so wild wie von hundert Adlern, einen Laut, der an den Felszinnen widerhallte, sich brach, vielstimmig wurde und sich schließlich am Horizont verlor.

Nadia wartete reglos, bis ihr Schrei in den letzten Felsspalten der weiten Hochebene verebbt war. Ihr trommelndes Herz kam zur Ruhe, und sie konnte tief durchatmen. Kaum fühlte sie sich halbwegs sicher auf dem Fels, griff sie nach der Kalebasse und trank sie bis auf den letzten Tropfen aus. Noch nie hatte sie sich etwas so sehr gewünscht. Die kühle Flüssigkeit drang in ihre Kehle, spülte den bitteren Sandgeschmack aus ihrem Mund, benetzte ihre trockene Zunge und die rissigen Lippen und durchflutete sie ganz. Das war das Glück: Etwas zu bekommen, wonach man sich so lange gesehnt hat.

Die Höhe und die wahnsinnige Kraft, die sie aufgebracht hatte, um ihre Furcht zu überwinden und bis hier heraufzusteigen, wirkten wie eine Droge, die weit mächtiger war als die Drogen der Indianer von Tapirawa-teri oder Walimais Zaubertrank, durch den man seine Träume miteinander teilen konnte. Wieder hatte sie das Gefühl zu fliegen, aber diesmal nicht in der Gestalt des Adlers, sie hatte sich von allem Greifbaren gelöst, war nur noch Geist.

Schwerelos ließ sie sich treiben. Die Welt lag weit hinter ihr, unten, war nichts als eine Illusion. Unmöglich zu sagen, wie lange sie so dahinschwebte, als plötzlich ein Loch in dem strahlenden Himmelsgewölbe aufriss. Sie schnellte wie ein Pfeil hindurch und hinein in einen leeren, tiefschwarzen Raum, so unendlich wie der Himmel in einer mondlosen Nacht. Hier löste sich selbst der Geist auf. Sie selbst war die Leere, hatte keine Wünsche, keine Erinnerung. Nichts musste sie fürchten. Sie war außerhalb der Zeit.

Aber dort konnte Nadia nicht bleiben, denn hoch oben auf dem Tepui verlangte ihr Körper immer drängender nach ihr. Der Sauerstoff brachte ihrem Kopf den Sinn für die Wirklichkeit zurück, das Wasser gab ihr die nötige Energie, sich zu bewegen. Schließlich trat Nadias Geist den Rückweg an, schnellte erneut durch die Öffnung der Leere, erreichte das Himmelsgewölbe, ließ sich eine Weile durch die weiße Weite treiben und schlüpfte in die Gestalt des Adlers. Wie gern wäre sie für immer dort oben geblieben, den Wind in den Schwingen, aber mit einer letzten Kraftanstrengung kehrte sie in ihren Körper zurück. Sie fand sich auf dem Gipfel der Welt am Boden hockend und sah sich um.

Sie saß auf der höchsten Felszinne einer Hochebene, um sie her nur Stille und Wolken. Zwar konnte sie nicht erkennen, wie hoch sie war oder wie weit sich diese Ebene erstreckte, aber verglichen mit diesem kolossalen Bergmassiv, musste das Tal im Innern des Tepuis winzig sein. Das Gelände war von tiefen Klüften durchzogen, manche davon nackter Fels, andere dicht bewachsen. Bestimmt würde es noch lange dauern, bis die Nahab mit ihren Stahlvögeln diesen Ort erforschten, denn selbst mit einem Hubschrauber war es Irrsinn, hier landen zu wollen, und in dem schroffen Gelände zu Fuß voranzukommen schien nahezu ausgeschlossen. Schon sank ihr der Mut, zwischen all den

Felsspalten würde sie das Nest bis ans Ende ihrer Tage suchen können, aber dann erinnerte sie sich, dass Walimai ihr genau beschrieben hatte, wohin sie sich wenden sollte. Sie ruhte sich einen Moment aus und brach dann wieder auf, kletterte von Fels zu Fels, getrieben von einer unbekannten Kraft, einer Art instinktiven Gewissheit.

Sie musste nicht weit gehen. Dort, in einer Nische zwischen großen Steinblöcken entdeckte sie das Nest, und darin lagen die drei Eier aus Kristall. Sie waren kleiner und schillernder als in ihrer Vision: wundervoll.

~

Ganz vorsichtig, um ja nicht in eine der Felsspalten zu stürzen, wo sie sich alle Knochen gebrochen hätte, kroch Nadia auf das Nest zu. Ihre Finger schlossen sich um eines der ebenmäßig schimmernden Kristalleier, aber es ließ sich nicht hochheben. Verwundert griff sie nach einem anderen Ei. Auch das konnte sie nicht aus dem Nest nehmen, so wenig wie das dritte. Das war doch nicht möglich, dass diese Dinger, nicht größer als die Eier eines Tukans, so schwer waren. Was ging hier vor? Sie betrachtete sie genau, gab ihnen einen Schubs, aber das zeigte ihr nur, dass sie nicht an dem Nest festgeklebt oder sonst irgendwie verankert waren, sondern eher über dem weichen Bett aus Zweigen und Federn zu schweben schienen. Nadia setzte sich auf einen der Felsen und verstand die Welt nicht mehr, konnte nicht glauben, dass dieses ganze halsbrecherische Unternehmen völlig unnütz gewesen sein sollte. Sie war über alle ihre Grenzen gegangen, um wie eine Eidechse die steilen Bergwände hinaufzukriechen, und das alles nur, damit ihr am Ende die Kraft fehlte, um den Schatz, den sie gesucht hatte, auch nur einen Millimeter von der Stelle zu bewegen?

Verstört saß Nadia lange grübelnd da, ohne der Lösung dieses Rätsels einen einzigen Schritt näher zu kommen.

Plötzlich schoss ihr durch den Kopf, dass die Eier jemandem gehören mussten. Sicher, die Bestien konnten sie hierhin gelegt haben, aber vielleicht stammten sie auch von einem Vogel oder Reptil, womöglich von einem dieser Drachen. Aber dann konnte die Mutter doch jeden Augenblick auftauchen, und wenn die so nah bei ihrem Nest einen Eindringling fand, hätte sie allen Grund, zu einem wütenden Angriff überzugehen. Ich kann nicht hier bleiben, dachte Nadia, aber auf die Eier verzichten geht auch nicht. Walimai hatte doch klar gesagt, dass sie nicht mit leeren Händen umkehren durfte ... Was hatte er noch gesagt? Dass sie vor Einbruch der Dunkelheit zurück sein müsse. Und da erinnerte sie sich an das, was der weise Zauberer sie am Tag zuvor gelehrt hatte: Das Gesetz von Geben und Nehmen. Für alles, was man nimmt, muss man etwas geben.

Unglücklich sah sie an sich hinunter. Sie hatte nichts zu geben. Sie trug doch bloß ein T-Shirt, eine kurze Hose und den Korb auf dem Rücken. Jetzt bemerkte sie die vielen Schrammen, die blauen Flecken und offenen Wunden, die sie bei ihrem Aufstieg davongetragen hatte. Ihr Blut, ihre Lebensenergie, mit der sie es geschafft hatte, bis hier herauf zu gelangen, war vielleicht ihr einzig wertvoller Besitz. Sie beugte sich über das Nest, damit es dort hineintropfen konnte. Kleine rote Sprenkel netzten die weichen Federn. Da streifte der Talisman ihren Oberarm, und sofort verstand sie, dass er der Preis war, mit dem sie die Eier würde bezahlen müssen. Das war völlig ausgeschlossen. Wenn sie den geschnitzten Knochen hergab, würde sie ohne seinen magischen Schutz sein. Nie wieder würde sie etwas besitzen, das solche Zauberkräfte hatte, das Amulett war ihr viel wichtiger als diese Eier, von denen sie ja noch nicht einmal wusste, wozu sie gut sein sollten. Nein, sie konnte den Talisman nicht hergeben.

Erschöpft schloss Nadia die Augen, während das Sonnenlicht, das durch die Wolken drang, seine Farbe veränderte. Für einen Augenblick sah sie wieder die Traumbilder, die Walimais *ayahuasca*-Trank bei Mokaritas Beisetzung hervorgerufen hatte, wieder war sie der Adler in einem weißen Himmel, fühlte sich schwerelos und mächtig. Von hoch oben blickte sie auf die Eier hinab, sah das gleiche Schillern wie in dieser Vision und hatte die gleiche Gewissheit: Diese Eier konnten die Nebelmenschen retten. Schweren Herzens schlug sie die Augen auf, streifte den Talisman ab und legte ihn in das Nest. Sie streckte die Hand nach einem der Eier aus, das etwas zur Seite kullerte und sich mühelos hochheben ließ. Auch die anderen beiden konnte sie sich einfach nehmen. Behutsam legte sie die drei Eier in ihren Korb und brach auf, um denselben Weg hinabzusteigen, den sie gekommen war. Noch drang das Licht der Sonne durch die Wolken; bestimmt würde sie für den Abstieg nicht so lange brauchen und vor Einbruch der Nacht unten sein, wie Walimai ihr aufgetragen hatte.

SECHZEHNTES KAPITEL

Das Wasser des Lebens

Während Nadia den Tepui erklomm, stieg Alex durch einen schmalen Tunnel hinab in den Bauch der Erde, in eine abgeschottete, heiße, zuckende Dunkelheit wie in seinen schlimmsten Albträumen. Wenn er wenigstens eine Taschenlampe gehabt hätte ... Er sah die Hand nicht vor Augen, musste manchmal auf allen vieren kriechen, stellenweise auf dem Bauch vorwärts robben. An diese undurchdringliche Finsternis gewöhnten sich seine Augen nicht. Mit einer Hand betastete er den Fels, versuchte, Richtung und Breite des Tunnels abzuschätzen, dann arbeitete er sich tiefer hinein, zwängte sich Zentimeter für Zentimeter voran. Der Tunnel schien immer schmaler zu werden, und wenn das so weiterging, würde er sich bald nicht mehr darin umdrehen können. Die Luft war drückend und stank nach Verwesung, so dass er kaum atmen konnte. Hier nutzten ihm die Fähigkeiten des schwarzen Jaguars rein gar nichts; er hätte ein anderes Totemtier gebraucht, einen Maulwurf vielleicht, eine Ratte oder einen Wurm.

Oft hielt er inne und dachte daran umzukehren, bevor es endgültig zu spät wäre, aber die Erinnerung an seine Mutter trieb ihn weiter. Von Minute zu Minute nahm der Druck in seiner Brust zu, und seine Panik wuchs ins Uferlose. Da war wieder dieser dumpfe Herzschlag wie bei ihrer Wanderung mit Walimai durch das Labyrinth. Durch seinen Kopf jagten die Gedanken an immer neue Gefahren, die in der Finsternis lauerten; aber am allerschlimmsten war die Vorstellung, in den Eingeweiden dieses Berges lebendig begraben zu sein. Wie lange sollte das noch so weitergehen? Würde er vor dem Ende aufgeben müssen? Würde er noch Luft bekommen oder ersticken?

Irgendwann fiel Alex erschöpft auf den Bauch und weinte. Jeder Muskel war verkrampft, das Blut hämmerte in seinen Schläfen, alles tat ihm weh; er konnte keinen klaren Gedanken fassen, hatte das Gefühl, sein Schädel werde zerspringen, wenn er nicht bald Luft bekam. Noch nie hatte er solche Angst gehabt, nicht einmal während der langen Nacht seiner Initiation bei den Indianern. Er versuchte sich an die Panik zu erinnern, damals als er am El Capitán abgerutscht war und nur noch an dem Seil gehangen hatte, aber das konnte man gar nicht vergleichen. Da war er doch fast am Gipfel gewesen, jetzt lag er hier im Innern eines Berges. Dort war sein Vater bei ihm gewesen, hier war er ganz allein. Völlig entkräftet überließ er sich der Verzweiflung. Endlos lange strömte nichts als Dunkelheit in seine Gedanken, er wusste nicht mehr, wo er war, wollte am liebsten tot sein, hatte aufgegeben. Und da, als sein Geist sich schon immer weiter in die Finsternis entfernte, drang die Stimme seines Vaters durch den Nebel in seinem Kopf, erst nur als ein kaum hörbares Flüstern, dann deutlicher. Was hatte ihm sein Vater beim Klettern eingeschärft? *Ruhe, Alexander, suche deine Mitte, den Ort, an dem deine Kraft sitzt. Atme. Beim Einatmen lädst du dich mit Energie auf, beim Ausatmen löst du die Spannung. Denk nicht, hör auf deinen Instinkt.* Er selbst hatte doch fast wörtlich dasselbe zu Nadia gesagt, als sie zum Auge der Welt hinaufgestiegen waren. Wieso hatte er nicht mehr daran gedacht?

Er konzentrierte sich aufs Atmen: Energie einatmen, egal, ob es hier Sauerstoff gab, seine Panik ausatmen, sich entspannen, die lähmenden Schreckensvisionen abschütteln. Ich schaffe es, ich schaffe es ... Langsam kehrte das Gefühl in seinen Körper zurück. Er stellte sich seine Zehen vor und entspannte sie eine nach der anderen, dann die Beine, die Knie, die Hüfte, den Rücken, die Arme bis in die

Fingerspitzen, den Nacken, den Unterkiefer, die Augenlider. Er bekam schon besser Luft, hatte aufgehört zu schluchzen. Er suchte seine Mitte, die er sich als einen roten, bebenden Punkt auf der Höhe seines Bauchnabels vorstellte. Er horchte auf seinen Herzschlag. Er spürte ein Prickeln auf der Haut, dann Hitze in seinen Adern, fühlte neue Kraft und konnte wieder klar denken.

Alex stieß einen erleichterten Schrei aus. Es dauerte einen Moment, bis der Ruf irgendwo abprallte und er das Echo hören konnte. So machten die Fledermäuse das doch, so fanden sie sich in der Dunkelheit zurecht. Er rief noch einmal, horchte darauf, dass ihm das Echo die Entfernung bis zur nächsten Tunnelbiegung verriet. Er hatte einen Weg durch die Dunkelheit gefunden.

~

Den Rest seiner Reise im Tunnel nahm er nur noch mit halbem Bewusstsein wahr, bewegte sein Körper sich von allein, als könnte sein Herz den Weg in der Finsternis sehen. Hin und wieder tauchte Alex für kurze Zeit aus seiner Benommenheit auf, und dann schoss ihm durch den Kopf, dass die Luft hier mit irgendwelchen Gasen angereichert sein musste, die sein Hirn angriffen. Später sollte es ihm vorkommen, als hätte er einen Traum durchlebt.

Als er schon glaubte, dieser enge Tunnel werde niemals enden, hörte er Wasser plätschern wie von einem Bach, und ein heißer Luftzug strömte in seine geschundene Lunge. Das machte ihm Mut. Er schob sich um eine Biegung und meinte plötzlich in der unterirdischen Schwärze etwas erkennen zu können. Da war doch etwas, ein Schimmer, der heller und heller wurde. Alex kroch darauf zu, hoffnungsvoll jetzt, und das Licht wurde deutlicher, die Luft besser. Wenig später erreichte er eine Höhle, die irgendeine Verbindung nach draußen haben musste, denn sie war schwach erhellt. Ein merkwürdiger Geruch stieg ihm in die Nase, durchdringend und ein bisschen widerwärtig wie eine Mischung aus Essig und welken Blumen. Hier gab es die gleichen schimmernden Steinformationen wie im Labyrinth. Die glatten Bruchkanten der Kristalle wirkten wie Spiegel, die das spärliche Licht zurückwarfen und vervielfachten. In einen kleinen See vor ihm ergoss sich ein Bach, dessen Wasser weißlich war wie Magermilch. Nach diesem grabähnlichen Tunnel konnte sich Alex an dem See und dem Bach gar nicht satt sehen. Hatte er das Wasser des Lebens gefunden? Von dem Geruch wurde ihm schwindlig, bestimmt war das ein Gas, das aus den Tiefen quoll, vielleicht ein giftiges Gas, das sein Gehirn betäubte.

Ein zärtliches Wispern riss ihn aus den Gedanken. Da, am anderen Ufer, war irgendwas, nur ein paar Meter entfernt, und als er die Augen zusammenkniff, lösten sich die Umrisse einer menschlichen Gestalt aus dem Zwielicht. Ganz sicher war er sich nicht, aber der Stimme und der Größe nach musste es ein Mädchen sein. Unmöglich, dachte er, es gibt keine Sirenen, ich bin dabei, den Verstand zu verlieren, das kommt von dem Gas, von diesem Geruch; aber das Mädchen sah ganz echt aus, ihr langes Haar flatterte ein bisschen im Luftzug, ihre Haut schimmerte, sie bewegte sich wie ein Mensch, und ihre Stimme klang verführerisch. Er wollte sich in das weiße Wasser stürzen, wollte sich satt trinken, sich den Staub abwaschen und das Blut von seinen aufgeschlagenen Ellbogen und Knien. Es war nicht auszuhalten, er musste einfach zu ihr hinüber, und sie rief doch auch nach ihm. Schon berührten seine Zehenspitzen das Wasser, da stutzte er: Diese Erscheinung da drüben sah aus wie Cecilia Burns, hatte dasselbe kastanienbraune Haar, dieselben blauen Augen, dieselbe gelangweilte Geste, mit der sie sich die Stirnlocke aus dem Gesicht strich. In irgendeinem Teil seines Gehirns war noch ein Rest Denkvermögen geblieben, und der warnte ihn jetzt, dass diese Sirene eine Ausgeburt seiner Fantasie war, genau wie diese Quallen, die da glibberig und durchsichtig durch die fahl beschienene Höhle segelten. Er kramte in seinem Gedächtnis nach allem, was er über die Mythen der Indianer wusste; Walimai hatte doch etwas über die Entstehung der Welt erzählt, etwas über einen Fluss aus Milch, der alle Saat des Lebens in sich trägt, aber auch Fäulnis und Tod. Nein, das hier konnte unmöglich das Wunderwasser sein, das seine Mutter wieder gesund machen würde; sein Kopf gaukelte ihm bloß etwas vor, um ihn von seiner Aufgabe abzubringen. Er durfte keine Zeit mehr verlieren, jede Minute war kostbar. Er zog sich das T-Shirt über die Nase, bevor ihm dieser widerwärtige Geruch völlig den Verstand nahm. Er sah sich um, entdeckte einen schmalen Pfad, der zunächst ein Stück das Ufer des Sees säumte und sich dann mit dem Bachlauf im Dunkel verlor; dort entlang floh er.

~

Alex folgte dem Pfad, der ihn vom See und der Spukgestalt des Mädchens wegführte. Es war seltsam, aber auch hier herrschte eine fahle Helligkeit, jedenfalls musste er nicht mehr blind vorwärts kriechen. Den Geruch nahm er jetzt immer schwächer wahr und schließlich gar nicht mehr. Geduckt, damit er sich nicht den Kopf an der Felsdecke stieß, hastete er auf dem schmalen Grat weiter, passte höllisch auf, nicht in den Bach dort unten abzurutschen, der ihn womöglich mitgerissen hätte. Er hätte gerne herausgefunden, was das für eine milchigweiße Flüssigkeit war, sie roch ein bisschen wie Salatsoße, aber er hatte keine Zeit, sie genauer anzusehen. Der Pfad war mit einem glitschigen Moder bedeckt, der zu brodeln schien, weil sich eine Milliarde winziger Larven, Käfer und Würmer darin wanden, und überhall hockten große bläuliche Kröten, die so durchsichtig waren, dass man unter ihrer Haut die pochenden Organe erkennen konnte. Ihre langen Zungen, gespalten wie die von Schlangen, schnellten vor und streiften Alex' Waden. Er hätte einiges dafür gegeben, seine Stiefel wiederzuhaben, denn so blieb ihm nichts anderes übrig, als diese kalten, glibberigen Viecher mit seinen bloßen Füßen auf die Seite zu kicken, und dabei schüttelte es ihn jedes Mal vor Ekel. Zweihundert Meter weiter waren die Moderschicht und die Kröten plötzlich verschwunden, und der Weg wurde breiter. Erleichtert sah er sich um und stutzte, denn die Felswände waren in schillernden Farben gesprenkelt. Er trat näher heran: Überall Edelsteine, Gold- und Silberadern. Er klappte sein Schweizer Messer auf, schabte über den Fels und konnte die Steine mühelos herauslösen. Was waren das nur für welche? Manche erkannte er an den Farben, da das Tiefgrün der Smaragde, dort das Glutrot des Rubins. Er stand inmitten eines sagenhaften Schatzes: Hier lag das eigentliche El Dorado, nach dem die Abenteurer seit Jahrhunderten gierten.

Er brauchte die Felswände bloß ein bisschen mit seinem Messer zu bearbeiten und würde ein Vermögen zusammenbekommen. Wenn er Walimais Kalebasse damit füllte, würde er als Millionär nach Kalifornien zurückkehren, könnte seiner Mutter die teuerste Privatklinik bezahlen, seinen Eltern eine Prachtvilla kaufen und seine Schwestern auf unbezahlbare Eliteschulen schicken. Und für sich selbst? Er würde sich einen Schlitten kaufen, bei dessen Anblick seine Freunde vor Neid erblassten und Cecilia Burns vor Bewunderung den Mund nicht mehr zubekam. Diese Edelsteine waren die Chance seines Lebens: Er würde tun und lassen können, was er wollte, Musik machen, Bergsteigen oder was auch immer, ohne sich im geringsten darum kümmern zu müssen, wie er zu Geld kam ... Aber nein! Was stellte er sich da vor? Diese Edelsteine durften doch nicht nur für ihn sein, er musste den Indianern damit helfen. Als schwerreicher Mann würde er genug Einfluss haben, um zu tun, wofür Iyomi ihn bestimmt hatte: mit den Nahab verhandeln. Er würde zum obersten Schutzherrn des Stammes, ihres Waldes und der Wasserfälle werden; seine Großmutter würde darüber schreiben, und mit Hilfe seines Geldes würden sie das Auge der Welt zum größten Naturschutzgebiet der Erde machen. In ein paar Stunden hätte er die Kalebasse gefüllt, und dann läge es bei ihm, was aus den Nebelmenschen und aus seiner Familie würde.

Alex stocherte mit der Spitze seines Taschenmessers um einen der grünen Steine herum, dass die kleinen Felsstückchen nur so spritzten. Minuten später konnte er den Stein herauslösen und ihn genauer ansehen. Er glänzte nicht so stark wie der polierte Smaragd, den er von einem Ring seiner Mutter kannte, hatte aber genau dieselbe Farbe. Schon wollte er ihn in die Kalebasse legen, da fiel ihm wieder ein, warum er zu dieser Reise in die Tiefen der Erde aufgebrochen war: um die Kalebasse mit dem Wasser des Lebens zu füllen. Nein, niemals. Nicht mit Bergen von Edelsteinen würde er die Gesundheit seiner Mutter erkaufen können; er würde ein Wundermittel brauchen. Er atmete tief durch, steckte den grünen Stein in seine Hosentasche und hastete weiter, schimpfte mit sich, denn er hatte kostbare Minuten verloren und keine Ahnung, wie weit es noch bis zu dieser Zauberquelle war.

Der Weg endete abrupt vor einer Geröllwand. Grübelnd betastete Alex die Steine, es musste doch einen Weg geben, das war einfach nicht möglich, dass seine Reise hier plötzlich zu Ende war. Wenn Walimai ihn auf diese Höllenfahrt geschickt hatte, dann doch, weil es die Quelle wirklich gab, und er musste sie nur irgendwie finden; aber vielleicht hatte er den falschen Weg genommen, hatte eine Tunnelgabelung übersehen, sich irgendwo für die falsche Richtung entschieden. Was, wenn er doch durch den milchigen See gemusst hätte, wenn das Mädchen ihn gar nicht ablenken, sondern ihm helfen wollte, das Wasser des Lebens zu finden … In voller Lautstärke schrien die Zweifel in seinem dröhnenden Schädel. Er presste die Hände an die Schläfen, versuchte sich zu beruhigen, atmete wieder tief durch wie vorhin im Tunnel, wollte nur auf die Stimme seines Vaters hören, die aus weiter Ferne zu ihm drang. Ich muss mich ganz auf meine Mitte konzentrieren, dort finde ich Ruhe und Stärke, beschwor er sich. Er verpulverte doch nur seine Energie, wenn er sich ausmalte, was er womöglich alles falsch gemacht hatte, und davon wurde das Hindernis da vor ihm auch nicht kleiner. Im letzten Winter hatte seine Mutter ihm aufgetragen, einen riesigen Stapel Kaminholz aus dem Hof in den hinteren Teil der Garage zu befördern. Als er sich damit herausreden wollte, dass selbst Herkules das nicht zuwege bringen würde, hatte sie ihm gezeigt, wie es ging: immer schön einen Holzscheit nach dem anderen.

∼

Alex machte sich an dem Steinhaufen zu schaffen, trug erst das lose Geröll ab, dann die mittelgroßen Steine, die sich leicht lösen ließen, und endlich die schweren Felsbrocken. Es ging langsam und war anstrengend, aber schließlich brach er zur anderen Seite durch. Eine heiße Dampfschwade traf ihn im Gesicht, als hätte er die Klappe eines Ofens geöffnet, und er taumelte zurück. Er wartete ab, wusste nicht, was tun, während der heiße Luftstrahl aus dem Loch schoss. Von Bergwerken hatte er keine Ahnung, hatte aber irgendwo einmal gelesen, dass in Minen manchmal Gase austreten, und wenn es das war, was hier vorging, dann gnade ihm Gott. Nach einer Weile wurde der Luftstrom jedoch schwächer und flaute schließlich ganz ab, als hätte der Druck von der anderen Seite nachgelassen. Alex wartete noch einen Moment, dann steckte er den Kopf durch die Öffnung.

Vor ihm lag eine Höhle mit einer tiefen Grube in der

Mitte, aus der Dampfschwaden und ein rötlicher Schimmer aufstiegen. Man hörte kleine Explosionen wie von Blasen, die in einem zähen, kochenden Brei zerplatzten. Alex musste gar nicht näher herangehen, um zu erraten, dass es brodelnde Lava war, bestimmt das letzte Rumoren eines uralten Vulkans. Er war im Herzen des Berges. Womöglich waren die Dämpfe giftig, aber jedenfalls stanken sie nicht, also würde er jetzt in diese Höhle klettern. Er zwängte sich durch die Öffnung und spürte den heißen Felsboden unter den Füßen. Entschlossen, das Höhleninnere zu erforschen, wagte er sich einen Schritt weiter, dann noch einen. Es war heißer als in der Sauna, schon war er klatschnass geschwitzt, aber immerhin bekam er halbwegs Luft. Er zog sein T-Shirt aus und band es über Nase und Mund. Seine Augen tränten. Er musste höllisch aufpassen, ein falscher Schritt, und er würde in die Grube stürzen.

Die Höhle war weitläufig und verwinkelt und wurde von dem rötlich flackernden Schein der brodelnden Lava ausgeleuchtet. Weiter rechts öffnete sich noch eine Grotte, und Alex spürte die Angst, als er sie betrat, denn sie lag fast vollständig im Dunkel. Aber dafür war es auch nicht so unerträglich heiß hier. Er war schweißgebadet, durstig und am Ende seiner Kräfte; nie und nimmer würde er diesen Weg noch einmal in umgekehrter Richtung schaffen. Und wo war die Quelle?

Plötzlich spürte er einen starken Luftzug, und als stünde er mitten in einer riesigen Metalltrommel, brachte im gleichen Augenblick eine fürchterliche Vibration alle seine Nerven zum Beben. Unwillkürlich hielt er sich die Ohren zu, aber das hier war kein Lärm, sondern eine unerträgliche Energie, gegen die man nichts ausrichten konnte. Er blickte sich um. Und da sah er sie. Eine gigantische Fledermaus mit einer Flügelspannweite von bestimmt fünf Metern. Poncho hätte neben ihrem bärengroßen Rumpf zierlich ausgesehen, und in ihrem Schädel klaffte ein Maul, das mit langen Raubtierzähnen gespickt war. Sie war nicht schwarz, sondern ganz weiß, eine Albinofledermaus.

In Todesangst schoss es Alex durch den Kopf, dass dieser Vampir, genau wie die Bestien, einer der letzten Überlebenden aus der Urzeit sein musste. Dass Fledermäuse nichts sehen konnten, würde ihm auch nicht helfen, denn diese Vibration da eben, das war ihre Orientierungshilfe: Der Vampir wusste genau, wo und wie groß dieser Eindringling in seine Unterwelt war. Wieder ein Luftzug: Die Fledermaus schlug mit den Flügeln, zum Angriff bereit. War sie der Rahakanariwa, der schreckliche blutsaugende Vogel der Indianer?

In Alex' Kopf arbeitete es fieberhaft. Er wusste, an eine Flucht war nicht zu denken, er konnte unmöglich in die erste Höhle zurück und über diesen holprigen Felsboden losrennen, viel zu groß war das Risiko, in die kochende Lava zu stürzen. Unwillkürlich griff er nach dem Taschenmesser, obwohl diese Waffe gegen einen so monströsen Feind vollkommen lächerlich war. Seine Finger hatten das Flötenetui kaum gestreift, da löste er es auch schon vom Gürtel, steckte die Flöte hastig zusammen, riss sich das T-Shirt vom Gesicht und setzte das Instrument an die Lippen. Wie ein Stoßgebet flüsterte er gerade noch den Namen seines Großvaters, beschwor Joseph Cold, ihm beizustehen, und dann spielte er.

Die ersten Töne hallten kristallklar, frisch und rein an den Höhlenwänden wider. Der Riesenvampir fuhr zusammen, zog die Flügel ein und schien zu schrumpfen. Womöglich lebte er seit Jahrhunderten in der einsamen unterirdischen Stille, und diese Klänge schlugen in seinen empfindlichen Ohren ein wie Bomben, denn er zappelte und wand sich, als würde er von Millionen spitzer Pfeile gepiesackt. Wieder stieß er einen für menschliche Ohren unhörbaren und dennoch schmerzhaften Schrei aus, aber die Vibration mischte sich mit der Musik, und der verstörte Vampir wusste das Echo nicht zu deuten.

Alex spielte, und nach und nach wich die weiße Riesenfledermaus zurück, bis sie sich wie ein geflügelter Eisbär in einen Winkel der Höhle drückte, die Klauen ausgestreckt, die Zähne gefletscht, aber vollkommen starr. Nicht zu fassen, dachte Alex, welche Macht diese Flöte hat, ohne sie hätte er wahrscheinlich längst das Zeitliche gesegnet. Die Fledermaus hatte den Blick auf ein Rinnsal freigegeben, das aus der Felswand quoll, und Alex wusste sofort, dass er am Ziel seiner Reise war: Er stand vor dem Wasser des Lebens. Es war nicht der sprudelnde Brunnen inmitten eines Gartens, von dem die Legenden berichteten. Dies war kaum mehr als ein dünner Wasserfaden, der aus dem nackten Fels tröpfelte.

~

Ohne mit dem Spielen aufzuhören, näherte sich Alex zögernd dem monströsen Vampir und lauschte dabei nur auf sein Herz und nicht auf seinen Kopf. Bei dem, was hier vorging, konnte er sich unmöglich bloß auf seinen Verstand oder die Logik verlassen, er musste es machen wie beim Bergsteigen oder Flötespielen: auf seinen Instinkt vertrauen. Er versuchte, sich in die Lage des Tieres zu versetzen, das bestimmt ähnlich große Angst hatte wie er selbst. Wahrscheinlich war die Fledermaus noch nie einem Menschen begegnet, hatte nie solche Töne gehört und war wie gelähmt, weil die Flöte für ihr Gehör ohrenbetäubend klang. Aber jetzt musste er unbedingt die Kalebasse füllen und vor Einbruch der Nacht wieder oben sein. Er hatte keine Ahnung, wie lange er schon in dieser Unterwelt war, aber so viel stand fest: Er wollte schleunigst hier raus.

Mit der rechten Hand spielte er einen einzigen Ton, hielt die Kalebasse in der linken und zwängte sie an dem Vampir vorbei auf die Quelle zu, doch kaum waren die ersten Tropfen hineingefallen, wurde das Rinnsal schwächer und versiegte schließlich ganz. Es war so niederschmetternd, dass Alex am liebsten mit beiden Fäusten auf den Fels eingeschlagen hätte. Aber da war ja noch dieses fürchterliche Vieh, das wie ein Wächter neben ihm aufragte.

Und da, als er schon umkehren wollte, fiel ihm ein, was Walimai über das wichtigste Gesetz von Geben und Nehmen gesagt hatte: Gib so viel, wie du nimmst. Bloß hatte er kaum etwas zu geben: den Kompass, das Schweizer Messer und seine Flöte. Den Kompass konnte er hergeben, der war sowieso kaum für etwas zu gebrauchen, und das Taschenmesser, na ja, darauf konnte er notfalls auch verzichten, aber von seiner Flöte konnte er sich unmöglich trennen, sie war doch ein Erbstück von seinem berühmten Großvater und verlieh ihm so viel Macht. Ohne sie wäre er verloren. Er legte Kompass und Taschenmesser auf den Boden und wartete. Nichts. Nicht ein Tropfen quoll aus dem Fels.

Da begriff er, dass nichts auf der Welt für ihn so kostbar war wie dieses Wasser, das seine Mutter vielleicht wieder gesund machen würde. Er musste seinen wertvollsten Besitz dafür hergeben. Die letzten Klänge verhallten noch an den Höhlenwänden, als er die Flöte auf die Erde legte. Sofort begann das Rinnsal erneut zu fließen. Die Zeit schien stillzustehen, während das Wasser in die Kalebasse lief und er aus den Augenwinkeln die lauernde Fledermaus beobachtete. Er war ihr so nah, dass ihm ihr Grabgeruch in die Nase stieg; er konnte ihre Zähne zählen und empfand tiefes Mitleid für sie, weil sie so unendlich einsam war, aber damit durfte er sich jetzt nicht aufhalten. Als die Kalebasse überzulaufen begann, wich er vorsichtig zurück. Er schaffte es in die andere Höhle, wo das spratzende Gebrodel der kochenden Lava aus den Eingeweiden der Erde drang, und zwängte sich durch die Öffnung. Kurz dachte er daran, das

Loch wieder mit Steinen zu verschließen, aber dafür hatte er keine Zeit, und außerdem war der Vampir viel zu groß und würde ihn nicht verfolgen können.

Der Rückweg ging schneller, denn Alex wusste ja schon, was ihm bevorstand. Die Edelsteine lockten ihn nicht mehr, und als er zu dem milchigen See kam, wo die Fata Morgana von Cecilia Burns auf ihn wartete, hielt er sich zum Schutz gegen das stinkende Gas die Nase zu und hastete weiter. Am schwierigsten war es, wieder durch den engen Tunnel zu kriechen und die Kalebasse dabei gerade zu halten. Einen Deckel hatte sie zwar: ein Stück Leder, mit einer Schnur festgebunden; aber richtig dicht war das nicht, und Alex wollte keinen einzigen Tropfen von dem kostbaren Wasser verschütten. Diesmal schien ihm der Durchgang, obwohl drückend und finster, weniger grauenvoll: Am Ende warteten Licht und Luft.

~

Die letzten Strahlen der untergehenden Sonne verfingen sich in der Wolkendecke über dem Tal, die sich in allen Rot- und Gelbtönen färbte. Schon verblassten die sechs Lichtmonde am Himmel des Tepuis, da kehrten Nadia Santos und Alexander Cold zurück. Walimai erwartete sie im Amphitheater der goldenen Stadt, vor sich den Rat der Götter, und Borobá war bei ihm. Kaum hatte der Affe seine Herrin erblickt, raste er los und hängte sich erleichtert an ihren Hals. Nadia und Alex waren abgekämpft, hatten überall Schrammen und blaue Flecken, aber beide brachten den Schatz, den zu suchen sie ausgezogen waren. Der greise Zauberer wirkte kein bisschen überrascht, war gelassen wie immer, als er den beiden entgegenging und sagte, sie müssten sofort aufbrechen. Es bleibe keine Zeit, um sich auszuruhen, sie müssten den Berg über Nacht durchqueren und wieder hinausgehen ins Auge der Welt.

»Ich habe meinen Talisman hergeben müssen.« Nadia sah Alex traurig an.

»Und ich meine Flöte.«

»Die kannst du ersetzen. Die Musik machst doch du und nicht die Flöte.«

»Und du hast dem Talisman die Macht gegeben, die er hatte«, versuchte Alex sie aufzumuntern.

Walimai betrachtete sich die drei Kristalleier eingehend und roch an dem Wasser in der Kalebasse. Schließlich nickte er sehr ernst. Er löste einen der Lederbeutel von seinem Heilerstab, reichte ihn Alex und sagte, um seiner Mutter zu helfen, solle er die Blätter darin zermahlen und mit dem Wasser mischen. Alex stiegen die Tränen in die Augen, als er sich den Beutel um den Hals band. Eine ganze Weile schwenkte Walimai die steinchengefüllte Rassel über Alex' Kopf, pustete an seine Brust, die Schläfen und den Rücken, berührte seine Arme und Beine mit dem Stab.

»Wenn du kein Nahab wärst, könntest du mein Nachfolger sein, du bist mit der Seele des Schamanen geboren. Du hast die Kraft des Heilens, nutze sie gut«, sagte er.

»Dann wird meine Mutter mit dem Wasser und den Blättern wieder gesund?«

»Kann sein, kann auch nicht sein ...«

Was mache ich mir für Hoffnungen?, dachte Alex, das ist doch alles kein bisschen logisch, ich sollte eher auf die modernen Medikamente in diesem Krankenhaus in Texas vertrauen als auf eine Kalebasse voll Wasser und ein paar trockene Blätter, die mir ein nackter Greis mitten im Amazonasdschungel in die Hand drückt; aber auf dieser Reise waren ihm schon zu viele rätselhafte Dinge begegnet. Es gab so etwas wie übernatürliche Mächte und verborgene Welten, wie diesen Tepui mit seinen urzeitlichen Bewohnern. Sicher, man konnte für fast alles eine vernünftige Erklärung finden, sogar für die Bestien, aber Alex wollte nicht mehr danach suchen und lieber einfach auf ein Wunder hoffen.

Der Rat der Götter hatte entschieden, auf die beiden Fremden und den weisen Schamanen zu hören. Sie würden nicht mehr ausziehen, um die Nahab zu töten, denn das war sinnlos, wo es doch so viele von denen gab wie Ameisen und immer neue nachkommen würden. Die wilden Götter würden in ihrem heiligen Berg bleiben, in Sicherheit, zumindest vorerst.

∼

Nadia und Alex waren traurig, als sie sich von diesen riesigen Urzeitfaultieren verabschieden mussten. Sie würden nichts über den labyrinthischen Zugang in den Tepui verraten, und vielleicht würde auch kein Hubschrauber den Weg in den Talkessel finden. Im besten Fall, wenn alles gut ging, würde ein weiteres Jahrhundert vergehen, ehe die Neugier der Menschen auch diese letzte Oase aus der Urzeit erreicht hätte. Und falls es doch eher passierte, so hofften die beiden zumindest, dass die Wissenschaftler aus aller Welt diesen wilden Göttern zu Hilfe kämen, bevor die Habgier der Abenteurer ihnen den Garaus machte. Sie jedenfalls würden diese Kolosse niemals wiedersehen.

Als es Nacht wurde, erklommen sie im Schein von Walimais Harzfackel die Steinstufen zum Labyrinth. Ohne Zaudern durchquerten sie das verschlungene Tunnelsystem, das der Schamane in- und auswendig kannte. Nicht ein einziges Mal gerieten sie in eine Sackgasse, nie mussten sie umkehren und einen anderen Weg nehmen, denn der Zauberer führte sie, als hätte er die Karte im Kopf gespeichert. Eigentlich hatte Alex sich die Abzweigungen merken wollen, gab es aber bald auf, denn selbst wenn es ihm gelungen wäre, hinterher einen Plan aus dem Kopf zu zeichnen, sah hier doch alles völlig gleich aus, und es hätte genügt, eine einzige Weggabelung zu übersehen, um heillos in die Irre zu gehen.

Sie erreichten die Höhle, in der sie ihren ersten Drachen gesehen hatten, und waren wieder ganz verzaubert von ihren buntglitzernden Edelsteinen, den Kristallen und Metalladern. Es war eine richtige Ali-Baba-Höhle, vollgestopft mit Schätzen, wie sie sich nur die blühendste Fantasie ausmalen kann. Alex fiel der grüne Stein in seiner Hosentasche ein, und er zog ihn heraus, um ihn mit denen hier zu vergleichen. In der schummrigen Höhle war der Stein nicht mehr grün, sondern gelblich, also hatte er wohl nur durch das Licht wie ein Edelstein ausgesehen, und all die Pracht dort unten war vielleicht genauso wertlos wie der Glimmer von El Dorado. Bloß gut, dass er die Kalebasse nicht damit, sondern mit dem Wasser des Lebens gefüllt hatte. Er steckte den falschen Smaragd wieder ein: Er würde ihn seiner Mutter mitbringen.

Der geflügelte Drache saß auch diesmal in seiner Ecke, aber es war ein kleinerer, rötlich gefärbter bei ihm, vielleicht seine Gefährtin. Die beiden rührten sich nicht, als sie die drei Menschen bemerkten, und auch nicht, als der Geist von Walimais Frau zu ihnen hinüberschwebte, um sie zu begrüßen, und sie umflatterte wie eine Fee ohne Flügel.

Wie auf seiner Pilgerfahrt in die Tiefen der Erde hatte Alex auch jetzt das Gefühl, der Rückweg sei kürzer und nicht so beschwerlich, denn er wusste ja, was auf sie zukam, und erwartete keine Überraschungen. Es gab auch keine, und nachdem sie den letzten Tunnel passiert hatten, landeten sie wieder in der Grotte kurz vor dem Ausgang. Dort bat Walimai sie, sich hinzusetzen, und zog aus einem seiner geheimnisvollen Beutel einige Blätter, die wie Tabak aussahen. Mit knappen Worten erklärte er ihnen, sie müssten »gereinigt« werden, um die Erinnerung an das Gesehene auszulöschen. Alex wollte weder die Bestien noch seine Reise in den Bauch des Berges vergessen, und auch Nadia mochte auf ihre Erfahrungen nicht verzichten, aber Walimai beruhigte sie und sagte, an all das würden sie sich erinnern und nur den Weg vergessen, damit sie nie wieder in den heiligen Berg zurückfänden.

Er drehte die Blätter zu einem Stäbchen, klebte es mit Spucke zusammen und steckte es mit der schon fast erloschenen Fackel an wie eine Zigarette. Er nahm einen tiefen Zug, dann blies er den Rauch mit aller Kraft zuerst Alex, danach Nadia in den Mund. Das war keine angenehme Prozedur, der stinkende, heiße, beißende Qualm drang ihnen bis hinter die Stirn, und es brannte, als hätten sie Pfeffer geschnupft. Sie spürten ein Stechen im Kopf, einen unwiderstehlichen Niesreiz, und schlagartig wurde ihnen schwindlig. Alex musste an seine ersten Rauchererfahrungen mit Kate denken, an das verqualmte Auto und daran, wie hundeelend er sich gefühlt hatte. Das hier war so ähnlich, bloß noch schlimmer: Alles drehte sich.

Walimai löschte die Fackel. Kein Lichtschein fiel in die Höhle wie noch ein paar Tage zuvor, es war stockfinster. Alex und Nadia nahmen sich bei der Hand, während Borobá sich erschrocken jammernd an Nadias Hüfte festhielt. In der Dunkelheit meinten die beiden lauernde Ungeheuer zu erkennen und entsetzliche Schreie zu hören, aber sie ließen sich keine Angst einjagen. Noch war ihr Verstand nicht völlig vernebelt, bestimmt kamen diese Horrorvisionen von dem Rauch, und solange ihr Freund, der Zauberer, bei ihnen war, würde ihnen sicher nichts passieren. Sie kuschelten sich auf dem Boden aneinander und fielen fast sofort in traumlosen Schlaf.

Wie viel Zeit vergangen war, hätte keiner von beiden sagen können. Nach und nach kamen sie zu sich und begriffen endlich, dass Walimai sie leise beim Namen rief und sanft rüttelte. Im Zwielicht konnten sie die Umrisse des Schamanen erkennen. Er deutete auf den schmalen Gang nach draußen, und die beiden krochen, noch immer etwas benommen, hinter ihm her. Sie traten in den Farnwald. Im Auge der Welt tagte es schon.

SIEBZEHNTES KAPITEL

Der menschenfressende Vogel

Am Tag darauf erreichten die Reisenden Tapirawa-teri. Schon von weitem konnten sie die Hubschrauber zwischen den Bäumen glitzern sehen, und da wussten sie, dass die Zivilisation der Nahab das Dorf schließlich doch erreicht hatte. Walimai wollte im Wald bleiben; er hatte sich ein Leben lang von den Fremden fern gehalten, und dies war nicht der rechte Augenblick, um mit dieser Gewohnheit zu brechen. Wie alle Nebelmenschen besaß auch der Schamane die Fähigkeit, sich fast unsichtbar zu machen, und so hatte er die Nahab jahrelang beobachten können, sich ihre Lager und Dörfer angesehen, ohne jemals von irgendwem entdeckt zu werden. Nur Nadia wusste von ihm, und mit Pater Valdomero war er befreundet, seit der Geistliche bei den Indianern gelebt hatte. Das »Mädchen mit der honigfarbenen Haut« war dem Zauberer in vielen seiner Träume erschienen, und er war überzeugt, dass sie eine Botin der Geister sein musste. Für ihn gehörte sie zur Familie, daher hatte er ihr erlaubt, ihn bei seinem wahren Namen zu nennen, wenn sie allein waren, hatte ihr von den Mythen und Überlieferungen seines Volkes erzählt, ihr den Talisman geschenkt und sie in die heilige Stadt der Götter geführt.

Alex hüpfte das Herz, als er die Hubschrauber sah: Er war nicht für immer im Reich der wilden Götter verschollen; er würde wieder nach Hause zurückkehren können. Die Hubschrauber mussten tagelang über dem Auge der Welt nach ihnen gesucht haben. Bestimmt hatte seine Großmutter einen gewaltigen Aufstand gemacht, als er verschwunden war, und Hauptmann Ariosto so lange bearbeitet, bis der bereit war, das ganze Gebiet aus der Luft zu durchkämmen. Wahrscheinlich hatten sie die Rauchsäule gesehen, die bei Mokaritas Bestattung über dem Dorf aufgestiegen war, und es so gefunden.

Walimai sagte zu Nadia und Alex, er werde unter den Bäumen versteckt abwarten, was im Dorf vorging. Alex wollte ihm für das geheimnisvolle Kraut, das er für seine Mutter bekommen hatte, gerne auch etwas schenken und überreichte ihm sein Schweizer Messer. Der Indianer betrachtete das seltsame rotlackierte Metallding, wog es in der Hand, hatte aber wohl keine Ahnung, was er damit anfangen sollte. Eins nach dem anderen ließ Alex die Messer aufschnappen, zog die Pinzette heraus, klappte die Schere, den Korkenzieher, den Schraubenzieher aus, bis sich der Gegenstand in einen silbrigen Igel verwandelt hatte. Er zeigte dem Schamanen, wozu die einzelnen Teile gut waren und wie man sie aus- und einklappte.

Walimai bedankte sich für die Artigkeit, aber er war über ein Jahrhundert ohne Metalle ausgekommen und fühlte sich eigentlich etwas zu alt, um die Tricks der Nahab noch zu lernen; er wollte jedoch nicht unhöflich sein und band sich das Schweizer Taschenmesser zusätzlich zu seinen Ketten aus Tierzähnen und seinen vielen Amuletten um den Hals. Dann erinnerte er Nadia an den Schrei der Eule, mit dem sie einander rufen und in Verbindung bleiben konnten. Nadia gab ihm den Korb mit den drei Kristalleiern, denn bei ihm waren sie wohl vorerst am besten aufgehoben. Sie wollte nicht damit bei den Fremden auftauchen, schließlich waren sie für die Nebelmenschen bestimmt. Die drei verabschiedeten sich voneinander, und im Handumdrehen hatte sich Walimai wie ein Spuk zwischen den Bäumen verflüchtigt.

Vorsichtig näherten sich Nadia und Alex der Stelle, wo die beiden Vögel, die Donner und Wind machen, gelandet waren. Verborgen im Dickicht, konnten sie alles unbemerkt beobachten, allerdings waren sie nicht nah genug, um zu verstehen, was gesprochen wurde. Die Hubschrauber standen mitten in Tapirawa-teri, und außerdem hatten die Ankömmlinge drei Zelte aufgebaut, ein großes Sonnensegel aufgehängt und sogar eine petroleumbetriebene Feldküche mitgebracht. Zwischen zwei Bäume war ein Draht gespannt, an dem Geschenke für die Indianer baumelten: Messer, Töpfe, Äxte und andere Gegenstände aus Stahl und Aluminium, die in der Sonne funkelten. Nadia und Alex sahen etliche bewaffnete Soldaten, offensichtlich Wachen, aber keine Spur von den Indianern. Wie immer, wenn Gefahr droht, hatten sich die Nebelmenschen aus dem Staub gemacht. Dadurch hatten sie so lange überleben und ihre Kultur bewahren können. Andere Indianer, die es mit der Zivilisation der Nahab zu tun bekommen hatten, fristeten heute ein Dasein wie Bettler, hatten ihre Würde als Krieger und ihr Land verloren; sie waren Ausgestoßene. Deshalb hatte Mokarita seinem Volk nie erlaubt, zu den Nahab zu gehen und ihre Geschenke anzunehmen, zu groß war sein Argwohn, der Stamm könne im Austausch gegen eine Machete oder einen Strohhut für immer seine Herkunft vergessen, seine Sprache und seine Götter.

Alex und Nadia fragten sich, was diese Soldaten hier wollten. Falls sie Teil des Plans waren, mit dem Mauro Carías sich im Auge der Welt freie Bahn verschaffen wollte, war es besser, sich fern zu halten. Es klang ihnen noch in den Ohren, was er und Hauptmann Ariosto in Santa María de la Lluvia miteinander geredet hatten: Mit den beiden war nicht zu spaßen. Sie würden ihr Leben aufs Spiel setzen, sollten sie es wagen, ihnen in die Quere zu kommen.

~

Es begann zu regnen, einer dieser plötzlichen Wolkenbrüche, die es hier zwei- oder dreimal täglich gab, die kurz und heftig alles durchweichten, dann schlagartig aufhörten und die Welt frisch und blankgeputzt hinterließen. Nadia und Alex beobachteten das Lager nun schon seit fast einer Stunde von ihrem Versteck zwischen den Bäumen aus, da sahen sie eine Gruppe von drei Leuten, die offensichtlich den nahen Wald durchforscht hatten und jetzt, nass bis auf die Knochen, zurückgerannt kamen. Trotz der Entfernung erkannten sie sie sofort: Es waren Kate Cold, César Santos und der Fotograf Timothy Bruce. Ihnen fiel ein Stein vom Herzen: Hauptmann Ariosto und Mauro Carías würden die Indianer – oder sie beide – nicht mit Waffengewalt aus dem Weg schaffen können. Dazu gab es zu viele Zeugen, denn auch Professor Leblanc und Dr. Omayra Torres mussten hier sein.

Alex und Nadia verließen ihre Deckung und gingen zögernd auf Tapirawa-teri zu, waren aber noch nicht weit gekommen, da hatten die Wachposten sie entdeckt, und sofort waren sie umringt. Mit dem Jubelgeheul, das Kate Cold beim Anblick ihres Enkels anstimmte, konnte nur César Santos' Freudenschrei mithalten, als er seine Tochter sah. Die beiden rannten auf Alex und Nadia zu, die mit all ihren Schrammen und blauen Flecken, verdreckt, müde und abgerissen ein Bild des Jammers boten. Alexander sah ziemlich verändert aus, hatte die Haare geschnitten wie ein Indianer, oben eine kreisrunde Tonsur ausrasiert, und dort prangte eine lange, verkrustete Platzwunde. Außerdem trug er einen Bogen und einen Köcher mit Pfeilen über der Schulter. Santos hob Nadia hoch, schloss sie in seine starken Arme und drückte sie so fest, dass er Borobá, der sich nicht mehr rechtzeitig hatte in Sicherheit bringen können, beinahe alle Rippen gebrochen hätte. Kate Cold dagegen hatte die erste Aufwallung von Zuneigung und Erleichterung sofort wieder unter Kontrolle; kaum war sie ihrem Enkel nah genug, verpasste sie ihm ein Ohrfeige.

»Für den Schreck, den du uns eingejagt hast, Alexander.

Verschwinde noch einmal aus meinem Blickfeld, und ich bringe dich um.« Anstatt zu antworten, fiel Alex ihr um den Hals.

Sofort waren auch die anderen da: Mauro Carías, Hauptmann Ariosto, Dr. Omayra Torres und der unsägliche Professor Leblanc, der von oben bis unten von Bienen zerstochen war. Karakawe, der Indianer, war mürrisch wie immer und schien kein bisschen überrascht, als er Alex und Nadia sah.

Alex erzählte kurz von ihrem Abenteuer mit den Nebelmenschen, ließ die Einzelheiten weg und sagte nichts darüber, wie sie auf die Hochebene gekommen waren. Auch seine Reise mit Nadia zum heiligen Tepui erwähnte er mit keiner Silbe. Er nahm an, dass er kein Geheimnis verriet, denn die Nahab wussten ja inzwischen von dem Stamm. Es war nicht zu übersehen, dass die Indianer ihr Dorf erst vor wenigen Stunden verlassen hatten: Das Maniokmehl trocknete in den Körben, noch war Glut auf den Kochstellen, in der Junggesellenhütte scharten sich die Fliegen um die Beute der letzten Jagd, und einige Haustiere streunten noch zwischen den Hütten herum. Die friedlichen Boas waren von den Soldaten mit Macheten in Stücke gehauen worden, und ihre Überreste vergammelten in der Sonne.

»Wo sind die Indianer?«, wandte sich Mauro Carías an Alex und Nadia.

»Weit weg«, antwortete Nadia.

»Ich kann mir nicht vorstellen, dass sie schon weit weg sind mit ihren Frauen, Kindern und Alten. Sie können sich doch nicht einfach in Luft auflösen.«

»Sie sind unsichtbar.«

»Jetzt aber mal im Ernst, Kleine!«

»Ich rede immer im Ernst.«

»Was willst du als Nächstes behaupten? Dass sie fliegen können wie die Hexen?«

»Fliegen nicht, aber sie laufen sehr schnell«, antwortete sie.

»Sprichst du ihre Sprache, meine Hübsche?«

»Ich heiße Nadia Santos.«

»Na schön, Nadia Santos, kannst du nun mit ihnen sprechen oder nicht?« Carías wurde langsam ungeduldig.

»Ja.«

Dr. Omayra Torres mischte sich ein, um noch einmal klarzustellen, dass der Stamm unbedingt geimpft werden musste. Das Dorf war entdeckt, und damit sei es unvermeidlich, dass die Indianer mit den Fremden in Berührung kämen.

»Du weißt doch, Nadia, wir können sie, ohne es zu wollen, mit tödlichen Krankheiten anstecken. Ganze Stämme sind innerhalb von zwei oder drei Monaten gestorben, bloß wegen einer Erkältung. Aber am schlimmsten sind die Masern. Ich habe den Impfstoff da. Zu ihrem eigenen Schutz. Hilfst du mir?«

»Ich kann es versuchen«, versprach Nadia.

»Wie willst du denn mit den Indianern Kontakt aufnehmen?«

»Das weiß ich noch nicht, ich muss darüber nachdenken.«

~

Alex füllte das Wasser des Lebens in eine Flasche mit Schraubverschluss und verstaute sie sorgfältig in seiner Reisetasche. Seine Großmutter sah es und wollte wissen, was er da tat.

»Mit dem Wasser kann ich Mama heilen«, sagte Alex. »Ich habe die Quelle mit dem Wasser des Lebens gefunden, Kate, nach der andere jahrhundertelang gesucht haben. Mama wird wieder gesund.«

Zum ersten Mal, seit er denken konnte, war seine Großmutter von sich aus richtig liebevoll zu ihm. Er spürte ihre dünnen, kräftigen Arme um seine Schultern, ihre struppigen, zurechtgestutzten Haare an seinem Nacken, ihre trockene Haut, rau wie Schuhsohlen, ihr Pfeifentabakgeruch stieg ihm in die Nase; er hörte sie mit heiserer Stimme seinen Namen flüstern und vermutete, dass sie ihn vielleicht doch ein ganz klein wenig mochte. Kaum hatte Kate Cold sich selbst dabei ertappt, was sie da tat, machte sie sich brüsk von ihm los und schubste ihn zu dem Klapptisch, wo Nadia schon auf ihn wartete. Erschöpft und heißhungrig fielen Alex und Nadia über die Bohnen, den Reis, die Maniokfladen und ein paar Happen halb verkohlten Fisch her. Alex stopfte das alles so gierig in sich hinein, dass Kate Cold, die doch wusste, was für eine Zimperliese ihr Enkel beim Essen war, Augen machte wie ein Huhn, wenn's blitzt.

Nach dem Essen badeten Alex und Nadia ausgiebig im Fluss. Sie wussten sich umringt von den unsichtbaren Indianern, die aus dem Unterholz heraus jede Bewegung der Nahab im Auge behielten. Während die beiden herumplanschten, fühlten sie sich von ihren Blicken berührt wie von Händen. Wahrscheinlich wagten sich die Indianer nicht heraus, weil ihnen die vielen Fremden bedrohlich erschienen und ihnen die Hubschrauber nicht geheuer waren, die sie zwar schon manchmal am Himmel, aber noch nie aus der Nähe gesehen hatten. Alex und Nadia dachten, die Nebelmenschen würden sich zeigen, sobald sie beide sich etwas vom Dorf entfernten, es war jedoch zu viel los, um sich unauffällig in den Wald zu verdrücken. Aber wenigstens trauten sich die Soldaten nicht aus dem Lager, denn seit sie gehört hatten, wie einer ihrer Kameraden von der Bestie zerfleischt worden war, saß ihnen die Angst im Nacken. Das Auge der Welt war unerforschtes Gebiet, in dem angeblich Geister und Dämonen ihr Unwesen trieben. Vor den Indianern fürchteten sie sich dagegen weniger, schließlich hatten sie ja Gewehre und Pistolen und waren außerdem selbst halbe Indianer.

Als es Abend wurde, hockten sich alle außer den Wachposten in kleinen Grüppchen um ein Lagerfeuer, tranken und rauchten. Die Stimmung unter den Soldaten war düster, und jemand bat um Musik, um die Laune zu heben. Alex musste eingestehen, dass er Joseph Colds weltberühmte Flöte verloren hatte, konnte aber ja nicht sagen, wo, ohne zu verraten, was er im Innern des Tepuis erlebt hatte. Seine Großmutter warf ihm einen mörderischen Blick zu, wortlos allerdings, denn sie erriet, dass ihr Enkel ihr eine Menge verheimlichte. Einer der Soldaten zog eine Mundharmonika aus der Hosentasche und spielte ein paar bekannte Melodien, aber seine guten Absichten fruchteten nicht. Die Angst hielt sie alle gefangen.

Kate Cold erzählte Alex und Nadia, was sich in ihrer Abwesenheit zugetragen hatte. Als die Expeditionsteilnehmer bemerkt hatten, dass die beiden weg waren, hatten sie sofort mit der Suche begonnen, hatten sich Taschenlampen geschnappt und waren in den Wald aufgebrochen, wo sie fast die ganze Nacht nach ihnen gerufen hatten. Leblanc hatte die allgemeine Angst noch mit einer seiner treffsicheren Prognosen angeheizt: Bestimmt waren sie von Indianern verschleppt worden und wurden gerade, auf Stöcke gespießt, verspeist. Der Professor nutzte die Gunst der Stunde, um ihnen in allen Farben zu schildern, wie der Stamm der Kariben seine Gefangenen bei lebendigem Leib in Stücke geschnitten hatte, um sie dann aufzufressen. Zwar hatte er zugeben müssen, dass es hier keine Kariben gab, denn von den Angehörigen dieser Volksgruppe waren viele umgebracht worden, und die Übrigen hatten sich schon vor über hundert Jahren dem Lebensstil der Weißen angepasst, aber der Anthropologe meinte, man könne ja nie wissen, wie weit der kulturelle Einfluss reiche. César Santos wäre ihm fast an die Gurgel gesprungen.

Am Nachmittag des darauf folgenden Tages war endlich ein Hubschrauber eingetroffen. Das Boot mit dem schlimm zugerichteten Joel González hatte Santa María de la Lluvia ohne Zwischenfälle erreicht, und dort nahmen sich die Nonnen des Verletzten an. Matuwe, der indianische Führer, hatte Hauptmann Ariosto die dramatischen Vorfälle geschildert und auf Unterstützung gedrängt. Zwar wollte er selbst um keinen Preis mitfliegen, aber er hatte einen derart außergewöhnlichen Orientierungssinn, dass er dem Hauptmann genau zeigen konnte, wo die Expedition des International Geographic wartete, obwohl er noch nie eine Landkarte benutzt hatte. Kaum war der Hauptmann aus dem Hubschrauber geklettert, hatte Kate Cold ihn genötigt, über Funk Verstärkung anzufordern, um die systematische Suche nach den Verschwundenen aufzunehmen.

César Santos, der Kates Schilderungen gelauscht hatte, unterbrach sie und erzählte, sie habe Hauptmann Ariosto mit der Presse gedroht, mit der Botschaft der Vereinigten Staaten und sogar mit der CIA, falls er sich weigern sollte, ihr zu helfen; so hatte sie einen zweiten Hubschrauber bekommen, in dem weitere Soldaten und Mauro Carías gelandet waren. Sie habe gesagt, sie denke nicht im Traum daran, ohne ihren Enkel nach Hause zu fahren, selbst wenn sie das ganze Amazonasgebiet zu Fuß durchkämmen müsse.

»Das hast du echt gesagt, Kate?« Alex kicherte.

»Nicht wegen dir, Alexander. Es ging ums Prinzip«, knurrte sie.

~

Für die Nacht richteten sich Nadia, Kate und Omayra Torres in dem einen Zelt ein, Ludovic Leblanc und Timothy Bruce in dem anderen, und Mauro Carías schlief in seinem Privatzelt; alle Übrigen spannten ihre Hängematten zwischen die Bäume. An den vier Seiten des Lagers wurden Wachen postiert, und die Soldaten ließen die Petroleumlampen brennen. Stillschweigend nahmen sie an, das Licht werde die Bestie fern halten. Sie selbst wurden dadurch zwar zu einem leichten Ziel für die Indianer, aber bisher hatte noch nie ein Stamm in der Dunkelheit angegriffen, denn die Indianer fürchteten die Dämonen der Nacht, die aus den Albträumen der Menschen entweichen.

Nadia, die einen leichten Schlaf hatte, wachte nach Mitternacht von Kate Colds Geschnarche auf. Nachdem sie sicher war, dass auch die Ärztin nichts mitbekam, hieß sie Borobá dableiben und schlüpfte leise aus dem Zelt. Sie hatte die Nebelmenschen aufmerksam beobachtet, hatte unbedingt lernen wollen, wie man unbemerkt an anderen vorbeispazieren kann, und hatte so entdeckt, dass das nicht nur eine Frage der Tarnung war, sondern den strikten Willen erforderte, alles Greifbare abzuschütteln und zu verschwinden. Man musste sich konzentrieren, sich in einen geistigen Zustand der Unsichtbarkeit versetzen, durch den man einen Meter entfernt von jemandem stehen konnte, ohne gesehen zu werden. Jetzt wusste sie, dass es gleich so weit sein würde, denn ihr Körper fühlte sich schon sehr leicht an, schien sich zu verflüchtigen, und hatte sich schließlich völlig aufgelöst. Wenn sie nicht entdeckt werden wollte, musste sie ganz bei der Sache sein, durfte sich nicht durch ihre Nervosität verraten. Die Wachen liefen rund um das Lager Streife und kamen dabei dicht an Nadias Zelt vorbei, aber sie schlich furchtlos an ihnen vorüber, geschützt durch dieses geistige Kraftfeld, das sie um sich geschaffen hatte.

Kaum hatte sie den schwach vom Mond beschienenen Wald erreicht und fühlte sich sicher, ahmte sie zweimal den Ruf der Eule nach und wartete. Kurze Zeit später spürte sie die stumme Gegenwart Walimais neben sich. Sie bat den

Zauberer, die Nebelmenschen davon zu überzeugen, dass sie ins Lager kommen und sich impfen lassen sollten. Sie konnten sich doch nicht für immer im Schatten der Bäume verbergen, sagte sie, und wenn sie ein neues Dorf errichten wollten, so würde auch das von den Vögeln, die Donner und Wind machen, entdeckt werden. Sie versprach ihm, dass sie selbst den Rahakanariwa in Schach halten und Jaguar mit den Nahab verhandeln werde. Sie erzählte ihm von der mächtigen Großmutter ihres Freundes, versuchte aber erst gar nicht, ihm zu erklären, wie viel man durch das Schreiben und durch die Presse ausrichten kann, denn das hätte der Schamane vermutlich doch nicht verstanden, schließlich kannte er die Schrift nicht und hatte nie eine gedruckte Seite gesehen. Also sagte sie bloß, diese alte Frau besitze große Macht in der Welt der Nahab, auch wenn ihr die im Auge der Welt zu wenig nütze sei.

Für die Nacht hatte Alex seine Hängematte etwas abseits von den anderen aufgespannt. Er hatte gehofft, die Indianer würden im Schutz der Dunkelheit zu ihm kommen, aber er schlief sofort wie ein Stein. Er träumte von dem schwarzen Jaguar. So klar und deutlich stand ihm die Begegnung mit seinem Totemtier vor Augen, dass er am nächsten Morgen nicht wusste, ob es Traum oder Wirklichkeit gewesen war. Ihm war, als sei er aus der Hängematte aufgestanden und habe sich vorsichtig an den Wachen vorbei aus dem Lager geschlichen. Als er aus dem Lichtschein des Lagerfeuers und der Petroleumlampen hinaus unter die Bäume trat, sah er die schwarze Raubkatze auf dem kräftigen Ast eines riesigen Paranussbaums, ihr Schwanz peitschte die Luft, ihre Augen leuchteten im Dunkel wie geschliffener Topas, genau wie in der Vision, die er durch Walimais Zaubertrank gehabt hatte. Der Jaguar konnte mit seinen Zähnen und Klauen einen Kaiman in Stücke reißen, seine kräftigen Läufe trugen ihn wie der Wind, er war so stark und mutig, dass er es mit jedem Gegner aufnahm. Er war ein wundervolles Tier, König der Raubtiere, Sohn des Vaters Sonne, der Prinz der indianischen Mythologie. Im Traum blieb Alex wenige Schritte vor dem Jaguar stehen, und genau wie bei ihrer Begegnung im Camp von Mauro Carías hörte er, wie das Tier mit einer abgrundtiefen Stimme sagte: Alexander … Alexander … Die Stimme hallte in seinem Kopf wie ein riesiger Bronzegong und wiederholte ein ums andere Mal seinen Namen. Was hatte das zu bedeuten? Was wollte der Jaguar ihm sagen?

Als Alex erwachte, war das ganze Lager schon auf den Beinen. Der lebhafte Traum hatte ihn erschreckt, Alex war sich sicher, dass er eine Botschaft enthielt, wusste ihn aber nicht zu deuten. Der Jaguar hatte bei seinem Erscheinen immer nur ein einziges Wort gesagt, seinen Namen, Alexander. Sonst nichts. Seine Großmutter kam mit einer Tasse Kaffee mit Kondensmilch zu ihm herüber, und er freute sich darauf, obwohl er früher wahrscheinlich noch nicht einmal daran genippt hätte. Er musste es loswerden und erzählte ihr seinen Traum.

»Beschützer des Menschen«, sagte seine Großmutter.

»Wie bitte?«

»Das bedeutet dein Name. Alexander ist ein griechischer Name und heißt so viel wie Beschützer.«

»Warum bin ich so genannt worden?«

»Meine Idee. Deine Eltern wollten dich Joseph nennen nach deinem Großvater, aber ich habe darauf bestanden, dass du Alexander heißen sollst, wie der große Krieger der Antike. Wir haben eine Münze geworfen, und ich habe gewonnen. Deshalb heißt du so.«

»Und wieso wolltest du mich so nennen?«

»Es gibt viele wehrlose Menschen, und es gibt höhere Ideale, die es zu verteidigen gilt, Alexander. Ein vernünftiger Kriegername kann einem helfen, für eine gerechte Sache einzutreten.«

»Da hast du wohl aufs falsche Pferd gesetzt, Kate. Ich bin kein Held.«

»Abwarten«, sagte sie und reichte ihm die Tasse.

~

Das Gefühl, dass unzählige Augen sie beobachteten, machte alle im Lager nervös. In den letzten Jahren waren etliche Abgesandte der Regierung von ebenden Indianern ermordet worden, denen sie eigentlich hatten helfen sollen. Häufig war die erste Begegnung freundschaftlich verlaufen, man hatte Geschenke und Essen getauscht, aber dann hatten die Indianer unversehens zu den Waffen gegriffen und waren aus heiterem Himmel zum Angriff übergegangen. Die Indianer seien einfach unberechenbar und gewalttätig, sagte Hauptmann Ariosto, der völlig mit Leblancs Theorien übereinstimmte, deshalb dürften sie in ihrer Wachsamkeit nicht nachlassen und müssten weiter höllisch aufpassen. Nadia versuchte zwar zu erklären, dass die Nebelmenschen anders seien, aber keiner achtete auf sie.

Wie Dr. Omayra Torres erzählte, hatte sie in den letzten zehn Jahren überwiegend bei friedlichen Stämmen gearbeitet; von diesen Indianern, die Nadia Nebelmenschen nannte, wusste sie nichts. Aber sie hoffte zumindest, diesmal mehr Glück zu haben als in der Vergangenheit und sie impfen zu können, ehe sie sich infizierten. Etliche Male waren ihre Vorsorgemaßnahmen schon zu spät gekommen. Sie hatte den Indianern die Spritze gegeben, aber sie waren dennoch nach wenigen Tagen erkrankt und zu Hunderten gestorben.

Ludovic Leblanc war mit seiner Geduld inzwischen am Ende. Seine Mission war komplett unsinnig gewesen, er würde mit leeren Händen zurückkehren, ohne Neuigkeiten von der berühmten Bestie des Amazonas. Was sollte er den Herausgebern des International Geographic denn erzählen? Dass ein Soldat unter mysteriösen Umständen in Stücke gerissen worden war, sie einem reichlich unangenehmen Geruch ausgesetzt gewesen waren und er ein unfreiwilliges Bad im Kothaufen eines unbekannten Tieres genommen hatte? Offen gesagt, das waren keine besonders schlagkräftigen Beweise für die Existenz der Bestie. Auch über die Indianer der Region hatte er nichts Neues erfahren, denn die hatte er ja noch nicht einmal zu Gesicht bekommen. Er hatte aufs Jämmerlichste seine Zeit verplempert. Er zählte die Stunden, bis er endlich wieder an seine Universität zurück konnte, wo er wie ein Held behandelt wurde und ihm weder Killerbienen noch sonstige Unannehmlichkeiten drohten. Sein Verhältnis zu den anderen ließ einiges zu wünschen übrig, und das zu Karakawe war eine einzige Katastrophe. Kaum lag Santa María de la Lluvia hinter ihnen, hatte der Indianer, den er doch immerhin als persönlichen Gehilfen angestellt hatte, vom Luftzufächeln nichts mehr wissen wollen, und anstatt den Professor zu bedienen, machte er ihm das Leben schwer. Leblanc beschuldigte ihn, einen lebenden Skorpion in seiner Reisetasche und einen toten Wurm in seinem Kaffee versenkt zu haben, außerdem hatte er ihn angeblich mit voller Absicht zu der Stelle geführt, wo ihn die Bienen gestochen hatten. Die anderen Expeditionsteilnehmer ertrugen den Professor, weil er in seiner Safariaufmachung so dekorativ aussah und sie sich über ihn lustig machen konnten, ohne dass er etwas davon mitbekam. Leblanc nahm sich selbst zu ernst, um sich vorstellen zu können, dass andere das nicht taten.

Mauro Carías schickte Spähtrupps aus, die in unterschiedlichen Richtungen die Gegend erkunden sollten. Die Soldaten brachen widerwillig auf und kehrten nach kurzer Zeit ohne Neuigkeiten von dem Stamm zurück. Sie überflogen das Gebiet auch mit den Hubschraubern, obwohl Kate Cold sie darauf hinwies, der Lärm werde die Indianer verscheuchen. Sie riet zur Geduld: Früher oder später würden die Indianer in ihr Dorf zurückkehren. Wie Leblanc war auch sie mehr an der Bestie als an den Eingeborenen interessiert, schließlich musste sie ihren Artikel schreiben.

»Weißt du etwas über die Bestie, das du mir nicht gesagt hast, Alexander?«

»Kann sein, kann auch nicht sein ...«, antwortete ihr Enkel, traute sich allerdings nicht, ihr dabei in die Augen zu sehen.

»Was soll das denn bitte schön heißen?«

Um die Mittagszeit schreckte das Lager auf: Eine Gestalt war aus dem Wald getreten und kam zögerlich näher. Mauro Carías machte freundliche Gebärden und rief sie, nachdem er die Soldaten aufgefordert hatte, sich zurückzuziehen, um sie nicht zu erschrecken. Timothy Bruce drückte Kate Cold seinen Fotoapparat in die Hand und griff selbst nach der Filmkamera: Die erste Begegnung mit einem bislang unentdeckten Stamm durfte er sich nicht entgehen lassen. Nadia und Alex erkannten die Besucherin sofort, es war Iyomi, Häuptling der Häuptlinge von Tapirawa-teri. Sie kam allein, war nackt, unglaublich alt, runzlig und zahnlos, auf einen verhutzelten Stock gestützt, den runden Hut aus gelben Federn bis zu den Ohren auf den Kopf gestülpt. Schritt für Schritt ging sie auf die verdatterten Nahab zu. Mauro Carías rief Karakawe zu sich und fragte ihn, zu welchem Stamm diese Frau gehöre, aber das konnte er ihm nicht beantworten. Nadia trat vor.

»Ich kann mit ihr reden«, sagte sie.

»Sag ihr, wir tun ihr nichts, wir sind Freunde ihres Volkes, und alle sollen ohne Waffen zu uns kommen, weil wir viele Geschenke für sie und die anderen haben«, sagte Mauro Carías.

Nadia übersetzte frei, ließ das mit den Waffen weg, denn angesichts der Bewaffnung der Soldaten schien ihr das keine besonders gute Idee.

»Wir wollen keine Geschenke von den Nahab, wir wollen, dass sie aus dem Auge der Welt verschwinden«, antwortete Iyomi fest.

»Das ist sinnlos, sie gehen doch nicht«, sagte Nadia.

»Dann bringen meine Krieger sie um.«

»Es werden mehr kommen, viel mehr, und alle deine Krieger werden sterben.«

»Meine Krieger sind stark, diese Nahab haben weder Bogen noch Pfeile, sie sind plump und ungeschickt und haben weiche Köpfe, außerdem erschrecken sie sich wie die Kinder.«

»Krieg ist keine Lösung, Häuptling der Häuptlinge. Wir müssen verhandeln«, versuchte Nadia die alte Frau zu überzeugen.

»Was zum Teufel nuschelt die Alte da?« Mauro Carías war ungeduldig, denn Nadia übersetzte schon länger nicht mehr.

»Sie sagt, dass ihr Volk schon seit Tagen nichts mehr gegessen hat und alle sehr hungrig sind«, erfand Nadia in Windeseile.

»Sag ihr, dass wir ihnen so viel zu essen geben, wie sie wollen.«

»Sie haben Angst vor den Waffen«, sagte Nadia, obwohl die Indianer noch nie eine Pistole oder ein Gewehr gesehen hatten und nichts von dieser tödlichen Gefahr ahnten.

Mauro Carías befahl den Soldaten, als Zeichen des guten Willens die Waffen abzulegen, aber Leblanc war außer sich, denn die Indianer griffen doch normalerweise aus dem Hinterhalt an. Also legten sie die Schnellfeuergewehre hin, behielten ihre Pistolen aber im Gürtel. Iyomi bekam von Dr. Omayra Torres eine Schale mit Fleisch und Mais, drehte sich um und verschwand. Hauptmann Ariosto wollte ihr folgen, aber da hatte sie sich schon zwischen den Bäumen in Luft aufgelöst.

~

Den Rest des Tages verbrachten sie damit, erfolglos ins Dickicht zu spähen und den ahnungsvollen Leblanc über sich ergehen zu lassen, der jeden Moment damit rechnete, dass eine Horde von Menschenfressern über sie herfiel. Obwohl selbst bis an die Zähne bewaffnet und von Soldaten umringt, war dem Professor beim Besuch dieser nackten Uroma mit dem gelben Federhut das Herz in die Hose gerutscht. Die Stunden verstrichen, und nichts tat sich, nur einmal gab es eine kurze Aufregung, weil Dr. Omayra Torres Karakawe dabei ertappte, wie er in ihrer Kiste mit dem Impfstoff kramte. Es war nicht das erste Mal. Sofort war Mauro Carías zur Stelle und drohte dem Indianer, wenn er sich noch einmal in der Nähe der Medikamente blicken lasse, werde Hauptmann Ariosto ihn unverzüglich festnehmen.

Am Abend, als schon niemand mehr glaubte, dass die Alte zurückkommen würde, nahm im Lager der ganze Stamm der Nebelmenschen Gestalt an. Zuerst sahen sie die Frauen und Kinder, geheimnisvoll zart und körperlos. Sie brauchten einige Sekunden, ehe sie auch die Männer wahrnahmen, die eigentlich zuerst herangekommen waren und sich in einem Halbkreis aufgestellt hatten. Angeführt von Tahama, tauchten sie aus dem Nichts auf, standen stumm und ernst da, achote-rot, kohlschwarz, kalkweiß und blattgrün für den Kampf bemalt, mit Federn, Zähnen, Klauen und Samenkörnern geschmückt, mit all ihren Waffen fest in den Händen. Sie waren mitten im Lager, verschwammen aber so sehr mit der Umgebung, dass man die Augen zusammenkneifen musste, um sie deutlich zu erkennen. Sie wirkten schwerelos, flüchtig, als hätte sie jemand vor diese Kulisse skizziert, aber ohne Zweifel waren sie auch wild.

Eine ganze Weile starrten die beiden Gruppen einander wortlos an, hier die durchsichtigen Indianer, dort die fassungslosen Fremden. Endlich durchbrach Mauro Carías die allgemeine Benommenheit, wurde geschäftig und befahl den Soldaten, Essen und Geschenke zu verteilen. Mit schweren Herzen sahen Alex und Nadia, wie die Frauen und Kinder den Krimskrams entgegennahmen, mit dem die Nahab versuchten, sich bei ihnen einzuschmeicheln. So unschuldig diese Dinge auch daherkamen, sie bedeuteten doch für die Indianer den Anfang vom Ende ihres gewohnten Lebens. Tahama und seine Krieger rührten sich nicht, blieben wachsam und legten ihre Waffen nicht aus der Hand. Am gefährlichsten waren ihre dicken Holzknüppel, mit denen sie von einem Moment auf den anderen losschlagen konnten, dagegen dauerte das Zielen mit Pfeil und Bogen etwas länger und würde den Soldaten Zeit zum Schießen geben.

»Erklär ihnen das mit der Impfung, meine Hübsche«, wandte sich Mauro Carías an Nadia.

»Nadia, ich heiße Nadia Santos«, antwortete sie.

»Es ist nur zu ihrem Besten, Nadia, zu ihrem Schutz«, schaltete sich Dr. Omayra Torres ein. »Sie haben bestimmt Angst vor der Nadel, aber die tut ja weniger weh als ein Moskitostich. Vielleicht wollen die Männer den Frauen und Kindern mit gutem Beispiel vorangehen …«

»Warum gehen Sie nicht mit gutem Beispiel voran?« Nadia sah Mauro Carías herausfordernd an.

Dem Unternehmer fiel das perfekte Dauerlächeln aus dem sonnengebräunten Gesicht, und für einen kurzen Moment flackerte eine grenzenlose Panik in seinen Augen auf. Alex, der die Szene beobachtete, fand das etwas übertrieben. Klar, manche Leute hatten Angst vor Spritzen, aber Carías machte ein Gesicht, als wäre er gerade Dracula begegnet.

Nadia übersetzte, und nach einem langen Gespräch, in dem häufiger der Name Rahakanariwa fiel, war Iyomi bereit, darüber nachzudenken und die Angelegenheit mit ihrem Stamm zu beraten. Sie waren noch mitten in den Verhandlungen über die Impfung, da murmelte Iyomi plötzlich einen für die Fremden unhörbaren Befehl, und so schnell, wie sie aufgetaucht waren, hatten sich die Nebelmenschen wieder verflüchtigt. Wie Schatten zogen sie sich in den Wald zurück, ohne dass ein einziger Zweig knackte, auch nur ein Wort fiel oder man einen einzigen der Säuglinge weinen hörte. Den Rest der Nacht hielten Ariostos Soldaten Wache und erwarteten jeden Augenblick einen Angriff.

~

Nadia wurde um Mitternacht davon wach, dass Dr. Omayra Torres das Zelt verließ. Wahrscheinlich musste sie nur mal, aber etwas trieb Nadia dazu, ihr zu folgen. Kate Cold schnarchte in dem ihr eigenen Tiefschlaf und bekam von dem Gewusel ihrer Zeltgenossinnen nichts mit. Wie man unbemerkt bleibt, wusste Nadia inzwischen, und so schlich sie lautlos wie eine Katze der Ärztin nach. Sie duckte sich hinter einen Farn, wo sie im fahlen Licht des Mondes die Umrisse der Frau erkennen konnte. Eine Minute später kam noch jemand, und Nadia war verdattert, denn dieser jemand schlang seine Arme um die Hüfte der Ärztin und küsste sie.

»Ich habe Angst«, sagte sie.

»Das musst du nicht, mein Liebling. Alles wird gut. In ein paar Tagen sind wir hier so weit und können wieder nach Hause. Du weißt, ich brauche dich …«

»Du liebst mich doch, oder?«

»Aber natürlich. Du bist mein Ein und Alles, ich werde dich glücklich machen, dir jeden Wunsch von den Lippen ablesen.«

Nadia flüchtete sich zurück ins Zelt, rollte sich auf ihrer Strohmatte zusammen und stellte sich schlafend.

Der Mann bei Dr. Omayra Torres war Mauro Carías.

Am Morgen kamen die Nebelmenschen wieder. Die Frauen trugen Körbe mit Früchten und hatten auch einen großen erlegten Tapir dabei als Gegenleistung für die Geschenke vom Vortag. Die Krieger wirkten heute gelassener, legten ihre Knüppel zwar nicht einen Moment aus der Hand, zeigten sich aber genauso neugierig wie die Frauen und Kinder. Aus einigem Abstand betrachteten sie sich die sonderbaren Vögel, die Donner und Wind machen, trauten sich allerdings nicht nah heran, dafür befühlten sie die Kleider und Waffen der Nahab, wühlten in deren Habseligkeiten, krochen in die Zelte, posierten vor der Kamera, streiften sich die Plastikhalsketten über und probierten mit großen Augen die Macheten und Messer aus.

Dr. Omayra Torres fand die Stimmung jetzt so gut, dass sie mit ihrer Arbeit beginnen konnte. Sie bat Nadia, den Indianern noch einmal zu erklären, wie wichtig der Schutz gegen die Epidemien war, aber sie waren noch immer nicht überzeugt. Selbst Hauptmann Ariosto blieb nichts anderes übrig, als geduldig das Ergebnis der langwierigen Diskussionen zwischen Nadia und den Indianern abzuwarten. Dabei war er eigentlich eher gewohnt, seinen Willen mit vorgehaltener Waffe durchzusetzen, aber da waren ja noch Kate Cold und Timothy Bruce; vor der Presse konnte er schlecht zu brutalen Mitteln greifen, musste zumindest den Schein wahren. Dass es etwas widersprüchlich gewesen wäre, die Indianer zu erschießen, damit sie nicht an Masern starben, hätte ihn unter anderen Umständen wohl wenig gestört.

Nadia sagte den Indianern, sie sei schließlich von Iyomi zum Häuptling ernannt worden, um den Rahakanariwa zu besänftigen, der die Menschen häufig mit schrecklichen Krankheiten heimsuche, daher sollten sie jetzt auf sie hören. Sie bot an, sich als Erste eine Spritze geben zu lassen, aber das empfanden Tahama und seine Krieger als Kränkung. Sie würden die Ersten sein, sagten sie endlich. Nadia atmete auf und übersetzte die Entscheidung der Nebelmenschen.

Dr. Omayra Torres ließ einen Klapptisch in den Schatten stellen und breitete darauf ihre Spritzen und Ampullen aus, während Mauro Carías die Indianer dazu anhielt, sich in einer Reihe aufzustellen, damit auch wirklich alle geimpft werden konnten.

Unterdessen nahm Nadia Alex beiseite und erzählte ihm, was sie in der vergangenen Nacht beobachtet hatte. Sie wussten nicht recht, was sie davon halten sollten, fühlten sich aber irgendwie verraten. Wieso um alles in der Welt hatte die nette Omayra Torres ein Verhältnis mit Mauro Carías, dem Mann, der sein Herz in der Aktentasche trug? Bestimmt hatte Mauro Carías die Ärztin verführt. Er kam ja angeblich gut an bei Frauen. Nadia und Alex konnten beim besten Willen nichts an ihm finden, aber vermutlich wirkten seine großspurige Art und sein Geld auf andere anziehend. Die Nachricht würde wie eine Bombe einschlagen: César Santos, Timothy Bruce und sogar Professor Ludovic Leblanc waren in die Ärztin verknallt.

»Das gefällt mir nicht«, sagte Alex.

»Ach, etwa auch eifersüchtig?« Nadia grinste.

»Blödsinn! Das glaubst du ja wohl selbst nicht. Aber ich spüre etwas hier in der Brust, so einen fürchterlichen Druck.«

»Du meinst, wegen dem Traum, den wir in der goldenen Stadt hatten, weißt du noch? Durch Walimais Trank haben wir alle dasselbe geträumt, sogar die Bestien.«

»Ja. So einen ähnlichen Traum hatte ich schon einmal, bevor ich hierher gekommen bin: Ein riesiger Geier hat meine Mutter weggeschleppt. Damals habe ich gedacht, es hat etwas mit ihrer Krankheit zu tun und dass der Geier den Tod bedeutet. Im Tepui haben wir geträumt, dass der Rahakanariwa die Kiste zertrümmert, in der er eingesperrt war, und die Indianer waren an Bäume gefesselt, weißt du noch?«

»Ja, und die Nahab trugen Masken. Was bedeuten die Masken?«

»Heimlichkeit, Lüge, Verrat.«

»Was glaubst du? Wieso ist Mauro Carías so scharf darauf, dass die Indianer sich impfen lassen?«

Die Frage blieb in der Luft hängen wie ein mitten im Flug gestoppter Pfeil. Zu Tode erschrocken sahen die beiden sich an. Schlagartig war ihnen klar, dass sie alle in eine schreckliche Falle getappt waren: Der Rahakanariwa war die Epidemie. Kein menschenfressender Vogel würde die Nebelmenschen umbringen, ihr Tod war viel greifbarer, war schon da. Sie rannten in die Mitte des Dorfes, wo Dr. Omayra Torres gerade die Spritze auf Tahamas Oberarm aufsetzte. Ohne nachzudenken, rammte Alex in vollem Lauf den Krieger und warf ihn um. Tahama war mit einem Satz wieder auf den Füßen, schwang seinen Knüppel und wollte Alex zerquetschen wie eine Kakerlake, aber Nadias Schrei ließ ihn erstarren.

»Nein! Nicht! Der Rahakanariwa ist dort drin!«, brüllte Nadia und zeigte auf die Ampullen mit dem Impfstoff.

César Santos dachte, seine Tochter habe den Verstand verloren, packte sie am Arm, aber sie entwand sich seiner Umklammerung und rannte zu Alex, wobei sie Mauro Carías, der sich ihr in den Weg stellte, anschrie und auf ihn einschlug. Hastig versuchte sie, den Indianern begreiflich zu machen, dass sie sich geirrt hatte, dass die Impfung sie nicht retten, sondern ganz im Gegenteil sie umbringen würde, weil der Rahakanariwa in der Spritze war.

ACHTZEHNTES KAPITEL

Blutvergießen

Dr. Omayra Torres blieb ruhig. Sie sagte, Nadia und Alex sei offenbar die Hitze aufs Hirn geschlagen, und wies Hauptmann Ariosto an, die beiden wegzuschaffen. Am liebsten hätte sie wohl in ihrer unterbrochenen Arbeit einfach fortgefahren, aber mittlerweile liefen die Indianer aufgeregt durcheinander. In diesem Augenblick, als Hauptmann Ariosto sich schon bereitmachte, die Ordnung mit Waffengewalt wiederherzustellen, und zwei seiner Soldaten Nadia und Alex festhielten, trat Karakawe vor die Ärztin.

»Einen Moment!«, rief er.

Zur allgemeinen Verwirrung eröffnete ihnen ebendieser Mann, der auf der ganzen Reise vielleicht ein halbes Dutzend Wörter gesagt hatte, er arbeite für das Gesundheitsministerium in der Abteilung zum Schutz der indianischen Bevölkerung. Er erklärte ihnen, sein Auftrag bestehe darin, herauszufinden, warum so viele Indianer im Amazonasgebiet krank wurden und starben, vor allem diejenigen, die in der Nähe von Gold- und Diamantenvorkommen lebten. Er hege schon lange einen Verdacht gegen Mauro Carías, weil der von den Reichtümern der Gegend am stärksten profitiert habe.

»Hauptmann Ariosto, beschlagnahmen Sie diesen Impfstoff!«, befahl Karakawe. »Ich werde ihn in ein Labor bringen. Wenn ich Recht habe, enthalten diese Ampullen keinen Impfstoff, sondern eine tödliche Dosis Masernviren.«

Ariosto sagte keinen Ton, setzte Karakawe bloß seine Pistole auf die Brust und drückte ab. Der Indianer war sofort tot. Mauro Carías stieß Dr. Omayra Torres auf die Seite, zog seinen Revolver, zielte auf die Ampullen, und während César Santos herbeistürzte, um die Ärztin mit seinem Körper abzuschirmen, schoss Carías das Magazin leer, dass die Scherben nur so spritzten. Die Flüssigkeit versickerte im Boden.

Es ging alles so schnell und war so brutal, dass hinterher keiner genau sagen konnte, was eigentlich passiert war, und jeder seine eigene Version erzählte. Aber Timothy Bruce filmte, und was ihm entging, hielt Kate Cold mit dem Fotoapparat fest.

Als sie die zersplitternden Ampullen sahen, glaubten die Indianer, der Rahakanariwa sei aus seinem Gefängnis geflohen, werde erneut in die Gestalt des menschenfressenden Vogels schlüpfen und sie alle verschlingen. Noch ehe ihn jemand hindern konnte, ließ Tahama unter furchterregendem Gebrüll seinen Holzprügel mit solcher Wucht auf den Schädel von Mauro Carías niedergehen, dass der wie ein Sack in sich zusammenfiel. Hauptmann Ariosto richtete seine Waffe auf Tahama, aber Alex hatte sich losgerissen, warf sich gegen seine Beine und bekam Hilfe von Borobá, der Ariosto ins Gesicht sprang. Die Schüsse gingen ins Leere, und Tahama blieb Zeit genug, sich im Schutz seiner Krieger, die mittlerweile ihre Bogen gespannt hatten, zurückzuziehen.

In den paar Sekunden, bis die Soldaten sich gefasst und ihre Pistolen aus dem Halfter gezogen hatten, zerstreuten sich die Indianer. Die Frauen und Kinder huschten wie Erdhörnchen ins Unterholz und verschwanden im Dickicht, und die Männer konnten noch etliche Pfeile abschießen, ehe auch sie die Flucht ergriffen. Die Soldaten feuerten blind drauflos, während Ariosto am Boden mit Alex, Nadia und Borobá rang. Der Hauptmann verpasste Alex mit dem Knauf seiner Pistole einen Kinnhaken, und als der wie betäubt liegen blieb, konnte er mit Faustschlägen Nadia und den Affen loswerden. Kate Cold rannte zu ihrem Enkel und zerrte ihn aus der Schusslinie. Bei all dem Geschrei und dem Durcheinander verstand niemand die Befehle, die Ariosto brüllte.

Wenige Minuten nur, und der Dorfplatz war von Blut getränkt: Drei Soldaten waren von Pfeilen verletzt und einige Indianer tot; dort lag der tote Karakawe und daneben Mauro Carías, der sich nicht mehr bewegte. Eine Frau war von den Kugeln getroffen worden, und einen Schritt weiter lag das Kind, das sie im Arm gehalten hatte. Da tat Ludovic Leblanc, der sich seit dem Auftauchen des Stammes in sicherer Entfernung hinter einem Baum verschanzt hatte, etwas völlig Unerwartetes. Bisher ein einziges Nervenbündel, fasste er sich nun ein Herz, als er dieses Kind sah, das da allein auf der Erde lag, während ringsum noch der Kampf tobte. Er rannte über den Platz und schloss es in die Arme. Es war ein Säugling, wenige Monate alt, bespritzt mit dem Blut seiner Mutter und erbärmlich schreiend. Leblanc blieb inmitten des Tumults sitzen, drückte das Kind an seine Brust und zitterte vor Wut und Verzweiflung. Hier wurden seine schlimmsten Albträume wahr, nur dass sich die Rollen vertauscht hatten: Nicht die Indianer waren die Wilden, sondern sie selbst. Endlich rappelte er sich hoch, ging zu Kate Cold, die gerade versuchte, mit ein bisschen Wasser das Blut vom Mund ihres Enkels abzuwischen, und reichte ihr das Kind.

»Also, Cold, Sie sind doch eine Frau, Sie wissen doch, wie man das macht«, sagte er.

Überrumpelt nahm Kate den Säugling mit weit ausgestreckten Armen in Empfang, als wäre er ein Blumenstrauß. Sie hatte schon so lange kein kleines Kind mehr im Arm gehabt, dass sie kaum noch wusste, wie man das macht.

Mittlerweile war auch Nadia wieder auf die Füße gekommen und betrachtete den mit Leichen übersäten Kampfplatz. Sie ging zu den Indianern, wollte wissen, ob sie jemanden kannte, aber ihr Vater zog sie weg, nahm sie in die Arme, rief sie beim Namen und redete tröstend auf sie ein. Nadia hatte eben noch sehen können, dass Iyomi und Tahama nicht unter den Toten waren, und dachte, dass die Nebelmenschen wenigstens noch auf zwei ihrer Häuptlinge zählen konnten, denn die anderen beiden, Aguila und Jaguar, hatten sie im Stich gelassen.

∼

»Alle an den Baum da!«, brüllte Ariosto die Expeditionsteilnehmer an. Der Hauptmann war kreidebleich, und seine Hand mit der Pistole zitterte. Die Sache war ganz schlecht gelaufen.

Kate Cold, Timothy Bruce, Professor Leblanc, César Santos, Nadia und Alex gehorchten. Alex hatte einen kaputten Zahn, den Mund voller Blut und war von dem Schlag auf seinen Unterkiefer noch immer benommen. Nadia schien einen Schock zu haben, einen Schrei in ihrer Brust zu unterdrücken, sie starrte die toten Indianer an und die Soldaten, die sich wimmernd am Boden krümmten. Dr. Omayra Torres hockte tränenüberströmt und allem entrückt neben Mauro Carías und hielt seinen Kopf in ihrem Schoß. Sie küsste sein Gesicht, flehte ihn an, nicht zu sterben, sie nicht zu verlassen, während sein Blut ihre Kleider rot färbte. »Wir wollten heiraten ...«, sagte sie wieder und wieder in einem endlosen Refrain.

»Er hat die Ärztin gemeint! Mauro Carías hat doch gesagt, es würde jemand mitfahren, dem er vertraut. Und wir haben die ganze Zeit gedacht, er meint Karakawe!«, flüsterte Alex Nadia zu, aber sie war so in ihrem Grauen versunken, dass sie es nicht hörte.

Es war klar, dass der Unternehmer die Ärztin gebraucht hatte, wollte er die Indianer mit einer Masernepidemie töten. Seit Jahren starben ja schon massenhaft Indianer an dieser und an anderen Krankheiten, obwohl die Regierung versuchte, sie davor zu schützen. Aber wenn eine Epidemie erst einmal ausgebrochen war, konnte man wenig tun, weil die Indianer keine Abwehrkräfte dagegen hatten; die Ärztin hatte doch selbst gesagt, dass ihr Immunsystem den Krankheiten der Weißen nichts entgegensetzen konnte. Und wenn eine einfache Erkältung manchmal schon tödlich war, wie schlimm waren dann erst andere Krankheiten? Die Mediziner, die untersuchen sollten, weshalb alle Vorsorgemaßnahmen nichts halfen, standen vor einem Rätsel. Keiner konnte sich vorstellen, dass Omayra Torres, die Person, die die Indianer gegen drohende Krankheiten impfen sollte, ihnen den Tod brachte, damit sich ihr Geliebter des Indianerlandes bemächtigen konnte.

Ohne Verdacht zu erregen, musste diese Frau schon etlichen Stämmen die tödlichen Spritzen gegeben haben, so wie sie das auch mit den Nebelmenschen hatte tun wollen. Was hatte ihr Mauro Carías nur für diese Unmenschlichkeit versprochen? Vielleicht hatte sie es gar nicht des Geldes wegen getan, sondern weil sie ihn liebte. Aber ob nun aus Liebe oder aus Habgier, das Ergebnis war dasselbe: Hunderte ermordeter Männer, Frauen und Kinder. Hätte Nadia nicht beobachtet, wie Omayra Torres und Mauro Carías sich küssten, es wäre nie herausgekommen. Und nur weil Karakawe rechtzeitig eingegriffen hatte – was er mit seinem Leben bezahlte –, war der Plan gescheitert.

Jetzt verstand Alex auch, welche Rolle sich Mauro Carías für die Expedition des International Geographic ausgedacht hatte. Ein paar Wochen, nachdem man die Indianer mit dem Masernvirus infiziert hatte, wäre die Epidemie ausgebrochen und hätte sich schnell auch auf andere Dörfer ausgeweitet. Dann hätte der hirnverbrannte Professor Ludovic Leblanc vor der Weltpresse bezeugt, dass er bei der ersten Begegnung mit den Nebelmenschen dabei gewesen war. Niemandem war ein Vorwurf zu machen: Man hatte die notwendigen Vorsorgemaßnahmen getroffen, um das Dorf zu schützen. Die Aussagen des Anthropologen wären durch Kate Colds Reportage und die Fotos von Timothy Bruce untermauert worden, die bewiesen, dass alle Dorfbewohner geimpft worden waren. In den Augen der Welt wäre die Epidemie nur ein unvermeidliches Übel gewesen, keiner hätte nachgefragt, und Mauro Carías hätte sicher sein können, dass es keine Untersuchung von Seiten der Regierung gab. Das war eine saubere und wirkungsvolle Methode, ohne das Blutvergießen, das es jahrelang gegeben hatte, weil man das Amazonasgebiet mit Kugeln und Bomben von den Menschen, die dort zu Hause waren, »säuberte«, damit die Goldsucher, die Händler, Siedler und Abenteurer freie Hand hatten.

Kate Cold, die noch immer das Kind in den Armen hielt, war zu denselben Schlüssen gekommen und dachte, dass Ariosto bei Karakawes Beschuldigung den Kopf verloren und ihn einfach abgeknallt hatte, um Carías und sich selbst zu schützen. Er trug diese Uniform, und darin fühlte er sich unantastbar. Hier, am Ende der Welt, wo kaum jemand lebte und der lange Arm des Gesetzes nicht hinreichte, würde niemand in Zweifel ziehen, was er sagte. Das verlieh ihm eine gefährliche Macht. Er war ein roher, skrupelloser Mensch, der jahrelang an Grenzposten Dienst getan hatte, und Gewalt war etwas völlig Alltägliches für ihn. Außer auf seine Waffe und auf seinen Rang als Offizier hatte er auch immer darauf zählen können, dass Mauro Carías seine schützende Hand über ihn hielt. Der Unternehmer wiederum hatte Verbindungen in höchste Regierungskreise, gehörte zur herrschenden Klasse, schwamm in Geld, war angesehen und niemandem Rechenschaft schuldig. Das Bündnis zwischen Ariosto und Carías hatte beiden genutzt. Der Hauptmann hatte doch erzählt, er werde in weniger als zwei Jahren seine Uniform an den Nagel hängen und nach Miami ziehen; aber nun lag Mauro Carías mit zerschmettertem Schädel da und würde ihn nicht mehr beschützen können. Das war das Ende seiner Straflosigkeit. Er würde sich vor Gericht für den Mord an Karakawe und den Indianern verantworten müssen, die hier mitten im Lager verstreut lagen.

Kate Cold hatte keinen Zweifel daran, dass ihr Leben und das aller anderen Expeditionsteilnehmer, die Kinder eingeschlossen, in höchster Gefahr war, denn Ariosto musste um jeden Preis verhindern, dass bekannt wurde, was sich in Tapirawa-teri abgespielt hatte. Wie oft hatte er wohl schon Tote mit Benzin überschüttet, sie angezündet und für verschollen erklärt? Aber diesmal war der Schuss nach hinten losgegangen: Die Anwesenheit der Leute vom International Geographic hatte sich von einem Vorteil in ein schwerwiegendes Problem verwandelt. Bestimmt wollte er die Zeugen loswerden, aber dafür würde er sich etwas einfallen lassen müssen, er konnte sie nicht einfach erschießen, ohne in einen noch tieferen Schlamassel zu geraten. Dennoch, diese Gegend war so gottverlassen, dass es für den Hauptmann letztlich leicht sein würde, alle Spuren zu verwischen.

Die Soldaten würden bestimmt nicht aufmucken, wenn Ariosto entschied, alle unliebsamen Zeugen umzubringen, so viel stand für Kate Cold fest, und sie würden es auch nicht wagen, ihren Vorgesetzten anzuzeigen. Der Urwald würde alle Beweise für ein Verbrechen schlucken. Sie konnten nicht einfach die Hände in den Schoß legen und auf ihre Hinrichtung warten, sie mussten doch irgendwas tun. Zu verlieren hatten sie jedenfalls nichts, schlimmer konnte ihre Lage nicht werden. Ariosto war ein gewissenloser Mensch, und jetzt war er noch dazu nervös: Sie konnten alle enden wie Karakawe. Kate hatte keinen Plan, aber zunächst war es wahrscheinlich am besten, in den feindlichen Reihen für Unruhe zu sorgen.

»Herr Hauptmann, ich denke, diese Männer müssen

dringend ins Krankenhaus.« Sie zeigte auf Carías und die verwundeten Soldaten.

»Schnauze!«, bellte der Hauptmann.

Aber einige Minuten später ordnete Ariosto an, Mauro Carías und die drei Soldaten in einen der Hubschrauber zu verfrachten. Er verlangte von Omayra Torres, sie solle versuchen, die Pfeile aus den Körpern der Verwundeten zu ziehen, aber die Ärztin achtete überhaupt nicht auf ihn: Sie hatte nur Augen für ihren sterbenden Geliebten. Kate Cold und César Santos taten, was sie konnten, um aus Lappen notdürftige Verbände herzustellen, damit die unglücklichen Soldaten nicht noch mehr Blut verloren.

~

Während einige Soldaten damit beschäftigt waren, ihre verletzten Kameraden im Hubschrauber unterzubringen, und sich ein paar andere vergeblich damit abmühten, eine Funkverbindung nach Santa María de la Lluvia zu bekommen, erklärte Kate Professor Leblanc flüsternd, für wie gefährlich sie ihre Lage hielt. Der Anthropologe war zum selben Ergebnis gekommen: Bei Ariosto waren sie übler dran als bei den Indianern oder der Bestie.

»Vielleicht könnten wir in den Wald fliehen...«, zischte Kate.

Und zum ersten Mal überraschte sie dieser Mann mit einer vernünftigen Antwort. Sie war so sehr an die Wutausbrüche und die haltlosen Bemerkungen des Professors gewöhnt, dass sie jetzt, als sie sah, wie gefasst er war, ganz selbstverständlich bereit war, auf ihn zu hören.

»Das wäre Wahnsinn«, hatte Leblanc mit Nachdruck geantwortet. »Die einzige Möglichkeit, von hier wegzukommen, ist der Hubschrauber. Ariosto ist die Schlüsselfigur. Ein Glück für uns, dass er dumm ist und eingebildet. Wir müssen so tun, als hegten wir keinen Verdacht gegen ihn, und ihn überlisten.«

»Und wie?« Kate sah ihn ungläubig an.

»Indem wir ihn beeinflussen. Er hat Angst, also bieten wir ihm eine Möglichkeit an, seine Haut zu retten und aus der ganzen Sache als Held herauszukommen«, sagte Leblanc.

»Niemals!«, empörte sich Kate.

»Seien Sie nicht blöd, Cold. Wir bieten ihm das an, was nicht heißt, dass wir uns daran halten. Wenn ich erst einmal außer Landes und in Sicherheit bin, bin ich der Erste, der die Grausamkeiten, die hier gegen wehrlose Indianer begangen werden, öffentlich anprangert.«

»Sie haben Ihre Meinung über die Indianer anscheinend etwas geändert«, brummelte Kate Cold.

Der Professor ließ sich nicht zu einer Antwort herab. Er richtete sich zu seiner vollen Koboldgröße auf, zupfte sein schlammverschmiertes, mit Blut bespritztes Hemd zurecht und wandte sich an Hauptmann Ariosto:

»Wie sollen wir denn nach Santa María de la Lluvia zurückkommen, mein geschätzter Herr Hauptmann? Wir passen ja gar nicht alle in den zweiten Hubschrauber.« Er deutete auf die Soldaten und die Gruppe, die unter dem Baum zusammenstand.

»Halten Sie sich da raus! Hier gebe ich die Befehle!«, blaffte Ariosto.

»Aber natürlich! Ich bin froh, dass Sie sich um alles kümmern, Herr Hauptmann, sonst würden wir wirklich in der Klemme sitzen«, sagte Leblanc sanft.

Ariosto horchte auf.

»Hätten Sie nicht so heldenhaft eingegriffen, wir wären alle von den Indianern massakriert worden«, redete der Professor weiter.

Ariosto, offensichtlich etwas beruhigt, zählte die Leute, stellte fest, dass Leblanc Recht hatte, und entschied, die Hälfte seiner Soldaten mit dem ersten Hubschrauber mitzuschicken. Damit blieben nur noch fünf seiner Männer und die Expeditionsteilnehmer, aber denen nahm er jetzt die Waffen ab, so dass sie keine Gefahr mehr darstellten. Die Rotorblätter setzten sich in Bewegung, und unter Getöse hob der Hubschrauber vom Boden ab. Er wurde immer kleiner über der grünen Kuppel des Urwalds, bis er sich als winziger Punkt zwischen den Wolken verlor.

~

Die Arme um ihren Vater und um Borobá geschlungen, hatte Nadia alles mitverfolgt. Sie bereute, dass sie Walimais Talisman für die drei Kristalleier hergegeben hatte, denn ohne den Schutz des Amuletts fühlte sie sich verloren. Plötzlich begann sie zu schreien wie eine Eule. César Santos zuckte zusammen und glaubte, seine Tochter habe einen Nervenzusammenbruch, weil sie zu viel habe ertragen müssen. Der Kampf, der im Dorf noch eben getobt hatte, war brutal gewesen, die sich am Boden krümmenden Soldaten und das viele Blut, das aus dem Schädel von Mauro Carías quoll, ein entsetzliches Schauspiel; noch immer lagen die Indianer dort, wo sie tot zusammengebrochen waren, und keiner machte Anstalten, sie wegzuschaffen. Wie hätte sich ihr Vater Nadias Gekreisch anders erklären sollen, als dass sie diese grausigen Geschehnisse nicht verkraften konnte. Alex dagegen lächelte stolz in sich hinein, als er seine Freundin hörte: Nadia spielte ihren letzten Trumpf aus.

»Her mit den Filmen!«, befahl Hauptmann Ariosto dem Fotografen Timothy Bruce.

Ebenso gut hätte er von ihm verlangen können, sein Leben herzugeben. Was die Negative anging, war Timothy Bruce fanatisch, noch nie hatte er eines aus der Hand gegeben, verwahrte sie alle feinsäuberlich sortiert in seinem Londoner Studio.

»Eine ausgezeichnete Idee, dass Sie sich dieser wertvollen Negative annehmen, Herr Hauptmann«, mischte sich Leblanc ein. »Mit ihnen lässt sich beweisen, was hier passiert ist, wie dieser Indianer Herrn Carías angegriffen hat, wie Ihre tapferen Soldaten im Pfeilhagel zusammengebrochen sind und Ihnen gar nichts anderes übrig geblieben ist, als Karakawe zu erschießen.«

»Dieser Kerl hat sich in Sachen eingemischt, die ihn nichts angingen!«, brüllte der Hauptmann.

»Aber natürlich! Ein Spinner. Er wollte Dr. Torres daran hindern, ihre Arbeit zu tun. Was für schwachsinnige Anschuldigungen! Ein Jammer, dass die Ampullen mit dem Impfstoff im Schusswechsel zerstört worden sind. Jetzt werden wir nie beweisen können, dass Karakawe gelogen hat.« Der Professor machte sich gut in seiner Rolle als Unschuldslamm.

Ariosto verzog den Mund zu etwas, das unter anderen Umständen ein Lächeln hätte sein können. Er steckte seine Pistole zurück in den Gürtel, verschob die Sache mit den Negativen auf später und hörte auf herumzubrüllen. Vielleicht, dachte er bei sich, haben diese Ausländer ja wirklich keinen Schimmer und sind noch viel blöder, als ich angenommen hatte.

Kate Cold hörte sich das Gespräch zwischen dem Anthropologen und dem Hauptmann mit offenem Mund an. Sie hätte nie gedacht, dass dieser Hanswurst von Leblanc so kaltblütig sein konnte.

»Bitte, Nadia, sei doch endlich still«, sagte César Santos, als Nadia zum zehnten Mal den Ruf der Eule ausstieß.

»Ich nehme an, wir bleiben heute Nacht hier. Sollen wir nicht ein Abendessen zubereiten, Herr Hauptmann?« Leblanc war die Liebenswürdigkeit in Person.

Ariosto erlaubte ihnen, Essen zu machen und sich im Lager zu bewegen, allerdings nur in einem Umkreis von dreißig Metern, wo er sie im Auge behalten konnte. Er befahl seinen Soldaten, die toten Indianer unter einen der

Bäume zu legen; am nächsten Tag könnten sie sie verscharren oder verbrennen. Die Nacht würde ihm Zeit geben, sich zu überlegen, was er mit den Ausländern anstellen sollte. Santos und seine Tochter konnte er verschwinden lassen, da würde niemand nachfragen, aber bei den anderen musste er vorsichtig sein. Ludovic Leblanc war berühmt, und diese Alte und ihr Enkel waren Bürger der Vereinigten Staaten. Er wusste aus Erfahrung, dass es immer eine Untersuchung gab, wenn einem US-Amerikaner etwas zustieß; diese überheblichen Amis hielten sich doch für die Herren der Welt.

~

Obwohl es eigentlich Professor Leblancs Idee gewesen war, kümmerten sich César Santos und Timothy Bruce um das Abendessen, denn der Anthropologe war unfähig, ein Ei hart zu kochen. Kate Cold redete sich damit heraus, sie könne bloß Fleischbällchen machen, und dazu fehlten ihr die Zutaten; außerdem hatte sie alle Hände voll damit zu tun, dem Kind löffelweise verdünnte Kondensmilch einzuflößen. Unterdessen hockte Nadia nur da, starrte ins Dickicht und schrie von Zeit zu Zeit wie eine Eule. Auf eine gewisperte Bitte hin war Borobá von ihrem Arm gesprungen und im Wald verschwunden. Eine halbe Stunde später erinnerte sich Hauptmann Ariosto an die Negative und zwang Timothy Bruce dazu, sie ihm auszuhändigen, wobei er Leblancs Argument benutzte: In seinen Händen seien sie gut aufgehoben. Es half nichts, dass sich der Engländer mit ihm stritt und sogar versuchte, ihn zu bestechen, der Hauptmann blieb stur.

Sie aßen nacheinander, unter den wachsamen Blicken der Soldaten, und dann schickte Ariosto die Expeditionsteilnehmer zum Schlafen in die Zelte, wo sie, wie er sagte, im Falle eines Angriffs sicherer seien, aber eigentlich ging es ihm darum, sie besser unter Kontrolle zu haben. Nadia, Kate und der Säugling bekamen das eine, Ludovic Leblanc, César Santos und Timothy Bruce das andere Zelt. Der Hauptmann hatte nicht vergessen, wie Alex über ihn hergefallen war, und hegte einen blinden Hass gegen ihn. Bloß wegen dieser beiden Blagen, vor allem wegen dieses verdammten Amis, hatte er jetzt diesen Riesenärger am Hals, war das Hirn von Mauro Carías Brei, waren die Indianer abgehauen und seine Pläne, in Miami ein Leben in Saus und Braus zu führen, ernsthaft in Gefahr. Dieser Alexander Cold stellte ein Risiko dar, mit diesem Burschen musste er hart umspringen. Ariosto entschied, Alex von den anderen zu trennen, und ordnete an, ihn am Rand des Lagers an einen Baum zu binden, weit weg von den Zelten mit dem Rest der Gruppe und weit weg von dem Schein der Petroleumlampen. Kate Cold bekam einen Wutanfall, als sie hörte, was mit ihrem Enkel passierte, aber der Hauptmann befahl ihr, die Klappe zu halten.

»Vielleicht ist es besser so, Kate. Alex ist nicht blöd, bestimmt kann er irgendwie abhauen«, flüsterte Nadia.

»Ariosto ist imstande und bringt ihn um heute Nacht.« Kate kochte vor Zorn.

»Borobá holt Hilfe«, sagte Nadia.

»Glaubst du etwa, dass dieser Affe uns rettet?«, schnaubte Kate.

»Borobá ist sehr klug.«

»Kindchen, du hast sie ja nicht alle!«

Die Stunden verstrichen, und im Lager machte keiner ein Auge zu, außer dem Säugling, der vom vielen Weinen ganz erschöpft war. Kate Cold hatte ihn auf ein Bündel Wäsche gelegt und fragte sich, was aus dem armen Geschöpf werden sollte, falls sie es schaffen sollten, lebend hier herauszukommen: Das Letzte, was sie sich wünschte, war, ein verwaistes Kind bei sich aufzunehmen. Die Angst hielt Kate hellwach, sie rechnete jeden Moment damit, dass

Ariosto ihren Enkel und dann sie und die anderen umbrachte, oder auch umgekehrt, zuerst sie und die anderen und dann Alexander, um sich an ihm mit einem langsamen und qualvollen Tod zu rächen. Dieser Kerl war äußerst gefährlich. Auch Timothy Bruce und César Santos hatten das Ohr an die Zeltplane gepresst und versuchten zu erraten, was draußen vorging. Professor Leblanc dagegen kletterte unter dem Vorwand, er müsse mal, aus dem Zelt und verwickelte Hauptmann Ariosto in ein Gespräch. Dem Anthropologen war klar, dass ihre Situation mit jeder Stunde brenzliger wurde, deshalb wollte er den Hauptmann auf andere Gedanken bringen und lud ihn zu einem Kartenspiel und einer Flasche Wodka aus Kate Colds Vorrat ein.

»Versuchen Sie ja nicht, mich betrunken zu machen, Herr Professor«, sagte Ariosto, schüttete sich aber gleichwohl sein Glas voll.

»Wo denken Sie hin, Herr Hauptmann! Ein Schlückchen Wodka kann doch einem Mann wie Ihnen nichts anhaben. Die Nacht ist lang, wir sollten uns ein bisschen vergnügen.«

NEUNZEHNTES KAPITEL

Freunde und Feinde

Wie so oft auf der Hochebene war es auch an diesem Abend schlagartig kalt geworden, sobald die Sonne untergegangen war. Die Soldaten, an die Wärme im Tiefland gewöhnt, schlotterten in ihren Uniformen, die noch feucht waren vom Regen am Nachmittag. Keiner schlief, denn der Hauptmann hatte angeordnet, dass sie alle rund um das Lager Wache halten sollten. Sie waren auf der Hut, hielten mit beiden Händen ihre Gewehre umklammert. Inzwischen fürchteten sie sich nicht mehr nur vor den Urwalddämonen oder vor der Bestie, sondern auch vor den Indianern, die jeden Moment zurückkommen konnten, um ihre Toten zu rächen. Sie selbst besaßen zwar Schusswaffen, aber die Indianer kannten hier jeden Baum und jeden Strauch und konnten noch dazu wie Spukgestalten aus dem Nichts auftauchen. Hätten nicht dort, bei dem Baum, die Toten gelegen, die Soldaten hätten geglaubt, dass sie es hier gar nicht mit Menschen zu tun hatten und die Kugeln diesem Gegner nichts anhaben konnten. Sie zählten die Stunden bis zum Morgen, wollten so schnell wie möglich hier verschwinden; in der Dunkelheit schien die Zeit stillzustehen, und der Urwald raunte bedrohlich.

Kate Cold saß im Schneidersitz neben dem schlafenden Säugling und zermarterte sich den Kopf, wie sie ihrem Enkel helfen konnte und wie sie alle lebend aus dem Auge der Welt herauskämen. Durch die Zeltplane drang etwas vom Schein des Lagerfeuers, und davor zeichnete sich Nadia ab, die in die Jacke ihres Vaters gehüllt dahockte.

»Ich gehe jetzt ...«, flüsterte Nadia.
»Das kannst du nicht!«, zischte Kate.

»Mich sieht schon niemand, ich kann mich unsichtbar machen.«

Davon überzeugt, dass Nadia im Fieber sprach, packte Kate sie an beiden Armen.

»Nadia, hör mir zu ... Du bist nicht unsichtbar. Niemand ist unsichtbar, das ist Quatsch. Du kannst hier nicht raus.«

»Und ob ich das kann. Sei bitte leise, Kate. Und pass auf, dass dem Kind nichts passiert. Ich komme wieder, und dann geben wir es den Nebelmenschen zurück.«

Nadia sagte das so überzeugt und ruhig, dass Kate sie unwillkürlich losließ.

Wie sie das von den Indianern gelernt hatte, konzentrierte sich Nadia so lange darauf, zu verschwinden, bis sie zu einem durchsichtigen Spuk geworden war. Dann öffnete sie leise den Reißverschluss des Zeltes und krabbelte im Schutz der Dunkelheit hinaus. Lautlos huschte sie wenige Meter an dem Tisch vorbei, wo Professor Leblanc mit Hauptmann Ariosto Karten spielte, an den Wachen, an dem Baum, an den Alex gefesselt war, und keiner sah sie. Schon war sie aus dem flackernden Lichtkreis von Lampen und Lagerfeuer geglitten und verschwand zwischen den Bäumen. Kurz darauf unterbrach der Ruf der Eule das Gequake der Frösche.

~

Alex war es mindestens genauso kalt wie den Soldaten. Er schlotterte, seine Beine waren eingeschlafen und die Hände geschwollen wegen der engen Fesseln um seine Gelenke. Der Unterkiefer tat ihm weh; so wie die Haut spannte, musste er eine Riesenbeule haben. Mit der Zunge tastete er nach seinem abgebrochenen Zahn und spürte, wie dick die Stelle war, wo ihm der Hauptmann mit dem Knauf der Pistole eins übergezogen hatte. Er durfte nicht daran denken, wie viele Nachtstunden noch vor ihm lagen, und schon gar nicht daran, dass Ariosto ihn vielleicht umbringen würde. Warum sonst hatte er ihn von den anderen getrennt? Was hatte der bloß mit ihm vor? Jetzt der schwarze Jaguar sein, so stark, wild und behände sein wie die Raubkatze, sich in ein Muskelpaket mit Krallen und Zähnen verwandeln und mit Ariosto abrechnen. Er dachte an die Flasche in seiner Reisetasche und daran, dass er lebend aus dem Auge der Welt herauskommen musste, um seiner Mutter das Wasser des Lebens zu bringen. Die Erinnerung an seine Familie war verschwommen wie ein unscharfes Foto, auf dem das Gesicht seiner Mutter kaum mehr war als ein bleicher Fleck.

Er war hundemüde, schon fiel ihm der Kopf auf die Brust, da spürte er, wie kleine Hände nach ihm griffen. Erschrocken fuhr er hoch. Es war Borobá, der da an seinem Hals schnüffelte, ihn umarmte, sanft in sein Ohr gluckste. Borobá, Borobá, flüsterte Alex und war so froh, dass ihm die Tränen in die Augen stiegen. Es war ja bloß ein Affe, nicht größer als ein Eichhörnchen, aber ihn bei sich zu haben machte Alex wieder Mut. Er ließ sich von dem Tier streicheln und fühlte sich schon besser. Dann merkte er, dass neben ihm noch jemand war, jemand, der sich lautlos und unsichtbar im Schatten des Baumes verbarg. Nadia, dachte Alex zuerst, wusste aber fast im gleichen Augenblick, dass es Walimai war. Der kleine Schamane musste dicht neben ihm sein, denn Alex stieg sein rauchiger Geruch in die Nase, aber sosehr er auch blinzelte, er sah ihn nicht. Jetzt legte Walimai ihm eine Hand auf die Brust, als wollte er seinen Herzschlag spüren. Die Hand des Freundes, ihr Gewicht, ihre Wärme, ließen Alex aufatmen; er wurde ruhiger, hörte auf zu schlottern und konnte wieder klar denken. Das Messer, das Messer, flüsterte er. Er hörte die Klinge aufschnappen und gleich darauf, wie das Metall über die Fesseln schabte. Er hielt den Atem an. Es war stockfinster, und Walimai hatte noch nie in seinem Leben ein Messer benutzt, womöglich würde er ihm die Handgelenke aufschlitzen, aber im Nu hatte der Alte die Bänder durchtrennt und führte Alex am Arm hinein in den Wald.

Im Lager hatte Hauptmann Ariosto das Kartenspiel für beendet erklärt, und mittlerweile war auch die Wodkaflasche leer. Ludovic Leblanc fiel nichts mehr ein, womit er ihn hätte ablenken können, und noch immer fehlten viele Stunden bis zum Sonnenaufgang. Seine Rechnung war nicht aufgegangen, der Hauptmann wirkte kein bisschen betrunken, der Kerl war wirklich hart im Nehmen. Der Professor sagte, sie könnten doch versuchen, eine Funkverbindung mit der Kaserne in Santa María de la Lluvia zu bekommen. Sie drehten auch ein ganze Weile an den Knöpfen des Geräts herum, und es rauschte und knackte laut, aber man verstand rein gar nichts.

Ariosto war beunruhigt; dass ein Teil seiner Männer ohne ihn zurückgeflogen war, behagte ihm gar nicht, er musste so schnell wie möglich in die Kaserne, damit er unter Kontrolle behielt, was sie über die Vorfälle in Tapirawa-teri erzählten. Was würden sie schon ausgeplaudert haben? Er musste seinen Vorgesetzten beim Militär einen Bericht liefern und mit der Presse sprechen, ehe die Gerüchte ins Kraut schossen. Omayra Torres hatte vor dem Abflug ständig etwas über den Masernvirus vor sich hin gefaselt. Wenn sie auspackte, war er geliefert. Die ist doch nicht zu retten!, knurrte er bei sich.

Ariosto schickte den Anthropologen in sein Zelt zurück, drehte eine Runde im Lager, um sich zu vergewissern, dass seine Männer wie befohlen Wache hielten, und dann schlenderte er auf den Baum zu, an den er diesen halbstarken Ami hatte anbinden lassen, denn er konnte sich ja ein bisschen auf dessen Kosten die Zeit vertreiben. In diesem Augenblick traf ihn der Gestank wie ein Knüppelhieb. Er stürzte hintenüber. Er wollte nach der Pistole an seinem

Gürtel greifen, aber seine Hände gehorchten ihm nicht. Eine Welle der Übelkeit schlug über ihm zusammen, das Herz wollte bersten, und dann war da nichts mehr. Nur noch Schwärze. Nichts sah er von der Bestie, die drei Schritte neben ihm aufragte und ihn mit ihrem todbringenden Gestank einnebelte.

Der üble Geruch breitete sich im ganzen Lager aus, nahm zuerst den Soldaten den Atem und drang schließlich durch die schützenden Zeltplanen. Im Handumdrehen war keiner mehr bei Sinnen. Für einige Stunden herrschte eine grauenvolle Stille in Tapirawa-teri und dem nahen Wald, wo alle Tiere Reißaus genommen hatten. Die beiden Bestien, die gleichzeitig angegriffen hatten, zogen sich in ihrer gewohnten Behäbigkeit zurück, aber der Gestank hing noch lange in der Luft. Keiner im Lager bekam mit, was sich in diesen Stunden zutrug, denn erst am Morgen sollten sie wieder zu sich kommen.

~

Im Schutz der Dunkelheit lief Alex mit Borobá auf den Schultern hinter Walimai her, der sich einen Weg durch das Unterholz bahnte, bis die flackernden Lichter des Lagers nicht mehr zu sehen waren. Der Schamane schritt aus, als wäre helllichter Tag, er wurde vielleicht von seiner Engel-Ehefrau geführt, die Alex aber nicht sehen konnte. Sie schlängelten sich eine ganze Weile zwischen den Bäumen hindurch, bis der Schamane schließlich die Stelle erreichte, wo er Nadia zurückgelassen hatte. Die beiden hatten sich im Laufe des Nachmittags und Abends immer wieder durch die Rufe der Eule verständigt, bis Nadia das Lager hatte verlassen können, um sich mit ihm zu treffen. Alex und Nadia fielen einander um den Hals, während Borobá seine Herrin glücklich an den Haaren zog und kreischte.

Walimai bestätigte ihnen, was sie schon wussten: Die Indianer behielten das Lager im Auge, hatten aber gelernt, den Zauber der Nahab zu fürchten, und wagten nicht anzugreifen. Die Krieger waren so nah gewesen, dass sie das Weinen des Säuglings hatten hören können, genau wie die Rufe ihrer Toten, die noch keine würdige Bestattung erhalten hatten. Walimai sagte, noch hätten die Geister der Männer und der Frau, die getötet worden waren, die Körper nicht verlassen; sie würden sich weiter daran klammern müssen, solange keine angemessene Zeremonie stattgefunden hatte und sie nicht gerächt waren. Alex sagte ihm, die Krieger hätten nur eine Chance, wenn sie noch in der Nacht angriffen, denn am Tag würden die Nahab mit dem Vogel, der Donner und Wind macht, das Auge der Welt so lange aus der Luft absuchen, bis sie die Indianer entdeckt hätten.

»Wenn sie jetzt angreifen, wird es ein paar Tote geben, aber ansonsten wird der ganze Stamm sterben«, sagte Alex. Er sei bereit, sie anzuführen und zusammen mit ihnen zu kämpfen, denn dazu habe er schließlich die Probe bestanden: Auch er sei ein Krieger.

»Häuptling für den Krieg: Tahama. Häuptling, um mit den Nahab zu verhandeln: du«, antwortete Walimai.

»Zum Verhandeln ist es zu spät. Ariosto ist ein Mörder.«

»Du hast gesagt, einige Nahab sind böse und andere Nahab Freunde. Wo sind die Freunde?«

»Meine Großmutter und einige andere dort sind Freunde. Hauptmann Ariosto und seine Soldaten sind Feinde. Mit ihnen können wir nicht verhandeln.«

»Deine Großmutter und ihre Freunde sollen mit den Nahab reden, die Feinde sind.«

»Die Freunde haben keine Waffen.«

»Sind sie nicht mächtig?«

»Im Auge der Welt sind sie nicht sehr mächtig. Aber weit von hier sind mehr Freunde, die sehr mächtig sind, in den

Städten, woanders.« Alex war verzweifelt, weil es fast aussichtslos schien, es dem Schamanen zu erklären.

»Dann musst du zu diesen Freunden gehen«, sagte der Alte.

»Aber wie denn? Wir sitzen doch hier in der Falle!«

Walimai beantwortete schon keine Fragen mehr. Er hockte nur da, betrachtete die Sterne, und wahrscheinlich war seine Frau bei ihm und hatte ihre flüchtigste Form angenommen, denn weder Nadia noch Alex konnten sie sehen. Die beiden machten kein Auge zu, lagen dicht beieinander, um sich ein bisschen warm zu halten, sprachen aber nicht, denn es gab nur wenig zu sagen. Sie mussten daran denken, was Kate, Nadias Vater und die anderen Expeditionsteilnehmer erwartete; sie dachten an die Nebelmenschen, die verloren waren; sie dachten an die wilden Götter und ihre goldene Stadt; sie dachten an das Wasser des Lebens und die drei Eier aus Kristall. Was sollten sie bloß machen, hier, gefangen im Urwald?

Plötzlich schlug ihnen der fürchterliche Geruch ins Gesicht, abgeschwächt zwar, denn er kam von ziemlich weit her, aber unverkennbar. Sie sprangen auf die Füße, Walimai jedoch rührte sich nicht, als hätte er darauf nur gewartet.

»Die Bestien sind da!«, rief Nadia.

»Kann sein, kann auch nicht sein«, sagte der Schamane mit unbewegter Miene.

~

Der Rest der Nacht wurde ihnen unerträglich lang. Bevor der Morgen graute, war es so bitterkalt, dass Alex, Nadia und Borobá, obwohl sie sich dicht aneinander kauerten, mit den Zähnen klapperten, während der alte Zauberer, den Blick im Dunkel verloren, weiter reglos abwartete. Als es hell zu werden begann und die Affen und Vögel in den

Baumkronen munter wurden, gab Walimai das Zeichen zum Aufbruch. Sie folgten ihm, bis die ersten Strahlen der aufgehenden Sonne durch das Laubwerk brachen und sie das Lager erreichten. Das Feuer und die Lampen waren erloschen, nichts regte sich, aber die Luft war noch immer verpestet wie von hundert Stinktieren. Alex und Nadia hielten sich mit einer Hand die Nase zu und legten die andere zur Verstärkung darüber, als sie auf die Lichtung traten, wo noch vor kurzem das friedliche Dorf Tapirawa-teri gewesen war. Die Zelte, der Klapptisch, die Feldküche, alles lag verstreut herum; überall sah man Reste vom Proviant, aber nicht ein einziger Affe oder Vogel wühlte darin und im Müll herum, denn der Gestank der Bestien schreckte sie noch immer ab. Sogar Borobá hielt sich abseits, kreischte und hüpfte aufgeregt unter den Bäumen auf und ab. Walimai schien der Gestank so wenig auszumachen wie die Kälte der Nacht. Alex und Nadia blieb nichts anderes übrig, als hinter ihm herzugehen.

Niemand war da, keine Spur von den Expeditionsteilnehmern, von den Soldaten, von Hauptmann Ariosto, und auch die toten Indianer lagen nicht mehr bei dem Baum. Hingegen waren die Waffen, das Gepäck und auch die Fotoausrüstung von Timothy Bruce noch da; außerdem sahen sie eine große Blutlache, die nicht weit von dem Baum, an den Alex gefesselt gewesen war, die Erde dunkel färbte. Nachdem Walimai das alles kurz in Augenschein genommen hatte, nickte er zufrieden und wandte sich zum Gehen. Alex und Nadia stolperten wortlos hinter ihm her, ihnen war so speiübel, dass sie sich kaum auf den Beinen halten konnten. Mit der kühlen Morgenluft ging es ihnen zwar bald schon besser, aber ihre Schläfen pochten noch, und auch der Schwindel verschwand nicht gleich. Unter den Bäumen kam Borobá angeflitzt, und zu viert setzten sie ihren Marsch in den Urwald fort.

Einige Tage zuvor, als sie die Vögel, die Donner und Wind machen, am Himmel entdeckt hatten, waren die Bewohner von Tapirawa-teri aus ihrem Dorf geflohen, hatten ihre paar Habseligkeiten zurückgelassen und ihre Haustiere, die sie daran gehindert hätten, unbemerkt zu bleiben. Keiner hatte gesehen, wie sie durch das Dickicht liefen, und als sie sich schließlich sicher fühlten, waren sie in die Kronen einiger hoher Bäume geklettert und hatten sich dort notdürftig eingerichtet. Die Soldatentrupps, die Ariosto losgeschickt hatte, waren sehr nah vorbeigekommen, ohne etwas zu merken, wohingegen Tahamas gut getarnten Spähern keine Bewegung der Fremden entging.

Iyomi und Tahama hatten lange darüber gesprochen, ob sie dem Rat von Jaguar und Aguila folgen und zu den Nahab gehen sollten. Iyomi war der Meinung gewesen, ihr Volk könne sich nicht für immer wie die Affen in den Bäumen verstecken, nun sei es Zeit, die Nahab zu besuchen, ihre Geschenke anzunehmen und ihre Medizin, sie hätten keine andere Wahl. Tahama wollte lieber kämpfen und notfalls sterben; aber Iyomi war Häuptling der Häuptlinge und hatte sich schließlich durchgesetzt. Sie hatte entschieden, als Erste zu den Nahab zu gehen, allein, hatte sich zum Zeichen ihrer Würde den gelben Federschmuck aufgesetzt, damit die Fremden wussten, wer hier das Sagen hatte. Sie war beruhigt gewesen, denn Jaguar und Aguila waren vom heiligen Berg zurückgekehrt und im Lager der Fremden. Sie waren Freunde und konnten übersetzen, so dass diese armseligen, in stinkende Fetzen gehüllten Geschöpfe sich ihr gegenüber nicht ganz verloren fühlen mussten. Bei dieser ersten Begegnung hatten die Nahab sie freundlich empfangen, waren zweifellos von ihrer Erhabenheit und der Zahl ihrer Runzeln beeindruckt, aus denen die Erfahrung eines langen Lebens sprach. Obwohl die Nahab ihr Essen angeboten hatten, sah Iyomi sich gezwungen, sie aus dem Auge der Welt wegzuschicken, wo sie nichts verloren hatten; das war ihr letztes Wort gewesen, sie war nicht bereit zu verhandeln. Feierlich hatte sie sich mit ihrer Schale voll Fleisch und Mais wieder zurückgezogen, überzeugt davon, die Nahab mit dem Gewicht ihrer Würde eingeschüchtert zu haben.

Da Iyomis Besuch so erfolgreich verlaufen war, hatte sich der Rest des Stammes ein Herz gefasst und war ihrem Beispiel gefolgt. So kehrten sie in ihr Dorf zurück, in dem sich vor ein paar Tagen die Fremden breit gemacht hatten, die ganz offensichtlich selbst die grundlegendste Regel der Bescheidenheit und Höflichkeit nicht kannten: Man besucht kein Schabono, wenn man nicht eingeladen ist. Dort betrachteten sich die Indianer die großen, glitzernden Vögel, die Zelte und diese seltsamen Nahab, von denen man sich so haarsträubende Geschichten erzählte. Eigentlich hätten diese Fremden für ihre schlechten Manieren ein paar ordentliche Knüppelhiebe verdient, aber Iyomi hatte ihren Stamm gebeten, geduldig mit ihnen zu sein. Um die Nahab nicht zu beleidigen, hatten sie also das Essen und die Geschenke angenommen, waren dann auf die Jagd gegangen und hatten Honig und Früchte gesammelt, denn für ein empfangenes Geschenk musste man selbst auch etwas geben, das gehörte sich so.

Am nächsten Tag, nachdem Iyomi nachgesehen hatte, ob Jaguar und Aguila noch dort waren, erlaubte sie dem Stamm, erneut bei den Nahab zu erscheinen und ihre Medizin anzunehmen. Weder sie noch irgendwer sonst konnte erklären, was dann passiert war. Sie verstanden nicht, wieso Jaguar und Aguila, die doch so darauf gedrängt hatten, dass sie diese Medizin bekamen, plötzlich angerannt kamen, um genau das zu verhindern. Sie hörten ein unbekanntes Knallen, wie kurzes Donnern. Als die Ampullen zerplatzten, erkannten sie, dass der Rahakanariwa sie in seiner unsichtbaren Gestalt angriff, denn einige brachen tot zusammen, ohne dass ein Pfeil oder ein Knüppel sie getroffen hätte. Während die einen noch kämpften, stürzten die anderen in wirrer Flucht weg von dem unheilvollen Ort. Sie wussten nicht mehr, wer ihre Freunde und wer ihre Feinde waren.

Endlich war Walimai gekommen, um ihnen einige Dinge zu erklären. Er sagte, Aguila und Jaguar seien Freunde, denen geholfen werden müsse, alle Übrigen aber könnten Feinde sein. Er sagte, der Rahakanariwa sei entkommen und fähig, jede mögliche Gestalt anzunehmen: Mächtige Beschwörungen seien notwendig, um ihn wieder ins Reich der Geister zu verbannen. Er sagte, sie müssten die Götter um Hilfe bitten.

Sie hatten die beiden Riesen, die noch nicht in den heiligen Tepui zurückgekehrt waren und das Auge der Welt durchstreiften, gerufen und im Schutz der Nacht dort hingeführt, wo einmal ihr Dorf gewesen war. Von allein hätten die Götter sich niemals dem Zuhause der Indianer genähert, sie hatten es viele tausend Jahre nicht getan. Walimai hatte ihnen erst begreiflich machen müssen, dass es nicht mehr das Dorf der Nebelmenschen war, dass die Nahab es mit Füßen getreten hatten und Morde dort begangen worden waren. Tapirawa-teri würde an einem anderen Ort im Auge der Welt wieder aufgebaut werden müssen, weit weg, wo es den Menschen und den Geistern ihrer Vorfahren gefiel, wo die Schlechtigkeit die Erde nicht beschmutzt hatte. Die wilden Götter hatten sich des Lagers der Nahab angenommen und Freund wie Feind außer Gefecht gesetzt.

Tahama und seine Krieger mussten viele Stunden warten, bis der Gestank sich so weit verzogen hatte, dass sie in das Lager gehen konnten. Zuerst hatten sie ihre Toten mitgenommen, die für eine würdige Bestattung gewaschen und geschmückt werden mussten, dann waren sie die anderen holen gegangen, hatten sie alle in den Wald geschleift, auch Hauptmann Ariosto, der von den mächtigen Klauen eines Gottes zerfetzt worden war.

Einer nach dem anderen kamen die Verschleppten zu sich. Sie lagen auf einer Waldlichtung auf der Erde, so benommen, dass sie sich nicht an den eigenen Namen erinnern konnten. Noch viel weniger konnten sie sich erinnern, wie sie hierher gekommen waren. Kate Cold rührte sich als Erste. Was war bloß los? Irgendwie war das Lager weg; wo war der Hubschrauber, der Hauptmann und vor allem, wo war ihr Enkel? Dann fiel ihr das kleine Kind ein, aber auch das entdeckte sie nirgends. Sie kroch von einem zum andern, rüttelte sie, bis sie ein Lebenszeichen von sich gaben. Alle hatten mörderische Kopfschmerzen, ihnen tat jeder Knochen weh, sie husteten und kotzten, ihre Augen tränten, sie fühlten sich, als hätte sie jemand niedergeknüppelt, sahen aber aus, als wäre ihnen kein Haar gekrümmt worden.

Dem Professor, der als Letzter die Augen aufschlug, ging es so hundsmiserabel, dass er nicht aufstehen konnte. Eine Tasse Kaffee und ein Schluck Wodka wären jetzt das Richtige, dachte Kate Cold, aber hier war ja weit und breit nichts, was wie ein Frühstück aussah. Dagegen hing ihnen der Gestank der Bestie in den Kleidern, in den Haaren, pappte ihnen auf der Haut; sie mussten sich zu einem nahen Bachbett schleppen und weichten sich erst einmal gründlich ein. Ohne ihre Waffen und ihren Hauptmann fühlten sich die fünf Soldaten derart aufgeschmissen, dass sie bloß kleinlaut nickten, als César Santos sagte, er gebe jetzt die Befehle. Timothy Bruce, der abgebrühte Engländer, ärgerte sich scheckig, weil er der Bestie offensichtlich so nah gewesen war und doch kein einziges Foto von ihr gemacht hatte; er wollte unbedingt ins Lager zurück und seine Kameras holen, wusste aber nicht, in welche Richtung er loslaufen sollte, und anscheinend war auch niemand gewillt, mit ihm zu gehen. Da hatte er nun Kate Cold an Kriegsschauplätze, in Katastrophengebiete und auf so manche waghalsige Fahrt begleitet und verlor wirklich selten die Fassung, aber was ihm hier passiert war, verdarb ihm gründlich die Laune. Kate Cold dachte nur an ihren Enkel, César Santos nur an seine Tochter. Wo waren die beiden?

Der Führer lief die ganze Lichtung ab und fand geknickte Zweige, Federn, Samenkörner und weitere Spuren der Nebelmenschen. Die Indianer mussten die Leute aus dem Lager hierher gebracht haben, und damit hatten sie ihnen das Leben gerettet, denn andernfalls wären sie alle erstickt oder von der Bestie in Stücke gerissen worden. Wieso hatten sie das getan? Warum hatten sie nicht die Möglichkeit genutzt, sie alle umzubringen und ihre Toten zu rächen? Wäre er in der Lage gewesen, einen einzigen klaren Gedanken zu fassen, Professor Leblanc hätte seine Theorie über die Wildheit dieser Stämme nun endgültig über den Haufen werfen müssen, aber der bedauernswerte Anthropologe lag wimmernd auf dem Bauch, halb tot vor Übelkeit und Kopfschmerzen.

Alle rechneten damit, dass die Nebelmenschen jeden Moment zurückkommen würden, und schließlich war es dann so weit; urplötzlich löste sich der ganze Stamm aus dem Dickicht. Die Indianer nutzten ihre Fähigkeit, sich lautlos zu bewegen und von einem Augenblick auf den anderen Gestalt anzunehmen, und hatten die Fremden umzingelt, noch ehe die mitbekamen, was da vorging. Die Soldaten, die für den Tod der Indianer verantwortlich waren, zitterten erbärmlich. Tahama ging auf sie zu und nagelte sie mit seinem Blick fest, rührte sie aber nicht an; bestimmt dachte er, diese Würmer verdienten es nicht, von einem so edlen Krieger, wie er einer war, ein paar anständige Knüppelhiebe über den Schädel zu bekommen.

Iyomi trat einen Schritt vor und hielt eine lange Rede, aber die Nahab glotzten nur verständnislos, deshalb packte sie die einzige Person, die ihr halbwegs ebenbürtig erschien, am Kragen und schrie ihr ins Gesicht. Das war natürlich Kate Cold, die sich nicht anders zu helfen wusste, als nun ihrerseits die Alte mit der Federkrone bei den Schultern zu nehmen und auf Englisch zurückzubrüllen. So standen sich die beiden alten Frauen eine ganze Weile gegenüber, schrien sich Nase an Nase unverständliche Schmähungen ins Gesicht, bis es Iyomi leid war, sie sich umdrehte und unter einen Baum setzte. Auch die meisten anderen Indianer hockten sich hin und schwatzten miteinander, aßen Früchte, Nüsse und Pilze, die sie zwischen den Baumwurzeln fanden und herumgehen ließen, nur Tahama und einige seiner Krieger behielten die Nahab im Auge, taten ihnen aber nichts. Kate Cold entdeckte das kleine Kind in den Armen einer jungen Frau und war froh, dass es den Gestank der Bestie überlebt hatte und wieder bei den Seinen war.

Es war Mittag vorbei, als Walimai mit Alex und Nadia kam. Kate Cold und César Santos rannten den beiden entgegen und schlossen sie in die Arme, ein dicker Stein fiel ihnen vom Herzen. Durch Nadia wurde die Verständigung mit den Indianern einfacher; sie übersetzte, und das klärte einige Dinge. Die Fremden begriffen, dass die Indianer den Tod ihrer Freunde nicht mit den Gewehren der Soldaten in Verbindung brachten, weil sie so etwas noch nie gesehen hatten. Die Nebelmenschen hatten nur den einen Wunsch, ihr Dorf an anderer Stelle wieder aufzubauen, die Asche ihrer Toten zu essen und so wie früher in Frieden zu leben. Sie wollten den Rahakanariwa zurück ins Reich der Dämonen schicken und die Nahab aus dem Auge der Welt werfen.

Professor Leblanc, der sich etwas erholt hatte, wenngleich ihm noch immer speiübel war, ergriff das Wort. Seinen mit Federn verzierten Tropenhelm hatte er verloren, und wie die anderen war auch er dreckig und müffelte, denn in den Kleidern hielt sich der Gestank der Bestien hartnäckig. Nadia übersetzte und bog alles ein bisschen zurecht, damit die Indianer nicht den Eindruck bekamen, dass alle Nahab so überheblich waren wie dieser Wicht.

»Sie können beruhigt sein. Ich verspreche, mich höchstpersönlich darum zu kümmern, dass die Nebelmenschen beschützt werden. Die Welt hört zu, wenn Ludovic Leblanc spricht«, sagte er.

Er werde nicht nur im International Geographic über seine Eindrücke berichten, sondern ein ganzes Buch darüber schreiben. Dank ihm werde das Auge der Welt unter Schutz gestellt werden und vor jeder Art der Ausbeutung sicher sein. Sie würden schon sehen, was Ludovic Leblanc für ein Teufelskerl war!

Die Nebelmenschen hätten wohl nichts von dem begriffen, was er da salbaderte, aber Nadia fasste es knapp zusammen, indem sie sagte, dieser Nahab sei ein Freund. Kate Cold fügte an, auch sie und Timothy Bruce würden das Vorhaben des Professors unterstützen, womit die beiden ebenfalls in die Kategorie Freunde aufgenommen wurden. Schließlich, nach endlosen Diskussionen darüber, wer nun Freund und wer Feind war, erklärten sich die Indianer bereit, am nächsten Tag alle zurück zum Hubschrauber zu bringen. Bis dahin würde sich der Gestank der Bestien in Tapirawa-teri wohl verzogen haben.

Zupackend wie immer, bat Iyomi ihre Krieger, auf die Jagd zu gehen, während die Frauen Feuer machten und einige Hängematten für die Nacht flochten.

~

»Dann also noch einmal, Alexander: Was weißt du über die Bestie?« Kate hatte ihren Messerblick aufgesetzt.

»Es ist nicht nur eine, Kate, es gibt mehrere Bestien. Sie sehen aus wie riesige Faultiere, wie Lebewesen aus einer anderen Zeit, aus der Steinzeit vielleicht oder noch älter.«

»Du hast sie gesehen?!«

»Könnte ich sie sonst beschreiben? Gesehen habe ich elf, aber es müssen noch eine oder zwei hier irgendwo unterwegs sein. Sie scheinen einen sehr langsamen Stoffwechsel zu haben, sie werden sehr alt, vielleicht ein paar hundert Jahre. Sie sind lernfähig, haben ein gutes Gedächtnis und, du wirst es nicht glauben, sie sprechen.«

»Du vergackeierst mich doch!«

»Nein, es stimmt. Man würde sie vielleicht nicht als große Schwätzer bezeichnen, aber sie sprechen die Sprache der Nebelmenschen.«

Alex erzählte ihr, dass die Indianer den Bestien Schutz boten und die dafür deren Geschichte bewahrten.

»Du hast einmal gesagt, die Indianer brauchen die Schrift nicht, weil sie ein gutes Gedächtnis haben. Diese Urzeitfaultiere sind das lebende Gedächtnis des Stammes«, sagte Alex.

»Wo hast du sie gesehen, Alexander?«

»Das verrate ich nicht, es ist ein Geheimnis.«

»Wahrscheinlich dort, wo du auch das Wasser des Lebens gefunden hast ...«, spekulierte seine Großmutter.

»Kann sein, kann auch nicht sein.« Alex grinste.

»Ich muss diese Bestien unbedingt sehen und Fotos von ihnen machen, Alexander.«

»Wozu? Für einen Artikel in irgendeiner Zeitschrift? Das wäre ihr Ende, Kate, man würde sie fangen und in den Zoo sperren oder Experimente mit ihnen machen wie mit Laborratten.«

»Aber irgendwas muss ich doch schreiben, dafür werde ich schließlich bezahlt ...«

»Schreib, dass das mit der Bestie dummes Zeug ist, nichts als eine Schauergeschichte. Für die nächsten Jahre bekommt sie sowieso niemand zu Gesicht, da bin ich sicher. Man wird sie vergessen. Die Nebelmenschen, die sind doch viel interessanter, immerhin führen die heute noch ein Leben wie vor einigen tausend Jahren, aber jetzt sind sie entdeckt worden, und wenn du nichts unternimmst, ist das vielleicht ihr Ende. Man hätte sie ja schon fast mit dem

Masernvirus infiziert wie einige andere Stämme vor ihnen, darüber solltest du schreiben. Du kannst sie bekannt machen und dadurch retten, Kate. Setz dich für die Nebelmenschen ein und bring Leblanc dazu, dass er dir hilft. Mit deinen Reportagen kannst du hier für ein bisschen Gerechtigkeit sorgen, die Schweinereien anprangern, die von Carías, Ariosto und Co. verübt werden, dich darum kümmern, was das Militär hier macht, und Omayra Torres vor Gericht bringen. Du musst was tun, sonst kommen doch sofort die Nächsten und machen wieder ungestraft so weiter!«

»Sieht aus, als wärst du in den letzten Wochen erwachsen geworden, Alexander.« Sie nickte anerkennend.

»Oma, würde es dir was ausmachen, mich Jaguar zu nennen?«

»Wie das Auto?«

»Genau.«

»Jedem Tierchen sein Pläsierchen. Von mir aus, aber nur, wenn du mich nicht Oma nennst.«

»Abgemacht, Kate.«

»Abgemacht, Jaguar.«

Zum Abendessen gab es für die Nahab und die Indianer gebratenen Affen ohne alles. Seit die Vögel, die Donner und Wind machen, in Tapirawa-teri gelandet waren, hatte der Stamm nichts mehr aus seinen Gärten ernten können, hatte auf Bananen und Maniok verzichten müssen, und weil sie ja auch kein Feuer machen durften, hatten sie sich schon seit Tagen nicht mehr satt gegessen. Während Kate Cold versuchte, sich mit Iyomi und einigen anderen Frauen zu unterhalten, staunte Professor Leblanc Bauklötze über das, was ihm Tahama über die Bräuche und die Kriegskunst des Stammes berichtete. Der Anthropologe hatte Nadia als Dolmetscherin angestellt, und die merkte ziemlich schnell, dass Tahama einen schrägen Humor hatte, denn er log dem Professor das Blaue vom Himmel herunter. Unter anderem behauptete er, er sei Iyomis dritter Ehemann und Kinder habe er leider keine, wodurch Leblancs Theorie von der genetischen Überlegenheit des *Alpha-Männchens* wie ein Kartenhaus in sich zusammenfiel. Bald schon würden Tahamas Geschichten zur Grundlage für ein neues Buch des berühmten Professors Ludovic Leblanc werden.

Iyomi und Walimai gingen vorneweg, und Tahama bildete mit seinen Kriegern die Nachhut, als die Nebelmenschen die Nahab am nächsten Tag zurück nach Tapirawateri führten. Etwas abseits vom Dorf entdeckten sie Ariostos Leiche, die von den Indianern zwischen zwei starke Äste gehängt worden war, wo sich Vögel und andere Tiere daran gütlich tun konnten, denn das war das Schicksal derer, die keine Bestattungszeremonie verdient hatten. Er war derart zerfetzt von den Klauen der Bestie, dass sich den Soldaten der Magen umdrehte und sie ihn nicht abhängen konnten, um ihn nach Santa María de la Lluvia zu schaffen. Sie entschieden, später wiederzukommen, um die Gebeine zu holen und christlich zu beerdigen.

»Die Bestie hat für Gerechtigkeit gesorgt«, flüsterte Kate ihrem Enkel zu.

César Santos wies Timothy Bruce und Alex an, sämtliche Waffen einzusammeln, die überall im Lager verstreut herumlagen, weil er fürchtete, einer der Soldaten könne die Nerven verlieren und noch einmal ein Blutbad anrichten. Sehr wahrscheinlich war das allerdings nicht, denn der Gestank der Bestien hing noch immer in allen Kleidern, so dass sie fix und fertig waren und keiner aufmuckte. Santos ließ die Ausrüstung im Hubschrauber verstauen, nur die Zelte, aus denen sich der üble Geruch wohl nie herauswaschen lassen würde, verscharrten sie an Ort und Stelle. Timothy Bruce fischte seine Fotoausrüstung und etliche Filme zwischen den herumliegenden Zeltstangen heraus, jedoch waren die Filme, die er Hauptmann Ariosto hatte aushändigen müssen, nicht mehr zu gebrauchen, weil der sie in die Sonne gehalten hatte. Alex aber fand seine Tasche, und darin steckte, unversehrt, die Flasche mit dem Wasser des Lebens.

Die Expeditionsteilnehmer wollten so schnell wie möglich nach Santa María de la Lluvia kommen. Sie hatten keinen Piloten, denn diesen Hubschrauber hatte Hauptmann Ariosto höchstpersönlich geflogen, und ansonsten war nur noch ein Pilot bei der Gruppe gewesen, der die Verletzten mit dem ersten Hubschrauber nach Santa María de la Lluvia gebracht hatte. César Santos hatte noch nie so ein Ding geflogen, traute es sich aber zu, denn immerhin kam er auch mit seiner eigenen Schüttelmaschine klar.

Es war Zeit, sich von den Nebelmenschen zu verabschieden. Geschenke wurden getauscht, das war bei den Indianern so üblich. Die einen trennten sich von ihren Gürteln, von Macheten, Messern und Kochutensilien, die anderen verschenkten ihren Federschmuck, ihre Ketten aus Samenkörnern und Tierzähnen, ihre Orchideen. Alex gab Tahama seinen Kompass, den der sich als Schmuck um den Hals hängte, und der Krieger schenkte ihm einen Köcher mit in Curare getränkten Pfeilen und ein drei Meter langes Blasrohr, das sie kaum in den engen Hubschrauber bekamen. Iyomi packte Kate Cold wieder am Kragen und schrie ihr in voller Lautstärke ins Gesicht, und Kate ließ sich nicht lumpen und beschenkte sie mit einer flammenden Brüllrede auf Englisch. Im letzten Moment, als die Nahab schon in den Vogel kletterten, der Donner und Wind macht, drückte Walimai Nadia einen kleinen Korb in die Hand.

ZWANZIGSTES KAPITEL

Die Wege trennen sich

Der Flug nach Santa María de la Lluvia war ein Horrortrip, weil César Santos eine geschlagene Stunde brauchte, bis er die Schalthebel und Knöpfe einigermaßen durchschaut hatte und die Maschine halbwegs gerade halten konnte. In dieser Stunde rechnete keiner damit, lebend anzukommen, und selbst Kate Cold, die doch kaltblütig war wie ein Tiefseefisch, drückte ihrem Enkel zum Abschied fest die Hand.

»Tschau, Jaguar. Ich fürchte, das war's. Schade um dich, so jung und schon tot«, sagte sie.

Die Soldaten beteten mit lauter Stimme und setzten alles daran, sich mit Schnaps zu betäuben, während Timothy Bruce seiner tiefen Verstimmung durch Heben der linken Augenbraue Ausdruck verlieh, ein Zeichen dafür, dass er kurz vor dem Platzen war. Wirklich unerschütterlich waren nur Nadia, die ihre Angst vor der Höhe verloren hatte und fest darauf vertraute, dass ihr Vater das alles deichseln würde, und Professor Ludovic Leblanc, dem so schlecht war, dass er von der Gefahr, in der er schwebte, gar nichts mitbekam.

Stunden später, nach einer Landung, die ähnlich wacklig war wie der Start, konnten sich die Expeditionsteilnehmer endlich wieder in dem armseligen Hotel von Santa María de la Lluvia einrichten. Am nächsten Tag würden sie nach Manaus aufbrechen, von wo aus jeder in seine Heimat zurückfliegen würde. Auch diesmal würden sie mit dem Schiff über den Río Negro reisen, denn die Maschine von César Santos weigerte sich, vom Boden abzuheben, obwohl Pater Valdomero so nett gewesen war, den neuen Motor einzubauen. Timothy Bruce war froh, seinen Freund Joel González wiederzusehen, der sich so weit erholt hatte, dass er mit ihnen würde zurückfahren können. Die Nonnen hatten ihm ein Gipskorsett gebastelt, mit dem er sich vom Hals bis zur Hüfte nicht bewegen konnte, und sie meinten, die Rippen würden ohne Komplikationen verheilen, allerdings sei zu befürchten, dass der arme Kerl nie mehr eine Nacht würde durchschlafen können. Immer schreckte er hoch, weil ihm im Traum eine Anakonda um den Hals fiel.

Die Nonnen versicherten auch, die drei verletzten Soldaten würden wieder gesund werden, denn die Pfeile seien zum Glück nicht vergiftet gewesen, Mauro Carías dagegen lag im Sterben. Tahamas Knüppelhieb hatte sein Gehirn verletzt, und falls er überhaupt durchkam, würde er sein Leben im Rollstuhl fristen, mit umwölktem Bewusstsein und künstlich ernährt. Man hatte ihn mittlerweile in seinem eigenen Flugzeug nach Caracas gebracht, zusammen mit Omayra Torres, die ihm nicht eine Sekunde von der Seite wich. Die Ärztin wusste noch nicht, dass Ariosto ums Leben gekommen war und sie nicht mehr beschützen konnte; auch dachte sie wohl nicht daran, dass ihr der Prozess gemacht würde, sobald die Ausländer über die Sache mit dem angeblichen Impfstoff berichteten. Sie war vollkommen mit den Nerven fertig gewesen, hatte unablässig etwas gestammelt von wegen, alles sei ihre Schuld, Gott habe sie und Mauro für die Sache mit dem Masernvirus gestraft. Keiner hatte dieses eigenartige Geständnis begriffen, aber Pater Valdomero, der den Sterbenden aufgesucht hatte, um ihm geistlichen Beistand zu spenden, hatte aufgehorcht und sich notiert, was sie sagte. Wie Karakawe hegte auch der Priester seit langem den Verdacht, dass Mauro Carías etwas vorhatte, um im Indianergebiet Geld zu machen, hatte aber bisher nicht herausfinden können, was er plante. Durch das scheinbar zusammenhanglose Gefasel der Ärztin war es ihm wie Schuppen von den Augen gefallen.

Solange Hauptmann Ariosto das Kommando über die Kaserne geführt hatte, hatte der Unternehmer in dieser Gegend tun und lassen können, was er wollte. Der Pater hatte nicht genug Einfluss gehabt, um den beiden die Maske vom Gesicht zu reißen, wenngleich er die Kirchenleitung jahrelang über seinen Verdacht auf dem Laufenden hielt. Aber dort war er auf taube Ohren gestoßen, denn er konnte nichts beweisen und galt außerdem als übergeschnappt; Mauro Carías hatte das Gerücht in die Welt gesetzt, der Priester habe den Verstand verloren, seit er von den Indianern verschleppt worden war. Sogar nach Rom war Pater Valdomero gereist, um dem Vatikan über die Grausamkeiten gegen die Indianer zu berichten, aber seine Kirchenoberen hatten ihn nur daran erinnert, dass er im Amazonasgebiet war, weil er das Wort Christi verbreiten sollte und nicht, um sich in Politik einzumischen. Geschlagen war er wieder abgereist und hatte sich gefragt, wie die sich das vorstellten, wie er die Seelen für den Himmel retten sollte, wenn er nicht zuerst versuchte, ihr Leben auf der Erde zu retten. Außerdem hatte er starke Zweifel daran, ob man die Indianer, die eine eigene Art der Religiosität hatten, tatsächlich missionieren sollte. Schließlich lebten die seit Tausenden von Jahren ziemlich ungestört in diesen Wäldern, warum sollte er ihnen also eintrichtern, was an ihrer Lebensweise alles Sünde war?

Als er hörte, dass die Expedition des International Geographic zurück in Santa María de la Lluvia und Hauptmann Ariosto unter ungeklärten Umständen ums Leben gekommen war, erschien der Pater im Hotel. Er hatte erst einen Abstecher in die Kaserne gemacht, und die Soldaten hatten ihm widersprüchliche Dinge über die Vorfälle am oberen Orinoko erzählt, einige gaben den Indianern die Schuld, andere der Bestie, und natürlich war auch einer dabei, der mit dem Finger auf die Expeditionsteilnehmer wies. Aber wie dem auch sei, Ariosto war aus dem Spiel, und damit bestand wenigstens der Hauch einer Chance, für Gerechtigkeit zu sorgen. Allerdings musste schnell etwas geschehen, denn sehr bald schon würde jemand anderes das Kommando über die Truppe übernehmen, und man konnte keineswegs sicher sein, dass der anständiger war als Ariosto, sich nicht genauso bestechen und zum Handlanger von Verbrechern machen ließ, denn von der Sorte gab es einige im Amazonasgebiet.

Pater Valdomero übergab die Mappe, in der er seine Informationen gesammelt hatte, an Professor Ludovic Leblanc und Kate Cold. Dass Mauro Carías gemeinsam mit Dr. Omayra Torres und gedeckt durch einen Offizier der Armee unter den Indianern Epidemien verbreitet hatte, war eine grauenhafte Vorstellung, die niemand einfach so glauben würde.

»Diese Nachricht würde wie eine Bombe einschlagen. Zu dumm, dass wir es nicht beweisen können«, sagte Kate Cold.

»Ich glaube, wir können es doch«, antwortete César Santos und zog eine der Ampullen mit dem vermeintlichen Impfstoff aus der Innentasche seiner Jacke.

Vor seinem gewaltsamen Tod sei es Karakawe noch gelungen, der Ärztin diese eine Ampulle zu entwenden, sagte er.

Kate betrachtete sich das versiegelte Glasfläschchen.

»Nadia hat ihn einmal dabei überrascht, wie er in der Kiste mit dem Impfstoff herumgewühlt hat«, sagte sie. »Und dann hat er Nadia bedroht, aber sie und Alexander haben es mir trotzdem erzählt. Wir haben gedacht, Karakawe steckt mit Carías unter einer Decke, wir wären nie auf die Idee gekommen, dass er für die Regierung arbeitet.«

»Ich wusste, dass er für die Abteilung zum Schutz der indianischen Bevölkerung arbeitet, deshalb habe ich ihn Professor Leblanc als Gehilfen vorgeschlagen. So konnte er mitfahren, ohne Verdacht zu erregen«, erklärte César Santos.

»Sie haben mich also benutzt, Santos«, maulte der Professor.

»Sie wollten doch jemanden, der Ihnen mit einem Bananenblatt Luft zufächelt, und Karakawe wollte die Expedition begleiten. So waren alle zufrieden, Herr Professor.« Der Führer grinste ihn an. Dann erzählte er ihnen, Karakawe habe seit Monaten gegen Mauro Carías ermittelt und eine dicke Akte über dessen windige Geschäfte angelegt, vor allem über die Art und Weise, wie er im Indianergebiet Geld machte. Vermutlich habe er geahnt, dass Mauro Carías und Dr. Omayra Torres ein Paar waren, und sich deshalb entschlossen, die Ärztin zu beobachten.

»Ich kannte Karakawe schon lange, aber er war sehr verschlossen und hat nie mehr als das Allernötigste gesagt. Er hat mir nicht erzählt, dass er Omayra im Verdacht hat«, sagte César Santos. »Er muss verzweifelt nach einer Erklärung dafür gesucht haben, warum so viele Indianer ums Leben gekommen sind, also hat er sich eine der Impfstoffampullen besorgt, hat sie mir gegeben und gemeint, ich solle sie gut aufheben.«

»Die Schweinerei mit den Epidemien können wir damit schon mal beweisen.« Kate Cold hielt das Fläschchen gegen das Licht.

»Ich habe auch etwas für dich, Kate.« Timothy Bruce hielt ihr auf der flachen Hand zwei Filme hin.

»Was ist das?« Kate bekam Stielaugen.

»Bilder. Davon, wie Ariosto Karakawe die Pistole auf die Brust setzt und abdrückt, wie Mauro Carías die Ampullen zerschießt und wie die Indianer abgeknallt werden. Professor Leblanc war so freundlich, den Hauptmann für eine halbe Stunde abzulenken, und so hatte ich Zeit genug, die Filme zu wechseln. Ich habe ihm ein paar unbelichtete untergeschoben und diese hier gerettet.«

Kate Cold gab die Ampulle mit dem Impfstoff an den Pater weiter und tat dann etwas, womit keiner gerechnet hätte: Sie fiel erst Santos, dann Bruce um den Hals und drückte ihnen einen dicken Schmatzer auf die Backe.

»Gut gemacht, Jungs!« Sie strahlte.

»Wenn es stimmt und hier das Virus drin ist, haben Mauro Carías und diese Frau einen Völkermord begangen, und dafür werden sie büßen …«, sagte Pater Valdomero leise und hielt die kleine Ampulle mit spitzen Fingern weit von sich, als hockte der Leibhaftige selbst darin.

Der Pater war es auch, der vorschlug, eine Stiftung zu gründen, um das Auge der Welt und vor allem die Nebelmenschen zu schützen. Es sprudelte nur so aus ihm heraus, dass Kate Cold doch mit ihren Reportagen die Welt aufrütteln konnte und sie das mit Ludovic Leblanc, der immerhin ein international anerkannter Wissenschaftler war, ganz bestimmt schaffen würde. Sicher, noch hatten sie nicht die finanziellen Mittel, aber gemeinsam würden sie schon genug Geld auftreiben: Sie könnten die Kirchen angehen, die Parteien, internationale Organisationen, die Regierungen, sie würden überall anklopfen, bis sie genug zusammen hätten. Sie mussten einfach einen Weg finden, die Indianer zu retten, da war der Pater überzeugt, und die anderen ließen sich von seiner Begeisterung anstecken.

»Und Sie übernehmen die Präsidentschaft der Stiftung, Herr Professor«, wandte sich Kate Cold an Leblanc.

»Ich?« Der Professor war ehrlich überrascht und erfreut.

»Wer könnte das besser als Sie? Die Welt hört zu, wenn Ludovic Leblanc spricht …« Kate Cold warf sich in die Brust wie der Anthropologe, und alle prusteten vor Lachen, alle außer Leblanc natürlich.

~

Alexander Cold und Nadia Santos saßen auf dem Bootsanleger von Santa María de la Lluvia, wo sie sich vor ein paar Wochen zum ersten Mal miteinander unterhalten hatten und ihre Freundschaft ihren Anfang nahm. Wieder war es Nacht geworden, hatte das Quaken der Frösche und Brüllen der Affen eingesetzt, aber diesmal schien kein Mond. Der schwarze Himmel war mit Sternen gespickt. Nie zuvor hatte Alex einen Himmel gesehen wie hier, früher hätte er sich gar nicht träumen lassen, dass es so unzählig viele Sterne gab. Die beiden spürten die Zeit, die seit ihrer ersten Begegnung vergangen war; in diesen wenigen Wochen waren sie älter geworden und hatten sich verändert. Lange betrachteten sie schweigend den Himmel und dachten daran, dass sie sich bald trennen mussten, bis Nadia sich an den kleinen Korb erinnerte, den sie für Alex mitgebracht hatte, derselbe, den Walimai ihr beim Abschied gegeben hatte. Etwas befangen nahm Alex ihn entgegen und klappte den Deckel auf: Darin schimmerten die drei Eier vom heiligen Berg.

»Pass gut darauf auf, Jaguar. Sie sind sehr wertvoll, die größten Diamanten der Welt«, flüsterte Nadia.

»Diamanten?« Alex zuckte zusammen und traute sich gar nicht, die Steine anzufassen.

»Ja. Sie gehören den Nebelmenschen. In meiner Vision war ich doch ganz sicher, dass sie die Indianer retten können und den Urwald, in dem sie immer gelebt haben.«

»Und warum gibst du sie mir?«

»Weil du zum Häuptling ernannt worden bist, um mit den Nahab zu verhandeln. Die Diamanten werden dir dabei helfen.«

»Also echt, Nadia! Ich bin fünfzehn, auf mich hört doch keiner, ich kann mit niemandem verhandeln, und mich um so ein Vermögen kümmern kann ich schon gar nicht.«

»Gib sie deiner Großmutter, wenn ihr wieder in New York seid. Sie weiß bestimmt, was sie damit anfängt. Jedenfalls scheint sie viel Einfluss zu haben und kann den Indianern helfen.«

»Die Dinger sehen aus, als wären sie aus Glas. Woher willst du wissen, dass es Diamanten sind?«

»Ich habe sie meinem Papa gezeigt, der hat es auf den ersten Blick gesehen. Aber sonst darf es keiner wissen, ehe sie nicht an einem sicheren Ort sind, sonst klaut sie noch einer. Versprochen, Jaguar?«

»Versprochen. Weiß Professor Leblanc davon?«

»Nein, nur du, mein Papa und ich. Der Professor würde es doch gleich jedem auf die Nase binden.«

»Dein Vater ist ganz schön anständig, jeder andere hätte die Steine behalten.«

»Du auch?«

»Nein!«

»Na bitte. Mein Vater wollte sie nicht einmal anfassen, er hat gesagt, sie würden Unglück bringen, weil die Leute gierig werden nach so viel Reichtum und sich dafür gegenseitig abmurksen.«

»Und wie soll ich die durch den Zoll kriegen?«

»In der Jackentasche. Falls sie jemand sieht, denkt er wahrscheinlich, es ist irgendein Nippeszeug, das sie in Manaus den Touristen andrehen. Das glaubt doch kein Mensch, dass es so riesige Diamanten gibt und noch dazu bei einem Halbstarken mit Mönchsfrisur.« Nadia lachte und strich ihm über die kahle Stelle am Kopf.

Wieder schwiegen sie, starrten auf das Wasser unter ihren Füßen und auf den dunklen Wald und waren traurig, weil sie sich in ein paar Stunden voneinander verabschieden mussten. Bestimmt würden sie nie wieder etwas so Außergewöhnliches erleben wie dieses gemeinsame Abenteuer. Was würde sich je messen können mit den wilden Göttern, der Stadt aus Gold, mit der Reise, die Alex in den Bauch der Erde unternommen hatte und Nadia hinauf zum Nest mit den verzauberten Eiern?

»Meine Großmutter soll demnächst noch eine Reportage für den International Geographic schreiben. Sie fährt ins Reich des goldenen Drachen«, sagte Alex.

»Hört sich so gut an wie das Auge der Welt. Wo ist das?«

»Irgendwo im Himalaja. Ich würde ja gern mitfahren, aber ...«

Daraus würde wohl nichts werden. Er musste in sein normales Leben zurück. Er war einige Wochen weg gewesen; wenn er nicht bald wieder in die Schule kam, würde er das Jahr noch einmal machen müssen. Außerdem wollte er seine Eltern und seine Schwestern sehen, und er freute sich auf Poncho. Vor allem aber musste er seiner Mutter das Wasser des Lebens und Walimais Heilkraut bringen; zusammen mit der Chemotherapie würde sie das bestimmt wieder gesund machen. Aber Nadia zu verlassen tat entsetzlich weh, er wünschte sich, dass es nie Tag werde, dass er immer hier neben seiner Freundin sitzen bleiben und die Sterne betrachten könnte. Kein Mensch auf der Welt kannte ihn so gut wie sie, niemand war ihm so nah wie das Mädchen mit der honigfarbenen Haut, dem er wider alle Wahrscheinlichkeit am Ende der Welt begegnet war. Was würde aus ihr werden? Sie würde hier, mitten im Urwald groß werden, aufgeweckt und wild, weit weg von ihm.

»Sehen wir uns irgendwann noch mal?«, fragte er leise.

»Na klar!« Sie beugte sich zu Borobá hinunter und tat, als würde sie Faxen mit ihm machen, damit Alex nicht sah, dass sie weinte.

»Wir schreiben uns doch, oder?«

»Die Post hier, also schnell ist anders ...«

»Ist doch egal, dann brauchen die Briefe eben lang, ich schreibe dir auf jeden Fall. Das Wichtigste an dieser Reise ist für mich, dass wir uns getroffen haben. Ich vergesse dich nie, niemals, du wirst immer meine beste Freundin sein.«

Alex musste furchtbar schlucken.

»Und du mein bester Freund, außerdem können wir uns mit dem Herzen sehen«, antwortete Nadia.
»Auf bald, Aguila …«
»Auf bald, Jaguar …«

ENDE

INHALT

ERSTES KAPITEL Der schlimme Traum 7
ZWEITES KAPITEL Eine Großmutter zum Fürchten 20
DRITTES KAPITEL Der Urwald-Yeti 35
VIERTES KAPITEL Eine Welt aus Wasser 44
FÜNFTES KAPITEL Der Schamane 65
SECHSTES KAPITEL Der Plan 76
SIEBTES KAPITEL Der schwarze Jaguar 83
ACHTES KAPITEL Die Expedition 97
NEUNTES KAPITEL Die Nebelmenschen 118
ZEHNTES KAPITEL Entführt 138
ELFTES KAPITEL Das unsichtbare Dorf 155
ZWÖLFTES KAPITEL Die Initiation 175
DREIZEHNTES KAPITEL Der heilige Berg 195
VIERZEHNTES KAPITEL Die Bestien 215
FÜNFZEHNTES KAPITEL Die Eier aus Kristall 233
SECHZEHNTES KAPITEL Das Wasser des Lebens 244
SIEBZEHNTES KAPITEL Der menschenfressende Vogel 261
ACHTZEHNTES KAPITEL Blutvergießen 283
NEUNZEHNTES KAPITEL Freunde und Feinde 297
ZWANZIGSTES KAPITEL Die Wege trennen sich 316

Isabel Allende

*Die Trilogie um die
›Abenteuer von Aguila und Jaguar‹*

Die Stadt der wilden Götter
Roman. Übersetzt von Svenja Becker
Leinen und st 3595. 328 Seiten

Im ersten Teil der Abenteuertrilogie lernen die junge Brasilianerin Nadia und der aus Kalifornien kommende Alex im Amazonasgebiet das geheimnisvolle Volk der Nebelmenschen kennen.

Im Reich des Goldenen Drachen
Roman. Übersetzt von Svenja Becker
Leinen und st 3689. 336 Seiten

Im Reich des Goldenen Drachen, einem kleinen Königreich im Himalaja, sind Nadia und Alex einer internationalen Verbrecherbande auf der Spur, die den Goldenen Drachen, das weise Orakel, außer Landes bringen möchte.

Im Bann der Masken
Roman. Übersetzt von Svenja Becker
236 Seiten. Leinen. st 3768. 310 Seiten

Ihren Abschluß findet die Abenteuertrilogie im Inneren Afrikas: Im Bann der Masken befinden sich Nadia und Alex, als sie auf der Suche nach verschollenen Geistlichen in einem Dorf mitten im Urwald landen, das von merkwürdigen Gestalten regiert wird.

Isabel Allende

Das Geisterhaus

Roman
Aus dem Spanischen von Anneliese Botond
suhrkamp taschenbuch 1676
500 Seiten

»»Barrabas kam auf dem Seeweg in die Familie‹, trug die kleine Clara in ihrer zarten Schönschrift ein. Sie hatte schon damals die Gewohnheit, alles Wichtige aufzuschreiben, und später, als sie stumm wurde, notierte sie auch die Belanglosigkeiten, nicht ahnend, daß fünfzig Jahre später diese Hefte mir dazu dienen würden, das Gedächtnis der Vergangenheit wiederzufinden und mein eigenes Entsetzen zu überleben.«
So beginnt der erste Roman der »geborenen Geschichtenerzählerin aus Lateinamerikas Talentschmiede« *(Los Angeles Times)*, der zu einem Welterfolg wurde. Die Geschichte der Familie del Valle, die zu Beginn des 20. Jahrhunderts in Chiles heiler Welt ansetzt und uns über vier Generationen durch politischen Terror und persönliche Schicksale führt, ist »geist- und phantasievoll, schauererregend und verspielt zugleich.« *Weltwoche*

Isabel Allende

Porträt in Sepia

Roman
Aus dem Spanischen von Lieselotte Kolanoske
suhrkamp taschenbuch 3487
512 Seiten

»›Das Licht ist die Sprache der Fotografie, die Seele der Welt. Es gibt kein Licht ohne Schatten, wie es kein Glück ohne Schmerz gibt‹, sagte Don Juan Ribero vor siebzehn Jahren zu mir an diesem ersten Tag in seinem Atelier. Ich habe es nicht vergessen. Aber ich darf nicht vorgreifen. Ich habe mir vorgenommen, diese Geschichte Schritt für Schritt, Wort für Wort zu erzählen, wie es sein muß.«
In *Porträt in Sepia* erzählt die chilenische Erfolgsautorin die Geschichte einer jungen Frau, die entschlossen ist, das Geheimnis ihrer frühen Vergangenheit zu lösen, an die sie sich nicht erinnern kann, und einen Alptraum aufzuhellen, der sie nicht in Ruhe läßt.

»Bildmächtig und leidenschaftlich entwickelt die passionierte Erzählerin eine mitreißende Saga. Sie schließt zeitlich die Lücke zwischen *Fortunas Tochter* und dem großen Bestseller *Das Geisterhaus*.« *Focus*

Isabel Allende

Zorro

Roman
Aus dem Spanischen von Svenja Becker
Gebunden. 444 Seiten

»Zorro«, der legendäre Kämpfer für Gerechtigkeit – wie wurde er zu dieser funkelnden Gestalt? Aufgewachsen im Kalifornien des späten 18. Jahrhunderts, wird Diego de la Vega als 16jähriger nach Barcelona geschickt, um europäischen Schliff zu erhalten. Er wird in die Fechtkunst eingewiesen und tritt einem Geheimbund bei, der sich verschworen hat, Gerechtigkeit zu suchen. Doch die ist es nicht allein, die ihn zu immer tollkühneren Taten treibt, auch seine Liebe zu Juliana läßt ihn mehr und mehr in die Rolle des »Zorro« schlüpfen. Und als solcher kehrt er zurück nach Kalifornien, um mit seinem Degen Gerechtigkeit für die einzufordern, deren Kampfesmut schon gebrochen scheint. Ein Held ist geboren, die Legende beginnt.

»Wenn Isabel Allende ihren Malkasten auspackt, glänzt Zorro wie neu: ein spannender Abenteuerroman mit historischem Dekor.« *stern*

Isabel Allende
im Suhrkamp Verlag

»Isabel Allende hat sich mit ihrer prallen Fabulierkunst in den Olymp zeitgenössischer lateinamerikanischer Literatur geschrieben ... Ein faszinierendes Feuerwerk aus Erlebtem und Erfundenem, Gelesenem und Gesehenem, aus Okkultismus und Spiritismus, alles zusammen eine farbenprächtige Mischung, genannt ›magischer Realismus‹, nach dem wir so süchtig sind.« *Stern*

Aphrodite – Eine Feier der Sinne. Übersetzt von Lieselotte Kolanoske. Illustrationen von Robert Shekter. Rezepte von Panchita Llona. Gebunden und st 3046. 328 Seiten

Eva Luna. Roman. Übersetzt von Lieselotte Kolanoske. Gebunden und st 1897. 393 Seiten

Fortunas Tochter. Roman. Übersetzt von Lieselotte Kolanoske. 480 Seiten. Gebunden. st 3236. 486 Seiten

Das Geisterhaus. Roman. Übersetzt von Anneliese Botond. 444 Seiten. Gebunden. st 1676. 500 Seiten. st 2887. 503 Seiten

Die Geisterhaus-Trilogie. Fortunas Tochter. Porträt in Sepia. Das Geisterhaus. Drei Romane in Kassette. Übersetzt von Lieselotte Kolanoske und Anneliese Botond. 1450 Seiten

Geschichten der Eva Luna. Übersetzt von Lieselotte Kolanoske. 364 Seiten. Gebunden. st 2193. 365 Seiten

Im Bann der Masken. Roman. Übersetzt von Svenja Becker. 236 Seiten. Leinen. st 3768. 310 Seiten

Im Reich des Goldenen Drachen. Roman. Übersetzt von Svenja Becker. 363 Seiten. Leinen. st 3689. 337 Seiten

Paula. Übersetzt von Lieselotte Kolanoske. st 2840. 488 Seiten

Porträt in Sepia. Roman. Übersetzt von Lieselotte Kolanoske. 512 Seiten. Gebunden. st 3487. 464 Seiten

Die Stadt der wilden Götter. Roman. Übersetzt von Svenja Becker. Leinen und st 3595. 328 Seiten

Der unendliche Plan. Roman. Übersetzt von Lieselotte Kolanoske. st 2302. 460 Seiten

Von Liebe und Schatten. Roman. Übersetzt von Dagmar Ploetz. st 1735. 424 Seiten

Zorro. Roman. Übersetzt von Svenja Becker. 448 Seiten. Gebunden

Isabel Allende – Mein Leben, meine Geister. Gespräche mit Celia Correas Zapata. Übersetzt von Astrid Böhringer. Mit Abbildungen. st 3625. 270 Seiten

Isabel Allende. Leben – Werk – Wirkung. Von Martina Mauritz. sb 8. 160 Seiten